Knaur.

Knaur.

Im Knaur Taschenbuch Verlag ist bereits folgendes Buch der Autorin erschienen:
Ein silbergrüner Wasserfall

Über die Autorin:
Dagmar Seifert ist gelernte Journalistin und schrieb unter anderem Rundfunkfeatures, Drehbücher und Theaterstücke. Zu ihren Lieblingsbeschäftigungen gehören Essen und Kochen. Sie verbrachte sieben Sommer am Lake Huron in der Georgian Bay in Kanada. Heute lebt und schreibt sie in Schleswig-Holstein, in dem kleinen Ort, der als »Pottschrapels« in diesem Buch auftaucht.

Dagmar Seifert

Die Lavendelfrau

Roman

Knaur Taschenbuch Verlag

Besuchen Sie uns im Internet:
www.knaur.de

Vollständige Taschenbuchausgabe August 2004
Knaur Taschenbuch.
Ein Unternehmen der Droemerschen Verlagsanstalt
Th. Knaur Nachf. GmbH & Co. KG, München

Umschlaggestaltung: ZERO Werbeagentur, München
Umschlagabbildung: Mauritius/Superstock
Satz: QuarkXPress im Verlag
Druck und Bindung: Clausen & Bosse, Leck
Printed in Germany
ISBN 3-426-62312-9

2 4 5 3 1

Inhalt

Im 1. Kapitel

geht es ganz schön wild zu, bevor es überhaupt richtig anfängt

Joshua Henderson hat mir erklärt, dass die Menschen sich deshalb so wenig miteinander verstehen, weil wir alle in unterschiedlichen Welten leben. Dem einen ist angenehm warm, während der andere sich kaputtschwitzt und noch ein anderer fröstelt – alle im selben Zimmer. Es läge an uns selbst und unserer speziellen Temperatur sowie unserer Sicht der Dinge.

Ebenso, meint Josh, könne man urplötzlich aus einer dieser grundeigenen Welten in eine andere geraten.

Genau das ist mir passiert. Eigentlich ist es mir sogar schon zwei Mal passiert – aber das erste Mal war so schrecklich, dass ich die Erinnerung daran abkapselte wie eine Muschel ein schmerzhaftes Sandkorn, um das sie eine Perle bildet. Ich dachte kaum je daran. Ich bemühte mich stattdessen, alles völlig unter Kontrolle zu halten, damit mir so etwas nicht noch einmal passieren könnte. Ich sorgte dafür, nie wieder völlig glücklich zu sein, damit der eventuelle Fall in den Abgrund nicht so tief würde.

Ich war also nicht *glücklich*, aber doch sehr zufrieden mit meinem Leben – als es zum zweiten Mal geschah.

Ich genoss gerade den romantischen Spätsommer, ich war einverstanden mit meiner Gegenwart und freute mich auf meine Zukunft. Und im nächsten Augenblick gab es ringsumher nur noch Finsternis und Schwefeldampf, alles ging

in Trümmer. Da verlor ich vorübergehend meine sorgfältig antrainierte Kontrolle und wurde bösartig. Daraus ergab sich, dass ich wegen Körperverletzung angezeigt wurde.
Die Polizei schickte mir einen unangenehm amtlich aussehenden Brief. Ich war in Pottschrapels gewalttätig geworden, das gehört zum Landkreis Pinneberg. Verklagt wurde ich von Herrn Reimer Ewers und seiner Frau Christa. ›Ihnen wird zur Last gelegt‹, stand da, ›die nachstehend näher bezeichnete Straftat begangen zu haben: Sie griffen den Sohn der Kläger, den minderjährigen Alexander Ewers, am 29. 8. dieses Jahres tätlich an, indem Sie ihm mit einer Kosmetikschere …‹
Ich zerknüllte den amtlichen Brief und warf ihn in eine Ecke. Nicht, weil Herr Reimer Ewers und seine Frau Christa oder die Polizei etwa Unrecht gehabt hätten. Im Gegenteil. Sondern weil ich immer noch vor Entsetzen über mich selbst nach Luft schnappte, sobald ich daran erinnert wurde. Ich war eine Bestie! Ein Monster!
Das empfand ich damals schon, gleich, nachdem ich zugeschnitten hatte und Alexanders Schreie hörte, während seine helle Jeans sich rapide verfärbte.
Liebe Polizei, ich war außer mir.
Es dürfte kurz nach neun gewesen sein an diesem schrecklichen neunundzwanzigsten August, es dämmerte schon. Ich befand mich allein im Haus und spielte Klavier: Bachs Fugen, weil ich sehr aufgewühlt war und weil Bachs Fugen mich meistens beruhigen. Zwischendurch feilte ich an meinen Fingernägeln herum, und dann spielte ich weiter, mit einer manikürten und einer unmanikürten Hand.
Da klingelte es Sturm und als ich öffnete, stand Alexander vor mir. Groß und schlank, helle Jeans, helles T-Shirt, heller Blouson, blanke dunkle Augen, eingeknickte Hüfte, beide

Daumen im Gürtel. Übertrieben minderjährig sah er nicht aus.
Er sagte natürlich nicht: ›Entschuldigen Sie die Störung‹ oder so was. Er sagte nicht mal ›Guten Abend, Frau Thiele‹. Seine Rede lautete knapp und nuschelig: »Nicki da?«
»Nein«, sagte ich genauso knapp.
Da schlängelte er schon an mir vorbei wie ein Reptil. »Ich warte in ihrem Zimmer auf sie.«
Ich kam wütend hinterher und folgte ihm in Nicoles chaotisches, unaufgeräumtes Zimmer. Das hätte ich natürlich nicht tun dürfen. Nicht mit zerrauftem Haar und zerrauftem Gemüt. Ich hätte ganz besonders diesem hübschen jungen Mann aus dem Weg gehen sollen, weil ich ohnehin schon wütend auf ihn war.
Er knipste die Nachttischlampe an und warf sich auf das ungemachte Bett, auf dem ganze Bündel durcheinandergewurstelter Kleider lagen, etliche Schulbücher sowie ein Teller mit eingetrockneter Tomatensauce und festklebenden Nudelstückchen. »Sie sind wohl nicht sehr gut drauf?«
Aus seinem Grinsen schloss ich, dass Nicole klitzeklein berichtet hatte, was ihrer Tante so in den vergangenen Tagen zugestoßen war. Wie schön, ich versorgte meine Lieben und ihren Bekanntenkreis mit interessantem Gesprächsstoff.
Alexander warf mir, verdeckt durch seine unwahrscheinlich langen und dichten Wimpern, einen amüsierten Blick zu. Dann klimperte er mit den Handschellen herum, die, geöffnet, am Fußende von Nicoles Bett befestigt waren. »Wo hat Nicki die denn her? Stimmt ja überhaupt, der Vater von ihrem kleinen Bruder ist'n Bulle, nicht? Die Teile kenn ich noch gar nicht …«
Er legte sein linkes, schmales Handgelenk in die eine Me-

tallspange und drückte sie zu. Klick. Dann legte er sein rechtes Handgelenk in die andere Metallspange und drückte sie ebenfalls zu. Klick. Dann zog er seine Hände zurück, bis die kurze Kette gestrafft wurde: »Cool. Sieht doch gefährlich aus? So richtig wie für Sado-Maso …« Er versuchte, die Hände spitz und dünn zu machen, um aus den Fesseln zu schlüpfen – was nicht klappte. »Passen die Dinger eigentlich jedem? Sitzen irgendwie nicht zu eng – und kann man trotzdem nicht rausrutschen? Wie machen die denn das?«

Ich stand weiter stumm vor ihm, mein Nageletui in der Hand. Ich zog den Reißverschluss immer wieder ein Stückchen auf und wieder zu. Eigentlich hätte ich Alexander Ewers gern das Etui um die Ohren gehauen.

Er blickte in mein Gesicht und meinte überrascht: »Sind Sie irgendwie sauer auf mich?«

»Natürlich bin ich das. Ich find's widerlich, wenn jemand Sekt in mein Aquarium gießt und Kartoffelchips hinterherschmeißt.« Ich hörte selbst, wie heiser und merkwürdig meine Stimme klang. Ich konnte den Puls in meiner Halsschlagader fühlen.

Der Bengel blinzelte durch den Wimpernvorhang. »Ich wollte Ihren Fischchen eben mal was Schönes gönnen. Die sollten auch Spaß haben.«

»Nett von dir. Ich mach seit Tagen Wasserwechsel. Die meisten Pflanzen sind eingegangen. Sieben Fischbabys und ein erwachsener Fisch sind schon tot, einige andere krank.«

Alexander tat jetzt etwas sehr Dummes. Er gluckste vor unterdrücktem Lachen. »Gottogott, wie schrecklich. Dabei kennen Sie die alle einzeln, nicht? Und Sie unterhalten sich mit denen?«

Das Blut in meinen Ohren hörte sich inzwischen an wie die

Waschmaschine im Spülgang. Vielleicht waren ja auch meine Augen blutunterlaufen. Alexander schien meinen Anblick unheimlich zu finden, so, wie er den Kopf einzog. Sicher wurde ihm gerade bewusst, dass er festsaß. Er erkundigte sich mit etwas schrillerer Stimme: »Wo ist'n eigentlich der Schlüssel für die Dinger?« und schüttelte seine Handgelenke.

»Weiß ich nicht«, behauptete ich. Das war gelogen. Ich wusste genau, dass die zwei kleinen Schlüssel neben Nicoles Fernseher lagen, zwischen alten Kinokarten, bunten Büroklammern, Haar-Gummiringen, winzigen Plastiktierchen aus Überraschungseiern und Staubflocken. Ich hätte sie sogar sehen können, wenn ich den Kopf gedreht hätte. Dann wäre jedoch Alexander vielleicht darauf aufmerksam geworden. Er hätte sie eventuell sogar erreichen können, wenn er die Beine ausstreckte und mit den Füßen danach angelte.

»Ich weiß gar nicht, ob Nicole überhaupt Schlüssel dafür hat«, fügte ich hinzu.

»Wie, hier – muss mich vielleicht die Feuerwehr freisägen, oder was?«, fragte er nervös. »Warum haben Sie mir das nicht vorher gesagt?!« Er warf sein Haar aus der Stirn und starrte mich aggressiv an.

»Wir hatten gerade darüber gesprochen, was du mit meinen Fischen gemacht hast.«

»Ach, scheiß auf die Viecher! Bloß weil Sie hier frustriert sind und was drum hermachen, als ob diese Glibberdinger Ihre besten kleinen Freunde sind –«

Ich klebte ihm eine. Nicht sehr fest und nicht sehr energisch. Es war eher ein kleiner Klaps. Ich war überhaupt nicht darin geübt, jemanden zu schlagen.

Er trat sofort mit beiden Füßen nach mir und traf mich am

Knie und an der Hüfte. Das tat nicht sehr weh, weil er Turnschuhe anhatte. Übrigens wirkte es ebenfalls recht unkontrolliert, geradezu albern, wie frühkindliches Gestrampel. Ich ging einfach zwei Schritte beiseite, hinter das Bett, aus seiner derzeitigen Reichweite.

»Du blöde Kuh, du hast sie doch nicht alle!«, brüllte Alexander, nun vertraulicher werdend. Er versuchte, seine Beine über die hintere Bettkante zu schieben, um mich weiter zu treten, das funktionierte jedoch nicht recht. Vor allem behinderte ihn das Gerümpel auf dem Bett.

»Wie dumm du bist«, sagte ich. Ich sprach langsam und leise, genau wie ein gefährliches Monster, obwohl meine Stimme vor Aufregung etwas zitterte. »Ich hab mich oft gewundert, wenn ich im Film Leute gesehen habe, die sich in aussichtsloser Situation befinden und trotzdem vorlaut werden. Das spricht für einen niedrigen Intelligenzquotienten.«

Normalerweise hätte ich mich nie so benommen. Ich liebe Ordnung und Vernunft. Mir waren bloß in der letzten Zeit irgendwie Ordnung und Vernunft abhanden gekommen.

Er rief ein äußerst hässliches Schimpfwort, das ich nicht wiederholen möchte, und versuchte, den schmutzigen Teller nach mir zu schleudern. Das ging total daneben, weil er mit seinen gefesselten Händen nicht vernünftig ausholen konnte. Der Teller polterte auf den Boden und blieb sogar heil. »Aussichtslose Situation, ich krieg ja wohl das Kichern! Wollen Sie mich hier bedrohen? Was wollen Sie mir denn schon groß tun?«, schrie Alexander. Durch sein Getobe hing sein glänzendes weiches Haar wild um seinen Kopf.

Ich machte mit einer heftigen Bewegung das Nageletui ganz und gar auf und holte die feine kleine Hautschere heraus.

Alexander starrte mit weitaufgerissenen Augen unter seinem Haar hervor, als ob er einen Horrorfilm anguckte. Und

der Horror war ich. Er schlängelte und wand sich panisch auf Nicoles Bett umher. Je mehr er sich aufregte, desto rasender klopfte mein Herz. Ich beugte mich über das Bettende, weil er mich da mit den Füßen nicht erreichen konnte, warf das Etui einfach hinter mich und griff mit der linken Hand grausam fest in seinen hübschen Haarschopf. In der rechten hielt ich die kleine Schere, bereit zum Schneiden. Ich zerrte Alexanders Gesicht ganz dicht vor meins. Er kullerte mit den Augen wie ein Pferd, das gleich durchgehen will. »Was denn jetzt –?!«, sagte er heiser.
Ich erwiderte noch leiser: »Jetzt amüsieren wir uns beide. Du wolltest doch, dass meine Fische Spaß haben? Jetzt will ich, dass du mal Spaß hast! Und damit du alles deutlich sehen kannst …« Ich führte die Schere dicht an sein linkes Augenlid.
Dann schnitt ich zu. Alexander kreischte auf der Stelle wie ein Wahnsinniger. Kreischte – und pullerte sich in die Hosen. Das konnte man ziemlich schnell erkennen, weil sie vorher naturweiß gewesen waren.
Dadurch kam ich dann endlich wieder zu mir. Es war so ähnlich, als ob man aus einem Albtraum oder aus einer Hypnose erwacht. Und ich bekam wirklich einen Heidenschrecken. Ich ließ auf der Stelle den armen Alexander los, warf die Tatwaffe im hohen Bogen von mir und rannte, um die kleinen Schlüssel für die Handschellen zu holen. Schon war mein Opfer frei.
Er hatte aufgehört zu schreien. Seine Augen quollen ihm aber immer noch übergroß aus dem Kopf. Er lag zusammengeduckt und verkrümmt auf Nicoles Bett und rührte sich nicht.
Ich sagte leise und besorgt: »Alexander? Ist alles in Ordnung?«

Daraufhin gab er ein fiependes kleines Geräusch von sich, zog seine Hände aus den offenen Fesseln und stemmte sich taumelnd hoch. Er zog seinen Blouson aus, ohne mich dabei eine Sekunde aus den Augen zu lassen, und band ihn sich wie eine Schürze umgedreht vor den Bauch.

Als ich später wieder zum Denken kam, fand ich das eigentlich sehr pfiffig. Auf diese Art sah keiner die riesigen gelben Flecken.

Wir standen uns noch einen Augenblick stumm gegenüber und blickten uns an. Seit einigen Sekunden wirkte sein Blick merkwürdig konfus, fast ein bisschen, als ob er schielte, weil ihm am linken Auge neuerdings fast alle Wimpern fehlten. Das wäre sicher weniger aufgefallen, wenn die am rechten Auge nicht derart lang und dicht und dunkel gewesen wären.

Dann ging Alexander Ewers an mir vorbei aus dem Haus, wortlos. Als er weg war, saß ich lange bewegungslos da und starrte vor mich hin. Ich kam mir vor wie eine Mörderin. Oder wenigstens wie eine verhinderte Mörderin.

Später habe ich die kleine Schere aufgehoben und auch das Nageletui und beides ordentlich an seinen Platz gesteckt. Ich habe auch die abgeschnittenen Wimpern, soweit ich sie fand, mit der Handfläche von Nicoles Bett gebürstet. Und als ich ein paar feuchte Stellen auf dem Laken zu finden glaubte, habe ich die zerknüllten Kleider darüber verteilt und obendrauf den schmutzigen Nudelteller gestellt. Ich war ziemlich sicher, dass Nicole weiter nichts auffallen würde, so, wie ihr Zimmer immer aussah.

Danach setzte ich mich ins Wohnzimmer. Es wurde immer finsterer, aber ich machte kein Licht an. Ich versuchte herauszufinden, was mit mir passiert war.

Im 2. Kapitel
fängt die Sache wirklich an

Am vierundzwanzigsten August war ich vierzig geworden. Nun gibt es ja sicher Geburtstage, die mehr Laune machen als gerade der vierzigste. Es hatte sogar mal eine Zeit gegeben, da ertrug ich das Wort ›Geburtstag‹ nicht – keineswegs aus Angst vor dem Älterwerden (denn damals war ich noch ein Kind), sondern weil genau an meinem Geburtstag eine Katastrophe passiert war, untrennbar verbunden mit Kuchen, Kerzen und Schleifenpaketen. Ich hatte gelernt, die Erinnerung daran vollkommen zu unterdrücken. Deshalb wachte ich auch heiter und zufrieden auf. Die Sonne kämpfte sich rötlich durch einen leichten Morgennebel. Ich beugte mich weit aus dem Fenster und schnüffelte nach unten – der Lavendel aus meinem Garten duftete bis in den ersten Stock.

In gewisser Weise würde dies ›ein Tag wie jeder andere‹ sein. Mein Freund Joachim arbeitete für eine Kosmetikfirma, die sich kürzlich mit dänischen Herstellern zusammengetan hatte: Cremes aus Algen und Kaviar oder so ähnlich. Er hatte unbedingt an einem tagelangen Seminar in Kopenhagen teilnehmen müssen, das erst am 25. August zu Ende sein würde. Und meine Mitbewohnerin und Schwägerin Verena war von der Krankenkasse zwei Wochen an die Ostsee geschickt worden und würde an diesem Nachmittag erst zurückkommen. Deshalb hatten wir das Feiern auf den kommenden Abend verlegt.

Ich zog meinen Reitdress an und verließ das Haus. Verenas Kinder ließ ich schlafen, denn noch waren Sommerferien. Nicole hätte mir sowieso nicht gratuliert, weil das nett gewesen wäre, und sie vermied es konsequent, nett zu sein. Sie ist fünfzehn und pubertiert aus Leibeskräften seit mindestens drei Jahren, ein Ende ist nicht abzusehen. Nicole ist meine Nichte, die Tochter meines Bruders.
Der kleine Pascal dagegen war ganz von selber nett, er konnte nicht anders. Er hatte mir schon am Vorabend mein Geschenk überreicht, weil er die Spannung nicht mehr aushielt: »Pack mal aus, Kerstin, ich will gucken, wie du dich freust, aber gratulieren tu ich erst morgen!« Er hatte Stickgarn in schönen Rosa-, Blau- und Grüntönen für mich gekauft. Pascal ist noch nicht einmal acht – und ich bin trotzdem sicher, dass er sich dieses Geschenk ganz allein ausgedacht hatte. Seine Mutter wäre nie auf die Idee gekommen. Seine Schwester schon gar nicht.
Pascal ist übrigens *nicht* mein Neffe. Sein Vater ist ein Polizeibeamter in Pinneberg, ein netter, kräftiger und seelenvoller Mann, der sich im Privatleben ›Kerli‹ rufen lässt. Obwohl wir also nicht verwandt sind, mag ich Pascal viel lieber als seine merkwürdige Schwester.
Ich fuhr nach Heidgraben zum Reitstall, um Flocke von der Weide zu holen, ein großes weißes Pony mit vielen braunen Sprenkeln. Sie gehörte mir nicht. Ich hatte nur eine Reitbeteiligung und durfte zwei Mal in der Woche mit ihr Ausflüge machen.
Das Pony kam gleich angelaufen, als es mich erkannte. Ich klopfte seinen warmen, rauen Hals und sagte: »Gratulier mir mal, Flocke, ich hab heute Geburtstag!« Worauf es den Schweif beiseite bog und seinen Blähungen freien Lauf ließ. Aber vielleicht war das Zufall.

Bevor ich Flocke bürstete, ihr die Hufe putzte und den Sattel auflegte, fütterte ich sie mit Äpfeln. Ich persönlich liebe die kleinen roten Augustäpfel und die Klaräpfel aus meinem Garten, die an meinem Geburtstag schon reif sind. Flocke legte Wert auf süße Äpfel vom vorigen Herbst, sie durften gern etwas verschrumpelt sein.

Schließlich trabten wir vom Hof, ein Stück die Autostraße entlang, in den Wald und zwischen Feldern hindurch. Hin und wieder lungerte noch ein wenig Nebel auf den Wiesen herum.

Für meine Begriffe gibt es auf der Welt keine schönere Landschaft als die Gegend um Pottschrapels. Da kann sich die Toskana auf den Kopf stellen.

Ein junges Kaninchen schaute uns neugierig hinterher und hoppelte eilig ins Gebüsch. Über uns – oder über dem kleinen Karnickel? – kreiste ein Bussard.

Der Sattel knarrte und quietschte leise bei jeder Bewegung. Flocke purrte die Fliegen weg, die ihr Maul umschwirrten.

In den Knicks wuchsen massenhaft Brombeeren. Ich stieg ab, pflückte davon und reichte auch Flocke hin und wieder eine Hand voll.

Als ich wieder zu Hause war, räumte ich auf. Während ich die Betten machte, sang ich vor mich hin. Verena hat mir haarklein auseinander gesetzt, wie pervers es ist, wenn jemand am Aufräumen Spaß hat. Aber jetzt war sie ja gerade nicht da.

Pascal erschien mit verstruwweltem Haar aus seinem Zimmer und gratulierte nun kräftig. Wir frühstückten zusammen. Pascal wollte mit dem Rad zu seinem Freund Svenni und dann weiter ins Freibad nach Moorrege. Der Sommer war eine traurige, nasskalte Angelegenheit gewesen. Erst

seit Mitte August gab es täglich Sonne und tropische Temperaturen.
Um zehn machte es leise ›Klick‹ und die Schaltuhr knipste das Licht im Aquarium an. Ich hockte mich davor und betrachtete meinen wunderschönen Unterwassergarten mit den anmutigen bunten Bewohnern. Dann bemerkte ich: Die Mollydame Isabell besaß plötzlich eine schlanke Taille, nachdem sie am vergangenen Abend noch dick wie eine schwarze Kastanie an mir vorbeigeschwommen war.
»Naaa – Isabell?«, sagte ich. Sie drehte bei, tauchte im grünen Gewirr der Wasserpest unter und wollte nicht darüber reden. Stattdessen kam die handfeste kleine Bulma unter der Holzwurzel durchgetaucht, eifrig und gierig um sich blickend. Für mich sah es so aus, als ob sie auf beiden Backen kaute. Sushi für Bulma? Ich musste mich beeilen.
Ich griff mir den Kescher und sammelte in der nächsten halben Stunde winzige Mollybabys ein, die versuchten, sich zwischen den Wasserpflanzen zu verstecken, weil sie in mir den bösen Feind vermuteten – statt in Bulma. Zwanzig Stück, schwarze, goldene und goldschwarze. Einige saßen noch ganz benommen auf Blättern oder auf dem Kies, ein Zeichen dafür, dass sie gerade erst angekommen waren. Sie wurden in die durchsichtige Kinderstube gesetzt, die vorn oben im Aquarium schwimmt, und erhielten eine Prise Aufbaufutter für Jungfische. Eine Schwimmpflanze setzte ich auch dazwischen – ich hatte die Erfahrung gemacht, dass die kleinen Racker ziemlich früh mit Revierkämpfen von der Sorte: Hau ab da, das ist mein Krümel! loslegten. Dann war es gut, wenn zartere Exemplare sich hinter Blättern bergen konnten.
Nachdem ich den Deckel wieder aufgesetzt und das Licht darin eingeschaltet hatte, entdeckte ich natürlich noch ein

Baby. Kleiner als die anderen, goldgelb, mit schwarzem Zappelschwänzchen und riesigen schwarzen Augen. Süß. Ich sammelte es ein und kippte es zu seinen Geschwistern. Einundzwanzig Mollybabys!
Und alle feierten am selben Tag Geburtstag wie ich.
Früher hatte ich gedacht, Zierfische wären entsetzlich langweilig. Sie schwammen von links nach rechts und machten Blubb, und dann schwammen sie von rechts nach links und machten noch mal Blubb, und das war's. Einschläfernd.
Was für ein Irrtum.
Seit ich sie beobachtete, begriff ich, dass da ganz unterschiedliche Persönlichkeiten herumpaddelten. Einige stockdumm, einige ganz schön pfiffig. Menschenfreundliche mit großem Interesse an Kommunikation, Stumpfsinnige ohne jedes Interesse, nicht einmal an Fressen oder Sex, Ehrgeizige, denen es viel bedeutete, sich ein Revier zu erobern und zu verteidigen.
Nachdem ich die Fische versorgt hatte, spielte ich ihnen ein bisschen auf dem Klavier vor: die »Forelle« von Schubert. Da klingelte das Telefon zum ersten Mal an diesem Tag.
»Mein heiß geliebtes Mädchen, alles Gute zum Geburtstag! Ich vermisse dich! Vermisst du mich? Morgen bin ich ja wieder da, und dann wird gefeiert ...«, sagte Joachims helle, heitere Stimme. »Ich habe ein feines Geschenk für dich!«, fügte er fröhlich hinzu.
Ich wusste, was es war. Mein Bruder Bertil, der Juwelier ist, hatte gepetzt; mich angerufen und sich darüber aufgeregt, dass Joachim einen Mondsteinring, herabgesetzt und mit kleinen Fehlern, haben wollte. »Der Kerl steht doch wirtschaftlich weiß Gott nicht schlecht da!«, hatte Bertil geschimpft.

Ich fand das nicht so schlimm. Wir wollten schließlich noch in diesem Jahr heiraten und so gesehen sparte Joachim gewissermaßen unser gemeinsames Geld. Sicher war der Ring trotzdem schön.

Später am Vormittag brachte mir der Postbote ein Wertpaket. Eine pompöse Glückwunschkarte vom großen Bruder und – ein paar hübsche Mondsteinohrringe, in Silber gefasst. Die passten ganz bestimmt genau zu Joachims Ring.

Ich rief Bruder Bertil im Geschäft an und bedankte mich. Es war gerade kein Kunde da, deshalb berichtete er mir ausführlich von seinen Sorgen mit Hühnchen. Hühnchen – seine Freundin seit etwa einem Jahr, jung, schön und schwierig.

Wir versicherten uns gegenseitig, dass wir uns bald mal in Ruhe sehen und sprechen müssten. Demnächst.

Schließlich meldete sich auch noch Lars, mein Sohn. Er gratulierte herzlich und kündigte für Sonntagnachmittag seinen Besuch an ›bei euch da draußen‹. Fast sechs Jahre lang hatte er mit ›da draußen‹ gewohnt, bevor er nach Hamburg gezogen war. Jetzt war er wieder mit Leib und Seele Großstädter. Zurzeit besuchte er die Kunsthochschule.

Nachmittags kam Verena von ihrer Kur an der Ostsee zurück. Sehr braun gebrannt, noch etwas üppiger als vorher, an den Schläfen geradezu weißblond gebleicht.

»Na, Alte? Bist du jetzt auch endlich unter den Erwachsenen?«, sagte sie lächelnd und umarmte mich. Sie hatte mir ein zartviolettes Negligé mitgebracht mit vielen Rüschen und Spitzen, gleichzeitig unschuldig wie ein Taufkleid und sündhaft wie eine Tropennacht.

»Das ist entzückend, vielen Dank!«, sagte ich und hielt es mir vor dem Spiegel unters Kinn. »Obwohl – würde es zu dir nicht besser passen als zu mir? Ich bin doch mehr der sportlich-schlichte Typ. Normalerweise trag ich nachts klassische Pyjamas …«

»Normalerweise trag ich nachts überhaupt nichts!«, sagte Verena und lachte laut. Sie hat ein aufreizendes, kehliges Lachen, das die meisten Männer nervös macht. Ich war selbst dabei, als sie sich's antrainiert hat, damals, im Internat.

Wir kamen zur gleichen Zeit in dieses Landschulheim auf einer Nordseeinsel. Wir teilten ein Zimmer. Wir gingen in dieselbe Klasse, obwohl sie fünfzehn Monate älter ist. Und wir waren beide aus Hamburg. Deshalb dachte sofort jeder, dass wir Freundinnen sein müssten.

Wir fielen sogar selbst drauf rein.

Ich half Verena bei den Schularbeiten und bei ihren Briefen nach Hause. Ich nähte Kleinigkeiten an ihrer Kleidung, weil ich es unmöglich fand, wenn sie zerfetzt herumlief – und weil es ihr selbst gleichgültig war. Dafür erzählte sie mir alles, was sie über Sexualität wusste, und das war nicht wenig. Es dauerte nicht lange, und sie sammelte praktische Erfahrungen. Ich war immer ganz entsetzt und warnte sie vor den Folgen. Wenn es nun rauskam! Wenn sie nun schwanger würde! Verena lachte mich kehlig aus.

Sie kam aus zerrütteten Familienverhältnissen, deshalb lud ich sie sogar mal über die Weihnachtsferien zu mir nach Hause ein. In Hamburg wohnte ich bei meiner zarten, feinen kleinen Urgroßmutter, die, sobald sie allein mit mir war, flüsterte: »Dieses Mädchen ist schrecklich ordinär, Kind, warum hast du sie nur hergebracht?«

Silvester feierten das ordinäre Mädchen und ich bei meinem großen Bruder und seiner ersten Frau, die ich sehr gern hatte. Ich fühlte mit meiner Schwägerin und war unendlich böse auf Verena, als man sie noch im alten Jahr mit

Bertil im Wintergarten erwischte, nicht direkt in flagranti, aber fast. Meine Schwägerin machte einen Riesenskandal und zog aus. Nach vielem Hin und Her führte das zur Scheidung und einige Jahre später heiratete Bertil wirklich Verena. Das hat unsere kleine Uromi glücklicherweise nicht mehr erlebt.

Was mich anging, so hatte ich in eben diesen dramatischen Weihnachtsferien, wenige Tage später, meine eigene ›erste Erfahrung‹. Natürlich wurde ich auf der Stelle schwanger. Verena wollte sich totlachen.

Ich ging von der Schule ab, heiratete Hals über Kopf, bezog mit meinem Mann eine hübsche Wohnung, bekam Lars und war erwachsen, ehe ich richtig begriff, was passiert war. Abitur hatte ich nun leider keins, und auch keine Berufsausbildung. Meine Urgroßmutter hatte davon geträumt, dass ich studierte, am liebsten Archäologie, weil sie mal mit einem Archäologen verlobt gewesen war, bevor sie Urgroßvater nahm.

Ich selbst wollte eigentlich immer gern Krankenschwester werden. Davon wollte Uromi aber partout nichts wissen. Sie meinte, das sei ordinär.

Verena ließ ihren unausgepackten Koffer mitten im Flur stehen, die Schuhe, aus denen sie geschlüpft war, dicht daneben, und telefonierte ausufernd mit Robert, ihrem Liebsten. In seinem Büro, denn er ist verheiratet.

Ich kämpfte mit mir, ob ich ihr nach dem Telefongespräch energisch klarmachen sollte, dass sie Koffer und Schuhe aus dem Weg räumen müsste – sie würde ›Ja, ja, gleich‹, sagen, tausend andere Dinge tun, und ich konnte mir den Rest des Tages am Koffer das Bein stoßen und über die Schuhe stolpern – oder ob ich die Sachen schnell selbst an

ihren Platz schaffte. Dann wusste ich jedenfalls, dass es wirklich geschah.
Ich packte, da ich nun schon mal dabei war, gleich den Koffer aus und hängte die Kleider in Verenas Schrank. Als ich fast alles einsortiert hatte, kam sie dazu. »O Gott, Mütterchen macht mal wieder Ordnung! Wer hat dir das eigentlich erlaubt? Musst du hier in meiner Schmutzwäsche wühlen? Warum lässt du den Koffer nicht einfach stehen, wo ich ihn hingestellt hab?«
»Zum Beispiel, weil es mir peinlich ist, wenn plötzlich Besuch kommt und dann dein Koffer und deine Stiletto-Pumps im Flur rumliegen. Und weil's mir um deine Klamotten Leid tut, wenn die tagelang nicht ausgepackt werden und sich zu Tode knittern …«
»Na und? Das hat dich nicht zu interessieren. Lass mich doch knitterig rumlaufen! Hast du eigentlich keine eigenen Probleme?«, fragte Verena. Sie musterte mich wütend aus ihren runden kleinen Augen und fügte giftig hinzu: »Nein – du hast keine eigenen Probleme! Das ist dein Problem.«
Letztendlich hatten wir uns gestritten, seit wir uns kannten. Wir waren so daran gewöhnt, dass wir kaum noch in einem anderen Ton miteinander sprechen konnten.
Ich warf den Pullover, den ich gerade zusammenlegte, auf Verenas Bett und ging runter, in die Küche, um Wasser aufzusetzen.
»Der Tee ist fertig!«, rief ich kurze Zeit später die Treppe hinauf, und Verena kam ins Wohnzimmer. Ich hatte Apfelstrudel in der Mikrowelle aufgetaut und Vanillesauce drübergegossen.
»Wird jetzt ein bisschen Geburtstag gefeiert?«, fragte Verena. »Wo ich in dieser Kur eh schon so aus dem Leim gegangen bin.«

»Pascal ist heute im Schwimmbad, aber wo deine Tochter steckt, weiß ich nicht. Bis mittags war sie im Bett, seitdem ist sie verschollen. Sollen wir sie suchen?«
»Nein, lass. So können wir uns besser unterhalten«, wehrte Verena ab. »Unterdrück mal deinen Futterstopf-Trieb!« Sie ließ sich auf dem Sofa nieder, nachdem sie alle Sofakissen auf den Sessel neben sich geworfen hatte. Das machte sie immer so, und immer ärgerte es mich. »Du, Kerstin – hat Robert hier angerufen, während ich weg war?«
»Ja. Zwei Mal. Irgendwie dachte er immer, du müsstest schon zurück sein.«
»Ja klar. Der Kerl wollte mich kontrollieren!« Verena bohrte ihre Kuchengabel heftig in den Strudel. »Nicht zu fassen. Er traut mir nicht.«
Vanillesauce spritzte auf die Sofalehne. Verena betrachtete mit einem gewissen Schuldbewusstsein die Spritzer und ging in die Küche, wo sie den Wasserhahn andrehte. Gleich darauf kam sie wieder, den Wischlappen vom Küchenbecken in der Hand.
Ich sprang auf und riss ihn ihr weg, bevor sie damit der Sofalehne nahe kommen konnte: »Bloß nicht! Der ist doch fettig!«
Dann rannte ich los, nahm ein frisches Geschirrtuch aus dem Schrank, machte einen Zipfel mit brühheißem Wasser nass und putzte damit energisch die Saucenspritzer aus dem Stoff.
Verena schüttelte den Kopf. »Ich mach alles falsch, was? Du findest ja auch falsch, dass ich mit Robert zusammen bin.«
»Du bist nicht mit ihm zusammen. Seine Frau ist mit ihm zusammen. Du hast eine Affäre mit ihm.«
»Kotz! Wenn ich dich höre … Was ist daran so schlimm?

Sie weiß nichts davon. Was sie nicht weiß, macht sie nicht heiß.«
»Du meinst, wenn dein Partner fremdgehen würde, wäre dir das völlig egal, Hauptsache, du weißt nichts davon?«
»Klar.«
Ich goss uns beiden noch eine Tasse Tee ein. »Bist du da sicher? Dir wäre es gleichgültig, wenn der Mann, der eigentlich zu dir gehört, es mit allen möglichen anderen Weibern treibt?«
»Naja, mit allen möglichen anderen Weibern … Das muss ich nun auch nicht haben.«
»Ich verstehe. Nicht mit vielen verschiedenen Frauen. Aber es wäre dir egal, solange er eine einzige feste Geliebte neben dir hätte?«
Verena zog ihre wohlgeformte Nase kraus. »Bei dir klingt das immer alles so tragisch und hässlich. Ein Seitensprung ist doch nichts Wildes. In Frankreich geht jeder fremd, dauernd, und die sind dabei vergnügt und können gut kochen. Liebe bedeutet doch nicht, sich aneinander festzuklammern. Wenn du jemanden liebst, dann lass ihn los …«
»Dir macht es vor allem Spaß, in fremden Gehegen zu räubern. Wenn es keine Gehege mehr gäbe, hättest du keinen Spaß mehr!«, gab ich zu bedenken.
Wie immer, wenn ihr die Argumente ausgingen, verdrehte Verena die Augen, hatte keine Lust mehr, sich zu unterhalten, und griff sich die TV-Fernbedienung.

Das Wetter blieb den ganzen Tag herrlich. Nach dem Tee arbeitete ich ein bisschen im Garten. Ich jäte gern Unkraut, weil ich dabei so gut nachdenken kann. Je sauberer die Gartenwege und die Beete werden, umso klarer werden auch meine Gedanken.

Warum, fragte ich mich, während ich zupfte, tat ich's mir eigentlich an, mit Verena zusammen zu wohnen?
Sie hatte schon öfter behauptet, durch ihre Unvollkommenheit würde ich mich noch vollkommener fühlen. Natürlich bestritt ich das. Aber wenn ich ganz schonungslos ehrlich war und es keinem weitersagte – doch, es bereitete mir ein gewisses Behagen, zuzuschauen, wenn Verena sich in ihrem eigenen Chaos verhedderte, um dann mit ordnender Hand einzugreifen und alles wieder an seinen Platz zu stellen. Und, ja: sobald ich eine Weile beobachtete, wie sie herumpatzte und sich in Terminen, Verpflichtungen und Emotionen verfing, wurde mir angenehm bewusst, wie wenig Probleme ich selbst mit so was hatte. Verenas Schwangerschaften beispielsweise waren Katastrophen gewesen.
Beide begannen mit missglückten Abtreibungsversuchen. Die Erste endete nahezu bei der Hochzeit. Verenas Bauch unter dem weißen Kleid ließ sich auch mit Gewalt nicht mehr verbergen. Vielleicht war ihr das wirklich egal. Auf einem Foto vor der Kirche streckt sie den Bauch extra vor und die Zunge heraus. Mein Bruder steht mit angespannten Kiefermuskeln daneben und ärgert sich deutlich.
Verenas zweite Schwangerschaft endete dann nahezu bei der Scheidung, weil Bertil bezweifelte, dass dieses zweite Kind von ihm war, und weil Verena das auch gleich zugab.
Mitten im Scheidungskrieg tauchte sie unter, ungefähr im achten Monat, und war nicht mehr zu erreichen. Verschwunden.
Ich lebte nach meiner eigenen Scheidung schon seit Jahren mit meinem Sohn in Blankenese. Lars war damals vierzehn und machte gerade mit seinem Vater Urlaub in Spanien. Ich fand es ganz entspannend, mal ein paar Wochen allein zu sein.

An einem brüllend heißen Julitag kam ich vom Einkaufen zurück. Ich holte im kühlen Treppenhaus meine Post aus dem Briefkasten, als ich ein seltsames Stöhnen hörte. Da hockte Verena verkrümmt auf den Treppenstufen über mir. Sie hatte verschmiertes Make-up im Gesicht, einen Bauch wie ein Wasserball und ein nasses Kleid.
»Die Fruchtblase ist, glaube ich, geplatzt!«, wimmerte sie halblaut. »Was soll ich denn jetzt bloß machen, Kerstin?«
Ich schob sie hastig in meine Wohnung und setzte sie auf einen Küchenstuhl, weil der abwischbar war – dann stürzte ich mit einem Handtuch zurück ins Treppenhaus und trocknete die Stufen. Danach rief ich Verenas Hebamme an (das war kompliziert, ich musste sie zunächst im Telefonbuch suchen) und erklärte ihr, wie es aussah und dass Verena auf keinen Fall in ein Krankenhaus wollte, weil sie sich auf eine natürliche Geburt eingestellt hatte.
Anschließend telefonierte ich herum und sagte allen elf Personen ab, die ich für den Abend eingeladen hatte.
Die Hebamme, Frau Habanitzki, kam mit einem Taxi, wedelte mit der Quittung und wollte das ausgelegte Geld zurückhaben, bevor sie das Baby holte. Von mir selbstverständlich. Verena hatte noch nicht einmal eine Handtasche bei sich.
Sie machten es sich auf meinem Teppich, einigen Decken und vielen Badelaken einigermaßen bequem, Frau Habanitzki und Verena, und gingen daran, Pascal auf die Welt zu bringen. Frau Habanitzki zeterte erst mal, sie übernehme keinerlei Verantwortung, denn das sei keine natürliche Geburt mehr, wenn das Fruchtwasser schon abgegangen wär. Dann beguckte sie sich die Angelegenheit näher und meckerte, die Fruchtblase sei ganz heil, wo wir denn Fruchtwasser gesehen hätten? Und ich fragte mich, was ich wohl im Treppenhaus aufgewischt haben mochte.

Trotz der Hitze musste ich die Fenster und Balkontüren schließen, damit meine Nachbarn nicht das Überfallkommando alarmierten. Frau Habanitzki fand auch, dass Verena übertrieb: »Schreien könn' Sie ja. Aber müssen Sie *so* schreien?«, fragte sie gereizt. Ich gab ihr innerlich Recht. Gleichzeitig wunderte ich mich, weshalb Verena eigentlich ausgerechnet diese derbe, unfreundliche Frau, die sie offenbar nicht leiden konnte, bei der Geburt zu Hilfe haben wollte. Warum hatte sie sich nicht jemanden ausgesucht, der netter zu ihr war?

Als ich mein Baby bekam, wuselten lauter liebe Menschen um mich herum, die mir die Angelegenheit erleichterten. Das hielt ich indessen auch für mein gutes Recht. Vielleicht fand Verena, dass sie kein Recht hatte, nett behandelt zu werden?

Ich saß auf dem Klavierschemel und guckte sie mir an, wie sie sich da am Boden auf den Handtüchern wand, völlig nackt – denn Frau Habanitzki meinte, jede Kleidung beenge jetzt nur, und heiß genug sei es sowieso. Der unnatürlich runde Bauch mit dem vorgestülpten Bauchnabel glänzte vor Schweiß. Verenas wundervolles Haar, von Natur honigblond, hing ihr gelb und ölig in den Nacken.

Ab und zu teilte die Hebamme uns mit, wie viele Zentimeter die Muttermund-Öffnung nun betrug. Mittendrin wollte sie Kaffee für sich selbst. Sie hätte eine böse Nacht hinter sich mit Zwillingen, von denen einer quer lag und zum Schluss sei die Sache ›beinah in die Grütze‹ gegangen und alle mussten ›mit Tatütata‹ ins Krankenhaus. Verena, entschied Frau Habanitzki, sollte lieber keinen Kaffee trinken. Und auch sonst nichts. Darüber jammerte Verena, solange sie nicht auf einer Wehe brüllte.

Ich tränkte einen Seiflappen in lauwarmem Wasser und

wusch ihr das verschmierte Gesicht und den verschwitzten Körper. Dann kochte ich Kaffee für die resolute alte Frau und füllte für Verena ein Schälchen mit Eiswürfeln zum Lutschen. Als Frau Habanitzki sich darüber aufregte, sagte ich ihr kurz und scharf, sie möge sich nicht darum kümmern, ich würde es schon verantworten. Daraufhin war sie mir gegenüber bedeutend respektvoller als vorher.

Verena lächelte mich schief an, als die Habanitzki mal die Toilette aufsuchte, und flüsterte mit ihrer heiser geschrienen Stimme: »Du kannst eben mit den Dienstboten umgehen …«

Gegen Abend erschien der kleine Pascal. Er trug die Nabelschnur um den Hals und schimmerte infolgedessen, sobald er den Kopf in die Welt steckte, himmelblau.

Ich hatte noch nie einen Menschen von so grotesker Farbe gesehen und schaute entsetzt der Hebamme zu, die an diesem blauen Köpfchen zerrte, als wollte sie es abreißen. Zumindest sah das für mich so aus. Allerdings wusste sie wohl ganz genau, was sie tat, denn gleich darauf flutschten die Schultern und dann der ganze kleine Körper von Pascal heraus. Frau Habanitzki streifte ihm die Nabelschnur vom Hals, er wurde sehr schnell graublau und bleich und rosa – und dann brüllte er.

Nun fühlte sich Frau Habanitzki elend. Sie musste sich setzen und einen Schnaps trinken. Ich wollte Verena ihren kleinen Jungen in die Arme legen, doch die fühlte sich auch elend, schob ihn weg – und schlief ein. Sie gab die Nachgeburt buchstäblich im Schlaf von sich.

Also war ich es, die Pascal abnabelte – einer musste es ja machen. Frau Habanitzki, die halb in meinem Fernsehsessel lag, erteilte mir mit schwacher Stimme Anweisungen. Ich wusch das Baby im Badezimmer und wickelte es locker in ein Handtuch. Anschließend zeigte ich ihm vom Balkon aus, wie schön die Erde ist. Bienen und Zitronenfalter schwebten um meine Blumenkästen herum, der schläfrige, heiße Sommerabend dehnte sich zufrieden, ein älteres Ehepaar ging gemächlich vorbei und unterhielt sich leise.

Pascal schaute mit milchigblauen Babyaugen in den Himmel und versuchte, wobei er angestrengt die Augenbrauen hochzog, an meiner Schulter zu lutschen. Oben auf seinem Kopf saß ein kleines gesträubtes Haarbüschel. Da verliebte ich mich schon in ihn.

Von drinnen rief Verena nach mir. Jetzt wollte sie endlich ihr Baby haben. Später machte sie mir heftige Vorwürfe, weil ich ihn gleich gewaschen hatte. Sie hätte ihm das Blut und das Fett, das seinen Körper bedeckte, gern einmassiert, das sei gesund.

»Wenn man dir ein paar Minuten was zu halten gibt, kann man Gift darauf nehmen, dass man es nur gewaschen wiederkriegt!«, sagte sie.

Verena wusste nicht, wohin mit sich und ihrem Baby. Sie war nach der Geburt sehr depressiv – und erst recht nach der Scheidung von Bertil, die bald darauf folgte. Ihr blieb fast sofort die Milch weg.

Als mein Sohn aus den Ferien kam, öffnete ich ihm die Tür mit Pascal auf dem Arm und einer Nuckelflasche in der Hand.

»Nanu«, sagte Lars, und gleich darauf: »Wie süß!« Er hatte schon immer starke Nerven.

Ein paar Monate später zogen wir dann alle nach Pottschrapels, nordwestlich von Hamburg. Lars und ich hatten vorher schon öfter gesagt, wir würden gern aus der Stadt wegziehen.

Ich kaufte das nette alte Haus am Ortsrand und nahm Verena bei mir auf. Nach vielem Wenn und Aber ließ Bertil ihr auch Nicole. Er fand es wohl beruhigend, dass seine Tochter in meinem Haus aufwachsen konnte – wenn sie schon bei Verena sein musste.
Zuerst war es sehr idyllisch mit den drei Kindern und der Katze Sophie, die uns zugelaufen war. Verena war mir unendlich dankbar. Nach einer Weile ging mir ihre Dankbarkeit auf die Nerven. Und ihr auch.
Die Katze Sophie stürzte sich unter ein Auto, und wir fingen wieder an, uns zu streiten.

Pottschrapels ist ein plattdeutsches Wort und bedeutet soviel wie letztes Restchen, das, was noch aus dem Topf zusammengekratzt wird. Offenbar lag es mal am Ende der Welt.
Es schwebt jedoch ein zarter Hauch von Kultur über dem Städtchen. Zum Beispiel liegt hier eine wunderschöne alte Klosterkirche mit etlichen historischen Gebäuden rundherum, in denen adelige Stiftsdamen saßen, von denen eine mit Goethe höchstselbst korrespondierte. Darauf ist Pottschrapels immer noch ziemlich stolz.
In einem gepflegten Waldstück befindet sich ein weißes Herrenhaus, zum Museum umfunktioniert, in dem man auf Filzpantoffeln umhergleiten darf.
Außerdem gibt es eine Art Naturmuseum, ein großes Parkstück mit Ententeich und eingearbeitetem Restaurant. Hier sind viele verschiedene Rosensorten zu besichtigen, jede mit ihrem Namensschildchen vor sich im Beet. Denn Pottschrapels ist, sehr zu Recht, über die Landesgrenzen hinaus als Rosenstadt bekannt. Zumindest bei Leuten, die sich für Rosen interessieren.

Von Osten her pirscht sich der Nachbarort, Booksteed, immer näher an Pottschrapels heran. Das Wort Booksteed hat natürlich ebenfalls plattdeutschen Ursprung – obwohl sich die Experten streiten, was es eigentlich bedeuten soll. Die Stätte, an der die Buchen stehen? Wirklich relevant wurde das Problem, als die beiden prächtigen Bürgermeister der Nachbargemeinden und einige andere Sachverständige beschlossen hatten, offiziell zusammenzufügen, was sowieso heimlich zusammenwucherte; alle zerbrachen sich den Kopf, was auf dem Ortsschild stehen sollte. Pottsteed? Das hieße Topfstätte, ziemlich trivial. Oder lieber Bookschrapels – also Buchenkrümel – ? Vielleicht, weil sich einfach kein vernünftiger Name für das zusammengeknetete Städtchen finden ließ, wurde die Fusion zunächst mal wieder aufgegeben.
Wir lebten gern hier. Wunderbare Luft, großartige Einkaufsmöglichkeiten, ein reizender kleiner Markt einmal die Woche. Und Parkplätze! Parkplätze!!
Nur, wer jahrelang in Hamburg umhergeirrt ist, im immer weiteren Bogen um immer weitere Blocks, während der Magen knurrt und die Augen tränen, in dem verzweifelten Bemühen, das Auto jedenfalls einigermaßen in der Nähe des Zielortes unterzubringen – nur der versteht, was es bedeutet, direkt vor der Tür halten und den Wagen gemütlich zurechtrücken zu können, keine Parkuhr oder sonstige Maschine mit dem restlichen Silbergeld voll stopfen zu müssen und sich nicht scheu nach gierigen Politessen umzublicken.
Wir richteten uns nach und nach sehr hübsch ein. Ich bin recht tüchtig im Streichen und Tapezieren, Vorhänge nähen oder sogar Lampenschirme beziehen. Und Verena widersetzte sich meinen Ideen nicht.
Der Garten war mein Ein und Alles. Ich verlegte Platten und Fliesen für geschlängelte Gartenwege, lichtete die

Düsternis, indem ich Büsche und Gestrüpp beschnitt und entfernte, setzte klostergartenähnliche Kräuterbeete an, getrennt durch kleine Buchsbaumhecken. Natürlich wuchsen überall Rosen – wozu lebte ich in der Rosenstadt?
Da ich Blattläuse hasse, und da Blattläuse den Geruch von Lavendel hassen, stand an allen Ecken und Enden dieses gesegnete Kraut mit den graugrünen Blättern und den zarten blauvioletten Blüten. Inzwischen, um ehrlich zu sein, gab es mehr Lavendel im Garten als irgendetwas anderes. Von Mai bis Oktober lag der charakteristische Lavendelduft über dem Garten, zuverlässig und beruhigend.
Leider stimmte Verena mit den Blattläusen überein: Ihr wurde übel von dem Geruch. Er erinnerte sie an Krankenhäuser oder Jugendherbergen und Zwang und Keuschheit und Klöster, sagte sie.
Aber letztendlich war sie sowieso ziemlich selten in unserem Garten.

Verena fuhr am Abend los, um sich mit dem verheirateten Robert in der Wohnung seines Freundes zu treffen. Ich schlenderte durch die Sommernacht im Garten, guckte mir die Sterne an und freute mich. Ich freute mich über die Schönheit der Nacht; ich freute mich auf Joachim, der morgen zurückkam; ich freute mich auf meine große Geburtstagsfeier am kommenden Abend; ich freute mich auf die Hochzeit mit Joachim im Oktober oder November. Nicht, dass ich vor Liebe zu ihm halb wahnsinnig gewesen wäre; aber wir verstanden uns gut und stimmten in vielen Beziehungen überein. Ich empfand bei ihm Geborgenheit und Frieden. Er verfügte über gute Erziehung und guten Geschmack. Es würde schön sein, mit ihm zusammen alt zu werden.

Vor lauter Freude setzte ich mich, als ich wieder im Haus war, ans Klavier, um die »Ode an die Freude« zu spielen. Nach wenigen Takten begriff ich plötzlich, dass ich dabei war, ein Tabu zu brechen, und ich hörte auf der Stelle auf. O nein. Mein Geburtstag war kein düsterer Gedenktag, auf keinen Fall!

Ich kümmerte mich erst mal darum, Pascal ins Bett zu bekommen. Nicole war immer noch bei Freunden, hatte inzwischen aber angerufen und versichert, sie wäre vor zwölf zu Hause.

Nachdem ich völlig überzeugt davon war, dass Pascal jetzt tief und fest ratzte –, stand er in seinem Sommerschlafanzug vor mir. »Ich kann überhaupt nicht schlafen, Kerstin. Weil's so warm ist. Darf ich noch mal die kleinen Fischlein angucken?«

Wir gingen gemeinsam zu den neuen Babys. Dann gab ich ihm ein Glas Saft und brachte ihn wieder ins Bett.

»Hast du was, Kerstin? Du guckst so komisch. War dein Geburtstag nicht schön, weil keiner gekommen ist?«

»Der wird doch morgen gefeiert. Gucke ich komisch? Vielleicht macht es mir zu schaffen, dass es mir so gut geht. Alle Menschen, die ich kenne, haben Sorgen. Ich habe keine. Das ist mir etwas unheimlich, verstehst du?«

Pascal gähnte. »Wenn du welche haben möchtest, kriegst du ja vielleicht bald welche …«

Als ich ihm noch ein bisschen vorlas, schlief er dann doch ein.

Ich knipste das Radio an und hörte leise Musik, während ich mich allein wieder vor das Aquarium setzte. Mittags wurde das Licht für zwei Stunden ausgeschaltet. Jetzt, am späten Abend, war die Unterwasserlandschaft hell erleuchtet.

Die am Vormittag angekommenen Mollykinder huschten munter durcheinander wie ein Insektenschwarm. Kugelfisch Günther zog majestätisch vorbei. Von Kugelfischen wird behauptet, sie fressen alles, was lebt, vor allem arme kleine Fischbabys. So einer war unser Günther nicht. Er fraß Schnecken, denn das war sein Job, ließ jedoch auch winzigste Guppybabys ungeschoren. Dafür war er ein Nervenbündel und neigte dazu, in großen Sprüngen wie Flipper aus dem Wasser zu hopsen, sobald er mitbekam, dass ihn kein Deckel daran hinderte. Hin und wieder sprang er auch daneben. Einmal war er auf dem Fernseher gelandet, ich hatte ihn gerade noch mit beiden Händen erwischt und zurück ins Wasser gleiten lassen.
Marisa und Bonny, die beiden Guppymädchen, flirteten mit den schönen Guppyjünglingen Romeo und Gisbert. Interessanterweise kümmerte sich Marisa nur um Romeo und Bonny nur um Gisbert, und auch die Fischmännchen waren allein auf die derzeitige Partnerin konzentriert.
Das Radio spielte den »Tango Bolero« von Juan Llossas. Die Musik im Hintergrund erweckte zwingend den Eindruck, dass die Fische tanzten. Sie schwebten stolz und elegant zwischen den Pflanzen umher, immer dicht an der Nase des jeweiligen Tanzpartners vorbei. Die Männchen setzten im entscheidenden Augenblick, wenn sie im Profil zu sehen waren, jeden Fetzen Flosse.
Manchmal verschwand einer der Beteiligten für längere Zeit in den Pflanzen, vermutlich, um den Partner ungeduldig zu machen. Der Alleingebliebene tat inzwischen so, als falle ihm das nicht weiter auf. Irgendwann erschien der Versteckte wieder, die schönen bunten Schleier wurden mit einem Ruck gespreizt wie Fächer und der Tanz ging weiter. Immer erotischer. Gut, dass Pascal schlief.

Ich saß völlig fasziniert von diesem Schauspiel, als das Telefon klingelte.
Meine Tante Svea aus Toronto gratuliert mir zuverlässig an jedem Geburtstag. Nur meist recht spät, da sie sechs Stunden früher lebt als wir in Europa.
»Alles Gute, Honey! Herzlichen Glückwunsch. Ich dachte so an dich. Und an deine armen, armen Eltern ...«
»Bitte nicht, Tante Svea –«
»Ach, Darling, ich hatte vergessen ... wir müssen nicht darüber reden. Geht es dir gut? Störe ich dich? Was machst du gerade?«
»Ich sehe meinen Aquarienfischen beim Liebesspiel zu.«
Tante Svea war erst ein paar Sekunden still, dann lachte sie herzlich. »O mein Gott, Kerstin! Eben habe ich wirklich einen Moment lang gedacht, du meinst das ernst ...«

Ziemlich spät in der Nacht ging auch ich zu Bett. Schon nach zwölf – ich hatte nicht mehr Geburtstag. Nicole war inzwischen wirklich nach Hause gekommen, Verena nicht.
Ich betrachtete zweifelnd das lila Negligé und zog einen leichten Pyjama an. Dann kuschelte ich mich im Bett zurecht und griff nach dem Buch, das auf meinem Nachtschrank lag. Egal, wie spät es war, ein bisschen wollte ich vor dem Einschlafen lesen. Gerade, als ich das Buch aufschlug, klingelte es an der Haustür.
Das musste ein Irrtum sein. Wer konnte um diese Zeit was von uns wollen? Beim zweiten Klingeln hielt ich es für einen dummen Streich. Wenn niemand reagierte, würde der Klingler schon verschwinden.
Beim dritten stand ich kopfschüttelnd auf, zog meinen Morgenrock über, begab mich nach unten und riss die Tür mit einem Ruck auf.

Vor mir stand eine ältere Frau, die große Handtasche unter den Arm geklemmt. Sie blinzelte mich im Licht der Straßenlaterne unsicher an. Sehr breite Schultern, ein knochiges Gesicht – welliges, graugesträhntes Haar – helle Augen, die beide nach außen blickten wie schlecht eingestellte Scheinwerfer …

An irgendwen erinnerte die Person mich. Sie rührte Gefühle auf, bevor mein Kopf begriff, wen ich vor mir hatte. Tatsächlich, dachte ich schwerfällig, die hier sieht aus wie … wie eine Karikatur von … aber natürlich viel älter als … Könnte das etwa –?!!

»Alma?«, sagte ich leise und ungläubig. Jetzt glaubte sie ihrerseits auch, dass ich es war. Sie fiel mir um den Hals.

Sie roch nach Keller und nach Mottenkugeln und nach altem Zigarettenrauch und ein bisschen nach Birkenhaarwasser. Ich hielt sie fest und klopfte ihr auf die Schulter.

»Mein Kerstin! Mein lütten Schietbüddel – das bissu ja wirklich!«, sagte Alma beglückt. Sie blickte scharf und angespannt über die Schulter zurück und drängte ins Haus: »Du, lass mich man rein, die sin hinner mir her … Kann ich wohl hierbleim? Gehtas wohl?«

Ich brachte sie ins Gästezimmer im Souterrain und bezog ihr das Bett, während Alma mir anvertraute, die Behörden wollten sie einsperren. Oder abmurksen.

»Welche Behörden, Alma?«

»Weissich das? Ich versteh das auch allens nich. Den ganzen Tag ham sie mich gejaacht und gehetz. So ein fiesen Kerl mit fischkalte Augen. Ich kann dir sagen. Hassu 'n Nachthemd für mich?« Alma entkleidete sich beherzt. Ihr Büstenhalter sah aus, als hätte jemand Sprungfedern eingearbeitet.

Ich holte ein Riesen-T-Shirt mit Goofy-Aufdruck und zog

es ihr sanft über die drahtigen Wellen. Seit sie im Haus war, gähnte sie dauernd und wirkte todmüde. Schläfrig versicherte sie mir noch ein paar Mal, die Behörden wollten sie umbringen, abstechen oder so. Die machen das, und man merkt nichts. »Das liessu nie inne Zeitung, mein Lütten, glaub mir das!«
»Schlaf dich richtig aus, Alma. Hier kriegen sie dich bestimmt nicht. Und morgen beim Frühstück erzählst du mir alles, ja?«
Alma gähnte breit. »Ja.« Legte sich im Bett zurecht, schob eine Hand unter das Kopfkissen und überlegte: »Was war das noch – irgendwas wollt ich dir doch noch sagen?«
Ich stand wartend in der Tür. »Fällt's dir ein?«
»Nee. Doch, ja. Rolf stirbt. Das mussu doch wissen …« Ihre Stimme vermurmelte. Sie schlief schon.
Rolf starb? Und die Behörden wollten Alma abstechen?
Ich ging zurück in mein Bett, machte das Licht aus und starrte in die Dunkelheit. Da war meine düstere Vergangenheit auf einmal vor mir aufgebrochen wie ein altes Geschwür. Na also, schon hatte ich ein paar Sorgen.

Das 3. Kapitel

beschreibt den plötzlichen Sturz von einer Welt in eine andere

Um meinen zehnten Geburtstag – den Ersten mit einer Null – besonders schön zu feiern, beschlossen meine Eltern, einen Alsterdampfer zu mieten und damit durch die Fleete zu fahren. Die Mädchen in meiner Klasse standen Kopf und schmeichelten sich auf jede erdenkliche Weise Wochen vorher bei mir ein, seit das bekannt war. Ich gab jeder eine Einladung, allen neunzehn Mädchen. Ein Alsterdampfer ist groß.
Im Grunde konnte ich mich überhaupt nur an schöne Geburtstage erinnern. Ich war ein Nachkömmling, fast zwölf Jahre jünger als mein Bruder, und ich wurde sehr geliebt. Immer gab es große Feiern mit vielen Kindern, meist in unserem Garten. Torten und Eis, Topfschlagen und Lampions. Einmal war ein echter Zauberer da gewesen, der Kaninchen und flatternde Tauben aus seinem Zylinder holte. Einmal wurden alle Geburtstagsgäste ins Kindertheater eingeladen. Ich trug jedes Mal ein neues Kleid, das meine Mutter vorher mit mir kaufte. Hell und mit Rüschen oder Spitze. Je größer ich wurde, desto kürzer wurden diese Kleider. Das lag an der Mode. Meistens hatte ich weiße Schleifen im Haar. Manchmal auch einen Blumenkranz.

Noch vor dem Frühstück bekam ich meine Geschenke. Ein antikes Puppenhaus (an dem meine Mutter bestimmt genau-

so viel Freude haben würde wie ich) – neue Reitstiefel – viele schöne Bücher – die Noten der »Kinderszenen« von Schumann – ein Hochzeitskleid für meine Barbiepuppe – und ein bezauberndes Medaillon aus Altgold. Schmuck gab es immer. Schließlich war bereits mein Urgroßvater Juwelier gewesen. Mein großer Bruder hatte mir ein Paket geschickt mit einer echten, perlenbestickten Indianertrommel. Er war gerade bei Tante Svea in Kanada.
Babette, unser wuschelköpfiges Au-pair-Mädchen, gratulierte mir ebenfalls in ihrem ulkigen Deutsch. Sie schenkte mir einen süßen Plüschhund.
Mein Vater fuhr mich zur Schule und gab mir einen Kuss: »Bis heute Nachmittag, Engelchen! Freu dich drauf!«
Er und meine Mutter würden sich beide, wie immer an meinem Geburtstag, den Nachmittag frei nehmen, obwohl es ein ganz gewöhnlicher Montag und Arbeitstag war. Meine Eltern arbeiteten gemeinsam in unserem Geschäft in der Innenstadt, deshalb sah ich sie normalerweise nur morgens und abends und am Wochenende.
Meine Lehrerin, Frau Sonderburg, und die Kinder in meiner Klasse gratulierten mir, ich bekam eine Kerze auf meinen Tisch und wurde angesungen. Alle lächelten mich an.
Ich wusste, dass Frau Sonderburg mich gern mochte. Ich hatte mal gehört, wie sie halblaut zu einer anderen Lehrerin sagte: »Kerstin Brodersen ist wirklich ein angenehmes Kind. Da merkt man das Zuhause …«
Die Sonne schien strahlend hell und warm, Geburtstagswetter. Katja Schütt verlangte dann allerdings, dass die Gardinen zugezogen wurden, sonst bekäme sie einen Sonnenstich. Katjas neuer Haarschnitt, ein ›Affenkopf‹, stand ihr leider überhaupt nicht. Ihrem Vater gehörte ein Hotel und

sie gab ebenfalls imponierende Geburtstagsfeiern. Seit der Scheidung ihrer Eltern war Katja jedoch oft zickig und schwierig und nicht mehr sehr beliebt.
Meine Eltern, da war ich sicher, würden sich niemals scheiden lassen, denn sie liebten sich innig – obwohl meine Mutter schon Mitte vierzig war und mein Vater noch viel älter. Trotzdem sahen beide gut aus und ich war stolz auf sie.
Auf einmal glaubte ich, mein weiteres Leben vor mir zu sehen wie auf einer breiten, heiteren Straße. Ich würde größer und hübscher werden (einstweilen hatte ich zu große Füße und war zu dünn), ich würde mit meinem Vater tanzen, so in zehn, fünfzehn Jahren, bei meiner eigenen Hochzeit, im langen weißen Kleid. Ich würde einen Mann heiraten, der genauso wunderbar wäre wie mein Vater. Alles würde immer schön bleiben – weil alles immer schön gewesen war und sich noch steigerte.
Nach dem Unterricht verabschiedete ich mich von den anderen mit: »Bis nachher!« und ging zu Fuß nach Hause.
Auf mein Klingeln öffnete mir Babette. Meine Eltern waren beide noch nicht da. Ich zog mein neues weißes Geburtstagskleid mit den schwarzen Samtschleifen an und setzte mich im Wohnzimmer ans Klavier, um ein bisschen zu spielen. Weil ich so froh war, spielte ich die »Ode an die Freude«. Ich bekam seit vier Jahren Unterricht, und allmählich hörte es sich schon ganz gut an.
Es duftete nach Kalbsbraten. Der Tisch im Esszimmer war gedeckt, Frau Plück, die an den Wochentagen bei uns putzte und kochte, rumorte in der Küche herum. Mein Magen rumorte auch und ich sah ungeduldig auf die Uhr. Schon fast zwei! Was mochte meine Eltern aufhalten?
Dann hörte ich eine Tür zuschlagen, und ich sprang auf und in den Flur: »Mami?!«

Da stand meine Mutter und lächelte mich an. Sie zeigte dabei auf die Küchentür. Und dann ging sie in die Küche hinein und schloss die Tür hinter sich. Ich blieb verdutzt stehen. Was sollte das? Warum hatte sie nichts gesagt? Und wo war mein Vater?
Ich rannte hinterher, riss die Küchentür auf – und sah nur Frau Plück, die am Herd stand und in der Sauce rührte.
»Wo … ?«, fing ich an. Dann machte ich den Mund wieder zu. Wenn meine Mutter vor zwei Sekunden in die Küche gekommen wäre, würde Frau Plück nicht so ruhig dastehen. Hatte ich mich geirrt? Gesponnen? Geträumt? War ich verrückt? Ich bekam Angst.
Frau Plück drehte den Kopf und knurrte: »Watt denn nu? Die Kartüffeln sin alle verkocht, die sin Matsch, da kann ich nix mehr bei helfen!«
»Ich weiß auch nicht, Frau Plück. Und wenn meine Eltern kommen, müssen wir ja sofort los. Dann können wir eigentlich gar nichts mehr essen …«
»Zu was koch ich denn überhaupt?«, fragte Frau Plück beleidigt und knallte den Deckel auf einen Topf.
Es wurde Viertel nach zwei. Ich machte mir inzwischen große Sorgen. Meine Eltern waren beide enorm pünktlich. Ich ging zum Telefon und wählte die Nummer unseres Geschäfts. Niemand nahm ab. Das wunderte mich. Wenn meine Eltern schon unterwegs waren, dann mussten doch die beiden Verkäufer auf jeden Fall da sein!
Babette wurde auch nervös. Sie war mit ihrem Freund verabredet. Sie fragte mich, ob ich meinte, dass sie einfach losgehen könnte.
Ich nickte, und Babette verließ das Haus.
Ich habe sie nie wieder gesehen.
Um halb drei, das wusste ich, wollte der Alsterdampfer ab-

legen. Meine Freundinnen dürften jetzt schon am Anleger stehen, auf mich warten und sich wundern, wo ich blieb.
Da klingelte das Telefon. Frau Plück hatte gerade ihre Jacke übergezogen, wollte nach Hause und überlegte noch, ob sie mich allein lassen sollte. Sie nahm eilig den Hörer ab und meldete sich: »Plück bei Brodersen – –?«
Dann schwieg sie lange. Ich schaute ihr Gesicht an, das breite, derbe Gesicht mit den schmalen Lippen und den hellen Augen, die etwas nach außen schielten. Sie wurde immer weißer um die Nase, je länger sie zuhörte. »Ja … ja … ja, das versteh ich …«, murmelte sie ab und zu leise. Sie mied meinen Blick.
Ich ging langsam aus dem Wohnzimmer und die Treppe hoch in mein Zimmer. Hier setzte ich mich auf mein Bett. Über mir rüschte sich ein Vorhanghimmel aus pastellfarbenem Organza. Neben mir saßen meine Stofftiere. Der neue Plüschhund war auch dabei. Vor dem Fenster stand mein kleiner antiker Schreibtisch, auf dem die Geburtstagsgeschenke lagen. Alles sah so hübsch und harmlos aus.
Fünf nach halb drei. Ob sie jetzt mit dem Alsterdampfer losfuhren und ohne mich feierten? Was wohl Katja Schütt sagen mochte?
Es klopfte an meiner Zimmertür. Ich traute mich plötzlich nicht, zu reagieren.
Die Tür öffnete sich langsam, und Frau Plück guckte mich an. Sehr mitleidig. »Ach, mein lütten Schieter! Also, deine Eltern sin … Alle beide sin sie … Das's aber auch ein Jammer, issas. Wie soll ich dir das jetz man bloß sagen …«
Ich schüttelte den Kopf: »Gar nicht.«
»Was?«, fragte Frau Plück.
»Gar nicht. Nichts sagen …«, flüsterte ich.
Ich hob meine Füße und betrachtete meine schönen neu-

en Schuhe, weiß mit schwarzen Kappen und schwarzen Schleifchen.
Frau Plück setzte sich mit ihrem umfangreichen Hinterteil neben mich aufs Bett und blickte mit auf die Schuhe. »Schön sin die. Ganz neu, was?«
Ich nickte. Frau Plück nickte auch.
Dann legte sie einen Arm um mich. Ich drückte vorsichtig meinen Kopf an ihre Schulter und guckte an die Decke, weil ich merkte, dass mir Tränen in die Augen stiegen – und ich wollte sie auf keinen Fall runtertropfen lassen. Nicht weinen. Bloß nicht weinen.
Frau Plück roch nach Keller und nach Mottenkugeln und nach kaltem Zigarettenrauch und etwas nach Birkenhaarwasser.
»Was soll denn nu wohl aus die Lütte hier werden?«, redete sie vor sich hin und schüttelte den Kopf. »Ich kannas Kind doch hier nich alleine lassen? Aber ich muss nach Hause, die warten … Ich weiß man gar nich, was ich jetz machen soll …«
Frau Plück klang ganz verzagt. Ich riss mich zusammen. Was hätte meine Mutter getan? Hier allein bleiben, den Rest des Tages und die lange Nacht, das wollte ich wirklich nicht. Soviel ich wusste, besaß ich keine Verwandtschaft außer Tante Svea in Kanada und einer ganz alten Großmutter meines Vaters, die seit Urgroßvaters Tod in Venezuela lebte. Wo konnte ich überhaupt hin? Zu einer Schulfreundin und deren Eltern, die mich mitleidig anguckten und sich freuten, dass es ihnen selbst besser ging? Und dann fiel mir plötzlich ein, dass ich mir ja kurz eingebildet hatte, Mami hatte lächelnd auf die Küche gezeigt und sei dann darin verschwunden. Hatte sie Alma Plück gemeint?
»Ich komme mit zu Ihnen, Frau Plück«, entschied ich.

Sie sah mich zuerst erstaunt an und nickte dann: »Das's 'ne gute Idee, Schieter.«
Sie verschwand für eine Weile aus meinem Zimmer und erschien wieder mit drei oder vier Supermarkt-Plastiktüten. Dann öffnete sie meinen weißen Kleiderschrank und packte mit Bedacht: Unterwäsche und Socken, Schlafanzüge, mein Turnzeug, T-Shirts und Pullover, Jeans und Röcke, ein paar Turnschuhe und ein Paar Schnürschuhe. Mehr ging nicht in die vier Tüten. So ähnlich, als ob man sich bei einer überstürzten Flucht oder wenn es brennt für das Wichtigste entscheiden muss.
Vielleicht wusste Frau Plück wirklich nicht, dass unsere Koffer auf dem Dachboden standen. Mir war's egal. Ich versank in einer Art Traumzustand. Es kam darauf an, nicht nachzudenken.
Wir nahmen nichts weiter mit. Nicht meine Schultasche – keines meiner schönen Kleider – weder Mäntel noch Jacken. Ich ließ alle Stofftiere da und alle Geburtstagsgeschenke. Es passte ja nichts mehr in die vier Tüten.
Frau Plück schloss die Haustür ab und warf den Schlüssel durch den Briefkastenschlitz. Ich habe unser Haus nie mehr gesehen – von innen wenigstens nicht.
Dann wanderten wir nebeneinander her, Hand in Hand, durch den warmen Sommernachmittag, sie in ihrem schlecht sitzenden, kurzen engen Rock und der karierten Kostümjacke, ich in meinem neuen weißen Spitzenkleid und den schwarzweißen Schuhen. Sie schleppte ihren gewöhnlichen roten Beutel und drei Plastiktüten. Ich trug die vierte. Wir sahen aus, als kämen wir von der Altkleidersammlung.
Wir gingen die Oberstraße hoch, über den Grindelberg zur U-Bahn-Station Hoheluftbrücke. Ich fuhr an diesem Nachmittag zum ersten Mal im Leben U-Bahn. Wir setzten uns

in einen leeren Wagen, damit Frau Plück sich, wie sie erklärte, endlich eine ins Gesicht stecken konnte, denn eigentlich, erfuhr ich, war Rauchen hier verboten.
Straßburger Straße stiegen wir aus. Frau Plück wohnte am Dulsberg. Ihre Wohnung lag im vierten Stock (ohne Fahrstuhl) und roch trotzdem nach Keller.
Zwei blonde Kinder saßen am Küchentisch, als wir eintraten, und machten Schularbeiten. Allerdings sahen sie für mich so aus, als hätten sie vorher wer weiß was gemacht und sich eben erst in wilder Eile zu dieser Tätigkeit niedergelassen. Der Junge hatte sein Schreibheft sogar verkehrt herum unter dem Füller und korrigierte das durch unauffälliges Drehen nach und nach.
»So, das's Karin, mein Pflegekind, und das's Rolf, mein eigener. Und hier's Kerstin Brodersen, die hat heute – die is – die bleibt jetz wohl mal 'n büschen bei uns …«, sagte Frau Plück. Die Kinder starrten, nicht ganz zu Unrecht, meinen festlichen Aufzug an.
Ich guckte aus dem Küchenfenster auf die Straße.
Da unten sausten Autos vorbei, dicht an dicht. Ganz schön laut war das. Ich überlegte, wie viele das wohl in einer Minute sein mochten.
Ich fand, dass Rolf Plück seiner Mutter nicht sehr ähnlich sah. Er war ganz hübsch, mit Sommersprossen und frechen dunklen Augen. Wie nahezu alle Jungen damals trug er ziemlich langes Haar und dichte Ponyfransen.
Ich guckte mir den alten Gasherd an und das große Waschbecken aus Stein. So was hatte ich auch noch nie gesehen.
Dann entdeckte ich, dass hier der Fernseher in der Küche stand statt im Wohnzimmer. Praktisch dem großen Esstisch gegenüber. Wurde hier beim Essen ferngesehen?
Ich dachte tausend Sachen, um nicht zu denken.

»Wie lange soll die denn bei uns bleim?«, fragte Rolf Plück. Er hatte eine unglaublich heisere Stimme.
»Weissich auch noch nich. Ma gucken«, erwiderte seine Mutter. »Und lassas nach!«, verlangte sie gleich darauf ärgerlich, weil Rolf unter dem Tisch versuchte, Karin ins Bein zu kneifen, die darüber ins Kichern geriet.
Die Kinder lachten jedoch beide, über ihre Schulhefte gebeugt. Ich merkte, dass sie über mich lachten. Mich hatte noch nie irgendjemand ausgelacht. Unter normalen Umständen wäre ich wahrscheinlich erschüttert gewesen. Aber es gab ja keine normalen Umstände mehr.

Nachts wachte ich auf, weil mir meine eigenen Tränen in die Ohren liefen. Ich weinte, während ich schlief. Es war übrigens das letzte Mal. Von da an gab ich, wenn's Zeit zum Weinen gewesen wäre, nur noch trockenen Auges irgendwelche leisen, knurrenden oder fiependen Geräusche von mir – höchstens. »Kerstin weint nicht«, sagten die anderen Kinder. »Kerstin heult nicht herum!«, meinten die Erwachsenen anerkennend.
Frau Plück hatte mir eine blaue Luftmatratze aufgeblasen, auf der lag ich auf dem Boden. Ich teilte ein sehr kleines Zimmer mit Karin. Mein Lager war schmal und wackelig und stank nach Gummi.
Ich stand leise auf und blickte in den schwach aus einigen Fenstern beleuchteten Hof hinunter. Ein Mann kam angetorkelt, hob den Deckel einer Mülltonne, öffnete seine Hose und pinkelte in die Tonne. Als er fertig war, schloss er den Deckel mit einem Knall, machte seine Hose zu und schwankte davon. Ich hatte keine Ahnung, ob das eine Frechheit oder vielleicht ganz normal war. Ich kannte mich in dieser Welt nicht aus.

Ich schlich mich aus dem Zimmer, den langen Flur entlang in die Küche. Immer noch fuhren Autos unten vorbei, wenn auch nicht mehr so viele. Dauernd glitt Scheinwerferlicht über den Herd, den Fernseher, den großen Küchenschrank, in einem beinah gleichmäßigen Rhythmus.

Ich erwachte auf der Kücheneckbank, weil jemand den Wasserkessel füllte.

»Guten Morgen, Frau Plück!«, sagte ich.

Sie fuhr herum. »Hab ich mich verjaacht! Hassu hier geschlafen, Schieter? Sach man Alma zu mir. Möch's du'n Kakao?«

Karin und Rolf gingen in die Schule – ich nicht. Ich saß Alma gegenüber am Küchentisch und hörte zu, wie sie Pläne machte. »Ich muss zuers die Pullizei anrufn und meldn, dassu hier bis, sons gibtas Ärger. Und denn muss ich nach neue Arbeit gucken. Mal sehen …«

Zwei Tage lang suchte sich Alma durch Zeitungsanzeigen und schrieb Telefonnummern auf. Damit musste sie zur Telefonzelle, weil sie keinen eigenen Apparat besaß. Und viel Kleingeld brauchte sie außerdem.

Am dritten Tag kam Frau Johannsen vom Jugendamt. Sie hatte ein längliches, schmerzzerfurchtes Gesicht und eine tonlose, traurige Stimme. Sie fragte Alma über mich aus, und dann fragte sie mich aus, wie ich mich bei Alma denn so fühlte.

»Danke, gut«, sagte ich.

Frau Johannsen nickte traurig und ging wieder.

Bald darauf bekam Alma einen Brief vom Jugendamt, in dem ihr das einstweilige Pflegerecht an mir zugestanden wurde, bis mein fernerer Verbleib geklärt sei. Einen kleinen Geldzuschuss erhielt sie auch. Sie ließ die Luft wieder aus der Gummimatratze und kaufte für Karin und mich ein gebrauchtes Etagenbett.

Ich blieb fast ein Jahr lang bei Alma. Meine gesamte Verwandtschaft (davon gab es nämlich mehr, als ich geahnt hatte) erklärte hinterher, das sei ja nicht zu fassen.
Wäre ich ein Kind armer Eltern gewesen, hätte sich vermutlich mein ›fernerer Verbleib‹ schnell geklärt. Ich wäre im Heim gelandet. So aber tobte ein erbitterter Krieg um die Erbschaft. Ein Bruder meines Vaters, von dem ich nichts gewusst hatte, erhob Anspruch auf das Juweliergeschäft, obwohl er damals von Großvater ausgezahlt worden war. Eine entfernte Kusine wollte das Haus.
Ein Prozess jagte den nächsten, die Anwälte freuten sich. Ich wurde – juristisch – herumgeschoben, jeder bestand darauf, mich zu sich zu nehmen, um an mehr Geld zu kommen. Und inzwischen gab das Jugendamt tröpfchenweise Pflegegeld an Alma.
Mein großer Bruder kümmerte sich um überhaupt nichts, schon gar nicht um mich. Er hatte einen Schock erlitten, als die schlimme Nachricht ihn in Kanada erreichte. Außerdem war er erst einundzwanzig. Bis er selbst in den Kampf um sein Erbe einstieg, dauerte es geraume Zeit. Tante Svea hatte ihn auf dem Hals und bemühte sich, ihn seelisch aufzubauen.
Von ihr konnte man kaum erwarten, dass sie mich auch noch dazuholte.

Das 4. Kapitel
befasst sich mit Ehrlichkeit, Wahrheit und Sauberkeit

Joshua Henderson behauptet, wenn man so plötzlich aus einer Welt in eine andere geschleudert wird, dann ist die größte Chance dabei, viel Neues zu lernen.

Das stimmt zweifellos. Ich lernte, morgens Brötchen zu holen und Milch in einer Blechkanne und dabei auch noch drauf zu achten, dass die Brötchen nicht zu dunkel gebacken sind oder zu wenig Milch in der Kanne schwappt.

Ich lernte, dass es mir nur Ärger einbrachte, wenn ich meinen ehemaligen Reit- oder Klavierunterricht erwähnte oder wenn ich sauberes Hochdeutsch sprach.

Ich lernte, mir all die ›Bitte‹, ›Danke‹ und ›Entschuldigen Sie‹ abzugewöhnen, nachdem ich merkte, wie viel Misstrauen statt Sympathie sie mir einbrachten.

Alma hätte mich gern in derselben Schule gesehen, die Karin und Rolf besuchten, und wir Kinder waren von dieser Idee ebenfalls sehr angetan – doch dagegen erhob die traurige Frau Johannsen Einspruch. Ich musste leider weiterhin in ein Gymnasium gehen, obwohl das meinen Außenseiterstatus verschlimmerte. Ich konnte nur durch auffallend schwache Leistungen demonstrieren, dass ich eigentlich gar nicht dort hingehörte.

Von Alma lernte ich putzen. Sie war ein wirklicher Experte, ein Saubermacher aus Begeisterung und Passion, und sie fand in mir einen hingebungsvollen Lehrling.

»Guckma, Kerstin, da sitz noch was – hier, da! Das mussu mit Schmackes machen, nich so luschig …«
Ich lernte, Handstein statt Waschbecken zu sagen und Aschtonne statt Mülleimer, Butterlecker statt Haarschleife, Zeuch statt Kleidung und Tünkram statt Blödsinn.
Ich lernte, dass es Menschen gab, die klassische Musik nur am Karfreitag oder am Volkstrauertag hörten, weil da im Radio nun mal nichts anderes gespielt wurde, und die im Übrigen für die Schlagerparade oder das Hafenkonzert schwärmten.
Ich lernte noch viel mehr. Als Alma zum ersten Mal in meiner Gegenwart ausholte und ich Rolfs erschrockene braune Augen hinter seinem schnell hochgerissenen Unterarm verschwinden sah, rief ich schockiert: »Alma! Haust du ihn – ?!«
Beide erstarrten und guckten mich überrascht an. Alma ließ den Arm sinken. Rolf auch.
Alma sagte: »Das's doch keine Haue, issas nich, Schieter! Ich hau doch mein Jung nich!«
Und Rolf fügte hinzu: »Das's doch kein Fellvoll. Das's doch nur'n Backs!«
Sie waren sich völlig einig.
Ich bekam nie einen Backs, nicht von Alma. Sie war sehr lieb zu mir. Von Rolf und seinen Kumpeln gab es schon eher was an die Ohren. Ich lernte also auch wegzurennen. Und zwar rechtzeitig.

Nachdem der Erbkrieg elf Monate lang getobt hatte, reiste meine zierliche Uroma aus Venezuela an, ließ sich alles erklären, war der erste Mensch, der registrierte: »Und Kerstin ist die ganze Zeit bei dieser Putzfrau untergebracht? Aber ich bitte Sie!«, nahm die Sache in die Hand, knöpfte sich Frau Johannsen vom Jugendamt vor, die hinterher

mutmaßlich noch viel trauriger guckte, und bekam auf der Stelle das Sorgerecht für mich.
Ich wischte ausgerechnet – vergnügt vor mich hin singend – den Küchenfußboden, als es klingelte. Rolf ging öffnen und kam mit schafsdummem Gesicht zurück, eine kleine, elegant gekleidete, parfumduftende Greisin und einen nicht minder feinen Herrn im Schlepptau.
»So, hier – das's Kerstin …«, stellte Rolf vor und zeigte mit der Hand auf mich. Ich stopfte mir ein paar feuchte Haarsträhnen hinter die Ohren, um besser gucken zu können. Was wollten die denn?
Die Greisin starrte mich ungläubig unter ihrem Schleierhütchen hervor an. Für sie musste ich aussehen wie das leibhaftige Aschenputtel über dem Eimer am Boden. Sie konnte ja nicht ahnen, wie gern und stolzerfüllt ich schrubbte.
»Guten Tag, mein Kind. Ich bin deine Urgroßmutter. Dies hier ist mein Anwalt, Herr Doktor Goersch. Pack bitte auf der Stelle deine Sachen zusammen. Du kommst mit mir.«
Ich blieb hocken und wrang den Lappen – oder ›Feudel‹, wie es bei Alma hieß – über dem Eimer aus. »Wieso?«, fragte ich langsam, um Zeit zu gewinnen. (Auch etwas, das ich inzwischen gelernt hatte.)
»Weil dies hier nicht das richtige Niveau … nicht die richtige Umgebung für dich ist!«, stieß Uromi mit Vehemenz hervor, ihren Blick über den Handstein, den Fernseher und Rolf Plücks verschmierte, frech feixende Schnute gleiten lassend. »Wie das hier riecht …«
»Aber ich will nicht weg von Alma!«, widersprach ich.
Meine Urgroßmutter prallte zurück und richtete ihre Augen Beistand heischend auf ihren Anwalt. »Haben Sie das gehört, Herr Dr. Goersch? Diese Aussprache! Du lieber *Himmel* aber auch!«

Dr. Goersch machte mir später häufig gern und amüsiert vor, wie ich damals geklungen hatte:
»Ober ich will nich wech von Almo!«, hätte ich gesagt.

Das half mir gar nichts. Ich wurde in unglaublicher Eile aus Almas Behausung entfernt – wir konnten uns kaum vernünftig verabschieden, sie kam gerade von der Arbeit, als ich abtransportiert wurde – und in ein Schweizer Internat verfrachtet, in dem man grundsätzlich französisch sprach.
Da ich vorher außer Englisch nur ein bisschen Latein gelernt hatte, verstand ich absolut kein Wort. Vielleicht war's genau das, was meiner Urgroßmutter im Sinn lag: Dass ich noch einmal komplett neu reden lernen musste, um diese entsetzliche Aussprache wieder loszuwerden.
In dem knappen Jahr bei Alma verspürte ich keine Sehnsucht nach meinem vergangenen Leben, oder besser: meiner vergangenen Welt, weil ich mir selbst verboten hatte, überhaupt daran zu denken. Im Schweizer Internat vermisste ich Almas Welt. Sie war rumpelig und manchmal recht ärmlich gewesen, aber gemütlich und voller Geborgenheit. Ich war gern ›Almas Kind‹ gewesen. Ich vermisste die dröge Karin mit ihrem ewigen Schnupfen und den frechen Rolf, für den ich hin und wieder aus Almas Schachteln eine Zigarette geklaut hatte. Seit er wusste, dass ich beide Eltern verloren hatte, benahm er sich teilweise ziemlich freundlich mir gegenüber: »Mein Papa is auch schon lange tot …« So was verbindet. Kurz, bevor Uromi mich wieder auf das richtige Niveau schob, hatten Rolf und ich uns gerade verlobt mittels zweier Ringe aus dem Kaugummiautomaten. Meiner passte nur, wenn ich Gummiband drumrum machte. Ich tat mein Äußerstes, um die Hand mit dem Verlobungsring stets vor den Augen meiner Urgroßmutter zu verbergen.

Vor allem vermisste ich Alma selbst, ihre Kameradschaft und Herzenswärme. Ich hatte mich an ihre Verzweiflung über die meist mangelnden Finanzen gewöhnt und fühlte mit ihr. Ich liebte ihre Küchengesänge und die romantischen Geschichten um ihre große Jugendliebe, den blonden Krischan. (Otto Plück hatte Alma nur zwischendurch geheiratet, der war kein Seemann gewesen und kein Held, aber ganz nett. Und nun war er ja sowieso tot.)
Der blonde Krischan war zur See gegangen und würde eines Tages wiederkommen und sie in seine bärenstarken Arme nehmen und um sich herumschleudern und ›mein Alma!‹ rufen. Dass er sich nie meldete, bedeutete gar nichts. Vielleicht war er schiffbrüchig. Tot war er bestimmt nicht. Eines Tages kam er, und dann wurde alles gut. Ich glaubte an dieses zu erwartende Happy End. Ich wollte bei Alma bleiben, bis Krischan kam, und dann alles miterleben.
Dass meine Urgroßmutter lieb war und es gut mit mir meinte, musste ich indessen zugeben. Sie zog tatsächlich in ihrem hohen Alter noch einmal mit all ihrem Hab und Gut, Möbeln, Geschirr, Besteck und gesammelten Antiquitäten von Caracas nach Hamburg um, damit ich in den Ferien bei ihr und damit in meiner Heimatstadt sein konnte.
Die Kleider, die sie mir kaufte (und die ich nicht mehr Zeuch nennen durfte) fand ich zickig. Das Köfferchen, in das ich sie packen sollte, affig. Auf dem Bahnsteig, beim Abschied, bemerkte Uromi den gummibandgehaltenen Blechring an meiner Hand und befahl: »Mach das um Himmels willen sofort ab, Kind!« Sie schüttelte noch den Kopf, als der Zug schon langsam aus dem Hauptbahnhof fuhr. Vermutlich hätte sie als Juwelierswitwe mich lieber mit einer obszönen Tätowierung ertappt als mit solchem Schund am Ringfinger.

Die Schweizer Privatschule war langweilig. Blutlose, oberflächliche Mitschülerinnen, müde, mondäne Lehrerinnen, beleidigte, vorwurfsvolle Nonnen, denn die Schule stand in katholischer Landschaft, ein Splitter in Uromas protestantischem Auge. (Immerhin wurden ketzerische Schülerinnen aufgenommen, solange deren Familien den hohen Monatssatz bezahlten.)
Ich erhielt wieder Klavierunterricht und Reitunterricht. Reiten machte mir jedoch wenig Spaß in dieser Gegend. Mich ärgerten die Berge, die überall den Blick auf den Himmel verstellten, Schatten warfen und von oben auf einen herabsahen.
Das Einzige, was mir wirklich gefiel, war der Garten. Jede Schülerin bekam ihr eigenes Stück Erde zum Begärtnern, unter Anleitung des netten alten Internatsgärtners. Ich verstand kein einziges Wort, das er unter seinem weißen Schnauzbart hervorröchelte (er huldigte der Ansicht, es sei Deutsch, denn er stammte aus der deutschsprachigen Schweiz), aber ich verstand seine aufmerksamen Augen und seine energischen Hände. Ich liebte es, in der Erde herumzubuddeln. Mein Stück Garten war vorbildlich, sauber und gepflegt, üppig bewachsen.
Als ich mich nach vier Jahren endlich eingelebt und arrangiert hatte, platzte der Verein. Ein junger Priester der Kapelle in Abeillevillage, der sich eigentlich gerade auf die Firmungen vorbereiten sollte, türmte mit einer besonders hübschen Schülerin, ohne an seine Pflicht, den Papst oder die Reputation der Schule zu denken.
Die Zeitungen berichteten entzückt über den Skandal, Reporter passten uns ab, wenn es ihnen gelang, und interviewten uns. Etliche empörte Eltern jedoch entfernten ihre Töchter von heute auf morgen von diesem Sündengipfel.

Daraus ergaben sich akute wirtschaftliche Schwierigkeiten für das Internat. Es sah so aus, als wäre es schon vorher in den roten Zahlen gewesen. Der Skandal riss ihm den letzten Halt weg: Die Schule wurde über Nacht dichtgemacht und aufgegeben.
Meine Urgroßmutter, die, ihrem Alter zum Trotz, immer noch gern durch die Gegend reiste, befand sich gerade in London und hatte keinen Schimmer von meinem erneuten Niveauverfall. Die Schulleiterin teilte uns kühl mit, wir möchten unsere Sachen packen, unsere Eltern benachrichtigen (damit man uns Reisegeld schickte) und verschwinden. Ich versuchte vergeblich, Uromi zu erreichen. Dann rief ich bei Bertil an, der gerade unser Geschäft übernommen und außerdem geheiratet hatte. Auch er und seine Frau waren im Begriff, zu verreisen. Etwas so Mobiles wie die Brodersens konnte man lange suchen. Immerhin schickte er mir telegrafisch das Reisegeld.
Ich belästigte meinen Bruder nicht erst mit der Frage, wo ich denn in Hamburg bleiben sollte, bis Urgroßmutter aus London zurückkam. Ich schickte meinerseits ein Telegramm – an Alma.
Dann fuhr ich unendlich lange mit dem Bus bis Lausanne und noch länger mit dem Zug nach Hamburg. Hier stieg ich in die U-Bahn, Richtung Straßburger Straße.
Und wenn Plücks inzwischen umgezogen waren?
Nein, das vergilbte Namensschild klebte noch am Hauseingang. Ich rannte die knarrende Holztreppe hinauf. Dann ließ ich im vierten Stock schnaufend meinen Koffer fallen, um Sturm zu klingeln. Ich roch durch die Tür, dass Alma Kuchen gebacken hatte.
Almas schwere Tritte polterten den Flur hinunter, sie ruckte die schwere Tür auf – und lachte mich an.

»Mein lütten Schieter, was bissu groß geworn!«
Karin lebte nicht mehr bei Alma, das Etagenbett gab es auch nicht mehr. Aber ich durfte auf dem quietschenden Sofa in der Stube übernachten, eine Woche lang.
Dann war Uromi wieder zurück und zeigte sich recht konsterniert. Sie schnüffelte mich aus einiger Entfernung an, als ich endlich vor ihr stand: »Sei so gut und lass dir ein Bad ein, mein Kind …«
Ein paar Wochen später kam ich in das Internat auf der Nordseeinsel. Alma Plück hatte ich seitdem nie mehr gesehen. Rolf – ja. Aber Alma nicht, fünfundzwanzig Jahre lang. Bis zu dieser Nacht, als sie sich von der Behörden verfolgt fühlte. Woher sie wohl meine Adresse hatte? Was sie wohl damit meinte, dass ihr Sohn starb? War Alma übergeschnappt? Ein bisschen wirkte sie so.
Das war mir jedoch ziemlich egal. Ich hatte Alma lieb. Sie war immer für mich da gewesen, wenn ich sie brauchte. Wenn sie mich jetzt brauchte, würde ich auch für sie da sein.

Am Morgen nach meinem vierzigsten Geburtstag ging es ziemlich lebhaft zu. Ich hatte vor lauter Erinnerungen und Gedanken kaum geschlafen, aber deshalb musste ich den Kindern trotzdem Frühstück machen (denn Verena war nicht nach Hause gekommen). »Bitte Waffeln, Kerstin, aber knusprige, ja? Und gibst du mir nachher Sandwiches mit, solche mit Salatblatt dazwischen? Weil, wir wollen heute noch mal ins Freibad.«
Um acht klingelte Frau Nothfeiler, meine Putzfrau, und wollte loslegen und das Haus schrubben, denn abends fand ja mein großes Geburtstagsfest statt.
Ich guckte ein paar Mal vorsichtig ins Gästezimmer, ver-

zichtete jedoch darauf, Alma zu wecken. Ich fand, wenn sie gestern von den Behörden gejagt worden war, sollte sie sich heute ausschlafen. Ich fuhr erst mal zum Markt.
Der Markt in Pottschrapels findet Freitag vormittags auf einem gepflasterten Gebiet statt, das im wirklichen Leben als Parkplatz fungiert. Bevor ich mit meinem Korb zwischen den Ständen herumschlenderte, ging ich durch die Fußgängerzone, vorbei an der Redaktion der Ortszeitung, vorbei an den weißen Tischen und Stühlen des Eis-Cafés, vorbei an dem hoffnungsvollen jungen Mann, der auf einer Trompete Glenn Miller zum Besten gab. Im ›Spanien-Import‹-Geschäft kaufte ich einige Gläser nach, die uns kaputtgegangen waren. Überall an den Hauswänden lehnten perfekte Stockrosen mit dicken Köpfen. Die kleine Stadt wirkte strahlend sauber und frisch gekämmt und schien sich auf das Wochenende zu freuen.
Als ich eine Stunde später meine vollbepackten Körbe auf den Küchentisch stellte, stieg Verena gerade vor unserem Haus aus einem Taxi und stöckelte die Treppe hinauf ins Bad. Ich ging hinterher und sah ihr zu, wie sie ihre Zähne putzte und ihre Anti-Baby-Pille schluckte.
»Bisschen knapp, oder? Jetzt ist es schon nach elf, und bei diesen niedrig dosierten Pillen …«
»Ja, ja«, murmelte Verena. Sie befeuchtete einen Wattebausch mit Reinigungsmilch und begann sich abzuschminken.
»Hast du wieder mit dem ganzen Zeug auf dem Gesicht geschlafen? Warum tust du deiner Haut das bloß an?«
»Ist doch meine Haut, oder?«, nuschelte sie unter dem Waschlappen hervor.
Und dann erschien Alma Plück im Rahmen der Badezimmertür, immer noch im übergroßen T-Shirt mit Goofy vorne drauf und mit Haaren, die in alle Richtungen standen.

Sie schaute Verena und mich gleichzeitig an – kein besonderes Kunststück bei ihrer Augenstellung – und fragte ziemlich schrill: »Könn die Dam' mir mal sagen, wo ich hier bin?«

»Alma!«, antwortete ich sehr lieb und ruhig, denn sie wirkte ausgesprochen verstört, »Alma, du bist bei mir! Du bist gestern Nacht hier angekommen, weil die Behörden hinter dir her waren, weißt du noch?«

Verena und Alma guckten mich ungefähr gleich entgeistert an.

»Behörden …?«, fragte Alma.

»Wer zum Geier ist denn *die* Tante nun wieder?!«, fragte Verena.

»Das ist Alma Plück. Eine gute alte Freundin von mir«, versicherte ich, und Alma widersprach auf der Stelle: »Nee! Sie kenn ich nich!«

»Ach, komm, Alma, ich bin Kerstin. Dein kleiner Schieter …«

Frau Nothfeiler war inzwischen mit dem Staubsauger herbeigedröhnt, hatte das Gerät ausgeschaltet, meine letzten Worte vernommen und beteiligte sich nun daran, mich anzuglotzen. Vermutlich hätte sie sich nie träumen lassen, dass ich ein kleiner Schieter war.

»Kerstin?«, fragte Alma zweifelnd, mit schiefem Kopf. »Kerstin Brodersen? Die's doch 'n lüttes Mädchen …«

Ich legte ihr einen Arm um die Schulter und zog sie zur Treppe. »Ich bin jetzt erwachsen. Komm, Alma, du brauchst 'n Kaffee, ich mach dir erst mal schnell Frühstück!«

In der Küche ließ sie sich nach und nach überzeugen, dass ich wirklich Kerstin war: »Ähnlich siessu ja aus. Denn stimmtas wohl.«

Aber von den Behörden, die sie abmurksen wollten, wusste sie überhaupt nichts mehr. Sie sah mich ängstlich aus ihren

hellen, asynchron blickenden Augen an: »Hab ich das wirklich gesacht?«
»Vielleicht hab ich's ja auch falsch verstanden«, beruhigte ich sie. Rolfs Sterben erwähnte ich lieber gar nicht mehr.
Alma freute sich über den Kaffee und aß zwei Honigbrötchen. Dann zündete sie sich so umständlich und genießerisch wie früher eine Filterzigarette an und saugte den ersten Zug tief ein.
Die Küche und überhaupt das ganze Haus gefielen ihr: »Hübsch habt ihr das! Wie damals bei euch zu Hause inne Brahmsallee ... Das war meine schönste Arbeit jemals, die große Küche, allens in Weiß ... Und deine Mutter war sonne feine Frau. Jetzt seh ich das ers – du siehs ihr bannig ähnlich! Du, wer is denn die dicke Blonde, die so'n büschen wie 'ne Bardame aussehen tut?«
Genau jetzt musste die Blonde natürlich in die Küche kommen, denn sie wollte auch endlich Kaffee trinken. Sie trug einen normalen, biederen Frotteebademantel und trotzdem hatte Alma Recht: die lässig hochgekrempelten Ärmel und der klaffende Ausschnitt, der die zitternde Schlucht zwischen Verenas Brüsten fast auf die Kaffeemaschine stippen ließ, machten ihren Aufzug sündhaft.
»Na, hat die Prolo-Tante sich inzwischen an ihren kleinen Schieter erinnert?«, fragte sie mit einer hochgezogenen Augenbraue. »Ist die gestern noch zu deinem Geburtstag aufgekreuzt und hat dann gleich hier die Nacht verbracht, oder was soll das?«
»Hassu gestern Geburtstach gehabt? Herzlichen Glückwunsch auch!« Alma prostete mir mit der Kaffeetasse zu.
»Alte Freundin!«, knurrte Verena vor sich hin und knallte den Brotkasten so laut wie möglich zu. »Aus welcher Zeit deines Lebens soll denn das wohl gewesen sein?«

Alma und ich tauschten einen schnellen Blick.
»Aus einer Zeit, in der ich Hilfe dringend nötig hatte. Alma hat mir damals sehr geholfen«, sagte ich. »Deswegen wird sie auch so lange hier bleiben, wie sie möchte.«
Verena kehrte beide Handflächen nach außen. »Gottchen, es ist ja dein Haus. Ist mir doch sowieso egal …«
Frau Nothfeiler kreuzte mit einer Flasche Glasreiniger in der Küche auf und fragte mich, ob sie den für die Wohnzimmerfenster nehmen sollte. Der sei aber nicht gut. Und ob sie den Esstisch ausziehen sollte für das kalte Buffet.
Alma nahm ihr den Reiniger aus der Hand: »Wohl is der gut. Sie müssen bloß gleichmäßig sprühn.« Und zu mir: »Machsu 'ne Feier heute Abend? Wegen dein Geburtstach? Soll ich 'n büschen helfen? Du, ich plünn nur schnell mein Zeuch an …«
Und eilte hinaus, den Glasreiniger in der Hand. Frau Nothfeiler hinterher. Verena schüttelte den Kopf: »Wieso müssen denn schon wieder Fenster geputzt werden? Das hast du doch erst neulich gemacht.«
»Das war nicht neulich. Das war am ersten Mai.«
»Stimmt ja. Alle anständigen Leute haben noch ihren Rausch ausgeschlafen nach dem Tanz in den Mai, und du hast morgens um halb acht an den Fenstern rumgewienert. War das nicht Martin Luther, der gesagt hat, wenn morgen die Welt untergeht, pflanzt er noch schnell'n Apfelbäumchen? Wenn du erfährst, dass morgen die Welt untergeht, putzt du bestimmt noch schnell die Fenster …« Verena stellte den fertigen Kaffee auf ein Tablett zu gebuttertem Toastbrot und verließ damit die Küche: »Ich frühstücke im Bett, und dann leg ich mich noch'n bisschen aufs Ohr. Letzte Nacht war Orgie, da hab ich nicht geschlafen. Sonst kipp ich dir heute Abend vor Erschöpfung in die Bowle. Gute Nacht!«

Natürlich ließ ich Frau Nothfeiler und Alma nicht mit den Wischlappen allein. Alma und ich waren es von früher gewöhnt, beim Putzen schöne Lieder zu singen. Zum Schluss sangen wir alle drei. »Weiße Rosen aus Athen« und »Ein Bett im Kornfeld«. Letzteres auf ausdrücklichen Wunsch von Frau Nothfeiler, weil sie bei dem Lied damals Herrn Nothfeiler begegnet war.

Sie wurde Alma gegenüber zunehmend aufgeschlossener und begann, sie als Schrubberautorität anzuerkennen. Zog sie zu dieser und jener Ecke im Haus: »Gucken Sie mal, Frau Plück, wie krieg ich das wohl weg? Ich hab schon alles Mögliche benutzt, Spiritus und sogar verdünnte Salzsäure …«

Und Alma: »Das kommt nich aufas Putzzeuch an, Frau Nothfeiler. Das beste Mittel gegen Dreck, sach ich immer, is Ausdauer und Körperkraft.« Und schrubbte hingebungsvoll an der bezeichneten Stelle, bis die langsam verschwand.

Endlich, am Nachmittag, verschwand auch meine Putzfrau, nach kräftigem Händedruck mit Alma.

Kalte Platten wurden geliefert, die Salate machte ich mit Almas Hilfe selbst.

Dabei konnten wir uns in Ruhe unterhalten. Wenn Almas Gedächtnis auch gestört sein mochte, was die jüngste Zeit anging – an früher erinnerte sie sich problemlos.

»Hassu denn geheiratet, Schieter?«

»Ja, hab ich. Mit achtzehn. Thiele heiß ich jetzt. Und ich hab auch gleich einen kleinen Jungen gekriegt.«

»Wo is der denn?« Alma guckte sich beim Zwiebelhacken in der Küche um.

»Der ist schon groß und wohnt in Hamburg. Da geht er auf die Kunsthochschule. Ich bin auch längst wieder geschieden, weißt du? Im Herbst werde ich zum zweiten Mal heiraten. Den Mann wirst du heute Abend kennen lernen.«

»Is der nett?«
»Sonst würde ich ihn doch nicht heiraten.«
»Wollt ihr noch Kinner ham?«
»Nein. Das hab ich hinter mir. Und Joachim ist nicht scharf auf Kinder.«
»Kinner sin doch so was Schönes!«, meinte Alma enttäuscht.
Auf dieses Stichwort kam Pascal in die Küche gerannt, blieb unsicher stehen, als er die fremde Frau erblickte, und lächelte sie schüchtern mit seiner Zahnlücke an.
»Das ist Pascal. Der kleine Sohn von meiner Mitbewohnerin. Na, Schätzchen – was ist los?«
Er zog mich an der Hand hinter sich her aus der Küche und in den Garten. »Kann ich mal mit dir reden, Kerstin?«

Wir setzten uns auf die untersten, breiten Äste der großen Buche.
»Kerstin, ich hab was Schreckliches gemacht. Ich hab geklaut.«
»Was denn?«
Pascal zog es mühsam aus der Tasche seiner engen Jeans. Ein kleiner Ring aus Silber und Emaille, ziemlich altmodisch.
»Der ist nicht viel wert«, sagte ich automatisch. Aus mir sprachen vier Juweliersgenerationen.
»Das ist doch egal! Ich hab ihn Marei geklaut, die hat ihn gestern von ihrer Omi gekriegt und allen gezeigt. Weißt du, der Jörg, der große Bruder von Svenni, der hat uns heute im Auto mitgenommen in das große Schwimmbad in Elmshorn. Der Jörg ist nett. Er hat uns sogar Geld gegeben für die Kabinen. Da sind so Umkleidekabinen, wenn du Geld reinsteckst, kommt der Schlüssel raus, verstehst du?«
»Nein. Ist ja auch egal. Und dann?«

»Marei war auch da, mit ihrer Schwester und dem Freund von der Schwester. Du weißt doch, Marei, die so hübsch ist?«

»Du hast sie mir neulich gezeigt. Sie ist wunderhübsch.«

»Ja, nicht? Die Tür von ihrer Umkleidekabine stand offen, als sie schon raus war, und ich hab was kleines Blaues gesehen auf dem Boden. Da bin ich schnell rein – und das war der Ring! Dann hab ich ihn eingesteckt. Weil ich doch in die Marei verknallt bin, und weil das keiner wissen darf, und weil ich was von ihr haben wollte. Auf dem Parkplatz haben wir sie noch mal getroffen, als wir auch weg wollten. Sie hat inzwischen doch gemerkt gehabt, dass ihr Ring weg ist, und sie hat alle gefragt, ob sie ihn gesehen haben. Uns auch. Und ich hab nein gesagt. Jetzt bin ich ein Dieb und ein Lügner …« Pascal weinte und zeigte dabei noch viel mehr Zahnlücken als beim Lachen. »Was soll ich denn jetzt bloß machen, Kerstin?«

»Tja. Ich denke mir, wenn du den Ring behältst, dann hast du ein schlechtes Gewissen, so groß wie ein Elefant, und es wächst immer noch weiter. Für so viel schlechtes Gewissen haben wir keinen Platz, glaube ich.«

Pascal nickte an meiner Schulter.

»Also solltest du den Ring der Marei wiedergeben.«

»Dann weiß sie, dass ich ein Dieb und ein Lügner bin.«

»Woher weiß sie das?«

»Na, wenn ich ihr die Wahrheit sage …«

»Was willst du denn zu ihr sagen?«

»Alles!!« Seine Tränen sprühten nach allen Seiten.

»Das ist entschieden zu viel. Du willst die Sache genau so erzählen, wie sie passiert ist? Dass du was von Marei haben wolltest, weil du in sie verliebt bist? Du hast mir neulich erst gesagt, wenn das jemand wüsste, würden sie sich alle krautig lachen.«

»Dann sag ich vielleicht nicht das vom Verlieben. Bloß, dass ich geklaut hab …«
»Das verstehen die Eltern und die Lehrer falsch und trauen dir nicht mehr. Wenn du ganz schlicht zugibst, dass du geklaut hast, dann denken sie ganz schlicht, du bist ein Dieb.«
Pascal seufzte abgrundtief. »Unser Religionslehrer sagt, man soll immer die Wahrheit sagen. Und Mami sagt das auch. Sie sagt, wer lügt, ist feige.«
Ich nickte. »Religionslehrer und Mamis müssen so was sagen. Das ist ihre Pflicht. Übrigens bedeutet es noch lange nicht, dass du lügst, bloß, weil du andere Menschen nicht groß und breit mit der Wahrheit belästigst. Denk mal an eure Musiklehrerin …«
»Frau Wahnke?«
»Frau Wahnke. Hast du schon mal zu ihr gesagt: ›Haben Sie aber eine riesige Nase, Frau Wahnke!‹?«
»Nee.«
»Und doch ist es die Wahrheit. Sie *hat* eine riesige Nase.«
Pascal griente ein bisschen. »Aber es ist ja auch nicht nötig, ihr das zu sagen, Kerstin.«
»Genau das. Und es ist ebenso wenig nötig, große Geschichten über deine Gefühle und deine Seelenkämpfe zu verzapfen. Geh morgen hin, halt Marei den Ring unter's Näschen und sag einfach: ›Ist das deiner? Hab ich auf dem Fußboden in deiner Umkleidekabine gefunden.‹ Das stimmt doch alles?«
Er nickte.
»Na also. Dann hast du die Wahrheit gesagt. Mehr ist nicht nötig.«
Pascal kaute am Daumen. »Ich glaube, das geht. Ich glaube, ich lauf gleich sofort noch zu ihr …«
Wir gingen zurück zum Haus.

»Kerstin, wer ist die alte Frau in der Küche?«
»Das ist meine Freundin Alma.«
»Sie hat sehr, sehr liebe Augen«, erklärte Pascal. Ich beugte mich schnell zu ihm herunter und gab ihm ein Küsschen.
In Almas grobem Gesicht saßen kleine, schielende, wässrige Augen. Und dennoch hatte Pascal vollkommen Recht: es waren sehr, sehr liebe Augen.

Pascal war zappelig und wollte sofort losrennen, um sein Gewissen und seine Hosentasche zu erleichtern. Alma gab ihm noch schnell eine dicke Wurstscheibe in die Hand – »Hier, mein Lütten, iss man was, soss man viel essen, bisson richtigen klein Spittelfips« – und dann war er weg.
Dafür tauchte seine Mutter auf, schon wieder oder immer noch im Bademantel und inzwischen ausgeschlafen.
Sie telefonierte mit dem Frisiersalon in Pinneberg, in dem sie arbeitete: »Es tut mir so Leid, dass ich jetzt erst anrufe, aber ich war vorher nicht dazu in der Lage, und ich bin hier auch allein zu Hause …«, hauchte sie hinfällig. »Ich hab mich die ganze Nacht und den halben Tag übergeben, ich dachte, ich sterbe … Nee, nee, nee, kein Alkohol, ganz und gar nicht. Ich nehme an, das ist eine Lebensmittelvergiftung. Doch – Montag bin ich bestimmt wieder auf dem Damm …«
Ich dachte darüber nach, wieso eigentlich ausgerechnet sie verkündete, man sollte stets die Wahrheit sagen, während ausgerechnet ich unschuldige kleine Kinder zum Verschweigen derselben anstiftete.
Verena legte den Hörer auf und blickte kurz ins Aquarium: »Ist das richtig, dass dein großer Boss so sein Gonopodium hängen lässt, oder will uns das was sagen?«
Ich guckte auch. Elvis, der dicke goldene Mollyhäuptling,

schwamm erfreut auf mich zu und flosselte mich an. »Er lässt nichts hängen. Der ist in Ordnung.«
Verena kicherte sinnlich und schlurfte aus dem Zimmer. Das einzige, was sie an den Fischen überhaupt interessierte, war der Gonopodium-Faktor.
Als Elvis' erste Frau, die mächtige Gerda, unerwartet verstorben war, bemerkten Pascal und ich, dass unsere kleinen Putzerfische, die eigentlich Algen fressen sollten, stattdessen anfingen, ihre tote Königin zu verputzen. Wir angelten entrüstet Gerdas Reste aus dem Becken, bestatteten sie im Garten und fuhren zu Frau Holler, um eine neue Gattin für den Boss zu besorgen. Da die Chefin der Zoohandlung nicht da war, bediente uns ein junger Mann, der möglicherweise nicht so ganz kompetent sein mochte. Er verkaufte uns eine grau gesprenkelte Mollydame, die wir ›Virginia‹ tauften und Elvis stolz präsentierten.
Noch am selben Nachmittag machte uns ein Bekannter, der selbst ein Aquarium besaß, darauf aufmerksam: »Eure Virginia ist ein Virginius. Dieser Fisch hat ein Gonopodium.«
Sobald der Mann weg war, stürzten wir uns auf das Volkslexikon in 24 Bänden und lasen ›*Gonopodium*, männliches Begattungsorgan bei Haien, Rochen oder lebend gebärenden Zahnkärpflingen …‹
Plötzlich, nachdem wir es wussten, erkannten wir unschwer den gar nicht so kleinen Unterschied. Tatsächlich: nicht nur Elvis und die Guppymännchen besaßen so ein Ding unter dem Bauch, auch unsere nagelneue Virgina winkte den weiblichen Fischen fröhlich damit zu, denn das Ding ließ sich bei Bedarf seitlich ausklappen wie eine Gartenpforte.
Verena amüsierte sich gewaltig über Virginius, den wir gleich wieder umtauschten in ein echtes Weibchen, die schwarze Isabell, völlig gonopodiumfrei.

Nicole hatte das Aquarium letzten Oktober angeschafft. Ihr damaliger Freund Gunnar besaß zwei Riesenbecken voller Guppys und Schwertträger und Skalare, da musste sie auch eins haben. Tante Kerstin dürfte ein bisschen Geld dazugeben.

Nicole fluchte ohne Unterbrechung, als sie die Pflanzen einsetzte, die nicht im Kies stecken bleiben wollten, sondern beharrlich wieder nach oben schwebten. Zum Schluss erinnerte die Landschaft an ein Reisfeld nach der großen Flut, alle paar Zentimeter saß ein erschrockenes, halb zermantschtes Pflänzchen, Reihe für Reihe, und wedelte vor sich hin.

In den folgenden Wochen gingen nicht nur das Grünzeug, sondern erst recht die Fische ein. Tag für Tag gab es neue Todesfälle zu betrauern. Pascal und ich kamen gar nicht hinterher mit den Bestattungen im Garten.

Schließlich hatte Nicole die Nase gestrichen voll von den Aquarien. Von Gunnar, nebenbei bemerkt, auch. Ihr neuer Freund hieß Kevin und interessierte sich für Astronomie. Nicole bekam zu Weihnachten ein Teleskop – von Tante Kerstin.

Das Aquarium stand verwaist herum, ohne Fische, und fing an zu stinken. Die Pflanzen gammelten und wurden von Algen bekrümelt. Nicole beteuerte ab und zu, sie werde es ausleeren und auf den Boden bringen. Demnächst.

Also nahmen Pascal und ich uns der Sache an. Wir gingen zur Tierhandlung und ließen uns von der Besitzerin eine Menge über Zierfische und ihre vernünftige Haltung erklären. Dann kippten wir das alte Wasser weg und wuschen den Kies im Küchenwaschbecken, Hand voll für Hand voll, in einem Salatsieb. Wir kochten die schöngeformte dunkle Holzwurzel aus und bearbeiteten sie mit einer harten Bürs-

te. Wir mischten neues Wasser an und setzten neue Pflanzen hinein.
Als die Wasserqualität stimmte, schafften wir uns Fische an: eine Menge Arbeiter, die den Kies oder die Scheiben von Algen und Schnecken freiputzen mussten – und dann die Herrschaften, die Mollys und Guppys. Uns gingen auch noch hier und da ein paar Pflanzen und ein paar Fische ein, aber irgendwann fing wirklich alles an, mehr und mehr zu gedeihen, und wir liebten unser Aquarium.

Schließlich war das Buffet perfekt und sah sehr appetitlich aus. Ich rollte den Schlauch auseinander und goss den Garten.
Verena hatte geduscht. Ich brauchte nur noch das Bad aufzuwischen, ihre Handtücher auszuwringen und aufzuhängen und den beschlagenen Spiegel zu putzen, und schon konnte ich auch duschen.
Danach packte ich eine kleine Reisetasche, denn ich rechnete damit, dass Joachim mich über Nacht bei sich haben wollte.
Ich zog ein Kleid aus hellgrauer Rohseide an, das genau zu meiner Augenfarbe passte – und zu den Mondsteinohrringen von Bertil. Dann lief ich eilig die Treppe hinunter, denn es hatte an der Tür geklingelt.
Verena war schneller gewesen als ich – oder dichter an der Tür. Sie trug in beiden Armen blutrote Rosen, vierzig Stück, die hundertprozentig zu ihrem engen roten Kleid mit den Spaghettiträgern passten. Joachim, mein zukünftiger Mann, nahm sie ihr behutsam wieder weg und hielt sie mir entgegen: »Noch einmal herzlichen Glückwunsch, mein heiß geliebtes Mädchen …«
Wir konnten uns unmöglich umarmen, solange der Rosen-

busch zwischen uns steckte. Ich ging damit in die Küche, um eine der bereitstehenden Vasen auszusuchen. Alma war noch damit beschäftigt aufzuräumen.

Joachim betrachtete sie erstaunt. Plötzlich guckten Almas Augen besonders weit nach beiden Seiten, und ich nahm wieder sehr deutlich ihre charakteristischen Gerüche wahr.

»Alma, das ist Joachim, mein Freund. Und das ist Alma, eine liebe alte Freundin!«, sagte ich so weich und untrotzig wie möglich.

Joachim wirkte äußerst zweifelnd, reichte Alma jedoch immerhin die Hand. »Das freut mich ...« Ein kurzer Blick ging über ihr bekleckstes, verblichenes Kleid unter der Schürze. »Feiern Sie mit uns?«

Letztendlich hatte er ja Recht.

»Stimmt, Alma, wir müssen gleich mal gucken, was wir dir anziehen ...«

Ich stellte die Rosen in eine gläserne Vase und zog Alma hinter mir her die Treppe hoch. In meinem Schlafzimmer klappte ich die Schranktüren auf. »Willst du vielleicht erst mal duschen, Alma?«

»Och nee, lass man, das muss nich. Vielleicht bade ich morgen. Wenn ich darf«, fügte sie artig hinzu.

Ich steckte Alma in einen schwarzen Plisseerock, der ihr fast bis zu den Knöcheln reichte, eine schlichte weiße Bluse und eine schwarze Jerseyweste. Ihren großen, breiten Füßen konnte ich nicht weiterhelfen, die mussten in den braunen Sandaletten bleiben.

Die gelblich-grauen, dauerwellenzerstörten Haare bürstete ich an ihren Schädel und steckte sie hinten mit Kämmen fest. An ihre Ohrläppchen klippte ich runde Elfenbeinohrringe aus Familienbeständen. Obwohl ich ihr Gesicht mit größter Vorsicht schminkte – kaum etwas Rosa auf die harten, dünnen Lippen, nur einen Hauch Rouge auf die eckigen Wangen –, sah sie auf der Stelle nicht mehr wie eine mürrische Bäuerin aus, sondern wie eine verbitterte Puffmutter.

»Lach mal, Alma, du musst freundlicher gucken!«

Sie bleckte mich an.

Ich übersprühte sie mit Schauern von Kölnisch Wasser. Jedes richtige Parfum hätte im Verein mit ihren Privatgerüchen eine bedrohliche Mischung gebildet.

Dann ließ ich das Ergebnis meiner Bemühungen auf mich wirken und schluckte trocken.

Alma ihrerseits zeigte sich sehr einverstanden mit ihrem Spiegelbild: »Figelinsch, Schieter, hassu das gemacht. Ich pass auch auf, dassas allens sauber bleiben tut. Nee, guck mal, wenn Krischan mich so mal sieht …«

Ich legte einen Arm um ihre kölnischwasserfeuchte Schulter. »Denkst du immer noch an Krischan?«

Jetzt war Almas breites Lächeln echt. »Immer. Da wer ich nie über wech sein. Nich über Krischan.«

Im Wohnzimmer naschte Verena gerade vom Buffet. Ich klappste ihr auf die Finger, und sie ließ das Häppchen fallen.

»Aua! Spinnst du? Ich hab Hunger!«

»Ich auch. Aber wir warten, bis die Gäste da sind. Es sieht so schön aus. Du zerstörst die Makellosigkeit.«

»Ich krieg die Krise! Du und deine Makellosigkeit …«

Joachim kam durch die Terrassentür aus dem Garten geschlendert, eine Hand in der Hosentasche, in der anderen eine volle Sektschale. »Ich hab mich bedient, mein Mädchen …«

»Du hast die Makellosigkeit der Sektflaschen geschändet!«, giftete Verena.

Joachim hörte ihr nicht weiter zu. »Habt ihr heute noch die Fenster geputzt?«, fragte er mich. »Sie sind unglaublich sauber – fiel mir gerade auf, praktisch unsichtbar.«
Ich freute mich. Joachim passte eben doch hervorragend zu mir.
»Ja, richtig gefährlich! Du solltest unbedingt schwarze Raubvogelsilhouetten drankleben, weil sonst vielleicht –«, fing Verena an, und in genau diesem Augenblick gab es einen scharfen kleinen Knall außen an der Scheibe, und ein Vogelkörper fiel auf die Terrasse.
Wir blickten uns alle drei völlig perplex an.
»Manchmal«, sagte Joachim leise zu Verena, »glaube ich wirklich, du bist eine Art Hexe oder so was.«
Ich rannte zuerst hinaus, die anderen folgten mir. Ich hob die winzige, leichte Hand voll Federn vorsichtig auf. Das Köpfchen war verdreht. Der Vogel machte ein heißes Pfützchen in meine Hand und hörte dann auf zu atmen. Ich sah zu, wie sein blankes schwarzes Auge langsam stumpf wurde.
»Scheiße«, sagte Verena leise. »Da hast du den Fluch der Sauberkeit.«
Joachim lief wieder hinein und zog mit einem scharfen, ungeduldigen Geräusch die Gardine vor die große Scheibe.
Ich ging über den vom Gießen feuchten Gartenweg zum Schuppen, holte mir eine Handschaufel und vergrub das tote Vögelchen unter der Weide, wo schon die Katze Sophie ruhte und wo Pascal und ich immer verstorbene Fische beerdigten. Ich hatte ein kleines Kreuz gebastelt, und er eine Reihe weißer Kiesel rundum gesetzt.
Nachdem ich die Erde festgeklopft hatte, pflückte ich blaue Petunien und rosa Rosen ab und streute sie auf das Grab. Der Fluch der Sauberkeit? Armer kleiner Vogel.
Um die Stimmung wieder zu heben, goss Joachim mir eben-

falls Sekt ein, und dann überreichte er mir endlich den Mondsteinring. Er war wirklich ganz hübsch. Vor allem im Zusammenhang mit den Ohrringen. Ich bemühte mich, dankbar und froh zu sein, aber ich fühlte mich einfach nur bedrückt.

Die schwarzweiße, duftende Alma erschien im Wohnzimmer und wurde von Joachim und Verena angestaunt.

Ich erzählte ihr von dem Unglück: »Gerade hat Verena noch gesagt, ich müsste schwarze Raubvögel an die Scheibe kleben, weil sie zu sauber ist – und da knallt der Vogel dagegen. Eine kleine Blaumeise.«

Alma musterte Verena vorwurfsvoll. »So was muss man auch nich sagn. Das ziehtas Unglück ran. Das's ja 'n böses Oohm …«, meinte sie dann besorgt, an mich gerichtet.

Genau das empfand ich auch. Es war ein böses Omen. Und dabei konnte ich Omen jeder Art nicht ausstehen.

Im 5. Kapitel
beginnt die Kette der Katastrophen

Bald darauf erschienen die Gäste, ungefähr dreißig Personen. Die meisten waren Bekannte von Joachim – oder vielmehr von Joachim und mir – und kamen aus Wedel oder Hamburg. Einige wenige Gäste stammten aus Pottschrapels, Leute, die ich in den letzten Jahren ein bisschen näher kennen gelernt hatte.
Mir fiel auf, dass nur zwei Menschen anwesend waren, die ich bereits seit langer Zeit kannte: Verena und Alma.
Ich bekam schrecklich viele Blumen, schöne und weniger schöne und grauenhaft zusammengestellte mit zusammengewurschtelten Heuknäueln auf Draht dazwischen und harten Krägen aus braunem Packpapier. Außerdem erhielt ich viele Geschenke, liebevoll ausgesuchte und Irrtümer.
Robert erschien übrigens auch, Verenas nächtliche Orgie, in weißem Jackett zu weißer, enger Lederhose und mit blitzendem Ehering. Er brachte sogar den Kollegen mit, in dessen Wohnung er mit Verena hin und wieder übernachten durfte.
Nicole gesellte sich zu uns, in Jeans und Carmen-Bluse, mit nackten braunen Schultern.
»Man erkennt die Verwandtschaft«, sagte Joachim leise zu mir, »dem Kind schwappt der Busen fast schon so aus dem Dekolleté wie der Mutter …«
Einige der Herren betrachteten meine Nichte denn auch interessiert. Allerdings meist nur vom Hals an abwärts. Mit

ihrem Kopf war das so eine Sache; obendrauf fluschten verklebte pinkfarbene Besen in die Gegend, und über einer Augenbraue hatte sie zwei Knubbel. Aus einiger Entfernung dachte man mitleidig: die Ärmste, so große Pickel. Bei näherem Hinsehen handelte es sich jedoch um kleine blanke Stahlkugeln. Auf diese Art zeigte Nicole ihrem Vater, wie sehr sie Brillanten in Ohrläppchen verachtete.
Sie präsentierte zwar ebenso viel Oberweite, aber bedeutend weniger Charme als ihre Mutter. Unlustig überreichte sie mir ein Päckchen: »Hier. Nachträglich.«
»Danke!« Ich wickelte es aus und erkannte sofort den Schildpattkamm, den Tante Svea Nicole zur Konfirmation geschenkt hatte.
»Wenn von den Sachen was übrig bleibt …« – Nicole zeigte mit dem Kinn aufs Buffet –, »dann kann ich das doch morgen für meine Party haben, oder?«
»Ach, du gibst morgen eine Party?«
»Ja. Dachte ich so.«
»Für wie viel Leute?«
»Weiß noch nicht. Wer eben kommen mag. Nichts Wildes …«
Sie bohrte ihre kleinen blauen Augen aufmüpfig in meinen skeptischen Blick.
Ich hatte keine Lust, schon wieder die böse alte Tante zu sein. Nicht heute Abend. »Aber pass bitte auf, dass alles heil bleibt, ja?«
»'türlich …«, schnappte Nicole ungeduldig und drehte sich weg. Ich lächelte sonnig, als hätte sie etwas besonders Nettes gesagt und wandte mich meinen Gästen zu. Frau Bode vertraute mir an, dass der Blick ins Aquarium sie immer so beruhige, und ich stimmte ihr liebenswürdig zu.
Gegen neun klingelte das Telefon. Pascal rief aufgeregt in

den Hörer: »Kirsten, die sind alle so lieb zu mir, Mareis Eltern und so, und die grillen gerade und ich soll mitessen, darf ich? Die haben sich so gefreut, dass der Ring wieder da ist … Ich komm dann irgendwann später, darf ich?«

»Klar darfst du. Gut, dass du angerufen hast«, sagte ich. »Wenn du bis … sagen wir mal, halb elf hier bist, ist das in Ordnung.«

Später bat mich Paulchen, ein Kollege von Joachim, ein wenig Klavier zu spielen. Er redete sehr viel und sehr laut davon, wie talentiert ich sei. Ich wusste genau, worauf er hinaus wollte, und das wusste jeder, der ihn kannte; er hatte in seiner frühen Jugend mal eine Schauspiel- oder Musicalschule besucht, bevor er vernünftig und bürgerlich wurde, und sein eigenes Talent tobte hin und wieder in ihm herum und bat um einen Auftritt.

Deshalb spielte ich, nett, wie ich bin, nur Lieder, von denen ich wusste, dass er die Texte komplett beherrschte: »Night and Day« oder »Somebody loves me«.

Alle standen um das Klavier herum, Paulchen sang traumhaft schön, und dann gab es bereitwilligen Beifall.

»Können Sie auch ein Instrument spielen?«, fragte ein animierter männlicher Gast Verena und maß sie mit hungrigen Blicken. Im Grunde forderte er zu einer sehr schmutzigen Antwort heraus.

»Und ob ich das kann!« Verena wippte zum Phono-Turm und legte eine Samba-CD auf. Nachdem sie ihre Schuhe beiseite gekickt hatte, tanzte sie Samba. Alle männlichen Gäste guckten mit Stielaugen zu und ruckelten nervös mit den Adamsäpfeln.

Nur mein guter Joachim nicht. Der schenkte mir Sekt nach, machte mir Komplimente und beachtete Verena überhaupt nicht.

Ziemlich genau um halb elf kam Pascal nach Hause. Er naschte noch ein bisschen am Buffet herum und grinste freundlich die Erwachsenen an, die sich wunderten, wie sehr er gewachsen war.
Herr Brückmacher, den kleine Jungen weniger interessierten, baute sich gerade sinnend vor dem Aquarium auf und bemerkte: »Ich finde immer, das beruhigt so!«
Pascal zischelte mir ins Ohr: »Warum sagen die das immer alle?«
Ich flüsterte zurück: »Vielleicht, weil sie Fische nicht als Persönlichkeiten wahrnehmen, sondern als bewegliche farbige Punkte vor dem grünen Hintergrund.«
Dann bat ich Alma, Pascal beim Ins-Bett-Gehen ein bisschen zu helfen, und sie diskutierten sofort in bestem Einverständnis, was sie ihm vorlesen würde: »Aber ganz kuaz, mein Lütten!«
Verena trug einen sehr kleidsamen kleinen Schwips spazieren. Sie teilte meinen Gästen mit, es wäre kein Wunder, dass ein Blick in dieses Aquarium beruhigte, denn es beherberge nur liebe und nette Insassen. Dafür sorgten Pascal und ich. Wann immer ein Fischlein durch Fehlverhalten auffiele, brächten wir es gnadenlos zurück zur Zoohandlung: »›Hier, Frau Holler, das ist ein gemeiner Fisch, der hat kannibalische Neigungen.‹ Oder: ›Der hier benutzt hässliche Ausdrücke.‹ Oder: ›Der Kleine hier spielt immer an seinem Gonopodium herum …‹«
Nun musste Verena erklären, was ein Gonopodium ist. Die Stimmung war hervorragend, wir lachten alle herzlich.
Gegen drei gingen die letzten Gäste.
Alma rauchte in der Küche vor sich hin, als Joachim und Verena und Robert in der weißen Lederhose und ich dort eintraten.

Wir hatten etwas zu diskutieren. Aber weshalb wir das ausgerechnet in der Küche tun wollten, weiß ich auch nicht.

»Also, ich bin der Ansicht, du kommst jetzt mit mir nach Hause!«, sagte Joachim zu mir, und Verena gleich darauf: »Dann kann Robert doch mal hier im Haus übernachten, oder spricht was dagegen?«

Dagegen sprach, dass ich ihr das noch nie hatte erlauben wollen. Ich mochte keinen fremden Mann über Nacht im Haus und morgens im Badezimmer haben, der letztendlich noch nicht einmal Verenas Freund, sondern nur ihr heimliches Verhältnis war. Zum Schluss kreuzte womöglich eines Tages die betrogene Ehefrau bei uns auf und machte mir eine Szene, weil ich den Betrug in meinem Haus geduldet hatte.

Joachim verstand sehr gut, worum es mir ging, er warf sich in die Schlacht und erreichte, dass Robert ärgerlich mit den Schultern zuckte und abzog. Verena durchbohrte daraufhin Joachim mit hasserfüllten Blicken und sagte: »Du Mistkerl, was ging dich das denn an? Na, dann wünsche ich *euch* jedenfalls eine recht schöne Nacht! Wie lange wird sie denn dauern? Bis Montagmorgen?«

»Ich komme spätestens Sonntag zurück …«, beschwichtigte ich. »Sei so lieb und pass auf, dass Nicoles Party nicht ausufert, ja? Denkst du bitte daran, morgen Abend den Garten zu gießen? Der Schlauch ist dran, das macht keine besondere Mühe. Und lass niemanden außer Pascal die Fische füttern, bitte. Das wird sonst immer zu viel und dann haben wir Nitrat im Wasser.«

»Um Gottes willen, das wäre ja *entsetzlich*!«, rief Verena, indem sie ihre kleinen Augen überweit aufriss. Sie war wirklich ziemlich aufgebracht.

»Ich hab den lüttn Butsche zu Bett gebracht«, meldete sich Alma, vielleicht, um das Thema zu wechseln.

»Hat er gleich geschlafen?«, fragte ich.
Alma nickte. »Wollte nur noch mal pischern.«
Verena fuhr zu Alma herum und rief, wieder sehr theatralisch und betont ironisch: »Ach Gott, ach Gott, Sie haben sich meines Kindes angenommen! Wie soll ich Ihnen jemals danken?«
»Och, da nich für«, meinte Alma gemütlich und stippte umständlich die Zigarettenasche in eine Untertasse.

»Das ist uns noch nie passiert. Noch nie«, meinte Joachim bekümmert.
»Ja. Ich dachte schon, es würde nie passieren«, stimmte ich ihm heiter zu.
»Ich hab mich einfach zu sehr auf dich gefreut. Zu viele Tage ohne dich und dann diese Freude … Also zu viel Sekt auf keinen Fall. Ich hatte die ganze Zeit im Kopf, dass ich noch fahren wollte.«
»Ich bin sowieso hundemüde …«, behauptete ich. Und ich kuschelte mich zum Schlafen in Joachims Arm zurecht.
Der kleine Wecker auf dem Nachttisch tickte leise und vornehm. Ich war beinah eingeschlafen, als Joachim plötzlich halblaut und sachlich sagte: »Ich finde, du solltest Verena bald rausschmeißen. Je eher, desto besser. Sie wird ja immer unverschämter. ›Mistkerl‹ hat sie mich genannt – hast du das gehört?«
»Ich muss mit ihr reden …«, murmelte ich.
Spätestens in einem Vierteljahr wollten wir heiraten, und eigentlich war immer noch unklar, wie es weitergehen sollte. Wahrscheinlich würden wir in dieses Haus in Wedel ziehen, das Joachim von seinen Eltern geerbt hatte. Ich wäre gern in Pottschrapels geblieben. Ich hing an meinem Rosen- und Lavendelgarten, an dem altmodischen, gemütlichen Haus.

Aber Joachim, ich, Verena und die Kinder unter einem Dach? Unmöglich. Joachim mochte Pascal zwar ganz gern, fand jedoch, dass Nicole genauso frech und gewöhnlich war wie ihre Mutter.

Es widerstrebte mir andererseits, Verena und ihre Kinder rauszuschmeißen. Für die Kinder war es wichtig, dass sie in ihren Schulen und in ihrer gewohnten Umgebung blieben – wenn ihre Mutter schon ständig wechselnde Freunde anschleppte.

Ich würde noch einmal mit Bertil reden. Entweder kaufte er mir das Haus ab und ließ Verena darin wohnen. Oder er stockte den monatlichen Unterhalt für Nicole etwas auf, damit seine Ex-Frau mir eine angemessene Miete bezahlen konnte.

Ich war auch schockiert gewesen über Verenas Ton Joachim gegenüber. Was fiel ihr ein, ihn so anzugreifen?

Der Samstag war so sonnig wie die Tage vorher. Joachim und ich frühstückten auf seinem Balkon, wir unterhielten uns, wir hörten Musik, wir gingen ein wenig spazieren. Alles hätte so harmonisch und schön sein können wie immer.

Aber irgendetwas stimmte nicht.

Belastete Joachim sein Versagen in der vergangenen Nacht? Er sprach nicht mehr darüber. Ich, taktvoll und feinfühlig, sprach schon gar nicht davon.

Wir aßen in einem Restaurant in Wedel. Joachim erzählte viel von dem Kongress in Kopenhagen. Ich erfuhr eine Menge über die Bestandteile der neuen Feuchtigkeitscreme und beschloss, sie bei Gelegenheit auszuprobieren.

Am Samstagabend sahen wir uns im Fernsehen einen künstlerischen Film an, der depressionsfördernd wirkte.

Als wir ins Bett gingen, bemerkte Joachim halblaut, er sei

tödlich müde. Über alle Maßen müde. Ich hörte bald an seinen Atemzügen, dass er tatsächlich schon eingeschlafen war.
Komisch, dieser Robert hatte Verena ebenfalls tagelang nicht gesehen – und dann war daraus eine Orgie geworden, die eine ganze Nacht lang dauerte, sodass Verena sich am nächsten Tag davon erholen musste. Er hatte sich bestimmt auch gefreut, aber ihm war nicht vor Freude alles vergangen. Und er wollte ohne Bedenken auch die nächste Nacht mit ihr verbringen und hätte das getan, wenn ich es nicht verboten hätte.
Andererseits war dieser Robert gut und gerne zwanzig Jahre jünger als Joachim.

Am Sonntag strahlte der Himmel zartblau, ohne das kleinste Wölkchen, und die Sonne brannte schon morgens heiß auf unseren Frühstückstisch auf dem Balkon.
Joachim zeigte sich mürrisch und schweigsam. Er hatte Kopfschmerzen. Zu viel Schlaf?
Ich betrachtete ihn über die Kaffeetasse hinweg, sein schmales Gesicht, die klugen dunkelblauen Augen, das weiche aschblonde Haar. Er rührte mich, wie er so finster und schlecht gelaunt da saß. Ich stand spontan auf, setzte mich auf seine Stuhllehne und küsste ihn auf die Wange. Er legte den Arm um meine Taille und drückte mich an sich. »Du bleibst doch noch eine Nacht, mein Mädchen? Ich hab was gutzumachen…«
Ich streichelte sein Haar, sehr bemüht, die kleine Tonsur am Hinterkopf nicht zu berühren. Das war nicht nur sein kahler, das war auch sein wunder Punkt. »Ich muss nach Hause. Lars kommt zu Besuch, ich muss mich um die Fische kümmern, ich muss gucken, was Nicole mit ihrer Party

angerichtet hat. Pascal braucht mich. Und vielleicht hat es schon eine Katastrophe gegeben mit Verena und Alma …«
Joachim wurde wieder missmutig, weil ich nicht bleiben wollte.
»Wer ist denn bloß diese alte Frau?«, fragte er gereizt. »Woher kennst du die? ›Freundin‹ – das war ja wohl ein Witz?«
Ich überlegte kurz, ob ich Lust hatte, ihm zu erzählen, dass ich mal ein Jahr lang ein Proletenkind gewesen war. Ich konnte mir seinen Gesichtsausdruck vorstellen. Außerdem hätte ich ihm dann erklären müssen, wie es dazu kam. Bis jetzt wusste er nur, dass meine Eltern beide nicht mehr lebten. Ich begann, den Tisch abzuräumen.
Joachim fragte nicht mehr nach.
Er überredete mich, noch mit ihm und einer befreundeten Familie in Hamburg zu essen. Danach fuhr er mich nach Hause, schweigend, verbissen, ärgerlich.
Es war ungewöhnlich heiß, und Joachims Kopfweh wurde schlimmer. Wir fuhren über die Autobahn zurück. Kurz vor Booksteedt liegt auf der rechten Seite der Straße eine Art Trutzburg mit erhabenem Schornstein. Dem Schild, das man im Vorbeifahren neugierig liest, um zu erfahren, welch mächtiges Gebäude dies wohl sein mag, entnimmt man jedoch nur: Forst Rantzau. Und das hört sich zweifellos netter an als ›Müllverbrennungsanlage‹.
Joachim blieb mieser Laune. Er wollte nicht mehr mit hinein kommen. Wie ein Taxifahrer hielt er vor der Einfahrt, wartete verbiestert, bis ich mein Täschchen vom Rücksitz geholt hatte, brummelte: »Dann noch schönen Sonntag …«, und rauschte davon.
Als auf mein Klingeln niemand öffnete, kramte ich den Schlüssel hervor, schloss auf und ging dann durch mein vorgestern noch so schönes Haus.

Irgendjemand hatte den schwächlichen Versuch gemacht, etwas aufzuräumen. Das bedeutete: Einige der schmutzigen Teller und klebrigen Gläser stapelten sich in der Küche auf dem Tisch und den Stühlen. Der Rest befand sich noch im Wohnzimmer – auf dem Boden vor allem und auf den Sofas. Eine Tüte Kartoffelchips mit Paprika war neben dem Fernseher geplatzt oder zertreten worden.
Die restlichen Brote wellten sich in der Wärme, die restlichen Salate müffelten bereits säuerlich. Ich rannte die Treppe rauf und zog mich im Gehen schon aus, hängte meine Sachen eilig in den Schrank, ohne sie auslüften zu lassen, und fuhr in alte Jeans und eine Karobluse. Die knöpfte ich schon wieder auf dem Weg nach unten zu und krempelte die Ärmel hoch – auch innerlich. So!
Das Haus wirkte ausgestorben. Wo war eigentlich Alma, die doch hatte aufpassen wollen?
Ich holte mir ein Tablett aus der Küche – und da bemerkte ich, was sie meinem Entsafter angetan hatten. Ich sagte laut und empört: »Nein!«
Ich liebe meinen Entsafter. Ich trinke fast täglich Möhren-Apfelsaft oder Möhren-Sellerie-Tomatensaft. Und sofort hinterher putze ich ihn natürlich, damit er nicht verdreckt und verklebt.
Jemand hatte entsaftet – vielleicht gestern, vielleicht heute Morgen – und es nicht für nötig gehalten, das Gerät zu putzen.
Ich schmiss das Tablett mit Geschepper auf den Boden, ließ kaltes Wasser ins Küchenbecken laufen, warf die ausgepressten Obst- und Gemüsereste weg, kratzte fluchend mit einem hölzernen Schaschlikstäbchen die schlimmsten Krümel aus den einzelnen Plastikteilen und legte sie dann zum Einweichen in das Wasser.

Danach räumte ich das Wohnzimmer leer. Leider konnte ich nicht den Geschirrspüler vollräumen – der war voll. Mit schmutzigem Geschirr. Mit meinen italienischen Sherrygläsern. Und mit meiner guten neuen Teflonpfanne, in der angebrannte Reste klebten.

Ich riss die Pfanne und die Sherrygläser wieder heraus, füllte mit anderem Geschirr auf und ließ die Maschine spülen, während ich selbst auf die gute alte Art mit der Hand abwusch.

Als die Küche halbwegs menschlich aussah und der Entsafter sich vorsichtig zu erholen begann, saugte ich im Wohnzimmer Staub beziehungsweise Kartoffelchips und rückte die Möbel wieder an ihren Platz.

Ich weiß nicht, wieso ich erst jetzt ins Aquarium guckte. Das war eigentlich untypisch für mich. Vielleicht war ich zu wütend gewesen, um fürsorglich zu sein. Ich sagte: »Na, meine kleinen Kerlchen, wie habt ihr denn die Orgie überstanden?«

Sie sahen kein bisschen glücklich aus. Elvis flosselte erschöpft dicht über dem Kies herum, die anderen schwammen so dicht wie möglich unter der Wasseroberfläche dahin und schienen nach Luft zu schnappen. Sogar die Pflanzen, vor zwei Tagen noch grün oder rot und bestens in Form, gilbten auf einmal schlapp in die Gegend. Ich hockte mich dichter davor und blickte ängstlich ins Kinderzimmer. Die Babys hielten ebenfalls ihre Mäulchen aus dem Wasser. Fünf von ihnen lagen regungslos auf dem Boden, nur bewegt von der Wasserbewegung des Filters. Und dann sah ich auch die großen gelben Flocken, die sich im Aquarium befanden. Was konnte das denn sein?! Ich fischte eine mit den Fingern auf und schnupperte daran. Es handelte sich um einen ertrunkenen Kartoffelchip – offenbar ohne Paprika. Oder das Paprika hatte sich schon abgewaschen …

Ich tauchte einen Teststreifen in das Wasser, um zu sehen, wie es um den pH-Wert und so weiter stand, schnappte nach Luft, stolperte so schnell wie möglich zur Abstellkammer, holte den riesengroßen und den kleineren Eimer sowie den Absaugschlauch und machte mit fliegenden Händen einen Wasserwechsel. Alle Chips, die ich sehen konnte, sammelte ich heraus – und die armen toten Babys auch.

Gegen zwei hatte Joachim mich abgesetzt, kurz nach halb fünf warf ich mich japsend in einen Sessel und streckte die Beine von mir. Inzwischen erinnerte das Wohnzimmer wieder ein wenig an sein altes Selbst.

Dann fiel mir ein, nachzusehen, ob diese Fischbaby- und Entsafter-Mörder meinen Garten gegossen hatten.

Natürlich nicht. Ich drehte brutal am quietschenden Wasserhahn, als hätte er Schuld, und fing an, Blumen, Büsche und Sträucher zu gießen. Fast hätte ich in meinem zornigen Eifer Kevin Neddermeyer ersäuft, als ich um den Schuppen bog. Kevin war Nicoles Freund. Er saß auf der Schaukel, die hinten im Garten im Apfelbaum hängt. Als der Wasserstrahl seine Füße traf, fuhr er mit weitaufgerissenen Augen hoch und rief: »Äh-ech!«

Ich hielt den Schlauch beiseite. »Kevin? Was machst du denn hier? Und wo sind eigentlich alle anderen?«

»Ach, hallo, Frau Thiele, ich hab Sie gar nicht bemerkt …«, sagte er matt und ließ sich wieder auf dem Schaukelbrett nieder.

Ich stellte den Schlauch ganz ab. »Bei all dem Getöse, das ich hier veranstaltet hab? Das Gießen macht doch Lärm!«

»Entschuldigung …« Kevin starrte mit rot geränderten Augen seine nassen Schuhe an. »Weil, ich … Ich sitze hier so und denk nach …«

»Worüber denn? Was ist los? Wo ist denn überhaupt Nicole?«

Kevin drehte seine Daumen um die Schaukelschnüre. »Die ist ja wohl immer noch bei Alexander. Alexander Ewers. Da war sie heute Nacht – oder den Rest der Nacht, meine ich. Jedenfalls morgens. So um fünf sind sie los. Zu mir hat sie immer gesagt: Nee, noch nicht, ich bin noch zu jung. Und mit ihm ist sie mit …«

Nicole war nie besonders nett zu ihm gewesen, und wir alle hatten oft ein bisschen über den dummen Kevin gelacht, der sich so viel gefallen ließ. Plötzlich tat er mir schrecklich Leid.

»Hängst du etwa seit heute Morgen hier auf der Schaukel?«

»Ja … Nein, nicht direkt. Zuerst hab ich im Wohnzimmer geschlafen, hinter dem einen Sofa. Und später bin ich in den Garten gekommen. Mir geht's ganz schlecht …«, sagte Kevin und räusperte sich schwächlich.

»Bist du verkatert?«

»Glaub ich nicht. Ich hab wenig getrunken. Ich glaub, ich krieg eine Grippe oder so was …«

»Und ich mach noch deine Füße nass! Komm mit rein!«, sagte ich energisch. Weil er nicht darauf reagierte, löste ich seine rechte Hand von der Schaukel und zerrte ihn hoch und hinter mir her ins Haus.

»Zieh bitte die Schuhe aus und auch die Socken – hier ist ein Handtuch. Deine Hosenränder haben ja kaum was abgekriegt. Socken kann ich dir geben – die sollten einigermaßen passen, guck mal, Nicole hat riesige Füße …«, erklärte ich ohne jede Loyalität meiner Nichte gegenüber. Kevin befummelte indessen nur mit zärtlich-bewundernder Hand die Socken, die ich ihm zuwarf, und meinte anerkennend: »Ja, das hat sie.«

Ich stopfte seine Schuhe mit Küchenpapier aus, obwohl sie keineswegs durch und durch nass waren.

»Möchtest du was Warmes trinken? Heiße Milch mit Honig?«
»Ach ja, bitte …« Kevin nickte dankbar, ließ sich auf einem Küchenstuhl nieder und guckte mit seinen verweinten Augen umher.
»Wer hat denn hier so aufgeräumt?«, wollte er wissen.
»Ich. Seit zweieinhalb Stunden. Was habt ihr bloß für einen Saustall aus meinem schönen Haus gemacht …«
Der große Junge zog den Kopf zwischen die Schultern. »Das war 'ne heiße Party. Echt heiß. Nicole hat mit Alexander getanzt. Die hat vielleicht superheftig getanzt! Der sieht ja auch krass gut aus, der Alexander …« Kevin seufzte tief. »Und er hat Sekt in Ihr Aquarium gegossen, Frau Thiele. Chips hat er auch reingeworfen. Und werweißwas noch. Das fand er witzig.«
»Warum hast du ihn nicht gehindert, verdammt noch mal? Du bist doch so ein riesiger Kerl!«
Kevin zog den Kopf schon wieder zwischen die Schultern. »Der ist vielleicht kleiner als ich. Aber er ist auch gemeiner.« Dann nieste er zwei Mal kläglich. Die Milch kam leise fauchend im Topf hoch, ich goss sie in einen Becher und rührte Honig hinein.
»Hier, trink!«
Während er gehorsam trank, stellte ich ihm vor, dass sein Leben in Zukunft netter verlaufen würde, wenn Nicole ihn nicht mehr quälte. Eigentlich, behauptete ich, sei es ein Segen und er würde später diesem Alexander Ewers noch mal ganz schön dankbar sein, weil er ihn befreit hatte.
Danach ließ ich ihn Echinacea lutschen: »Jetzt zwei, in einer Stunde noch eine und dann jede Stunde genau zur selben Zeit eine, hörst du?«
Kevin lutschte und nickte. An den Pillen vorbei sagte er:

»Sie sind echt heftig, Frau Thiele. So'ne Mutter hätte ich gerne. Sie sind so'n richtiger Engel wie aus alten Büchern, der immer alles in Ordnung kriegt und ohne den alle aufgeschmissen sind.«
Wir holten das Papier aus seinen Schuhen, und er trabte davon.
Inzwischen war es nach fünf. Komisch, dachte ich, warum ist Lars eigentlich noch nicht da?
Ich räumte den Milchbecher ab, begann, alle Geburtstagsblumensträuße aus den Vasen zu holen und zu beschneiden, als ich ein winziges braunes Käferlein auf dem Küchentisch fand, ein besonders niedliches Exemplar mit kindlich runder Stirn. Ich nahm es vorsichtig hoch und setzte es im Garten auf ein Rosenblatt. Da sah ich Alma mit Verenas altem Fahrrad die Straße entlang kommen. Ich öffnete ihr die Gartentür. Sie trug unten den schwarzen Plisseerock, den ich ihr zur Feier verpasst hatte, und oben das Goofy-Hemd. Ihr Gesicht wirkte bedrückt und verstört.
»Hallo, Alma!«, sagte ich.
»Hier kannssu dich ja verfahrn!«, sagte sie vorwurfsvoll. »Ich bin ja wohl stundnlang um und um gefahrn, bis ich man endlich euer Haus wiedergefunn hab!«
Wir brachten gemeinsam das Rad in den Keller. Ich machte Kaffee, und Alma berichtete: Pascal war schon am Samstagnachmittag von seinem Vater abgeholt worden. Verena bald darauf verschwunden; wohin, wusste Alma natürlich nicht. »Gesacht hat sie nix, trotzdem wir uns vorher 'n büschen inne Küche unterhaltn ham. Und die Feier von deine Nichte oder was die is – das war 'n Teufelssabbat! Ganz schlimme Musik, die macht eim die Perestaltik kaputt!«
»Die was?«
»Kriechs du so Herzstörungn von«, erläuterte Alma. Sie

guckte sich im Haus um: »Na, so schlimm, wie ich man gedacht hab, siehttas ja auch wieder nich aus. Ham sie wohl doch 'n büschen klar Schiff gemacht zum Schluss.«
Es kam mir merkwürdig vor, dass sie am Morgen nicht in Wohnzimmer und Küche geschaut hatte: »Wie lange warst du denn mit dem Rad unterwegs, Alma?«
Ihre Augen wichen aus, das linke nach links und das rechte nach rechts: »Ich weiß ganich so genau. Vielleicht 'ne Stunde …«
Es klingelte an der Tür: Mein Sohn stand mit einem Blumenstrauß vor mir, rosa Rosen und Enzian. Er drückte mich an sich, und ich guckte hoch und in seine Nasenlöcher. »Warum kommst du so spät, mein kleines Söhnchen?«
»Wieso? Ich hab dir doch auf Anrufbeantworter gesprochen, dass ich nicht vor halb sechs hier sein kann. Jetzt ist es eine halbe Minute nach halb sechs.«
»Ich hab noch nicht mal nachgeguckt, ob Anrufe waren. Tut mir Leid …«
Ich stellte Lars und Alma einander vor. Sie war sehr von ihm angetan, doch das wäre sie vielleicht auch von einem kleinen, murkeligen Lars gewesen, einfach, weil es mein Sohn war. Er lachte sie strahlend an und begrüßte sie herzlich. Sein Herz ist groß und sein Interesse für Gottes Schöpfungsvielfalt grenzenlos.
Dann fragte er mich: »Weißt du, dass an diesem Wochenende Altstadtfest in Pottschrapels ist?«
Nein, das war mir entgangen. Lars wollte sich das ansehen, und wir verabschiedeten uns von Alma und zogen los. Wir schlenderten die Marktstraße entlang und besichtigten die verschiedenen Buden mit Kunstgewerbe oder Naschereien. In einem der antiken Häuser um das Kloster, Schrapels Pott, standen die Fenster offen. Von draußen hingen die

Leute mit den Armen auf der Fensterbank und schauten hinein, denn hier trat gerade eine plattdeutsche Musikgruppe auf, die »Liekedeler«. Ihre Sängerin, eine große, schlanke Frau mit dunkelblonder Ponyfrisur, sang zu einer schönen, melancholischen Melodie einen traurigen Text:

»Worüm geiht dat nich anners
worüm mutt dat so ween,
worüm mööt wi uns heemlich drapen,
worüm schall uns keen sehn?«

Die Geschichte einer heimlichen Geliebten. Ich dachte an Verena. Vielleicht tat ich ihr Unrecht. Vielleicht liebte sie diesen Robert ja wirklich innig und schmerzlich. Vielleicht kam es ihr nicht nur auf ein Abenteuer an. Was wusste ich denn über ihre Gefühle?

Wir kauften uns an einer der Buden jeder eine Crêpe und wanderten hinter dem Kloster unter alten Bäumen entlang. Ich schilderte das Sodom-und-Gomorrha meines trauten Heims nach Nicoles Party. Lars meinte: »Sie kann nichts dafür, Mami. Eigentlich ist Nicole ein armes Schwein.«

Das war seine übliche Ansicht. Lars fand immer mildernde Umstände für das haarsträubendste Fehlverhalten seiner Mitmenschen.

»Du, sag mal, die Alma – ist das die, bei der du mal als kleines Mädchen gewohnt hast?« (Denn Lars wusste davon. Ihm konnte man bedenkenlos alles erzählen, er war nie schockiert, er urteilte nicht, er hielt dicht, er fragte auch nicht nach und verlangte nie mehr zu wissen, als man erzählen wollte.)

»Genau die ist das.«

»Witzig, so ähnlich hab ich mir die immer vorgestellt.«

Wir hatten uns auf eine Bank gesetzt. Lars leckte sich noch einmal die Finger ab und riss die Pappe, auf der seine Crêpe gelegen hatte, in feine Streifchen, die er in den Metallpapierkorb neben der Bank flattern ließ. Früher war er silberblond gewesen, zart und so niedlich, dass ihn dauernd alle Leute fragten: »Bist du ein Mädchen oder ein Junge?«

Was jetzt neben mir saß, maß fast einen Meter neunzig und ließ jede Niedlichkeit vermissen. Ziemlich hart und kantig war sein Gesicht geworden, die hellen, wachsamen Augen lagen tief unter dichten Augenbrauen. Nur sein Mund war süß und weich geblieben, fein geschnitten und ein bisschen mädchenhaft. Er zeigte mir ein neues Foto seiner schönen, mandeläugigen Freundin Hanako: »Sie ist so lieb. Und so klug! Und so witzig …«

Das war sie wirklich. Er hatte Glück mit ihr. Sie hatte Glück mit ihm.

»Was macht dein Vater?«, fragte ich höflichkeitshalber.

»Ja, was macht er? Er nörgelt sich seine Welt hässlich«, berichtete Lars. »Weißt du, so wie der kleine Junge aus der ›Schneekönigin‹, der einen Splitter vom Spiegel des Teufels im Herzen hat und einen im Auge, und der dauernd überall nur die Fehler sehen kann …« Und sofort wieder: »Ach, nein, nein, er ist ein lieber Kerl. Das ist halt so seine Art, er kann nicht anders. Er ärgert durch sein Gemecker ja auch nur die, die ihn ernst nehmen.«

»Du nimmst ihn nicht ernst?«, fragte ich amüsiert.

»Ernst nicht. Aber wichtig. Ich hab ihn ja lieb.«

»Neulich hat Frau Brückmacher gesagt, du lügst mich an«, fiel mir ein.

»Was?«

»Ja. Die Wunde in deinem Bein wäre von einer Messerstecherei gekommen. Und ich wäre ja naiv …«

Wir lachten beide. Lars war kürzlich beim Aufräumen ein Fahrtenmesser, das zwischen Zeitschriften gelegen hatte, in den Oberschenkel gerutscht. Der Schnitt musste mit zwei Stichen genäht werden. Das hatte er mir natürlich am Telefon erzählt. Und als ich das einer Bekannten weitergab, regte sie sich darüber auf, dass ich so einen Unsinn glauben mochte: »Kinder sagen einem doch nicht die Wahrheit!«
Wir erinnerten uns gemeinsam an einen Fall aus der Zeit, als wir noch miteinander in Hamburg lebten. Da hatte ihn ein Klassenkamerad beschuldigt, sein neues Fahrrad kaputtgemacht zu haben. Der Vater des Jungen rief erbost bei uns an und forderte die Bezahlung des Schadens. Ich fragte Lars erstaunt, warum er mir nichts davon erzählt hätte. Er erwiderte genauso erstaunt, er sei zwar mit dem neuen Rad mal eben Probe gefahren – aber nur kurz und auf keinen Fall ›mit Wucht über den Kantstein‹, wie behauptet wurde. Ich rief also den wütenden Vater zurück und erklärte, Lars habe das Rad bestimmt nicht kaputtgemacht.
»Wie kommen Sie darauf?«, fragte der.
»Weil er es sagt.«
»Ach Jechen, Sie sind ja gelungen. Sie glauben doch nicht, dass ein Kind in so einem Fall die Wahrheit spricht?«
»Ich kenne meinen Sohn seit zehn Jahren«, sagte ich, nun selbst ziemlich aufgebracht, »und er hat mich noch nie angelogen.«
Der Vater schnaufte verächtlich und meinte, wir würden noch von ihm oder seinem Anwalt hören.
Lars und ich saßen ziemlich beklommen da nach diesem Gespräch. Es ging ja nicht so sehr um das Geld für die Reparatur, das würde ich natürlich aufbringen können. Es ging um die Verleumdung, die kränkte uns.
Ungefähr zwei Stunden später rief dann der Vater wieder

an, mit veränderter Stimme. »Wer auch immer das Rad kaputtgemacht hat – Ihr Lars war es nicht, so viel hab ich inzwischen rausgekriegt. Ich möchte mich bei Ihnen entschuldigen«, erklärte er. »Sie haben vorhin gesagt, Ihr Kind hat Sie noch nie angelogen? Wissen Sie was? Ich beneide Sie!«

Lars verabschiedete sich an der Gartenpforte von mir, er wollte noch einen alten Schulfreund besuchen. Ich sah seinem sicheren, wiegenden Gang hinterher. Dann trat ich lächelnd ins Haus. Ich fühlte mich gut; wie nach einem Spaziergang am Strand oder einer belebenden Massage oder einem erfreulichen Ritt auf Flocke. Mit Lars zusammen zu sein erfrischte und machte gute Laune. Ich war beispielsweise auf Joachim nicht mehr böse. Und auf Nicole war ich nur noch ganz normal wütend, nicht mehr mit Mordgedanken.
Alma hatte inzwischen weiter aufgeräumt, sauber gemacht und Blumen beschnitten. Das war auch schön. Sie saß bei einem Verschnaufzigarettchen in der Küche.
Ich rief Joachim mit meiner nagelneuen Heiterkeit an und lud ihn zum Abendessen ein: »Hast du schon gegessen, du alter Brummbär?«
Er war ein wenig erstaunt, schien sich aber zu freuen. Nein, er hatte noch nicht gegessen – in einer halben Stunde, so gegen acht, würde er bei mir sein. Schon war die Verstimmung zwischen uns beseitigt.
Ich machte mich pfeifend daran, einen Geflügelsalat zu bereiten und deckte auch gleich den Esstisch im Wohnzimmer. Eben kam Verena zurück, woher auch immer, und begrüßte mich mit einem Kuss auf die Wange. Pascal wurde kurz darauf nach Hause gebracht und beteuerte sofort, dass

er nicht mitessen würde. Ihm war ein wenig übel von all den Hot Dogs, mit denen sein Pappi ihn voll gestopft hatte.
»Du hättest protestieren sollen!«, bemerkte ich vorwurfsvoll.
»Ja, hätte ich!«, bestätigte er, beide Hände vor dem Magen verschränkt. Er wollte sich im Wohnzimmer ein bisschen aufs Sofa legen.
»Geschieht ihm Recht«, knurrte Verena hinter ihm her. »Er muss lernen, nein zu sagen. Kerli würde ihn füttern, bis ihm der Magen platzt, vor lauter schlechtem Gewissen.«
Ich würzte die Hühnerbruststreifchen mit Salz, Pfeffer, Paprika und einigen Tropfen Worcestershiresauce. »Schlechtem Gewissen? Wieso soll Kerli ein schlechtes Gewissen haben?«
»Weil er mich nicht geheiratet hat und weil –«, fing Verena an, aber in diesem Augenblick hörten wir Pascal im Wohnzimmer schreien. Verena verdrehte die Augen. Ich rannte hinaus, während ich mir unterwegs die Hände in Küchenpapier abwischte.
»Günther!«, rief Pascal aufgeregt, als ich hereingestürzt kam. »Er ist schon wieder rausgesprungen …«
Da sah ich ihn schon auf dem Teppichboden umherhüpfen, unseren dicken Kugelfisch. Ich griff mir vom Esstisch Besteck und löffelte Günther vom Teppich auf und zurück ins Aquarium. »Warum hast du den Deckel denn überhaupt abgenommen?«, fragte ich ärgerlich, während ich ihn wieder aufsetzte und das Licht anknipste.
»Ich hab nachgeguckt … Das sieht alles so komisch aus … Sind welche von den Babys gestorben? Und was hat Elvis? Und guck mal hier, die große Puschelpflanze, die flockt überall weg …«
»Nicole hat einen neuen Freund, glaube ich. Der war früher schon mal hier, Alexander heißt der …«

»Na und?«
»Kevin hat mir erzählt, dieser Alexander hat Kartoffelchips und Sekt und noch irgendwas ins Aquarium getan.«
»Spinnt der?!«, fragte Pascal. Er krauste ein paar zornige Falten über seiner kleinen Nase.
»Fünf Babys sind bis jetzt gestorben. Ich hab vorhin schon einen Wasserwechsel gemacht, morgen und übermorgen mach ich noch weitere. Ich denke, die meisten Fische sind zu retten. Neue Pflanzen müssen wir wohl kaufen, ich glaube nicht, dass die's überstehen …«
Ich seufzte. Pascal seufzte, vielleicht auch, weil ihm so übel war. Die Fische sahen so aus, als ob sie gern seufzen würden, wenn sie nur könnten.

Punkt acht kam Joachim, küsste mich auf die Stirn und entschuldigte sich leise für sein ›blödes Benehmen‹. Dann stellte er sich neben Pascal, der immer noch ins Aquarium starrte.
»Das ist so beruhigend …«, fand Joachim. »Unendlich beruhigend. Findest du nicht auch?«
Pascal stand auf, beide Hände in den Hosentaschen. »Das ist ein Aquarium und kein Bildschirmschoner!«, sagte er patzig. Dann drehte er sich um und trabte aus dem Raum: »Ich geh jetzt ins Bett. Nacht, Kerstin …«
Verena und Joachim guckten ihm recht erstaunt hinterher. Ich folgte ihm die Treppe hinauf in sein Zimmer und half ihm, sein Bett aufzudecken.
»Hast du eigentlich deine Badetasche schon ausgepackt, Schätzchen?« Das hatte er nicht, und ich holte das feuchte Handtuch und die kleine Badehose heraus, um sie im Wirtschaftsraum zum Trocknen aufzuhängen.
Ich sagte nicht, dass er ungezogen zu Joachim gewesen sei.

Dazu fand ich den Vergleich mit dem Bildschirmschoner zu genial. Ich las ihm sogar noch ein bisschen vor. Denn obwohl er ja ein großer Schuljunge war und selbst lesen konnte, liebte er das über alle Maßen.
»Schlaf schön, Kleiner …«
»Du auch, Kerstin. Und wenn ich groß bin …«
Ich stand schon in der Tür, die Hand am Lichtschalter: »Ja?«
»… dann hau ich diesen Alexander an die Wand.«
Au ja. Ich auch, dachte ich, während ich die Treppe hinunter ging.
Nicole war inzwischen ebenfalls zurück. Sie kam gerade mit einem großen Jungen aus ihrem Zimmer neben der Küche. Ein hübscher Kerl, schlank und dunkel, mit wachen braunen Augen und auffallend langen Wimpern. Beide schauten mich an, und Nicole stellte vor: »Das ist meine Tante, Frau Thiele, du weißt schon …«
Wie schön, dass er wusste. Ich hatte keine Ahnung. Er nickte kurz und öffnete die Haustür, gab Nicole einen festen Kuss auf den Mund: »Tschüss, Nicki!« – und verschwand.
»Sag mal, war das dein neuer Freund? War das etwa Alexander – wie heißt er – Alexander Ewers?«
Nun hätte ich ihn an die Wand hauen können und ließ die Gelegenheit ungenutzt …
»Ja, und?«, fragte sie schnell und aggressiv.
»Wir müssen mal ein Wörtchen darüber reden, was dieser Kerl mit meinen Fischen gemacht hat. So geht das nicht. Ich habe eine Menge Ärger und Kosten davon …«, fing ich gereizt an.
Nicole verzog den großen, vollen Mund zu einem gelangweilten Schmollen, warf den Kopf zurück: »Ich hab jetzt keine Lust, darüber zu reden!«, und riss die Wohnzimmertür

auf. Dann warf sie, anstatt hineinzugehen, die Tür gleich wieder mit Schwung zu und drehte sich zu mir um.
»Ich glaube, ich esse doch nicht mit, Kerstin!«, rief sie sehr laut.
»Warum brüllst du denn so?«, fragte ich unangenehm berührt.
Sie musterte mich mit einem merkwürdigen Blick, beinah verschlagen. Oder bildete ich mir das nur ein? Dann stampfte sie an mir vorbei die Treppe hoch.
Ich sah ihr verdutzt hinterher: »Wo willst du denn jetzt hin?«
»Ins Bad. Abschminken. Ich bin müde.«
Im Wohnzimmer stand Joachim immer noch vorm Aquarium. Verena wartete bereits am Esstisch und rückte die Bestecke zurecht. »Können wir anfangen?«, fragte sie mich.
»Will Alma nicht mit uns essen?«
»Nein – sie ist schon nach unten gegangen. Hat gesagt, sie ist müde und hat keinen Hunger«, erklärte Verena.
Joachim kam lächelnd zum Tisch, und ich tat den Salat auf. Wir unterhielten uns alle drei nett, vorsichtig und oberflächlich. Die Feindseligkeit zwischen Verena und Joachim schien vorbei zu sein. Sie brachte ihn sogar ein paar Mal zum Lachen. Er erzählte wieder eine Menge über die halbdänische Algen-Kaviarcreme, und Verena meinte, sie würde ihrer Chefin im Kosmetiksalon vorschlagen, die an verschiedenen Kundinnen zu erproben.
Eigentlich hätte ich sie wohl auf den verdreckten Entsafter ansprechen sollen und darauf, dass sie den Garten nicht gegossen hatte. Aber wozu? Sie würde es sich kaum zu Herzen nehmen, und die friedliche Stimmung wäre kaputt.
Joachim fuhr schon gegen halb zehn wieder nach Hause, küsste mich leidenschaftlich im Flur und kam sehr in Stimmung: »Komm doch mit mir mit, ja?«

»Nein, jetzt nicht. Aber vielleicht übermorgen …«
Glücklicherweise wurde er diesmal nicht böse.
Als ich mich umdrehte, stand Verena hinter mir am Fuß der Treppe, und einige Stufen über ihr, wie ein boshafter Schatten, Nicole. Beide starrten mich aus ihren kleinen, tief liegenden Augen merkwürdig eindringlich an. Ganz spontan überkam mich das Bedürfnis, entweder alle beide rauszuschmeißen – oder in ein Hotel zu ziehen.
Dann rief Pascal nach mir, weil er meinte, nun müsste er aber spucken. Ich rannte nach oben und drängelte mich rücksichtslos an seiner Mutter und seiner Schwester vorbei.

Das 6. Kapitel
beschreibt noch mehr unerfreuliche und schreckliche Geschehnisse

Der Montagmorgenhimmel war bedeckt, und es wehte ein kühlerer Wind. Leider hatten wir zwei weitere Mollybabys zu beklagen. Jetzt schwammen nur noch vierzehn goldene, schwarze und goldschwarze im Kinderzimmer umher. Naja, auf die Art hatten sie allerdings auch mehr Platz. Ich machte den zweiten Wasserwechsel.

Verena war im Kosmetikinstitut in Pinneberg, die Kinder in ihren Zimmern. Alma kam gähnend nach oben und fragte, ob sie Kaffee kochen sollte. Ich hatte zwar schon gefrühstückt, trank aber gern noch eine Tasse mit.

Wenn ich meiner Nase trauen durfte, hatte Alma immer noch nicht geduscht. Wenn ich meinen Augen trauen durfte, hatte sie sich noch nicht einmal gekämmt. Ihre drahtigen, kaputten Löckchen standen nach allen Seiten ab, und am Hinterkopf gab es eine plattgelegene Stelle. Das Goofy-Shirt in Verbindung mit dem schwarzen Plisseerock schien sie zu lieben, denn das trug sie heute schon wieder.

»Guck mal, Alma, dieses kleine braune Käferchen hier – genau so eins hab ich gestern schon gefunden. Vielleicht war's ja dasselbe? Ich hab solche noch nie gesehen. Sieht niedlich aus, nicht?«

Alma guckte mit dem linken Auge auf den Käfer und machte unbestimmt: »Jooo …«

Ich setzte den kleinen Kerl wieder in den Garten. Als ich

zurückkam, hatte Alma zwei weitere gefunden: »Hier, die kannssu auch gleich rausbring. Dann hassu aber gut zu tun – hier is sogar noch ein!«

Drei kleine braune Käferlein – mit dem, den ich gerade entfernt hatte, vier. Und falls es nicht derselbe gewesen war wie gestern (inzwischen sprach einiges dagegen) also fünf. Nanu?

Die neue Ladung warf ich etwas weniger feinfühlend aus dem Fenster. Inzwischen fand ich sie nicht mehr ganz so niedlich.

»Wir püttschern hier rum, un Rolf liecht inne Klinik und stirbt«, brummelte Alma plötzlich nachdenklich vor sich hin. Sie blies ziemlich eckige Rauchringe.

»Wirklich? Was hat er denn?«

»Hat fix 'n Fellvoll gekrich von irgendwelche Freunde im Suff. Du weissja, wie so was läuft …«, unterstellte sie.

»Und wo ist er?«

»In Altona.«

Eine Stunde später standen wir im Krankenhausfahrstuhl und fuhren nach oben. Alma grämte sich, es könnte keine Besuchszeit sein und sie hätte keine Blumen dabei. Ich versuchte, sie zu beruhigen: Mit den Besuchszeiten nahm man's in Krankenhäusern nicht mehr so genau, und was sollte Rolf mit Blumen? Wir würden ihn fragen, was er sich wünschte, und es ihm dann kaufen. Das tröstete Alma sehr.

Wir erfuhren auf dem Flur, dass Rolf Plück sich zurzeit nichts wünschen konnte, weil er nicht bei Bewusstsein war.

»Is er tot oder was?«, fragte Alma mit überquellenden Augen. Der junge, nervöse Assistenzarzt erklärte ihr Tatbestände, die nicht einmal ich genau verstand. Auf jeden Fall hatte Almas Sohn was an die Nieren bekommen, und die wollten jetzt nicht mehr arbeiten.

Wir durften zu Rolf, nachdem wir behauptet hatten, ich wäre seine Cousine. Seine geschlossenen Augenlider schimmerten bräunlich, darunter lagen tiefe Schatten. Um den Kopf trug er einen Verband. Also hatte er nicht nur Nierenschläge kassiert. Sonst war nicht viel von dem Fellvoll zu entdecken.

Ich hinterließ bei der Stationsschwester meine Telefonnummer mit der Bitte, uns zu unterrichten, wenn Rolf wieder zu sich kam. Während wir zurückfuhren, weinte Alma vor sich hin und trompetete hin und wieder ihre Nase aus.

Ich sammelte meine Erinnerungen an Rolf.

Damals, als ich vom sich auflösenden Internat in der Schweiz kam und bei Alma in der Stube schlief, wohnte er schon nicht mehr zu Hause, kam jedoch hin und wieder vorbei. Obwohl er erst sechzehn war, wirkte er auf mich völlig erwachsen. Da er ständig Stiefel mit hohen Absätzen trug, war er sogar ein Stückchen größer als ich. Seine Zigaretten klaute er nicht mehr bei Alma, sondern kaufte sie ganz öffentlich selbst, denn er war in der Lehre bei einem Klempner und bekam schon sein eigenes Geld – wenn auch nicht viel. Von unserer Verlobung mit den Kaugummiringen sprachen wir beide nicht mehr.

Das letzte Mal sah ich ihn elf Jahre später. Damals wackelte meine Ehe ganz gewaltig, mein Mann ließ mich abends ziemlich oft allein und ich kam auf dumme Gedanken.

Einer davon war, mal nachzusehen, was Rolf wohl so machte. Ich suchte im Hamburger Telefonbuch, fand einen Rolf Plück, der in Barmbek wohnte, und wählte gespannt dessen Nummer. Ob das mein Rolf sein konnte?

Er meldete sich so heiser, dass ich gleich sicher war. Erinnerte er sich an Kerstin Brodersen? Und wie er das tat. Wir redeten fast zwei Stunden lang.

Verheiratet war Rolf nicht, aber er hatte ein paar Jahre lang eine Freundin gehabt, die eine kleine Tochter besaß. Nun waren sie getrennt, die Frau und er, und das Kind fehlte ihm. Die Klempnerlehre hatte er damals leider bald abgebrochen, war eine Weile LKW gefahren, und zurzeit bewachte er nachts ein ›Lager‹ – was immer das bedeutete.

Seiner Mutter ging es gut. Sie putzte noch, trotz Krampfadern und manch anderer Leiden.

»Aber Krischan ist nicht aufgetaucht?«

»Krischan! Hör mir auf! Schreibt der Kerl doch meiner Mutter 'ne Karte aus Singapur, du!«

Ich verstand seinen Zorn nicht ganz. »Das ist doch nett?«

»Nett? Nett finstu das?! Un sie macht sich denn wieder Hoffnung und meint, nu kommter bald. Vor zwei Jahre war das nu wieder, aber sie muss ja hoffen!«

»Warum soll sie nicht hoffen?«

»Weil Hoffnung immer gelogen is. Verarsche is das! Bloß, wenn du nich hoffs, kannssu nich enttäuscht wern«, versicherte Rolf.

Übrigens wollte er mich gerne sehen. Ich war ebenso neugierig. Plötzlich bildete ich mir ein, mal verliebt in ihn gewesen zu sein. Warum hätten wir uns sonst mit Kaugummiringen verlobt?

Es war schwierig, sich auf einen Treffpunkt zu einigen. Ich mochte mit Rolf nicht in ›unserer‹ Gegend gesehen werden; Rolf erklärte mir, Puschi, seine Ex-Freundin, würde den größten Aufstand machen, sobald er mal in Barmbek mit einer Frau auftauchte, die etwas jünger wäre als hundert.

»Wieso? Ich denke, ihr seid schon lange getrennt?«

»Ja, das wohl. Aber ich schulde ihr noch was, und ich bin so'n büschen mit der Knete im Rückstand, und Puschi denkt denn immer, nu heirat ich wen und denn kricht sie nix mehr. Un denn wird sie gnaddelig.«

Ich hatte schließlich die Idee mit Hagenbecks Tierpark. Dort würden wir meinem Mann bestimmt nicht begegnen. Rolf war einverstanden: Puschi sei dort auch nicht anzutreffen, der Eintritt wäre ihr viel zu hoch.

Während ich mich anzog und zurechtmachte, fiel mir erst ein, dass schließlich durchaus Bekannte von uns mit ihren Kindern im Zoo sein könnten. Ich versuchte, Rolf anzurufen und irgendwo anders hinzubestellen, aber er ging nicht an sein Telefon.

Also band ich mir ein Kopftuch um und setzte eine große Sonnenbrille auf. Das Tuch machte Sinn, denn der Himmel brach immer mal wieder in Nieselschauer aus, und es herrschte ein scharfer Westwind. Die Sonnenbrille wirkte bei diesem Wetter natürlich ziemlich albern.

Ich fuhr mit der U-Bahn nach Stellingen. Seit Ewigkeiten war ich nicht mehr U-Bahn gefahren. Während der Fahrt dachte ich darüber nach, was ich eigentlich vorhatte, aber ich bekam es nicht heraus.

Dass Rolf Plück ordinär war (nicht nur nach dem Urteil meiner seligen Urgroßmutter), stand außer Frage. Was war er darüber hinaus? Dumm? Stumpfsinnig? Brutal? Was war aus dem heiseren, sommersprossigen kleinen Jungen geworden, der seiner Mutter Zigaretten klaute? Wie hatte sich der schmächtige Jüngling in den Stiefeln entwickelt?

Ich war auf einen muskulösen Rolf im Zuhälter-Look ebenso gefasst wie auf einen krummbeinigen, schirmmützentragenden Arbeiter. War er bildschön geworden oder schrecklich hässlich? Ich konnte mir sein Gesicht gar nicht mehr vorstellen, bloß, dass er Sommersprossen gehabt hatte und dunkle Augen, das wusste ich noch.

Trotzdem erkannte ich ihn auf den ersten Blick, als ich auf ihn zuging. Er war weder bildschön noch schrecklich hässlich, er war Rolf. Den Kragen seiner schwarzen Lederjacke hatte er hochgeschlagen und stand gekrümmt, mit eingezogenem Kopf, gegen den Wind. Die Sommersprossen schien er sich abgewöhnt zu haben, oder die blühten im Oktober nicht mehr so üppig. In seinem Mundwinkel hing ein qualmender Zigarettenstummel. Da er keine Cowboystiefel trug, war er etwa genauso groß wie ich. Ich blieb vor ihm stehen und lächelte unsicher.

Rolf spuckte den Stummel aus und trat darauf, steckte beide Hände in die Jackentaschen und brummelte: »Na, denn könn wir ja Elefantn gucken ... Zahlstu?«

Sofern die Tiere die Möglichkeit dazu besaßen, hatten sie sich bei diesem Wetter in ihre Häuser zurückgezogen. Da waren sie jedoch nicht vor unseren Blicken sicher – wir kamen hinterher und betrachteten sie trotzdem.

Gegenseitig betrachteten wir uns dagegen kaum. Erst als wir ins Tierpark-Restaurant gingen, um Kaffee zu trinken, denn da saßen wir uns gegenüber.

»Hassu von deim Mann eins reingekricht?«, erkundigte sich Rolf, während er sich eine Zigarette aus der Packung zog.

»Nein! Wie kommst du denn darauf?«, fragte ich erschrocken.

»Na, denn kannssu die Brille ja ma abnehm«, schlug er vor.

Nachdem ich das getan hatte, musterte er gründlich mein Gesicht und stellte fest: »Hassich ja ganz gut gehaltn.«

Genau in diesem Augenblick bemerkte ich zum ersten Mal, dass seine Augen keineswegs braun waren (was ich immer gedacht hatte), sondern hell wie Honig oder Bernstein. Und dass sein komischer, fransiger Schnauzbart ihm eigentlich ganz gut stand. Ob es nicht möglich wäre, ihm sauberes Hochdeutsch beizubringen?

»Bis wann hassu denn Zeit?«, fragte Rolf, nachdem seine Zigarette brannte.
»Solange ich will. Naja, also bis morgen früh schlimmstenfalls …«, sagte ich – und gleich darauf wurde ich rot. So deutlich hatte ich es eigentlich nicht sagen wollen.
Rolf guckte durch die nassgeheulte Scheibe in den leeren, verregneten Tierpark. »Mussu denn kein Essen kochen, wenn dein Mann nach Hause kommt?«
»Nein. Er isst in irgendeinem Restaurant in der Stadt …«
»Jeden Tach?«
»Jeden Tag. Außer am Wochenende natürlich. Und für mich kocht meistens unsere Haushälterin.«
Rolf nickte düster aus dem Fenster. »Kochen mussu nich, is klar. Und merkt er sons, dassu nich da bis? Oder fälltas nich weiter auf?«
»Manchmal ist er selbst lange weg abends. Aber ich hab auch gesagt, ich bin bei einer Freundin und bleib vielleicht über Nacht …« Es gab überhaupt keinen Grund, rot zu werden. Ich war sechsundzwanzig, mehr als erwachsen. Ich war eine vernachlässigte Ehefrau in einer aufgeklärten Gesellschaft.
»Und wo is dein Kind? Kümmert sich da auch euer Dienstmädchen um?«
»Lars ist seit vorgestern auf Klassenreise im Harz«, sagte ich so unbefangen wie möglich. Allmählich klang es für mich selbst merkwürdig, wie von langer Hand geplant. Dabei hatte ich Rolf doch ganz spontan angerufen …
Rolf blickte mich ernst und nachdenklich an. Dann sah er aus dem Fenster, dann auf seine Armbanduhr: »Möchssu noch mehr Tiere gucken bei Regen oder könn wir nu ein Haus weiter?«
Auch er hatte nämlich ein bisschen geplant. Ein Freund

überließ ihm seine Wohnung in Altona. Wir aßen in der Kneipe, die direkt unter dieser Wohnung lag, Bratkartoffeln und Schinkenbratwurst. Wir waren beide recht befangen und sahen uns kaum an. Dafür tranken wir jeder zwei Bier. Das war ich nicht gewöhnt, und ich wurde hundemüde.
Ich tappte schwerfällig hinter Rolfs abgeschabter Lederjacke her die Treppe rauf und fragte mich, was ich da eigentlich tat. Ich fragte mich sogar, was meine Urgroßmutter dazu sagen würde. Oder eigentlich mehr, wie sie es sagen würde. Vielleicht: »Wenn schon, Kind, dann doch bitte mit einem Mann mit Niveau, mit einem gebildeten Menschen, der weiß, was er tut! Du kannst dich doch nicht mit so einem Tier vergessen …«
Das Tier in der Lederjacke schloss die Tür auf und drehte sich zu mir um: »So. Hier issas. Gerd is seit drei Tage verreist und bis Montach noch. Ich hab nachmittachs gelüftet, ich mach jetzma zu …«
Wirklich, frische Luft war vorhanden. Zumindest kalte Luft – nach Auspuffgasen riechend und nach Großstadt. Ich behielt fröstelnd den Mantel an und blieb in der Mitte des kleinen Zimmers stehen, während Rolf mit dem widerspenstigen, klemmenden Fenster kämpfte. Er hatte kein Licht angemacht. Das Zimmer wurde recht gut erhellt durch eine grün-rot-weiße Leuchtreklame von gegenüber.
War das Ganze nun eigentlich eher romantisch oder eher peinlich?
Als er mich in die Arme nahm, schloss ich die Augen. Wo saß bloß der Knopf, mit dem der Verstand abgeschaltet wird?
Rolf bürstete meine Oberlippe mit seinem Schnäuzer, bevor er mir die Frage stellte: »Was sollich dennu mit dir machen?«

Ich sah erschrocken auf. Ich hatte gehofft, dass er das selber wüsste. Vielleicht hatte ich sogar gehofft, er würde vor lauter Leidenschaft so energisch werden, dass mir jede Verantwortung abgenommen war.
Er setzte sich auf das Bett und zog mich neben sich. Das Bett quietschte wehleidig und schien Schlimmes zu befürchten.
»Was solln wir beide mitnander? Sach ma!«, verlangte Rolf. Sein grün-rot-weiß-beleuchtetes Gesicht blickte mich fragend an.
Ich musste schwächlich mit den Schultern zucken. Er zuckte ebenfalls mit den Schultern. Gleichwohl fing er wieder an, mich zu küssen, und ich machte die Augen wieder zu. Vielleicht war dies hier doch romantisch. Auf jeden Fall war es sehr erotisch und sehr anregend.
Rolf schien das auch zu finden. Er atmete heftiger und wurde, wie ich gehofft hatte, immer energischer. Was er da machte, machte er gar nicht übel. Ich beschloss, der Sache einfach freien Lauf zu lassen.
Zwei Sekunden, nachdem ich das beschlossen hatte, hielt ich seine Hände fest: »Nein, warte mal …«
Rolf wartete. Ich suchte nach Worten. Was hatte ich gerade sagen wollen? Wie fremd dieser Mann roch. Nicht schmutzig oder ärmlich oder so, nur fremd.
Rolf ließ mich los und knipste eine kleine Lampe neben dem Bett an. Dann holte er Zigaretten aus seiner inneren Jackentasche und zündete sich eine an. Und dann lachte er in sich hinein.
»Was ist los?«, fragte ich ärgerlich. Ich saß mit verstruwweltem Haar im Mantel da und kam mir ziemlich blöd vor.
»Ich lach nur, weil, ich hab mir das schon so gedacht. Kerstin is nich so. Kerstin macht so was nich. Du nimms 'n Anlauf, aber springn tus du nich.«

Ich ließ den Kopf hängen.
Rolf zog mich mit der linken Hand an seine Schulter und rüttelte mich freundschaftlich. »Das's schon richtig so. Was wär das denn geworden? Mit uns kannas doch nix werden …«
Wir suchten auf der nassen Straße ein Taxi für mich, Rolf küsste mich zum Abschied betont brüderlich auf die Wange und ich fuhr nach Hause. Im Taxi ärgerte ich mich über meine Talentlosigkeit im Sündigen.
Als ich zu Hause angekommen war, fand ich eine Nachricht meines Mannes auf dem Anrufbeantworter: es würde sehr spät werden, ich sollte bloß nicht auf ihn warten, sondern schon ins Bett gehen.
Ziemlich bald darauf ließen wir uns scheiden.
Ich tauchte aus meinen Erinnerungen auf, weil Alma, neben mir im Auto, ein letztes Mal ihre Nase austrompetete und umständlich ihr Taschentuch wegsteckte, zum Zeichen, dass sie's hinter sich hätte.
Es begann zu regnen, als ich von der Autobahn nach Booksteed abbog. Ich schaltete die Scheibenwischer ein. Wie trübe und betrüblich gleich alles aussah bei Regen. Geradezu hoffnungslos. Aber von Hoffnung hatte Rolf Plück ja auch nicht viel gehalten.

Sobald wir zu Hause ankamen, begann Alma, irgendetwas zu putzen, um wieder ins Gleichgewicht zu kommen.
Ich fing an, das Mittagessen vorzubereiten. Dann klingelte das Telefon, ich ließ die Schnitzel im Stich und eilte ins Wohnzimmer.
Verenas Krankenkasse war dran und wollte wissen, wann sie sich denn nun um die abgesagte Kur kümmern beziehungsweise die ausgefüllten Formulare zurückschicken würde, man müsse das auseinanderrechnen.

Zuerst wollte ich nur sagen, sie sei nicht da und ich würde sie bitten zurückzurufen, aber dann kam es mir plötzlich seltsam vor: »Welche ausgefallene Kur meinen Sie? Sie war doch gerade in einem Ihrer Landheime, an der Ostsee …«

»Nein, eben nicht!«, erwiderte die Kassenangestellte gereizt. »Darum geht es ja. Das hat die Patientin kurzfristig abgesagt. Und jetzt brauchen wir endlich den Papierkram.«

»Warum hat sie das denn abgesagt?«, fragte ich, über alle Maßen erstaunt.

Ich erfuhr, darüber dürfe man mir keine Auskunft erteilen. Und ich möge der Patientin doch bitte mitteilen, wenn sie nicht bis nächste Woche die ausgefüllten Formulare zurückschickte, müsste sie die nichtgemachte Kur anteilig bezahlen.

Ich legte ganz langsam den Hörer auf, wie im Schlaf.

Verena war gar nicht an der Ostsee gewesen?

Aber sie hatte uns doch von dort eine Ansichtskarte geschickt!

Sie hatte doch behauptet, in dieser Kur hätte sie so zugenommen!

Sie hatte doch Pascal einen als Matrosen verkleideten Stoffaffen mitgebracht, auf dessen Mütze ›Flensburger Förde‹ stand …

Nun lag das Erholungsheim der Krankenkasse zwar nicht in Flensburg, sondern weiter südlich – aber Verena hatte uns erklärt, ein nettes Ehepaar, ebenfalls Kurgäste, hätte sie zu einem Ausflug dorthin mitgenommen.

Flensburg, fiel mir ein, lag dicht an der dänischen Grenze.

Als ich vor drei Tagen anfing, Verenas Koffer auszupacken, hatte ich selbstverständlich ihr Schreibzeug und überhaupt jeden Papierkram diskret unangetastet gelassen.

Ich lief in ihr Zimmer hinauf und stöberte eine Weile herum.

Ich fand fast sofort, was ich suchte. Unten im Kleiderschrank die Verpackung des sündhaft-unschuldsvollen Nachthemds, das sie mir zum Geburtstag geschenkt hatte. Der Aufdruck darauf war dänisch. Sieh an, das Ding war billiger, als es aussah.

In ihrem Nachtschrank fand ich noch mehr: einen kleinen farbigen Prospekt vom Tivoli in Kopenhagen und ein dänisches Pornoheft, in dem ein schwarzer und ein weißer Herr demonstrierten, was sie gemeinsam mit einer fülligen Blondine alles anstellen konnten. Ich hielt das Heft misstrauisch ans Fenster, ins Licht – nein, die Blondine war nicht Verena. Obwohl sie ihr ähnlich sah.

Ich durchsuchte Verenas Jackentaschen und stöberte noch mehr auf: eins von Joachims Taschentüchern – die hatte seine Mutter ihm zu Weihnachten verehrt, mit schnörkeligem Monogramm bestickt: J.W. – sowie die zerknitterte, zusammengeknüllte Telefonrechnung eines Kopenhagener Hotels.

Bei der Gelegenheit fiel mir zum ersten Mal auf, dass Joachim mir nie den Namen seines Hotels mitgeteilt hatte. Das war ja auch nicht nötig, er meldete sich doch immer bei mir, und hätte ich ihn tatsächlich dringend sprechen müssen, hätte ich natürlich seine Handynummer gewählt.

Ich rief das Kopenhagener Hotel an und wollte Herrn und Frau Wendt sprechen. Ich erfuhr, Frau Wendt sei schon Freitag früh, Herr Wendt am Samstag abgereist.

Eigentlich konnte ich es immer noch nicht richtig glauben. Joachim? Joachim und Verena?!

Von Anfang an hatte er sich über sie lustig gemacht, abfällig über sie geredet. Er liebte doch schlanke, damenhafte Frauen! Und sie flog auf breitschultrige Machos. Davon hatte schließlich auch mein Bruder eine gute Portion. Aber Joachim?

Sie hatte mich sogar mal gefragt, ob er überhaupt ein nennenswertes Gonopodium hätte.
Nun wusste sie's.
Ich guckte mir die zerknitterte Telefonrechnung noch einmal an. Vier Gespräche – die hatte sie teilweise mit mir und teilweise mit ihren Kindern geführt, angeblich aus ihrer ›Kur‹. Wie lustig, dass Joachim auch bei gewagten Seitensprüngen seinem Geiz treu blieb und sie das bisschen Telefonieren selbst berappen ließ. Das Hotel, andererseits, hatte sicher er bezahlt, und er würde sie natürlich auch zum Essen eingeladen haben und ins Tivoli. Vielleicht konnte er das irgendwie von der Steuer absetzen.
Wer wohl das Pornoheft gekauft haben mochte? Er oder sie? Beide gemeinsam? Sie heimlich, um sich inspirieren zu lassen?
Hatten sie auch gemeinsam das überraschend billige Nachthemd besorgt, das Verena mir als Mitbringsel von der Ostsee zum Geburtstag schenkte?
Wie lange das wohl schon ging zwischen ihnen? Erst seit dieser Reise – oder schon viel länger?
Überall ging in meinem Bewusstsein das Licht an. Joachims Unvermögen am Wochenende. Schlechtes Gewissen? Oder hatte er sich in Dänemark übernommen?
Verenas Giften, weil Joachim mit mir die Nacht verbrachte und wir ihr nicht erlaubten, Robert hier zu behalten: »Du Mistkerl!« – das verstand ich nun besser.
Jetzt begriff ich auch Nicoles überlautes: »Ich esse doch nicht mit, Kerstin!«, während Joachim und Verena im Wohnzimmer standen/saßen/lagen – wie auch immer.
Nicole war also eingeweiht.
Ich hielt das Taschentuch immer noch in der Hand und bemerkte auf einmal, dass es verkrustet war. Ich wollte auf

keinen Fall darüber nachdenken, wovon. Ich wollte einfach glauben, dass Verena mitten in Kopenhagen kräftig die Nase gelaufen war und Joachim ihr galanterweise ausgeholfen hatte.

Das Telefon, direkt neben mir, jodelte auf. Ich sprang vor Schreck fast an die Decke. Ich war nicht darauf gefasst, mit Joachim zu reden. Oder mit Verena.

Es war Robert, der wissen wollte, wo seine Geliebte steckte. Nein, im Kosmetiksalon sei sie nicht. Denn sie würde sich doch nicht von ihren Kolleginnen verleugnen lassen?

Dazu fiel mir auch nichts ein. Ich sagte: »Tut mir Leid, keine Ahnung!«, und legte auf. Ich sagte ihm nicht, dass wir eine Menge gemeinsam hatten, weil seine Freundin mit meinem Freund schlief, und weil sie hinterher dann wieder mit uns schliefen (oder es jedenfalls versuchten).

Mir kam in den Sinn, dass Verena erzählt hatte, Robert beklage sich, seine Frau ginge dauernd fremd. So gesehen hatte ich vielleicht mit noch viel mehr Menschen etwas gemeinsam. Hoffentlich blieben wir gesund, alle miteinander.

Alma guckte ins Zimmer und teilte mir mit, sie hätte die Schnitzel paniert und gebraten, die Pommes wären auch schon fertig, und sie hätte einen kleinen Gurkensalat dazu gemacht.

Ich fühlte mich dreißig Jahre zurückversetzt. An meinem grässlichen zehnten Geburtstag hatte Alma auch das Essen fertig gehabt, als jede Art von Geborgenheit und Glück und Sicherheit platzte.

»Wasslos? Weinssu?«, fragte Alma misstrauisch und wackelte näher. »Du weins doch nie? Nee, du knurrs doch bloß …«

»Ich hab nicht geknurrt!«, sagte ich energisch. »Warum auch? Ist doch alles in Ordnung. Lass uns den Tisch de-

cken, Alma, ich sag den Kindern, dass sie zum Essen runterkommen sollen …«
Das konnte ich jedoch nur Pascal mitteilen. Seine Schwester war nicht mehr im Haus.
Alma bemerkte: »Die's ja wohl wie ihre Mutter: immer auf 'n Zwutsch!«
»Wahrscheinlich schmust sie mit Alexander Ewers herum, dem Fischbabykiller!«, sagte ich bitter.
Während Alma Pascal einen kleinen Vortrag darüber hielt, dass er zu viel Bontsche und Schnoopkram gegessen und deshalb jetzt keinen Appetit hätte (was mich lebhaft an die Zeit erinnerte, als ich ›Almas Kind‹ war), bemerkte ich durchs Küchenfenster, dass ein Mann über den Gartenweg kam. Er schlurfte langsam, mühsam auf unsere Haustür zu. Er sah genau aus wie Rolf. Rolf? Unmöglich … der lag bewusstlos im Krankenhaus.
Es war der Paketbote mit einem Versandhauspäckchen für Verena. Er sah Rolf nicht im Geringsten ähnlich.
Pascal war betrübt über die weiteren Todesfälle im Aquarium. Er zeigte sich äußerst interessiert, als Alma beim Kücheaufräumen noch mehr kleine braune Käfer fand und mir präsentierte: »Guck, Schieter, noch zwei! Nu sintas schon sieben …«
Pascal betrachtete sie gründlich und hatte folgende Idee: »Kerstin, sieben kleine Fischbabys sind genau tot, nicht? Dies hier sind bestimmt gar keine Käfer. Wenn das genau auch sieben sind, dann sind das die toten Fischlein, also ihre Seelen, verstehst du? So wie Menschen Engel werden, wenn sie tot sind …«
Draufhin ließ Alma die Käfer viel behutsamer und respektvoller, als sie vorgehabt hatte, aus dem Küchenfenster fliegen.

Wieder klingelte das Telefon, und ich wusste doch immer noch nicht, wie ich mich Joachim und Verena gegenüber verhalten sollte!
»Alma, gehst du bitte ran?«
Das tat sie. Pascal und ich folgten neugierig. Gleich darauf fiel mir ein, wie dumm es gewesen war, ausgerechnet sie an den Apparat zu schicken. Hier kam eine weitere Wiederholung der Vergangenheit, als sie den Hörer aufhob: »Plück bei Brodersen … ach nee, bei Thiele …«
Damals hatte sie auch so entsetzt mit den hellen Augen nach links und rechts gestarrt. Und sie war genauso weiß um die Nase geworden. Aber damals war sie nicht in Tränen ausgebrochen, und sie hatte auch nicht den Hörer fallen lassen.
»Alma? Was ist passiert –?«
Sie lief aus dem Zimmer und die Treppe hinunter. Ich schnappte mir den Hörer und erfuhr von einer weichen, mitfühlenden Stimme, der Patient Rolf Plück sei soeben eingeschlafen. Ich brauchte einen Moment, bis ich begriff: für immer.
»Sie kümmern sich um Frau Plück?«, fragte die Stimme.
»Ja, natürlich.«
»Und Sie sorgen für eine Bestattung?«
Wer sonst? Alma, von den Behörden gejagt?
»Natürlich. Ich kümmere mich gleich darum.«
Ich erklärte dem verdatterten Pascal kurz, der Sohn von Alma wäre gerade gestorben. Dann lief ich hinter ihr her ins Gästezimmer. Sie kauerte auf dem Bett und weinte. Ich setzte mich zu ihr und nahm sie in den Arm. »Ach, Alma, es tut mir so Leid! Wie gut, dass wir ihn jedenfalls noch mal gesehen haben, nicht?«
Kaum zwei Stunden war das her. Hatte er mit dem Sterben nur noch auf uns gewartet?

Alma hörte endlich zu weinen auf und suchte unter Schnaufen und Stöhnen in der Schürzentasche nach ihren Zigaretten.
»Ja, nu is er wech …«, fasste sie zusammen. »Is 'n lieben Jung gewesen …«
»Dann war das Totschlag, oder? Alma, hast du diejenigen eigentlich angezeigt, die ihn verprügelt haben?«
»Ach, Schieter … Ich tu die doch alle nich kenn. Un das bringt mir Rolf auch nich wieder …«, seufzte sie.
»Wegen der Beerdigung, Alma … Auf welchem Friedhof hättest du Rolfs Grab denn gern?«
Alma kaute auf ihrer Unterlippe herum. Ein ganz kleines Lächeln erhellte ihr Gesicht. »Kümmers du dich da um, Schieter? Hier so inne Gegend, nich? Da kann ich ihn ja am besten beflanzn.« Sie war offenbar ziemlich entschlossen, bei mir wohnen zu bleiben. »Hassu ma 'n Körnchen?«, fragte sie dann.
Ich brachte ihr die Flasche (nachdem ich zwei Drittel in ein Einmachglas gegossen und in meiner Wäschekommode versteckt hatte) und ein Glas und ließ sie mit Kummer und Korn allein, weil sie das so wollte.
Ich suchte mir ein Beerdigungsinstitut aus den Gelben Seiten und behauptete ein weiteres Mal, die Cousine von Rolf Plück zu sein. Dem Beerdigungsinstitut war sowieso egal, wer ich war, solange ich bezahlte. So bald wie möglich, verlangte ich für mein gutes Geld. Und auf dem Friedhof von Pottschrapels.
Ich suchte einen schwarzen Sarg aus und einen weißen Grabstein. Marmor, das würde Alma gefallen. Den zu meißeln konnte eine Weile dauern, aber das machte nichts; wir brauchten ihn nicht zur Beerdigung. Aufschrift? Rolf Plück, *1959 † 2000.

Das Ganze lenkte mich eine Weile von Joachim und Verena ab. Leider nicht sehr lange.
Anschließend fuhr ich zurück nach Hause und legte mir eine Patience. Wenn sie aufging, würde alles irgendwie wieder gut werden. Vielleicht gab es für die ganzen blöden Indizien vernünftige Erklärungen …
Sie ging nicht auf.
Stattdessen krabbelte ein weiteres braunes Käferlein versonnen über den Wohnzimmertisch. Ich hatte Lust, es es zu zerquetschen, ließ das jedoch bleiben, weil mir einfiel, es könnte immerhin Rolf Plücks Seele sein, die zum letzten Abschiednehmen erschien. Falls er nicht schon kurz in Gestalt des Paketpostboten aufgetaucht war.
Ich rief meinen Bruder an und fragte, ob ich ihn besuchen dürfte. Ich versicherte, ich hätte es mehr als nötig.
»Klar, bis gleich!«, sagte er.
Pascal saß an seinem Computer und jagte Moorhühner. Ich erklärte ihm kurz, dass ich nach Hamburg müsste und irgendwann abends zurückkäme. Er nickte und schoss weiter.
Alma schlief mit ganz entspanntem Gesicht und leicht geöffnetem Mund. Die Flasche stand neben ihr und war immer noch zu fast einem Drittel voll.
Ich wollte eben das Haus verlassen, als das Telefon schon wieder klingelte. Ich blieb stehen und wartete. Ich traute dem Telefon überhaupt nicht mehr. Es brachte nur noch schlechte Nachrichten.
Jetzt sprang der Anrufbeantworter an. Eine Frauenstimme sagte etwas, nur sehr kurz. Verenas Stimme war das nicht.
Ich ließ das Band zurücklaufen und hörte: »Guten Tag, Frau Thiele, hier ist die Praxis Dr. Hansen. Wir bitten dringend um Ihren Rückruf!«

Dr. Hansen war mein alter Hausarzt in Hamburg, dem ich treu geblieben war. Einmal im Jahr ging ich zu ihm zur Vorsorgeuntersuchung. Das hatte ich vor ungefähr zehn Tagen auch wieder gemacht. Normalerweise war es damit gut. Die Vorsorge schien meine Gesundheit zu garantieren.

Was war jetzt? Was hatten sie entdeckt?!

Ich war sehr nervös, als ich nach Hamburg fuhr. Ich fuhr schneller als erlaubt, denn ich wollte endlich bei Bertil sein und mich von ihm trösten und beruhigen lassen.

Als ich das Nummernschild des vor mir fahrenden Wagens zu lesen versuchte, bemerkte ich, dass es etwas wie einen blinden Fleck in meinem Blickfeld zu geben schien. Ein heller, schimmernder, sich bewegender Punkt, durch den ich nicht hindurchgucken konnte. Der Punkt erweiterte sich mit zuckenden, schlängelnden Bewegungen zum Kreis und wurde farbiger. Er flimmerte und zappelte wie buntes Licht auf bewegtem Wasser.

Mein Herz klopfte rasend vor Angst. Was geschah mit mir? Wurde ich jetzt verrückt – oder blind? Litt ich an einem Gehirntumor – oder hatte ich aus Versehen Rauschgift zu mir genommen, vielleicht von Nicoles Party übrig gebliebenes?

Die farbigen Schlieren wurden immer größer. Sollte ich auf den Seitenstreifen fahren und die Warnblinkanlage einschalten, bis der ADAC mich aufsammelte und ins Irrenhaus brachte? Da war schon die Abfahrt Centrum, das konnte ich noch am Rande erkennen. Ich fuhr von der Autobahn herunter und einfach auf den Gehweg unter der Brücke beim Volksparkstadion, legte die Stirn aufs Steuer und schloss die Augen. Das brachte jedoch nichts: Die bunten Zappelbilder sah ich immer noch.

Niemand nahm Notiz von mir. Keine Polizeistreife fragte, was ich denn da täte.

Nach ungefähr zwanzig Minuten wurden die Lichtblitze kleiner und schwächer und verschwanden schließlich ganz und gar.
Ich drehte mit zitternden Händen den Zündschlüssel, um endlich zu Bertil zu kommen.

»Das wundert mich nicht besonders, weißt du«, brummte mein Bruder. »Verena hat doch schließlich auch was mit deinem Mann gehabt. Wusstest du das nicht?«
»Sie hat – ??!!«
»Also wusstest du's nicht. Na, egal jetzt. Sie hat tausend Komplexe und muss sich dauernd bestätigen. Sie ist nicht richtig dumm, aber dumm genug, um an ihrem eigenen Grips zu zweifeln. Außerdem ist sie neidzerfressen. Verenas größtes Dilemma ist, sehr viel Ehrgeiz zu besitzen und überhaupt keine Disziplin. Für das, was dabei rauskommt – oder vielmehr nicht dabei rauskommt –, macht sie die Welt verantwortlich, ›die anderen‹. Sie kompensiert, verstehst du?« Bertil wanderte auf seinen dicken chinesischen Teppichen umher und rauchte heftig an einer langen Zigarre, während er dozierte. Ab und zu warf er mir einen scharfen Blick zu, ob ich auch zuhörte. »Poppen ist das einzige, was sie wirklich richtig gut kann. Und, weißt du, wenn das alles ist, dann ist es nicht viel, auf die Dauer. Sie kennt ja keine Hemmungen und keine Tabus, eine Weile ist das prickelnd und aufregend – und dann wird es peinlich, weil sie mit so einer Dringlichkeit dabei ist, weil sie sich so verzweifelt bemüht, noch heißer und noch schärfer und noch schockierender zu sein … Sie hält nichts zurück. Sie gibt alles und zeigt alles. Irgendwann möchte man so viel gar nicht wissen. Außerdem muss sie sich ständig beweisen, dass sie wirklich jeden Mann haben kann …« Bertil warf seine Zigarre durch die geöffnete

Balkontür in einen leeren Blumenübertopf, der halb voll Regenwasser stand. »Ich bezweifle seit Jahren, dass Nicole wirklich meine Tochter ist.«

»Ach?«, sagte ich erstaunt. »Darauf wäre ich nie gekommen. Ähnlich sieht sie dir allerdings nicht … Aber du hast Verena doch eigentlich ihretwegen geheiratet, oder?«

Bertil ließ sich neben mich auf das große Ledersofa plumpsen. »Hauptsächlich deswegen, ja. So sind wir eben erzogen, du und ich …«

Wir tranken unseren Tee und schwiegen eine Weile. Ich kraulte dem alten Henry, Bertils Hund, das dicke Nackenfell und lauschte dem trübseligen Geräusch der vorbeifahrenden Autoreifen auf der nassen Straße.

»Und wie soll das jetzt alles weitergehen? Willst du so tun, als wäre nichts? Dir weiter von den beiden auf der Nase rumtanzen lassen?«

»Ich weiß noch nicht, was ich tun werde. Ich muss erst mal meine Gedanken sortieren.«

Bertil schüttelte den Kopf und lachte bitter. »Ausgerechnet der gute alte Joachim! Sie schreckt aber auch vor nichts zurück!«

»Na, erlaube mal …«

»Ja, entschuldige. Trotzdem – ich hab mich immer gefragt: Liebst du ihn eigentlich?«

»Warum hast du *dich* das gefragt und nicht mich? Jetzt kann ich's nicht mehr beantworten. Ich weiß es nicht.«

»Und wieso wolltest du ihn heiraten? Das hattet ihr doch demnächst vor, oder? Na, Gott behüte, vielleicht willst du das ja immer noch …«

»Nein. Das will ich nicht mehr.«

»Also, ich meine: warum? Das ging doch ganz gut so, du hattest deine Selbstständigkeit, mit Verena und den Gören hast du ja offenbar ganz gut zusammengelebt – was ich nur schwer begreife … Ich dachte oft, wenn da einer unbedingt heiraten will, dann Joachim, und zwar, weil er auf dein Geld scharf ist.«

»Bitte?! Das ist nicht dein Ernst, oder?«

Bertil sprang wieder auf und tigerte umher, beide Hände in den Hosentaschen. »Doch, doch, doch, das ist mein Ernst. Joachim ehrt den Pfennig und liebt den Taler. Und wenn du ein armes Mädchen wärest …«

»Bertil, *ich* wollte, dass wir heiraten!«

Er blieb kopfschüttelnd stehen: »Aber weshalb?«

»Das weiß ich selbst nicht genau. Weil ich ein korrekter Mensch bin, glaube ich. Damit alles seine Ordnung hat. Vielleicht bin ich altmodisch? Vielleicht kommt so was, wenn man teilweise von der eigenen Urgroßmutter aufgezogen wird?« Mir kippte die Stimme um, ich schlug die Hände vors Gesicht und knurrte in mich hinein.

Bertil kam zu mir und streichelte meinen Kopf. »Grunz dich mal aus. Möchtest du noch Tee? Du isst ja deinen Kuchen gar nicht …«

»Mir ist nicht gut!«, brachte ich hervor. Mein Bruder klopfte mir ziemlich derb auf den Rücken, als hätte ich mich verschluckt: »Na, komm, Kerstin! Du wirst doch um so eine kleine Schlampe und um so ein lächerliches Männchen nicht heulen?«

Ich schüttelte den Kopf. »Du weißt doch, dass ich nie heule.«

»Na, oder was immer du für Ersatzhandlungen begehst. Du wirst doch nicht um Joachim knurren?«

»Nein. Ich knurre ja auch um Rolf Plück. Der ist heute gestorben, und ich hab noch nicht geknurrt.«

Bertil zog ratlos seine Augenbrauen zusammen: »Rolf wer –?«

»Plück. Almas Sohn. Du weißt doch, unsere Haushälterin in der Brahmsallee – die, bei der ich gewohnt habe, nachdem das mit unseren Eltern passiert ist.«
»Ach, richtig. Mit der hast du noch Kontakt?« Bertil versuchte, interessiert auszusehen.
»Neuerdings wieder. Sie lebt im Moment bei uns. Es kann nämlich sein, dass die Behörden hinter ihr her sind.«
»Ach was …«, sagte er, in Gedanken deutlich woanders.
Später klingelte sein Telefon. Tante Svea rief ihren Lieblingsneffen an und fragte, wann er wieder mal nach Kanada käme.
»Einstweilen nicht, Tantchen. Lade doch mal Kerstin ein, die sitzt hier und weint und hat Kummer jeder Sorte …«
Ich schüttelte vorwurfsvoll den Kopf gegen ihn und versuchte herauszufinden, was die zwitschernde Stimme im Hörer darauf erwiderte.
Bertil gab es weiter: »Sie sagt, du bist jederzeit herzlich willkommen. Und du sollst in der nächsten Zeit anreisen, dann haben sie da Indian Summer, alle Bäume sind bunt und sehen wunderschön aus …«
Ich guckte aus dem Fenster in den Regen. Wäre nett, wenn man einfach so reisen könnte …
Wir aßen in einem Restaurant in der Nähe Abendbrot, das heißt, Bertil aß und ich pikte mit der Gabel im Essen herum. Mir war immer noch nicht gut. Bertil wollte mir einen Cognac bestellen.
»Ich muss doch gleich fahren.«
»Besauf dich gründlich und übernachte bei mir!«, schlug er vor.
»Das geht nicht. Wenn ich nicht zu Hause schlafe, kommen die Kinder vielleicht zu spät zur Schule – Verena verschläft so oft.«

»Na und? Was geht dich das an?«
»Ich hab Pascal doch lieb. Und Alma … und die Fische …«
Bertil sah ebenso missvergnügt aus wie Joachim am Wochenende, als ich ihm aufzählte, was ich alles zu tun hatte.
»Du lieber Biber! Versau dir doch dein Leben, so viel du willst!«, sagte er.

Im 7. Kapitel
wird hoffentlich begreiflich, wie es zur Eskalation kommen konnte

Es war schon dunkel, als ich zurückfuhr. Ich machte das Autoradio an und hörte entsetzlich traurige Musik. Mir fiel ein, wie vertraut ich, trotz allem, immer mit Verena gewesen war. Und wie vertraut ich natürlich mit Joachim gewesen war. Und wie sie beide mein Vertrauen getäuscht hatten. Dann dachte ich über den Anruf aus der Arztpraxis nach. Warum wollte Dr. Hansen mich sprechen? Hatte das was mit den bunten Zappelbildern zu tun, die ich heute Nachmittag vor den Augen gehabt hatte?

Vielleicht war ich todkrank. Am besten vererbte ich gleich Verena und Joachim alles, was ich hatte. Und Pascal das Aquarium …

Ich fuhr an irgendeinem düsteren Turm vorbei, der links neben der Autobahn stand – um den oberen Rand des Turms stand in großen Buchstaben geschrieben: STERBETON. Das war mir vorher noch nie aufgefallen! Was bedeutete ›Sterbe Ton‹?

Auf jeden Fall passte der Ausdruck hervorragend zu meiner derzeitigen Stimmung. Die Musik wurde noch viel trauriger. Eine Weile später fuhr ich an der Müllverbrennungsanlage vorbei, die in majestätischer Schönheit zwischen hohen Bäumen ruhte, angestrahlt wie ein Rokokoschlösschen oder so was.

Das bedeutete, ich war nun gleich zu Hause.

Nun würde es ja wohl eine ›klärende Aussprache‹ geben. Wieso hatte ich nicht bei Bertil geschlafen? Ich verspürte nicht die geringste Lust, mit Verena irgendwas zu klären. So was hatte zwischen uns sowieso noch nie geklappt.

Sie saß auf dem Sofa im Wohnzimmer, in einem dunkelroten Hausanzug und lachte ihr sinnliches Lachen über irgendeinen Film, der im Fernsehen lief.
»Hallo!«, sagte sie herzlich, als ich reinkam. »Wo hast du denn gesteckt?«
»Bei Bertil.« Ich setzte mich neben sie in den Sessel, nachdem ich die Sofakissen von dort auf den Boden geworfen hatte.
»Möchtest du ein Glas Sekt? Ich hab mir welchen aufgemacht ...«
Ich schüttelte den Kopf: »Nein, danke. Feierst du irgendwas?«
»Nein. Mir war nur plötzlich so zumute ...« Wenn Verena lächelte, wurde ihr kleines Gesicht mit der runden Stirn sehr hübsch. Sie streckte den Arm aus und streichelte meine Schulter. »Du siehst traurig aus, altes Mädchen. Und müde. Harten Tag gehabt? Sind noch mehr Fischbabys tot?«
Sie sah so mitfühlend aus. Mir fiel ein, wie wir im Internat nachts miteinander geflüstert hatten. Wie sie meinen Büstenhalter mit Tempotaschentüchern ausstopfte. Wie sie auf meinem Teppich Pascal bekommen hatte. Wie sie mir am Samstagmorgen beim Frühstück mein Horoskop vorlas. Es konnte einfach nicht sein. Es war hässlich von mir, so etwas für möglich zu halten. Wie sie wohl reagieren würde, wenn ich jetzt sagte: ›Stell dir vor, was ich mir heute eine Weile eingebildet habe!‹
Ich stand auf. »Ich bin sehr müde, ich geh schon ins Bett ...«

»Schlaf schön! Ich bin nachher auch ganz leise, wenn ich raufkomme. Alle schlafen schon, die Kinder und deine Alma.«
Ich war schon halb aus der Tür, als sie noch etwas rief.
»Was hast du gesagt?«
»Du hast dein Taschentuch hier im Sessel liegen lassen … Das stört dich morgen früh, wenn du reinkommst, weil's unordentlich aussieht …«, rief sie leise und hielt es hoch. »Oder vielmehr – das ist Joachims Taschentuch, nicht? Hast du …« Sie hielt das Tuch immer noch hoch und sah es an, und jetzt erkannte sie es. Sie ließ es langsam sinken und hob die Augen zu mir, ernst und düster.
Wie ungewöhnlich, dachte ich, dass ich das hier vergessen habe. So was ist doch sonst nicht meine Art. Sie hatte das Tuch wohl vorher nicht bemerkt, weil sie immer gleich die Sofakissen auf den Sessel warf, und die hatten es bedeckt.
Ich kam wieder zurück ins Wohnzimmer. Die zerknüllte Telefonrechnung des dänischen Hotels lag auch noch im Sessel, halb zwischen die Polster gerutscht. Ich holte sie hervor und glättete sie.
Verena sprang auf. »Du hast in meinen Sachen geschnüffelt! Das hätte ich nie von dir gedacht!«
Ich sagte nichts.
Verena war eine große Bekennende. Bertil gegenüber hatte sie auch immer gleich alles zugegeben, sobald er fragte. Sie fuhr nervös fort: »Na gut, dann weißt du ja alles. Und was jetzt? Willst du uns rausschmeißen, die Kinder und mich? Na, mach mal, wenn dir das was gibt. Ich fang gleich an zu packen. Aber dann kannst du keinen mehr zur Sau machen, wenn die Seife glitschig ist und Risse kriegt, weil wir sie nicht richtig abgespült haben …«
»Ich hab's dir tausend Mal gesagt: Wenn du die Seife ab-

spülst, dann wird sie glitschig und kriegt Risse. Du musst sie in einem Schaummantel ablegen …«, erklärte ich geduldig. Gleichzeitig dachte ich: Was rede ich da eigentlich? Ich knüllte die Telefonrechnung wieder zusammen und warf sie als Bällchen in den Papierkorb.

»Tausend Mal? Milliardenmal hast du mir das gesagt! Du und deine blöde Seife!«, rief Verena. Sie tänzelte so ähnlich auf dem Teppich hin und her beim Reden wie vorhin ihr geschiedener Mann. »Du und – du und deine Listen! Listen, was schon sauber gemacht ist und was noch sauber gemacht gehört und wer wann eingeladen war und wozu und was du da angehabt hast und was es zu essen gab, damit du bloß nichts wiederholst, obwohl die Leute inzwischen selbst längst vergessen haben, was sie gefuttert haben … Dein ganzes Leben besteht nur aus Regeln und Gesetzen und Ordnung und Reinlichkeit – und alles riecht nach Lavendel. Kein Wunder, dass der arme Joachim mal Appetit hatte auf ein bisschen Schmutz und Chaos und Sinnlichkeit. Ihr habt's ja immer nur gemacht, wenn ihr beide frisch geduscht und die Betten neu bezogen waren …«

»Das ist doch gar nicht wahr!«

»Nein, buchstäblich vielleicht nicht, aber im Wesentlichen schon, das hat er ja selbst gesagt. Du bist ja so kühl und rein, Kerstin. Du lachst nicht und du weinst nicht. Und du stöhnst bestimmt auch nicht, da, wo's hingehört. Der konnte einem ja Leid tun, der arme Kerl!«

»Ich verstehe. Du bist aus schierer Barmherzigkeit mit ihm verreist, du gute Seele. Verdammt noch mal, Verena – wie konntest du nur!« Ich wurde auch schon lauter.

»Ja, wie konnte ich nur – nach allem, was du für mich getan hast, was? Wie undankbar, wie undankbar! Weißt du, Kerstin, du und dein Bruder, ihr meint beide, ihr seid was Bes-

seres. Und wenn ihr von euerm Reichtum anderen 'n bisschen abgebt, dann sollen die gleich vor Ehrfurcht in Ohnmacht fallen und euch bis in alle Ewigkeit die Füße küssen. Du bist aber nichts Besseres. Du bist nichts weiter als 'ne langweilige, hochnäsige, prüde, gönnerhafte Ziege!«, schrie Verena, beide Fäuste in die Hüften gestützt.
Die Tür flog auf. Alma im Goofy-T-Shirt, das ihr bis zu den Knien reichte, mit nackten Füßen und nach allen Seiten stehendem Haar, stand da und schaute uns aus weit aufgerissenen Augen an.
»Könn Sie mir bitte ma sagen, wie spättas is?«, fragte sie mich mit zitternder Stimme.
Ich legte ihr den Arm um die Schulter und zog sie in den Flur. »Schon gleich zwölf, Alma. Haben wir dich geweckt? Komm, ich bring dich wieder ins Bett ...«
Sie folgte mir zwar, sah aber immer noch sehr verstört aus. Ich schüttelte ihr Kopfkissen neu auf und deckte sie, als sie im Bett lag, zu. »So, jetzt schlaf schön wieder ein ...«
Ich nahm die Kornflasche unauffällig mit, obwohl sie nicht wesentlich leerer war als am Nachmittag.
Verena war nicht mehr im Wohnzimmer, der Fernseher ausgeschaltet. Das Beweisstück, Joachims Taschentuch, lag auf dem Teppich. Ich hob es auf und warf es in den Papierkorb, zu der Telefonrechnung. Dann begann ich, die kleinen Kissen aufzuschütteln und im richtigen Abstand auf dem Sofa zu verteilen. Als ich eins davon plötzlich gegen die Lehne knallte, merkte ich, wie wütend ich war.
Ich hörte erst am nächsten Morgen meinen Anrufbeantworter ab. Joachim hatte abends angerufen und sich gewundert, dass er nichts von mir hörte: »Wo steckst du denn, mein Mädchen?«
Verena hatte trotz ihrer dramatischen Ankündigung keines-

wegs ihre Sachen gepackt, sondern war einfach zu ihrem Job nach Pinneberg gefahren.
Dienstags und donnerstags konnte ich auf Flocke reiten, und da es nicht regnete (obwohl der Himmel noch grau verhangen war), beschloss ich, nach Heidgraben zu fahren. Ich wollte an der frischen Luft meine Gedanken klären und versuchen, irgendeinen Entschluss zu fassen.
Auf der Weide fand ich das Pony nicht. Das war merkwürdig. Ich fuhr zum Reitstall und begegnete der Besitzerin des Gebäudes.
»Wissen Sie, wo Flocke ist?«, fragte ich.
Sie guckte mich erstaunt an. »Flocke? Wieso? Die hat Frau Riekmann doch vorgestern verkauft! Weil sie – batz! – nach München zieht. Oder nach Planegg oder wie das da heißt.«
»Das kann doch nicht –! Flocke ist verkauft? An wen denn?«
»Ich weiß ja nicht – irgend 'n Herr war das wohl …«
»Warum hat sie *mir* denn das Pony nicht angeboten? Was wird denn nun aus meiner Reitbeteiligung?«, fragte ich gereizt.
»Ich weiß ja nicht …«, wiederholte sie. »Ich kann da ja nix für …«
Das sah ich ein. Ich fuhr zurück nach Hause, und als ich im vorderen Garten neben den Rosenbeeten einen frischen Maulwurfshügel sah, sprang ich mit beiden Füßen darauf und trat ihn leidenschaftlich platt.

Ich hatte nachts kaum geschlafen und legte mich mittags noch einmal hin. Eine sehr schweigsame und zurückhaltende Alma versprach mir, den Kindern was zu Essen zu machen. Schlafen konnte ich allerdings wieder nicht. Ich bemühte mich, nicht nachzudenken. Das war sehr anstrengend. Kopfschmerzen bekam ich auch.

Am frühen Nachmittag hörte ich von unten gefährliches Getöse. Wer lag sich in unserem friedlichen Hause denn nun schon wieder in den Haaren? Ich zog mich in rasender Eile an und hastete die Treppe hinunter.
Pascal kämpfte mit Nicole, als ich ins Wohnzimmer kam. Das gefiel mir nicht. Noch weniger gefiel mir, dass beide dabei dicht vor dem Aquarium herumtobten, dessen Deckel geöffnet war. Sie rangelten herum und stießen gegen die Kommode, auf der die Fische standen. Pascal hopste hoch, um seiner Schwester etwas Blaues aus der Hand zu reißen. Nicole stieß dieses Blaue gegen seinen Kopf. Ich sprang neben sie und nahm es ihr weg. Es war eine eckige Flasche mit Nagellackentferner.
»Was willst du damit?«, fragte ich entsetzt.
»Ja, was will ich wohl damit?!« Nicoles von Natur aus dicke Lippen schwollen noch mehr an, wenn sie empört war. »Stell dir vor, ich will meine Fingernägel machen!«
»Im Aquarium?«
»Nein, verdammt – ich wollte sie hier im Wohnzimmer machen und dieses beknackte Kleinkind hat die Wahnidee, das schadet den lieben kleinen Fischen!«
»Tut es auch!«, rief Pascal halb weinend. »Der Dunst ist giftig!«
»Ja! Huu! Ich bin überhaupt giftig!«, schrie Nicole und griff nach dem Lackentferner.
Ich hielt ihn fest. »Pascal hat Recht. Mach das bitte in deinem Zimmer …«
»Wenn du ihn mir nicht gibst, kann ich's überhaupt nirgends machen!«
Sie bekam das Fläschchen und trampelte davon.
»Weshalb ist denn der Deckel nun schon wieder ab, Pascal?«, fragte ich. Mir fiel auf, wie ungeduldig und nervös ich klang.

»Weil noch einer tot ist. Einer von den Erwachsenen diesmal. Guck mal, hier –«, Pascal hielt mir den Kescher unter die Nase, »Ophelia. Sie lag auf dem Kies. Kerstin, ich glaube, sie ist gepünktelt …«

Wir guckten beide. Ich setzte den Deckel wieder auf und knipste das Licht an. »Du hast Recht! Und Bulma hat auch weiße Pünktchen auf den Schuppen. Ach du Schreck und Gisbert auch! Die sind alle krank. Dabei hab ich heute Morgen den dritten Wasserwechsel gemacht. Ich werd gleich mal zu Frau Holler fahren …«

Und ich brachte eine kleine Wasserprobe in die Tierhandlung.

Frau Holler erklärte: »Die Wasserwerte sind inzwischen gut. Aber das war natürlich Stress für die Fische. Jetzt sind sie angreifbar. Die haben Pilz, so wie Sie das beschreiben. Vielleicht noch andere Schmarotzer. Dagegen gibt es Medizin.« Sie schaute mich aus ihren großen blauen Augen mitleidig an: »Sie sehen müde aus, Frau Thiele. Sie haben auch Stress, was?«

Ich lächelte flüchtig und murmelte, ich hätte ein bisschen wenig geschlafen in der letzten Zeit. Dann kaufte ich das Medikament und noch zwei neue Pflanzen und sah zu, dass ich aus dem Laden kam. Ich fand es lieb, dass die Inhaberin der Tierhandlung mir Mitgefühl entgegenbrachte, aber ich konnte im Augenblick nicht darauf eingehen. Eigentlich war mir so zumute, als müsste ich in Knurren ausbrechen, falls nur irgendwer ein nettes Wort zu mir sagte.

Wieder zu Hause, rupfte ich die kaputten Unterwassergewächse raus und stopfte die neuen in den Kies. Dann tropfte ich die Medizin ins Wasser, das sich davon smaragdgrün färbte.

»Sieht hübsch aus«, sagte Pascal traurig. »Meinst du, sie werden wieder gesund?«

»Ich hoffe es«, antwortete ich mit hoffnungsloser Stimme.
Er fuhr zu Svenni zum Fußballspielen, und ich las den Beipackzettel des Medikaments durch. Da stand, wie gut und zuverlässig die Medizin wirke, und zum Schluss, fett gedruckt:

Zusammen schaffen wir es schon!

Daraufhin warf ich mich aufs Sofa und knurrte wie ein Kettenhund. Ich hatte es doch geahnt: ich konnte jetzt einfach kein nettes Wort aushalten …
Später setzte ich mich ans Klavier und spielte ein wenig vor mich hin.
Komisch, dachte ich, dass Joachim sich noch nicht wieder gemeldet hat. Ich hatte ihn seit Sonntag nicht mehr angerufen, ich hatte auch nicht reagiert, seit er gestern Abend auf den Anrufbeantworter gesprochen hatte. Das war doch sehr ungewöhnlich? Das musste ihm doch merkwürdig vorkommen? Warum erkundigte er sich nicht, was los war? Hatte Verena ihn vielleicht angerufen – gestern Nacht noch oder heute Morgen? Wusste er schon, dass ich alles wusste? Bloß nicht drüber nachdenken …
Mir flog etwas mit Gebrummsel an die Stirn, prallte ab und fiel auf eine weiße Taste. Einer der kleinen braunen Käfer. Ophelia, der tote Guppy, in Gestalt seiner unsterblichen Seele? Ich spielte um ihn drumrum.
Das Telefon klingelte. Ich blieb sitzen und wartete, bis der Anrufbeantworter ansprang. Ich war mir immer noch nicht im Klaren darüber, was ich zu Joachim sagen sollte. Am liebsten wollte ich überhaupt nichts sagen. Ein bisschen kam es mir so vor, als sei ich untreu geworden. Konnten wir nicht alle so tun, als wäre nichts gewesen? Nein, das ging auch nicht. Verena wusste ja nun, dass ich's wusste. Wie außerordentlich dumm von mir, das Taschentuch und die Telefonrechnung im Sessel liegen zu lassen.

Das Beerdigungsinstitut teilte mir mit, dass Rolfs Beisetzung am Donnerstag, dem 31. August, vormittags um elf Uhr sein würde. Wenn es mir recht sei.
Als ich das gleich darauf Alma weitergab, erwiderte sie kurz und ungnädig: »Wieso, was wissu denn, was's denn mit Rolf? Mit Rolf is allens allerbest, dem gehttas gut!«
Ich hatte keine Lust, ihr zu widersprechen. Dann ging ich eben alleine zu der Beerdigung.

Ich kam mir vor wie in einem stehen gebliebenen Film. Nichts passierte, es ging nicht weiter. Alles war erstarrt.
Nicole brachte Bewegung in den Film; sie hatte mit frisch gelackten Nägeln das Haus verlassen und kam ungefähr eine Stunde später zurück – mit den Handschellen, die sie an ihrem Bett befestigte. Ich ging neugierig hinterher, blieb in der geöffneten Tür stehen und sah ihr zu. Vielleicht wollte ich sie sogar provozieren. Mir war vollkommen klar, wie gern sie mir die Tür vor der Nase zugeschmettert hätte. Ihr war jedoch wohl bewusst, dass sich das nicht empfahl.
»Was hast du denn damit vor?«
»Siehst du doch. Bettdekoration. Aber offen müssen die sein – betriebsbereit. Wenn dann ein schöner Mann kommt: Zack!«
Sie öffnete die Handschellen mit einem der beiden kleinen Schlüssel, die mit einer Sicherheitsnadel aneinander befestigt waren.
Anschließend warf sie die Schlüssel in den Staub und Müll neben ihren Fernseher. Ich guckte mich im Zimmer um und sagte nicht, dass sie dringend aufräumen müsste. Auf dem Bett bündelten Kleider herum, auf dem Boden lagen Schulsachen gemischt mit Illustrierten.
Nicole drängelte an mir vorbei Richtung Küche: »Kann ich was essen?«

»Hat Alma euch mittags nichts gemacht?«
»Weiß nicht. Ich war mittags nicht da …« Nicole holte einen Teller kalter, gekochter Nudeln aus dem Kühlschrank, spritzte Ketchup darüber und stellte alles in die Mikrowelle. ›Wenn sie bei dir wohnt‹, hatte Bertil vor Jahren mal hoffnungsvoll gesagt, ›lernt Nicole vielleicht Ordnung.‹

Ich arbeitete im Garten und stellte fest, dass ich eine Blattlausplage hatte. Die blöden Viecher saßen wie dichter grüner Pelz auf meinen gerade erblühten Dahlien und ihren Knospen, zu Millionen. Wie konnten die sich in so kurzer Zeit derart verbreiten? Warum erfüllte der Lavendel nicht seine Pflicht? Er blühte und duftete und tat so, als wäre nichts. Die Blattläuse taten ebenso, als wäre nichts. Ich vernichtete sie grimmig, ich tötete fast eine Stunde lang vor mich hin, bis es grün von meinen Händen troff. Einige besonders zarte und saftige Exemplare kredenzte ich meinen kranken Fischen. Schade, dass die Käferlein zu groß für sie waren.
Türenknallend kam meine Nichte aus ihrem Zimmer. »Sag mal, hat Alexander inzwischen angerufen, Kerstin?«
»Woher soll ich das wissen? Ich war im Garten. Du warst doch im Haus!«
»Hu, wieso bist du denn schon wieder so sauer? Ich hab Musik gehört mit Kopfhörer. Ist Mami schon zu Hause?«
»Keine Ahnung.«
»Na, ich geh jetzt jedenfalls noch mal 'n bisschen weg. Kann spät werden«, verkündete Nicole.
Ich antwortete nicht.
Pascal rief gegen sieben an und fragte, ob er bei Svenni übernachten dürfe. Ich erlaubte es ihm.
Verena kam weder, noch meldete sie sich. Alma befand sich

wohl im Gästezimmer im Souterrain. Vielleicht schlief sie. Vielleicht erinnerte sie sich wieder, dass Rolf tot war, und trauerte. Ich fragte mich, ob es meine Pflicht war, bei ihr zu sitzen? Ich klopfte an ihre Tür – alles blieb still. Ich guckte in den Raum: er war leer.
War Alma spazieren? Warum hatte sie mir das nicht mitgeteilt?
Und warum, bittesehr, rief Joachim nicht an? War er ebenfalls gestorben? Hatte er solche Angst vor meiner Reaktion? Irgendwie würde man sich doch einigen können? Obwohl ich auch nicht wusste, wie …
Ich rief ihn an. Zu meiner Empörung war er zu Hause. Wenn er zu Hause war, warum rief *er* mich dann nicht an?
»Ja?«, fragte er kühl.
»Was ist los?«, fragte ich. »Warum höre ich nichts von dir?«
»Nun, ich höre ja auch nichts von dir.«
Lange Pause. Ich wartete, aber es kam nichts mehr.
»Joachim – hat Verena mit dir gesprochen?«
»Ja!«, sagte er. So kurz, dass es wie ein Luftschnappen klang.
»Du weißt also, dass ich informiert bin über eure – Lustreise?«
»Ja.« Er klang nicht schuldbewusst, nur kalt und unbeteiligt, beinah ungeduldig.
»Und – was hast du dazu zu sagen?«
»Nichts.«
Wieder gab es eine lange Pause. Ich war völlig verwirrt. Was war denn das für eine seltsame Reaktion?
»Und … wie soll es nun mit uns weitergehen? Was hast du dir gedacht?«
»Weiß ich noch nicht«, sagte er kurz. Und dann: »Entschuldige mich bitte, ich habe noch zu tun. Wir sprechen uns.«
Dann legte er auf.

Das tat ich auch.
Immer mehr kam es mir so vor, als sei ich fremdgegangen …
In der Küche bemerkte ich etwa zwanzig kleine braune Käfer auf der Obstschale. Ich schlug alle gnadenlos platt.
Dann feilte ich meine Fingernägel. Dazwischen spielte ich Bach. Und dann klingelte es, und Alexander Ewers tauchte auf.

Nachdem ich seine Wimpern verstümmelt und er das Weite gesucht hatte, seinen Blouson wie ein Röckchen vor seine Schande gebunden, räumte ich die Spuren meiner Tat beiseite.
Später saß ich im Dunkeln im Wohnzimmer und erlaubte mir nachzudenken. Es kam bloß einstweilen nicht sehr viel dabei heraus. Ich begriff nicht, was mit mir passiert war.
Gegen halb zehn klingelte es an der Tür. Zwei nette Polizisten brachten Alma. Sie war in der Gegend von Klein-Nordende umher geirrt, als sie aufgegriffen wurde. Glücklicherweise erinnerte sie sich an meinen Namen. Sie hatte Riesenhunger und große Blasen an beiden Füßen. Immerhin erkannte sie mich sofort und freute sich, bei mir zu sein. Dass ich mich auch freute, beruhigte die Polizisten. Sie gingen beide wieder.
Alma erinnerte sich jetzt sogar an die Behörden, die sie vor einigen Tagen verfolgt hatten: Weil sie manchmal nicht mehr so gut Bescheid wusste, oder, wie sie es ausdrückte, ›'n büschen tüdelig‹ wurde, sollte sie in ein Heim. Das wollte sie aber nicht: »Da haun se dich dot, Schieter! Da kriechssu nix zu essn und wirs eingesperrt …«
Ich taute Alma Gemüsesuppe auf, eine Menge Gemüsesuppe, die sie mit großem Vergnügen aß, und hinterher noch zwei dicke Käsebrote.

»Wissu nix essen, Schieter?«
Dabei fiel mir auf, dass ich seit dem Frühstück nichts zu mir genommen hatte. Trotzdem verspürte ich keinen Hunger. Das einzige, was ich verspürte, waren Kopfschmerzen.
»Kannich nich bei dir bleim? Ich putz immer schön und koch auch – das gehttoch! Ich kümmer mich um den klein Spittelfips von deine Mitmieterin …«
»Verena ist eigentlich meine Untermieterin.«
»Und wenn auch …«
»Allerdings hat sie seit ungefähr vier Monaten keine Miete bezahlt, glaube ich.«
Alma stopfte sich das letzte Stück Käsebrot in den Mund und sah mich groß mit ihrem rechten Auge an. Sobald sie den Bissen etwas niedergekaut hatte, fragte sie: »Machssu sie nich rausschmeißn?«
Ich schob die Butterglocke hin und her. »Eigentlich sollte ich das tun, was? Sie hat nämlich außerdem ein Verhältnis mit meinem Freund.«
»Mit deim Verlobtn?«, fragte Alma entsetzt. »Diese Olsch? Konnt ich gleich nich verknusn. Nee, nu sachma! Diese Kerls aber auch! Wissu ihn nu noch heiratn?«
»Ich glaube nicht. Nein.«
»Denn schmeissu sie am bestn alle mitsamt raus!«, verlangte Alma energisch und kniff den Mund zusammen.
»Meinst du?«
»Was wissu lange rumnöln? Komma in die Puschn!«
Inzwischen war es zehn, und jetzt kam Verena nach Hause. Sie sah erschöpft aus und hatte verquollene Augen. Machte es ihr doch zu schaffen, was sie mir angetan hatte?
Ich sprang auf. »Wo bist du gewesen? Du musst dir doch denken, dass ich mir Sorgen mache!«
Alma guckte ebenfalls vorwurfsvoll, verließ dann bedeu-

tungsschwer die Küche und empfahl mir über die Schulter: »Nu mussu die Kusn mal aussenander kriegen!«, aber gleich darauf kam sie noch mal zurück, weil ihr eingefallen war: »Schieter, ich brauch schwarzes Zeuch für die Beerdigung ...«

Verena blickte ihr erstaunt hinterher: »Wieso? Wer ist denn gestorben?«

»Ihr einziger Sohn.«

»Und du organisierst bestimmt alles, was? Du lässt dich immer von anderen ausnutzen und dir alles aufpacken. Nun sind schon alle deine Eltern und Großeltern tot, nun musst du dir so 'ne Alma Alzheimer anschaffen. Rausschmeißen solltest du die. Die tickt doch schon lange nicht mehr sauber ...«

»Lass mal gut sein!«, sagte ich.

Verena setzte sich auf die Küchentischkante und beichtete die letzten Katastrophen: Als sie am Vormittag in ihrem Kosmetiksalon erschien (wieder mal zu spät, wie so oft), war ihr fristlos gekündigt worden. Daraufhin fuhr sie zu Robert ins Büro, um sich auszusprechen und ihn um Hilfe zu bitten. Und ausgerechnet an diesem Nachmittag holte ihn doch seine Ehefrau ab! Es gab einen Riesenkrach. Roberts Chef kam dazu, und um ein Haar wäre ihm auch noch gekündigt worden. Julian, der Freund von Robert (der ihnen immer seine Wohnung zum Sündigen lieh), hatte Verena schleunigst abgeräumt, war mit ihr essen gegangen und hatte ihr Moralpredigten gehalten.

Ich sah auf meine Uhr: »Derart lange? Der hat aber Ausdauer im Predigen.«

»Ich hab nichts mit ihm, falls du das meinst«, knurrte Verena. »Scheißleben ist das. Alles kracht zusammen«, fügte sie hinzu. Dann rutschte sie vom Tisch und verließ mit hängenden Schultern die Küche. Kurz bevor ich endlich selbst ins

Bett ging, kam Nicole die Treppe hochgetrampelt. Sie baute sich mit glitzernden Augen vor mir auf und fauchte: »Ich war eben noch bei Alexander, das heißt, ich wollte zu ihm. Aber Herr Ewers hat mich nicht zu ihm gelassen. Er hat gesagt, mit asozialen und kriminellen Elementen verkehrt sein Sohn nicht und ich soll bloß abhauen. Und meine Tante – das bist du ja wohl – hat Alexander verstümmelt! Und du wirst von ihrem Anwalt hören, weil sie alles zur Anzeige bringen! Kannst du mir bitte sagen, was das sein soll: Du hast Alexander verstümmelt? Wann denn überhaupt und wo?!«
»Ich hab jetzt keine Lust, darüber zu reden!«, sagte ich kurz. Und machte meine Schlafzimmertür vor ihrer Nase zu.

Auch in dieser Nacht schlief ich nicht. Hauptsächlich, weil meine Arme juckten. Ich kratzte sie, und morgens waren sie voll roter, geschwollener Flecken. Eine Allergie?
Normalerweise hätte ich die Praxis von Dr. Hansen in Hamburg angerufen und ihn gefragt, was das wohl sein könnte. Normalerweise hätte er erwidert, durchs Telefon könnte er das nicht beurteilen und ich möge bitte zu ihm kommen.
Im Augenblick wollte ich aber durchaus nicht mit Dr. Hansen reden. Vielleicht hatte er mir etwas Unangenehmes zu sagen – und dem fühlte ich mich gerade überhaupt nicht gewachsen. Später …
Ich hörte das Türenklappen, als die Kinder das Haus verließen, Nicoles Schritte, Pascals Fahrrad auf dem Kies. Er war also schon wieder zurück von Svenni. Eine Weile später fuhr ein Auto vor, dunkle Dieselgeräusche, ein Taxi? Richtig, Verenas Stöckel klapperten die Stufen vor dem Haus hinunter, gleich darauf wurde eine Autotür zugeschlagen, das Taxi fuhr davon.

Wenn Bertil und ich eines Tages aufhören, ihr ›von unserem Reichtum ein bisschen abzugeben‹, wird sie mit dem Bus fahren müssen, dachte ich. Und dann stand ich auf.
Ein schöner Spätsommermorgen, klarer Himmel und Sonne. Alma schnüffelte begeistert den leichten Güllegeruch, der durchs Küchenfenster kam: »Landluft, Schieter, das tut gut! Mussu tief einatmen, das's ganz gesund!«
Ich kratzte meine Arme und suchte mir aus dem kleinen Branchentelefonbuch eine Heilpraktikerin heraus.
Ilona Moussa praktizierte in Booksteed, direkt gegenüber der Bonbonfabrik. Ein feiner, angenehmer Duft nach Lakritze und Pfefferminz hing in der Luft.
Die Heilpraktikerin kam mir lächelnd durch ihren Garten entgegen, eine handfeste Frau mit frischer Gesichtsfarbe und knallblauen Augen wie der Augusthimmel. Sie führte mich ins Haus, eine steile Holztreppe hinauf ins Sprechzimmer.
»Pilz!«, sagte sie nach einem Blick auf meine Arme, »Sie haben Hautpilz. Juckt es Sie auch am Rücken?«
»Nein.«
»Es ist ungewöhnlich, nur an den Armen Befall zu haben«, meinte sie. »Warum lassen Sie sich das überhaupt gefallen?«
»Wie meinen Sie das?«
»Pilz ist ein Schmarotzer.«
»Wirklich? Das ist die Höhe! Seit ein paar Tagen hab ich in meinem Garten eine Blattlausplage und im Haus gibt es immer mehr kleine braune Käfer …«, fiel mir dazu ein. »Was soll denn das? Warum schmarotzen alle bei mir?«
»Genau das ist die Frage. Warum? Vielleicht gibt es sogar Menschen in Ihrer Umgebung, von denen Sie sich ausnutzen lassen?«

Dazu wollte ich so direkt erst mal nichts sagen. »Was kann man denn dagegen tun?«
»Sich die Bande vom Halse schaffen!«, sagte Frau Moussa energisch. »So ein Pilz, wissen Sie, sitzt nicht nur auf der Haut. Ein wenig davon, in bescheidenem Maße, haben wir alle in uns, und er schadet nicht. In Ihrem Fall ist er unverschämt geworden, Sie haben ihm den kleinen Finger gereicht, und er hat sich nicht mal mit der ganzen Hand zufrieden gegeben, sondern besetzt schon beide Arme … Ich werde Ihnen verschiedene Medikamente verschreiben, die ihn auch von innen bekämpfen oder sagen wir lieber, die das Milieu verändern, damit der Pilz sich nicht mehr eingeladen fühlt. Was die Blattläuse angeht, sollten Sie die betroffenen Pflanzen mit grüner Seife abspritzen, das wirkt. Kleine braune Käfer? Das klingt nach Kornkäfern, die sind schrecklich anhänglich. Sie müssen gnadenlos alles wegwerfen, wo die drin sein könnten. Und mit den menschlichen Schmarotzern ist es genauso. Weg damit!«
»Das sagen Sie so einfach. Theoretisch klingt das gut.«
Sie blickte mich mit ihren durchdringenden blauen Augen an: »Und warum ist es praktisch nicht möglich?«
»Weil diese Menschen von mir abhängig sind. Ich trage die Verantwortung. Wenn ich sie wegjage … Dann gehen sie kaputt.«
Sie legte zweifelnd den Kopf auf die Seite.
»Doch, wirklich! Da ist zum Beispiel eine Frau mit zwei Kindern. Wenn ich die plötzlich raussetze, weiß sie nicht, wohin. Die Kinder müssten umgeschult werden … Noch dazu hat sie ausgerechnet gerade ihren Job verloren! Oder eine andere, ältere … Die kann ich auch nicht wegschicken. Sie versteckt sich vor den Behörden, weil sie in ein Heim soll, und davor hat sie schreckliche Angst. Außerdem ist gerade ihr Sohn gestorben …«

Ilona Moussa lächelte. »Wer weiß, was Ihnen die Käfer und die Blattläuse für Schmerzensromane erzählen würden, wenn Sie die loswerden wollen. Oder Ihr Hautpilz – der hat vielleicht auch gerade private Tragödien erlebt, und deshalb muss er sich auf Ihnen ausbreiten und von Ihnen profitieren. Wie wär's, wenn Sie zur Abwechslung mal sich selbst gegenüber Verantwortungsgefühl aufbringen? Ich mache Ihnen einen Vorschlag. Wenn Sie es den beiden Damen nicht antun wollen, sie rauszusetzen – hauen Sie doch selber ab! Verschwinden Sie einfach. Retten Sie sich – und Ihre Haut. Sie brauchen Marskraft, kriegerische Energie. Ziehen Sie sich rot an.«

»Ich soll –?«

»Der Planet Mars funkelt in Rot, haben Sie das noch nie gesehen? Rot steht für Leidenschaft, auch für Wut. Mars herrscht über das Blut und bringt es in Wallung. Er herrscht über Eisen – eiserne Waffen – zur Verteidigung, und damit hat er die Verbindung zum Rost, der rötlich ist. Blutarme Menschen werden mit Eisen behandelt. Sie brauchen Marskraft!«

Ich ging ganz benommen zu meinem Auto zurück. Nun hatte zwar auch Alma mir geraten, Verena rauszuwerfen. Und Verena hatte mir geraten, Alma rauszuwerfen. Trotzdem brachte ich es nicht über mich, das zu tun. Und abhauen? Wohin denn?

Tante Svea und ihre Einladung nach Kanada fielen mir ein. Das wäre natürlich reizvoll. Doch durfte ich die beiden unzuverlässigen beziehungsweise unzurechnungsfähigen Frauen mit den Kindern allein lassen? Mit meinem Garten? Mit den Fischen? Unmöglich!

Ich fuhr zurück nach Pottschrapels und schnell noch in den großen Supermarkt, weil man da in der Tiefgarage so gut parken konnte. Im Fahrstuhl nach oben bekam ich wieder diese seltsame Sehstörung: zuckende Schlieren in allen Regenbogenfarben, irgendwo in meinen Augen. Es war sehr kompliziert, dabei einzukaufen, weil ich so wenig sehen konnte. Als ich an der Kasse stand, wurde es langsam wieder besser. Ich hatte ganz schwache Knie vor Schreck und Angst. Was war bloß los mit mir? Hatte ich den Pilz vielleicht schon im Gehirn?
Ich fuhr mit einem dicken alten Herrn im Fahrstuhl wieder nach unten. Inzwischen musste ich wirklich schrecklich aussehen, denn allen norddeutschen Gebräuchen zuwider sprach er mich an: »Ist Ihnen nicht gut?«
»Ich glaube, ich fange an zu sterben«, erwiderte ich. Das dachte ich zwar wirklich, aber natürlich sagte man so etwas nicht. »Ich kann's mir bloß nicht leisten zu sterben. Das ist das Schlimme. Ich muss mich um alles kümmern …«
Der alte Herr sah nicht besonders erschüttert aus, er schmunzelte sogar: »Muten Sie sich da nicht zu viel zu? Um ›alles‹ kümmert sich doch der liebe Herrgott.«
»Sehen Sie – und der liebe Herrgott darf deshalb eben auch nicht sterben …«
Wir waren im Parkdeck angekommen, die Fahrstuhltür öffnete sich. Der alte Herr schob, immer noch lächelnd, seinen Einkaufswagen hinaus und meinte abschließend: »Da haben Sie aber ein sehr gesundes Selbstbewusstsein!«

Auf der kurzen Heimfahrt dachte ich gründlich darüber nach und kam zu dem Schluss: Da ich nicht der liebe Herrgott bin, muss ich auch nicht an jeder Verantwortung schleppen, die irgendwo herumliegt.

Ich nahm mir vor, meine Schmarotzer jetzt hinauszuwerfen. Bis auf Alma. Die ging mir bei aller Verrücktheit nicht halb so auf die Nerven wie meine Ex-Schwägerin, die Kornkäfer und die Blattläuse.

Das 8. Kapitel
hat etwas Befreiendes

Mir zitterten die Hände, als ich mein Haus betrat. Eigentlich flog ich sogar am ganzen Körper. Wenn ich es doch bloß schon hinter mir hätte!

»Alma, wo ist Verena? Und wo sind die Kinder?«

»Alle in ihre Zimmer! Jaachst du sie nu wech? Du, auch den lüttn Butsche?«

Alma traf mich genau da, wo's wehtat. Pascal hätte ich im Prinzip gern behalten. Ob Verena nicht vielleicht sogar gern darauf einging?

Um mich ein bisschen zu beruhigen, setzte ich mich erst mal ans Klavier. Ich brauchte Luft, und ich spielte das »Air« von Bach.

Gleich darauf trat Verena ein, warf ein zerstreutes »Hallo!« hin und ging zum Telefon. Sie wählte, knallte mittendrin den Hörer wieder auf und verlangte: »Kannst du mal einen Moment aufhören mit dem Klimpern? Ich möchte telefonieren!«

Ich spielte weiter.

Verena stöhnte laut und kam zum Klavier. »Johann Sebastian, was? Du und dein Bach. Typisch für dich.«

Das »Air« war zu Ende. »Wieso typisch?«

»Irgendwie hört sich Bach so an, wie Lavendel riecht. So emotionslos.«

»Da hast du was Kluges gesagt«, stimmte ich nachdenklich zu. »Beides verhilft mir zu Abstand.«

»Abstand!«, schnaubte Verena. »Als ob gerade *du* den nötig hättest.«
»Verena, ich habe eine gute Nachricht für dich. Bach wird dich in Zukunft nicht mehr belästigen. Und der Lavendelduft auch nicht.«
Sie kniff misstrauisch die Augen zusammen: »Was meinst du?«
»Du wirst jetzt packen und hier ausziehen.«
»Was?! Wohin denn?«
»Woher soll ich das wissen? Weg.« Ich spielte ein paar kleine, helle Noten, wie hoffnungsvolle Frühlingsglöckchen.
»Das kannst du nicht … Du kannst mich doch nicht einfach …«
Ich spielte ein paar Bassnoten, bedrohliche Töne. »Doch, kann ich. Du schuldest mir Miete für die letzten vier Monate.«
»Jetzt, wo ich arbeitslos bin! Toll!«
»Arbeitslos bist du seit gestern. In den vier Monaten hast du verdient und trotzdem keine Miete bezahlt.«
»Ja – und du hast immer gesagt, das ist nicht so schlimm, du kannst warten!«
»Jetzt will ich nicht mehr warten. Ich will, dass du gehst. Wenn du möchtest …«, ich spielte schnell ein paar Triller, »kannst du Pascal hier wohnen lassen. Dann braucht er nicht umgeschult zu –«
»Das könnte dir so passen!«, fauchte Verena. »Nicole und mich schmeißt du aus Neid und Eifersucht und Katzigkeit auf die Straße und meinen süßen Jungen willst du für dich behalten, was? Das ist ja schlimmer als der kaukasische Kreidekreis! Ich nehm mir einen Anwalt …«
Ich schlug den Klavierdeckel zu und musterte sie kühl. »Die einzige Art, auf die du dir einen Anwalt nehmen kannst, wird

dir in diesem Zusammenhang wenig nützen. Was mich angeht: Ich hab bekanntlich Anwälte, und zwar gute, und die werde ich garantiert mobil machen, wenn du nicht deinen Krempel packst und verschwindest.«
Mir fiel ein, dass meine Anwälte mich demnächst sowieso würden herauspauken müssen, weil ich einem minderjährigen jungen Mann seine Augenfransen verstümmelt hatte. Ob sie auf Unzurechnungsfähigkeit infolge zu vieler Schmarotzer plädierten?
Verena funkelte mich zwei Sekunden lang wütend an, drehte sich auf dem Absatz um, rannte hinaus, schmetterte die Tür hinter sich zu und rannte die Treppe hinauf. Gleich darauf kam sie wieder heruntergepoltert: »Ich muss telefonieren! Kann ich das Telefon benutzen?!«
Das, nachdem sie regelmäßig drei Viertel der Telefonrechnung verplauderte!
Ich ging taktvoll hinaus. Nach einigen Minuten rief sie mich: »Kerstin? Du brauchst dir um mich und meine Kinder keine Sorgen mehr zu machen. Wenn du glaubst, es geht nicht mehr, kommt von irgendwo ein Lichtlein her!«
Robert hatte erfreulicherweise (zumindest fand Verena es erfreulich) die Nacht im Streit mit seiner Frau verbracht, nun wollten sie sich trennen, die Frau zog aus und Verena auch schon ein.
»Will er das?«, fragte ich skeptisch.
»*Ich* will das!«, trompetete Verena. »Außerdem bin ich vielleicht schwanger. Wie du neulich so schön sagtest – mit dieser Mini-Pille kann leicht mal was daneben gehen …«
Dann rief sie Pascals Vater an: »Pass auf, du musst deinen Sohn abholen und dich um ihn kümmern – ich erklär dir später, warum. Nein, noch sind Schulferien, bis zum Zweiten. Du hast doch neulich mal gesagt, du hättest Pascal gern bei

dir und er könnte so gut das kleine Zimmer bekommen? Da denk mal drüber nach, mein Freund. Nein, ich hab jetzt keine Zeit mehr, ich melde mich!«
»Du willst Pascal nicht mit nach Hamburg nehmen? Da gerät er ja von heute auf morgen in völlig andere Lebensumstände«, sagte ich entsetzt. Genauso hatte ich mir das vorgestellt, wenn ich Verena meinen Pascal überließ.
»Das schadet ihm nicht! Ich bin in den ersten fünf Schuljahren ständig woanders hingekommen, und es hat mir nicht geschadet!«, behauptete Verena.
»Glaubst du?«, fragte ich sarkastisch.
Sie wählte schon wieder eine andere Nummer – diesmal rief sie meinen Bruder an: »Hallo, Bertil, hier Verena. Du, für mich ergeben sich sehr plötzlich ganz neue Fakten. Ich ziehe heute bei deiner Schwester aus, Kerli nimmt Pascal zu sich, und ich denke, du solltest dich jetzt mal um deine Tochter kümmern. Du hast bestimmt in deinem Hause Platz für sie …«
Besagte Tochter war gerade im Wohnzimmer aufgetaucht und hörte mit entschiedenem Missbehagen zu. »Was soll das denn?«, grummelte sie halblaut, »wieso soll ich zu Brodersen?«
Bertil war jedoch offenbar nicht so zahm wie Kerli und nicht so bereit wie ich, sich Parasiten in den Pelz setzen zu lassen. Verenas Gesicht veränderte sich dramatisch, während sie ihm zuhörte. Sie sagte: »Wieso? Was meinst du denn damit? Gen-Nachweis? – Du hast sie wohl nicht – Ach, und wieso hast du bis jetzt Unterhalt für sie bezahlt, wenn du das bezweifelst? – Damit kommst du vor Gericht nicht durch, mein Lieber – Willst du damit sagen, ich soll den ganzen Unterhalt für die vergangenen Jahre an dich zurückzahlen?! – Du bist ein ganz mieser – Was?! – Na gut.

Wenn du meinst. Wenn du dafür bezahlen willst …«
Sie knallte den Hörer aufs Telefon und starrte mich so finster an, als hätte *ich* Bertil die Idee eingegeben, Nicole sei nicht seine Tochter.
»Ich will nicht zu Brodersen!«. quengelte Nicole.
»Keine Sorge – der will dich gar nicht haben!«, zischte Verena. »Er bezahlt dir ein Internat, hat er gesagt.«
»Ich will in kein Scheiß-Internat!«, brüllte Nicole und stampfte abwechselnd mit beiden Füßen auf.
»Hör auf damit, das stört die Fische«, sagte ich sanft. Wie ich erwartet hatte, verschwand sie türenknallend aus dem Wohnzimmer.

»Pappi?«, fragte Pascal, übers ganze Gesicht strahlend. »Ich darf zu Pappi?«
»Aber du musst in eine andere Schule«, sagte ich.
»Das wird bestimmt sehr interessant!«, behauptete Verena.
»Lauter neue Kinder, keine Marei, kein Svenni!«, gab ich zu bedenken.
»Macht nichts. Marei ist sowieso 'n bisschen doof, wenn man sie so näher kennen lernt. Und mit Svenni hab ich mich vorhin gekracht. Neue Kinder sind in Ordnung. Vielleicht schafft Pappi uns dann auch 'n Aquarium an! Vielleicht sogar 'n größeres, mit Skalaren drin!« Pascal sah völlig glücklich aus. Verena triumphierte.
Ich fragte mich, wieso ich sie und ihre Kinder nicht längst davongejagt hatte.
Nicole tat mir allerdings inzwischen schon wieder Leid. Wo sollte dieses ungeschlachte Kind denn hin, das keiner haben wollte?
»Du kannst hier im Haus wohnen, bis ein Internat für dich gefunden ist«, bot ich ihr ungern an.

»Bei dir will ich nicht bleiben!«, schleuderte meine Nichte (oder auch Nicht-Nichte) mir an den Kopf. Genau wie ihre Mutter telefonierte sie eine Weile herum, und dann packte sie. Mit voll gestopftem Rucksack und einem anderen runden Bündel zog sie zu ihrer besten Freundin, deren Eltern sich unverständlicherweise bereit erklärt hatten, sie so lange bei sich zu behalten, bis sie umgeschult war.

Pascal half ich natürlich, seine wichtigsten Sachen zusammenzusuchen. Er war der einzige, der sich nachdenklich umschaute: »Sind das eigentlich unsere Möbel oder deine, Kerstin?«

»Ich weiß auch nicht genau. Gekauft hab ich sie wohl, so nach und nach. Möchtest du etwas mitnehmen, Schätzchen?«

Pascal popelte nachdenklich ein ganz kleines bisschen in seiner Stupsnase. »Ein Bett hat Pappi für mich, also eine Couch. Und einen Schrank brauch ich nicht. Er hat ja nicht so viel Platz, bei ihm ist irgendwie schon alles voll mit Möbeln, weißt du …«

Bald darauf kam sein Vater, brachte zu Pascals Erleichterung zumindest den Computertisch plus Computer in sein Auto und wollte auch gleich wieder weg: »Ich muss zum Dienst!«

Pascal umarmte mich heftig: »Wir besuchen uns mal, nicht, Kerstin? Du wirst doch allein mit den Fischen fertig?«

»Ich werde mir Mühe geben.«

»Brauchst du jetzt eigentlich noch mehr Sorgen?«, fiel ihm noch ein.

»Nein, danke, inzwischen reicht es.«

Am frühen Nachmittag waren alle drei weg. Ich holte tief Luft, guckte mir die Zimmer mit den offenen Schubladen und den ungemachten Betten an und rief nach Alma: »Lass

uns gleich hier aufräumen und sauber machen und lüften, ja?«
Am liebsten hätte ich, vor allem in Nicoles Gemach, auch noch ein Weihrauchfässchen geschwenkt.
Wir holten große Pappkartons vom Boden, die noch vom Umzug vor acht Jahren dort lagerten, und packten alle Gegenstände, die wir in Schränken und Kommoden entdeckten, hinein: halb leere Kosmetiktuben, verlatschte Schuhe, kaputte Kämme, zerfledderte Comic-Hefte, verstaubte Schminkstifte. Lauter Dinge, die nur deshalb noch herumlagen, weil Verena und Nicole zu träge zum Wegwerfen waren. Dass wir in Pascals Zimmer einzelne Quartettkarten, Legosteine und leere Computerspiel-Kartons fanden, nahm ich weniger übel. Er war schließlich noch ein kleiner Junge. Verena hatte angekündigt, ›irgendwann‹ den Rest ihrer Sachen zu holen. Falls es sich nicht um etwas ganz Spezielles handelte, das ihr fehlte, würde sie sich vermutlich nie wieder darum kümmern.
Nicole hatte einen ziemlich hässlichen Spiegel an der Wand hängen lassen, der halbseitig mit einer lila Schnapsreklame bedruckt war. Außer einer beachtlichen Staubschicht saßen auf dem Glas, unten in einer Ecke, mit Lippenstift die Aufschrift Alex und eine elfstellige Nummer, die mit 017 anfing. Alma wollte gerade mit dem Wischtuch drauflos. Ich hielt ihren Arm fest und notierte mir die Nummer. Dann ging ich damit ins Wohnzimmer und ans Telefon.
Die lässige, etwas kieksige Jungmännerstimme meldete sich mit: »Ja, hallöchen?«
»Hallöchen«, gab ich zurück, »ich muss mit dir reden.«
»Wer ist denn da?«, fragte Alexander, misstrauisch, aber unsicher.
Ich dachte mir: Wenn ich das sage, legt er sofort auf, und

erwiderte stattdessen: »Dir ist doch hoffentlich klar, dass vor Gericht und in der Presse erwähnt werden wird, wie du dir in die Hosen gepinkelt hast?«

Am anderen Ende hörte ich nur schweres Atmen. Immerhin blieb er in der Leitung.

»Du weißt doch, dass solche Sachen wahrheitsgemäß dargelegt werden müssen?«, legte ich nach.

»Scheiße!«, murmelte Alexander.

Ich schwieg.

»Können wir das nicht einfach weglassen?«, schlug er plötzlich vor. »Meine Eltern wissen nichts davon. Ich hab die Jeans sofort in der Maschine gewaschen …«

Tüchtiges Kerlchen!, dachte ich. Da hat er Nicole aber viel voraus.

»Nein, das muss festgestellt werden. Auch bei nicht-eidlicher Aussage!«, behauptete ich. »Deshalb rufe ich ja an. Ich dachte mir, es ist dir bestimmt peinlich. Diese Schande sollte dir vielleicht erspart bleiben. Deshalb wollte ich dich noch mal darauf ansprechen …«

Was tat ich da eigentlich schon wieder? Erpresste ich – drohte ich? Und das alles mit ganz ruhiger Stimme. Dieser Jüngling schien die dunkelsten Instinkte in mir aufzurühren. Andererseits: Vielleicht war es wirklich besser, dem Ärmsten die Schande zu ersparen.

»Wir waren ja an dem Abend beide etwas außer uns …«, bot ich an.

»Ja. Scheiße. Aber wie krieg ich meine Eltern jetzt dazu, nicht so viel Heckmeck drum zu machen?«

»Sag doch, du hast noch mal drüber nachgedacht, und so schlimm war's gar nicht, du hättest mich auch provoziert …«

»Kann man denn so 'ne Anzeige rückgängig machen? Geht das nicht sowieso schon vors Gericht und so?«

Das wusste ich ebenso wenig wie er. »Versuch's einfach!«, empfahl ich. Und dann legte ich sofort den Hörer auf.

Alma hatte inzwischen die drei Betten abgezogen und überall Staub gesaugt.
»Wenn du möchtest, kannst du gern in eins dieser Zimmer ziehen. Du musst nicht im Souterrain bleiben. Jetzt haben wir ja Platz«, sagte ich. Ich hatte sie lange nicht so strahlen sehen: »Heissas, ich darf hier bleim?«
Sie guckte sich daraufhin die Räume noch einmal an und entschloss sich glücklich, ihr Bettzeug, den schwarzen Plisseerock und ihre große Handtasche in das Zimmer neben dem Bad zu bringen, in dem Verena fast acht Jahre lang gewohnt hatte. »Ach, Schieter, wir machn uns das ganz schön, wir beidn. Ich putz auch allens, und kochn tu ich …«
Sie umarmte mich. Dabei fiel mir spontan ein: »So, und jetzt lass ich dir mal Badewasser ein, Alma, mit schönem Duftschaum. Haarshampoo kriegst du auch …«
Alma badete brav, und ich kam endlich auf die Idee, dass sie dringend ein bisschen mehr Kleidung brauchte als den bunten Goofy. Schließlich hatte sie selbst schon ›schwarzes Zeuch‹ für die Beerdigung erwähnt.
Mit der sauberen, frisch geföhnten Alma ging ich in das kleine Warenhaus an der Fußgängerpassage, von Pottschrapelern liebevoll ›Die Wolly‹ genannt. Wir kauften außer einem schwarzen Kleid und einem schwarzen Blazer noch ein hellbraunes Kleid, zehn Packungen Strumpfhosen mit Stützfaktor, vierzehn geblümte Baumwollschlüpfer, zwei Paar Schuhe, schwarz und hellbraun, eine kleine schwarze Handtasche, ein Zerstäuber-Deo, Gebissreinigertabletten, Birkenhaarwasser und eine große silberne Puderdose.
»Dascha wie Weihnachn!«, meinte Alma.

Sie strahlte mich die ganze Zeit immer wieder so dankbar von der Seite an, dass mir ganz elend wurde. Ich konnte sie unmöglich jemals wegschicken. Ich war der einzige Halt, den sie hatte.
»Was kratztu immer so an deine Arme rum?«, fiel ihr auf.
Das war mein Pilz, der mich daran erinnerte, wie wohl er sich auf mir fühlte. Er hatte niemand anderen, auf dem er so gut wachsen konnte wie auf mir. Ich war für ihn verantwortlich.

Noch vor dem Abendbrot mischten Alma und ich flüssige grüne Seife an, um die Blattläuse in die Flucht zu scheuchen. Und gleich nach dem Abendbrot spürten wir die Kornkäfer auf. Ihr Hauptquartier lag offensichtlich in der Speisekammer, kleinere Kolonien gab es in allen Küchenschränken, die mit Lebensmitteln gefüllt waren. Sie hatten sich unter Schraubverschlüsse gezwängt, durch ungeöffnete Packungen gebohrt und in luftdicht verschlossene Plastikbehälter gemogelt. Sie krabbelten, kullerten und schwammen in allem umher, was entfernt als fressbar gelten konnte.
Schließlich entdeckten wir unter der Treppe ihren Ursprungsort: ein angebrochener Sack mit Pflanzendünger! Hier lebten Tausende kleiner, rundstirniger brauner Kornkäfer. Alma und ich nickten uns finster zu und wuchteten den Dünger in die Mülltonne, die wir sodann ans Gartentor rollten. Zwar wurde die Tonne erst am übernächsten Tag geleert, aber sie konnte ganz gut im Freien darauf warten.
Wir warfen darüber hinaus nahezu alle Vorräte weg, sogar solche, in denen wir keine Krabbeltiere wahrnehmen konnten, und wischten sämtliche Fächer mit kochend heißem Wasser und Lauge aus.
Gegen zehn waren wir fertig. Alma setzte sich zu mir ins

Wohnzimmer, um ein bisschen ›fern zu gucken‹. Irgendwelche Musikanten in Lederhosen und Dirndlkleidern. An diesem Abend war ihr ganz bewusst, dass Rolf am nächsten Tag beerdigt werden würde. Trotzdem kam sie mir nicht sehr traurig vor; vermutlich überwog das Gefühl, endlich zu wissen, wo sie hingehörte.

Verena war weg. Die Kornkäfer waren weg. Die Blattläuse hatten schwere Einbußen erlitten. So weit, so gut. Was machte ich jetzt mit Alma? In Zukunft jeden Abend Musikanten in Lederhosen betrachten? Ihr einen eigenen Fernseher für ihr Zimmer kaufen? Damit wir die Abende getrennt verbrachten wie ein zerstrittenes Ehepaar? Das würde sie traurig machen. Andererseits: auf die Dauer würden die Lederhosen *mich* in Depressionen stürzen.

Ich grübelte darüber nach, was ich tun konnte. Alma plausibel machen, dass es gute, anheimelnde Altenheime gab? Natürlich kosteten die ein bisschen mehr. Andererseits hatte Alma einmal Mutterstelle an mir vertreten und sich dabei keine Gedanken um die Kosten gemacht. Sie hätte mich bestimmt auch ohne den Beitrag des Jugendamtes durchgefüttert. Schön, ein kleines Apartment in einem Seniorenheim im Grünen, nicht weit weg von mir … Ich würde sie bestimmt oft besuchen …

»Alma?«

»Ja, mein Schieter?« Ihre Augen leuchteten zärtlich links und rechts an mir vorbei. Nein, das war doch nicht der richtige Moment, ein Heim anzupreisen.

In dieser Nacht schlief ich wieder nicht. Das blieb nicht ohne Spuren. Allmählich fingen alle Spiegel im Haus an, mich zu ärgern. Zumindest wirkte ich durch mein bleiches, verhärmtes Gesicht wie eine echte trauernde Kusine bei Rolfs Beerdigung in der kleinen Friedhofskapelle. Alma weinte ein wenig. Wir warfen beide ein paar Schaufeln Sand auf den Sarg und ließen uns vom Pastor die Hand schütteln. Die ganze Angelegenheit wickelte sich in beachtlicher, fast unfeierlicher Geschwindigkeit ab, weil es so wenig Leidtragende gab.

Ich lud Alma zu einem kleinen Essen im ›Pottschrapeler Hof‹ ein, kratzte diskret meine Arme und zerbrach mir den Kopf, wie ich mich möglichst schmerzlos von einem Menschen befreien konnte, der herzensfroh war, jetzt in meinem Haus wohnen zu dürfen.

Plötzlich kam mir wieder in Erinnerung, was die Heilpraktikerin zu mir gesagt hatte: ›Hauen Sie doch selber ab! Verschwinden Sie einfach. Retten Sie sich – und Ihre Haut.‹

Bertil meinte ja auch, ich sollte zu Tante Svea fliegen.

Klar, ich ließ einfach eine leicht verwirrte alte Frau mit zeitweiligen Gedächtnisstörungen allein in meinem Haus, düste fröhlich durch die Gegend und verdrängte jede Sorge, was sie wohl mit Feuer, Wasser, Gasheizung und den Fischen anstellen würde.

»Morgn is Freitach, nich?« Alma benutzte vornehm einen Zahnstocher, indem sie ihre große Hand von der anderen Seite wie einen Schutzschild vor ihr Gesicht hielt. »Kommta wieder deine nette Putzfrau, wie heißie doch?«

Frau Nothfeiler! Ich atmete tief auf. Das konnte eine Lösung sein, jedenfalls eine zeitweilige. Frau Nothfeiler hatte mir schon zwei Mal bei Wasserwechseln assistiert und eine Woche lang die Fische versorgt, als Pascal noch zu klein dafür war. Sie wohnte nicht weit von mir und wäre sicher bereit (wenn ich es ihr bezahlte, natürlich), einmal am Tag zu schauen, ob Alma mit allem fertig wurde.

Sobald wir uns zu Hause umgezogen hatten, setzte ich mich ans Telefon. Bei dieser Gelegenheit entdeckte ich, dass mein kleines grünes Adressbuch verschwunden zu sein schien. Ich konnte es nirgends finden und musste Bertil um Sveas Telefonnummer bitten.

»Willst du sie jetzt besuchen?«, fragte er erfreut. »Das ist vernünftig. Du hast Montag ausgesehen wie an den Straßenrand gekotzt. All der Ärger – du wirst noch krank, wenn du nicht mal ein bisschen ausspannst. Wann willst du denn hin?«

»Am liebsten sofort. Morgen. Mal sehen, was Tante Svea sagt.«

»Ruf mich nachher noch mal an, ja? Ich buche dir dann gleich einen Flug über Internet. Ist Verena wirklich schon ganz und gar bei dir ausgezogen?«

»Ja. Zu ihrem Robert. Von dem hat sich gerade seine Frau getrennt.«

»Na also, sie kommt doch voran mit ihrem Vernichtungswerk an anderer Leute Ehen. Also, wenn dein Haus verenafrei ist, dann hole ich dich auch ab und bringe dich nach Fuhlsbüttel, wenn du willst.«

Er war, alles in allem, ein sehr lieber Bruder.

Die Nummer von Frau Nothfeiler holte ich mir aus dem örtlichen Telefonbuch.

Meine Putzfrau zeigte sich ganz angetan von der Idee, ungefähr einen Monat lang täglich zu kommen, die Fische zu füttern und mit Alma Plück zu plaudern: »Das ist ja eine nette Frau, finde ich! Sehr angenehm. Wo wollen Sie denn hin, Frau Thiele?«

»Nach Kanada, zu meiner Tante.«

Die Tante informierte ich gleich danach über meine Pläne.

»Gern, Honey, im Prinzip jederzeit, aber ich reise selbst noch heute Abend mit meiner Freundin nach Florida für vier Wochen … Möchtest du nicht lieber im Oktober kommen? Dann sind die Ahornbäume leuchtend rot, und –«

»Ich wollte eigentlich morgen losfliegen.«

»Oh?«

»Weißt du, meine Verlobung ist gerade geplatzt, ich bin überhaupt ziemlich mit den Nerven herunter …«

»Oh.«

»Bertil meint, ich brauche dringend Luftveränderung, sonst werde ich womöglich noch krank.«

»Oh! Dann musst du kommen. Ich gebe den Schlüssel einfach bei meinem Nachbarn ab, der heißt Joshua Henderson, das Haus mit dem großen Kaminschornstein direkt neben meinem … Du kannst natürlich auch mein Cottage bewohnen, wenige Autominuten von hier direkt am Strand … Da wirst du dich erholen. Es ist sehr warm zurzeit, manchmal wird es im September noch mal hochsommerheiß – nimm einen Badeanzug mit – ich packe dir ein paar Lebensmittel in den Kühlschrank …«

Ich murmelte, sie sollte sich keine Umstände machen.

Alma putzte das Ceran-Kochfeld. Ich setzte mich auf einen Stuhl und rang verzweifelt nach Worten. Wie würde sie es nur auffassen, wenn ich das Weite suchte, kaum, dass sie eingezogen war? Sofort nach Rolfs Beerdigung? Dass ich sie allein ließ in dieser für sie unbekannten Gegend? Würde sie gekränkt sein? Wütend? Ängstlich?

Ich konnte schließlich alles sofort wieder rückgängig machen. Es kostete mich je einen weiteren Anruf bei Tante Svea und Frau Nothfeiler.

»Alma, ich fliege morgen nach Kanada.«

»Kanada? Dasch aber weit wech! Wohnt da nich ’ne Oma von dir?«

»Meine Tante.«

Alma nahm noch ein wenig Reinigungsmilch. »Na, bloß gut, dassie dicke Blonde mit ihre Kinder hier raus is, wenn du wech bis. Wer weiß, wie die *das* wieder würde ausnutzn tun«, meinte sie.
»Du wirst doch mit allem hier allein fertig? Frau Nothfeiler kommt jeden Tag einmal und füttert die Fische, und einmal in der Woche bringt sie etwas Wasser zur Zoohandlung, damit ihr wisst, ob ihr einen Wasserwechsel machen müsst.«
»Prima«, meinte Alma munter und polierte mit einem alten Geschirrtuch nach.
»Ach ja, und … Falls Verena noch mal kommt, um vielleicht die Mieten zu bringen, die sie mir noch schuldet …« (Daran glaubte ich selber nicht) »… oder wenn sie ihre restlichen Sachen abholen will, dann sagst du einfach, du darfst niemand reinlassen, bis ich wieder zurück bin. Sie soll sich im Oktober noch mal melden. Glaubst du, das kriegst du hin?«
»Na klar.« Alma klang gelassen und gut gelaunt.
Ich wartete immer noch darauf, dass sie begriff, worum es ging und sich lautstark darüber entsetzte.
»Also ist das für dich so in Ordnung, Alma?«
»Jo. Soll ich uns ma Kaffee machen, Schieter?«
Ich ging ins Wohnzimmer und hockte mich vor das Aquarium. Elvis, das orange-goldene Mollymännchen, schwamm eilfertig nach vorn an die Scheibe. Er war mein absoluter Favorit, und wenn wir miteinander alleine waren, gönnten wir uns manchmal eine Art von Liebesgeschnatter.
Ich sagte in weichem, singendem Tonfall: »Bist du mein schöner großer Häuptling? Bist du mein wunderbarer großer Boss? Bist du ein *feines* Fischie? Ein *feines* Fischie?«, und er spannte seine enorme Rückenflosse, die mächtigste auf allen sieben Meeren, bis zur Lächerlichkeit auf, stellte

sich senkrecht und flosselte langsam nach oben, immer in Gefahr, hintenüber zu kippen. Frau Nothfeiler hatte uns einmal dabei ertappt und beeindruckt geäußert: »Mit dem kann man ja richtig schmusen!«

Nachdem ich ihm viele schmeichelhafte Sachen vorgesäuselt hatte und er mehrmals ekstatisch nach oben geschwebt war, redete ich ein ernstes Wort mit ihm: »Elvis, ich lasse euch im Stich! Ich fliege einfach weg und überlasse euch eurem Schicksal … Sieh zu, dass du auf alle deine Frauen und Kinder und auf die Guppys und auf den verrückten Günther gut aufpasst, ja? Und am besten passt du auch noch auf Alma auf, wenn's geht …«

Elvis betrachtete mich beruhigend erst mit dem rechten, dann mit dem linken Auge und flosselte unbeschwert, um deutlich zu machen, das sei alles halb so wild. Dann schwenkte er mit einem Ruck das Gonopodium beiseite und folgte im Eiltempo der schwarzen Isabell. Das Gespräch war vorbei. Elvis hatte zu tun.

Irgendwie bekam ich das Gefühl, ich wurde hier veralbert. Keiner schien zu begreifen, was für Katastrophen drohten, wenn ich das Ruder losließ. Nun, sie würden es noch merken.

In dieser Nacht schlief ich endlich einmal wieder. Ich erwachte am Freitag langsam und behaglich aus irgendwelchen undeutlichen, angenehmen Träumen, streckte mich unter der Decke, ohne die Augen zu öffnen, und fühlte mich wohl – bis die Erinnerungen an die vergangenen acht Tage sich höhnisch grinsend um mein Bett versammelten.

Als ich damals, nach dem Tod meiner Eltern, bei Alma wohnte, war es mir vor allem am Anfang oft passiert, dass ich gleich nach dem Aufwachen für einen Moment glaubte, ich sei noch die Kerstin Brodersen aus der Brahmsallee. Ich wartete auf das Gezwitscher der Vögel im Innocentia-Park, auf das Klopfen unseres Au-pair-Mädchens Babette, die mich fröhlich in ihrem gebrochenen Deutsch weckte, auf den Duft von frisch gemahlenem und gebrühtem Kaffee für die Erwachsenen und Kakao für mich. Wenn ich die Augen aufschlug, würde ich meinen pastellbunten Betthimmel über mir sehen …

Und dann hörte ich das Geräusch der tausend am Duhlsberg vorbeifahrenden Autos einschließlich dem Schnauben und Quietschen der großen Lastwagen vor der Ampel, ich hörte, wie Rolf und Karin sich um den Vortritt auf dem Klo stritten und ich roch den muffeligen Kellergeruch von Almas Wohnung. Wenn ich die Augen aufmachte, sah ich, sehr dicht über mir (denn ich schlief im Etagenbett oben), die gelblich braune Zimmerdecke mit Feuchtigkeitsflecken in der Ecke und ein paar sonderbaren Rissen, die wie ein Zwerg mit einer zu großen Mütze geformt waren.

Damals schob ich auf der Stelle alle Erinnerungen an die Vergangenheit beiseite, kletterte aus dem Bett, zog mich an, nahm das Netz, die Blechkanne und das große Lederportemonnaie, polterte die vier Holztreppen hinunter, stieß die schwere Haustür auf und stand mitten in Lärm und Auspuffgasen, in meiner neuen Realität. Diesmal war es schwieriger. Alles sah so aus wie vor einer Woche.

Aber: Verena und die Kinder waren weg, Joachim und unsere Heiratspläne waren weg, Flocke war weg. Mein Vertrauen in eine solide, nicht übertrieben glückliche Zukunft war weg. Es hätte genauso gut eine übertrieben glückliche sein dürfen. Meine Mäßigung hatte mir keine Sicherheit beschert.

Der Flug ging erst um kurz vor drei, ich hatte den Vormittag über Zeit zu packen, Alma mit unzähligen Zetteln und Listen zu behelligen, die ich nicht nur für sie schrieb, sondern ihr auch vorlas, um ihr so viele Erinnerungsstützen wie möglich zu geben. Ich zeigte ihr das Prinzip der Gasheizung – »Vielleicht wird es plötzlich kalt, Alma, wir haben schließlich September« – sowie den Kasten mit den Sicherungen, ich zeigte ihr, welche Blumen im Garten viel zu gießen waren und welche wenig – »Vielleicht wird es noch mal heiß und trocken« –, ich hängte ihr einen kleinen Kassettenschlüssel an einer Kordel um den Hals und zeigte ihr den Platz der Kassette: in der großen Kommode im Wohnzimmer. »Hier ist das Geld drin, Alma, du musst ja eine Menge kaufen, weil wir fast alle Vorräte weggeworfen haben bei unserer Käferaktion gestern. Nimm das Rad, vorn ist ein Korb dran, und den Weidenkorb kannst du auf den Gepäckträger stellen. Hier ist die Telefonnummer von Frau Nothfeiler, für alle Fälle. Hier ist die von Lars und hier die von Bertil. Du erinnerst dich doch noch an Bertil, meinen großen Bruder? Kurz nachdem du damals bei uns angefangen hast, ist er nach Kanada gereist, als Austauschschüler. Damals wohnte Tante Svea noch in Toronto …«, plapperte ich. Was erzählte ich ihr da eigentlich? Wahrscheinlich würde ich eher Verwirrung als irgendwelche Klarheit schaffen. Ich überforderte sie.

»In Toronto ham die so ’n ganzn großn Fernsehturm, höhr als in Hamburch!«, meinte Alma versonnen, in keiner Weise überfordert.

Ich pikte ihr den Wald von Erinnerungszetteln und Telefonnummern an die Pinnwand in der Küche. Die Telefonnummer von Tante Svea hatte ich *nicht* hinzugefügt. Ob Alma das auffiel? Offenbar nicht.

Wenn wirklich etwas ganz Wildes passiert, dachte ich, dann wird mir bestimmt jemand Bescheid sagen. Aber wenn nicht … Ich fürchtete, Alma könnte jeden Abend anrufen, um mit mir zu reden.

Lars wollte ich eigentlich nur davon unterrichten, dass ich für einen Monat zu Tante Svea flog. Dann bat ich ihn doch: »Vielleicht guckst du mal bei Alma vorbei, wenn du Zeit hast? Oder du rufst sie mal an?«

»Mach dir keine Sorgen, Mamichen«, beruhigte er mich. Genau das war ja das Kunststück.

Bertil kam gegen zwölf und trug meinen Koffer in sein Auto, während ich mich von Alma verabschiedete.

Auf der Autobahn musste er die Scheibenwischer anstellen: »Kaum ist September, schon nieselt es. Was hast du für Klamotten eingepackt? Hast du einen Badeanzug mit? Die Spätsommer sind oft noch sehr heiß in der Gegend …«

»Das hat Tante Svea auch behauptet. Ich konnte es gar nicht so recht glauben … Da sind doch Wölfe und Eisbären und so was? Und du hast selbst mal gesagt, in Toronto gibt es sechs Monate Winter. Da muss es doch jetzt schon bald anfangen? Ich habe sowieso nicht sehr viel eingepackt. Zwei Pullover, einen Rock, zwei Kleider und Jeans.«

»Na, notfalls kannst du dir ja noch kaufen, was dir fehlt. Dein Englisch ist doch so weit flüssig?«, fragte Bertil, ganz großer Bruder.

»Danke, ja. Du erinnerst dich doch sicher, dass ich in meiner Ehe hinreichend Gelegenheit hatte. Mein Verflossener hat seine Geschäfte zum großen Teil auf Jersey abgewickelt, wir haben da bestimmt alles in allem ein halbes Jahr verbracht. Unsere Au-pair-Mädchen waren alle englischsprachig, ich war Mitglied im Englischen Frauenclub …«

»Jajaja, Entschuldigung, hatte ich jetzt gerade vergessen«, brummelte Bertil.
Dann beklagte er sich lang und breit über seine Freundin Hühnchen, die ihn zwar liebte, jedoch nie Lust hatte, Liebe zu machen.
Das war das andere Extrem zu Verenas Verhalten und auch wieder ungünstig. Mir fiel dazu das letzte Wochenende mit Joachim ein. Ob ich nun eigentlich Lust dazu gehabt hätte mit ihm zu schlafen oder nicht: Auf jeden Fall war sein Verhalten beleidigend gewesen.
»Vielleicht liegt es ja an uns, dass die Leute nicht mit uns ins Bett wollen«, sagte ich vergrämt.
»Unsinn!«, erwiderte mein Bruder aufgebracht. »Ich bin nachgewiesenermaßen sehr sexy!«
Ich wartete darauf, dass er irgendetwas Entsprechendes über mich sagte, aber er freute sich nur, wie gut sie die Strecke von Pottschrapels zum Flughafen ausgebaut hatten.
Wir checkten ein, gaben meinen Koffer auf und setzten uns in das gute Restaurant im Terminal 4.
»Wann hast du zuletzt von Joachim gehört?«, wollte Bertil wissen.
»Am – warte mal – am Dienstag. Ja, einen Tag, nachdem ich bei dir war.«
»Hat er dich angerufen?«
»Eben nicht! Vorher war er noch auf meinem Anrufbeantworter und klang besorgt. Dann muss Verena mit ihm gesprochen haben, er wusste also, dass ich alles entdeckt hatte. Von da ab hat er keinen Versuch mehr gemacht, mit mir zu reden. Am Dienstag habe ich ihn angerufen.«
»Und was hat er gesagt?«
Ich legte meinen Löffel hin, tupfte mir mit der Papierserviette den Mund ab und betrachtete nachdenklich den roten

Kussabdruck. »Beinah nichts. Er wirkte eiskalt, sehr wortkarg. Irgendwie beleidigt. Fast so, als ob ich an allem Schuld hätte. Und er hat gesagt, er will jetzt nicht reden. Hast du eine Ahnung, was in den gefahren ist?«

Bertil zündete sich eine seiner langen Zigarren an, nickte und grinste. »Ja. Ich habe ihn Dienstagnachmittag kurz aufgesucht.«

»Was? Warum?«

»Ich hab ihn angepumpt.«

Ich starrte Bertil verblüfft an. Der Kellner nahm mein leeres Suppenschälchen fort und stellte mir den großen Salatteller hin. Ich sagte nicht einmal danke.

»Du hast bitte was?«

»Ich habe ihm erzählt, dass es um ›Brodersen Schmuck und Uhren‹ sehr schlecht steht. Dass wir kurz vor dem Konkurs sind. Dass er als dein zukünftiger Ehemann etwa Hundertfünfzigtausend locker machen möge, um mir aus der größten momentanen Patsche zu helfen.«

Ich saß mit offenem Mund da. »Bertil – warum hast du mir denn nichts davon erzählt, dass es so um das Geschäft steht? Warum hast du *mich* nicht um Geld gebeten? Du weißt doch, ich hab noch von Uromi …«

»Beruhige dich, um Gottes willen. ›Brodersen Schmuck und Uhren‹ floriert. Meinst du, ich würde nicht mit dir darüber reden, wenn es tatsächlich so wäre? Wir stehen großartig da. Vielleicht weiß dein müder Moppel das inzwischen auch, wenn er sich schlau gemacht hat. Aber an diesem Tag zumindest hat er mir geglaubt. Du hättest sein Gesicht sehen sollen! Er hat eine Menge flacher Ausreden gebrabbelt, von ›Mal sehen‹ bis zu ›Ich hab selber zurzeit Probleme‹ …«

Ich griff benommen zu meiner Gabel und pikte mitten durch eine Radieschenscheibe. »Du meinst, Joachim wollte

wirklich immer nur mein Geld? Und als er dachte, ich hab keins mehr, war ich für ihn nicht mehr interessant?«
»Na, ganz so nicht. Natürlich hast du persönlich ihm gefallen. Aber ob er dich deswegen hätte heiraten wollen? Und da nun auch noch genau gleichzeitig sein kläglicher Betrug mit einer Schlampe rauskam – doppelter Betrug, finde ich, weil sie ja auch deine Verwandte und angebliche Freundin war –, da hat es ihm wohl ganz gut in den Kram gepasst. Ansonsten hätte er vielleicht versucht, alles zu beschönigen und wieder zu kitten, Verena die Alleinschuld zuzuschieben – was weiß ich …«
»Er hat sogar verlangt, dass ich sie sofort rausschmeiße«, fiel mir ein.
Wir schwiegen eine Weile gemeinsam aus dem Fenster und sahen zu, wie ein Airbus abhob und kurz darauf seine Nase in die Wolkendecke bohrte.
»Danke, Bertil!«, sagte ich. »Das war zwar brutal, aber wirksam. Joachim bin ich nun jedenfalls ein für alle Mal los.«
»Hoffentlich«, meinte er zufrieden.
Ich wollte äußern, dass ich nun wohl kaum eine Chance hätte, (in meinem Alter) noch mal eine vernünftige Partnerschaft zu bekommen. Ich brachte das jedoch nicht so recht über die Lippen: Ich hatte Angst, mein Bruder könnte mir zustimmen.
Ich sagte also genau das Gegenteil: »Gut, dass er aus dem Weg ist. Jetzt können die wirklich interessanten Männer kommen.«
»Meinst du?«, fragte Bertil zweifelnd. »Ich fürchte, die meisten interessanten Männer in deinem Alter sind schon vergeben, was? Oder wenn nicht, dann interessieren sie sich doch eher für sehr junge Frauen. Befriedigung liegt ja auch nicht immer alleine in der Partnerschaft. Du hast Geld, du kannst

reisen, du kannst noch so viel kennen lernen ... Oder du könntest dich kreativ beschäftigen. Du hast immer viel Talent fürs Malen gehabt, zum Beispiel. Du könntest doch mal an der Volkshochschule Malkurse belegen. So ab vierzig«, fügte er vertraulich hinzu, »haben, meiner Erfahrung nach, viele Frauen sowieso keine besondere Lust mehr auf Liebe. Romantik muss sein, solange man jung ist. Ältere Frauen legen mehr Wert auf Gold und Brillanten ...«
Er merkte gar nicht, dass er da einfach seine eigene Geschäftsdevise herunterbetete.

Das 9. Kapitel
fliegt uns ins Wunderland

Hamburg ist zweifellos eine Weltstadt und das Tor zur Welt. Nach Toronto konnte ich von hier aus trotzdem nicht fliegen, jedenfalls nicht direkt. Ich musste zunächst nach Frankfurt und dort durch den Flughafen auf endlosen Fließbändern vor mich hin rollern, bevor ich den Lufthansa-Jumbo betrat, der mich nach Kanada brachte. Eine nette blonde Stewardess nahm mir meinen Mantel ab und hängte ihn säuberlich auf, bevor ich über die Wendeltreppe nach oben kletterte, in den ersten Stock des Flugzeugs sozusagen. Ich war lange nicht mehr verreist, so weit schon gar nicht. Inzwischen empfand ich eine angenehme Vorfreude. Natürlich hatte Bertil für mich noch einen Fensterplatz bekommen. Mein Bruder ist ein Erfolgsmensch.

Zu meiner weiteren Erheiterung drückte mir eine hübsche rothaarige Stewardess ein Glas Champagner in die Hand, kaum dass ich saß. Und sie erklärte mir, was ich über einen eigenen kleinen Fernseher alles empfangen konnte: verschiedene Video-Filme, einen Nachrichten- und Sport-Kanal, einen Comedy-Kanal oder die Air-Show (das bedeutete, ich konnte alles Wissenswerte über das Flugzeug, den Flug, die Strecke – und eventuell auch über den Piloten? – erfahren). Auf meine Bitte reichte sie mir jedoch ebenso gern ein englisches Mode-Magazin. Wann wollte ich essen? Was wollte ich essen? Wie viel wollte ich essen? Es gab eine Speisekarte und eine ausufernde Weinkarte. So viel verstand ich

durchaus nicht von Wein. Ich fühlte mich wohltuend verwöhnt und bestellte mir einen Langustencocktail, weniger aus Hunger, mehr aus Genusssucht.
Etwas Männliches ließ sich neben mir nieder, grüßte kurz und duftete nach einem angenehmen Rasierwasser. Ich nickte freundlich und sah kaum hin. Der Duftende wurde mit Speise- und Weinkarte und dem Fernseher vertraut gemacht, war aber anscheinend weniger beeindruckt als ich; er kannte das alles schon.
Nach einer Weile riskierte ich einen gründlicheren Blick zum Nachbarsitz. Sehr kleidsame weiße Schläfen in dunklem Haar – wohlgeformte Ohren – ein klares Profil – ein hellgrauer Anzug mit dunkelgrauer Weste und silbergrauer Krawatte. So was würde ich auch tragen, wenn ich ein Mann wäre. Schmale, feine Hände blätterten in einem Wirtschaftsmagazin. Übrigens schien er erkältet zu sein; er hantierte viel mit Papiertaschentüchern und schnäuzte sich hin und wieder so recht von Herzen.
In Frankfurt war das Wetter auch nicht erfreulicher gewesen als in Hamburg. Über den Wolken blendete ein fast schon schmerzhaft blauer Himmel, knallte die Sonne. Ich zog meine Sonnenbrille aus der Handtasche, starrte auf das unendliche, grauweiße Meer übereinander getürmter Wolken unter mir und dachte über die letzten Tage nach. Bis vor kurzem schien ich in einer etwas langweiligen, aber doch recht normalen Welt zu leben. In der letzten Zeit jedoch regierte der Wahnsinn. Alle benahmen sich verrückt: Joachim, die Besitzerin von Flocke, Alma, die zeitweilig nicht wusste, wo sie war und was passiert war. Verena und Nicole hatten sich allerdings seit jeher verrückt benommen, doch Alexander Ewers? Neigte der auch schon immer zu ausgefallenen Tierquälereien? Und ich selber war ebenfalls

übergeschnappt, indem ich an einem fremden Menschen herumschnippelte.
Vielleicht sollte man besser von vornherein nicht erwarten, dass irgendjemand normal war oder sich normal verhielt, sondern in aller Ruhe davon ausgehen, dass wir samt und sonders an einem Dachschaden litten. Vielleicht befand ich mich in einer Art Wunderland wie die arme Alice. Ich sollte am besten damit rechnen, dass mir demnächst nervöse weiße Kaninchen über den Weg liefen oder verrückte Märzhasen, die mir zum Nicht-Geburtstag gratulierten …
Die Stewardess servierte mir meinen Langustencocktail und noch ein wenig mehr Champagner. Ich nahm die Sonnenbrille ab und kostete den Cocktail. Er war erlesen.
Der Herr nebenan tippte mir auf die Schulter. Er hatte sehr helle Augen und ein angenehmes, fein geschnittenes Gesicht.
»Was halten Sie von einem Quickie im Stehen auf der Bordtoilette?«, fragte er sachlich. Er näselte – entweder aus Vornehmheit, oder weil er tatsächlich erkältet war.
Dieses überraschende Angebot stellte eine so krasse Bestätigung meiner letzten Gedankengänge dar, dass ich nicht einmal besonders die Augen aufriss. Ich musterte ihn sehr gründlich, und mein erster Impuls, losgelöst von jeder Realität, war: Wieso eigentlich nicht? Der gefällt mir.
Dann breitete sich ein kleines, dürres Restchen meiner Vernunft über mir aus und brachte einen einzigen Einwand vor: Was soll denn die rothaarige Stewardess von uns denken, wenn wir gemeinsam auf dem Klo verschwinden?
Ich schüttelte also liebenswürdig den Kopf: »Im Augenblick nicht, danke. Vielleicht nach dem Essen.«
Das brachte den Herrn neben mir zum Lachen. »Sie sind ja köstlich! Was für eine kaltblütige und humorvolle Art, auf so

eine Frechheit zu reagieren. Sie haben Format. Ich möchte Sie geradezu um Entschuldigung bitten – und das tue ich sonst nicht in solchen Fällen.«

»Stellen Sie die Frage gewohnheitsmäßig im Flugzeug? Wie hoch ist denn Ihre Erfolgsquote?«, wollte ich wissen.

»Ich hab diese Frage noch nie gestellt, weder in der Luft noch am Boden. Sehe ich etwa so aus, als ob ich normalerweise fremde Damen belästige?«, fragte er ganz entsetzt, als sei das eine absurde Idee von mir.

»Nein, so sehen Sie eben nicht aus. Sie sehen aus wie ein beherrschter, gut erzogener Mensch. Das ist ja das Effektvolle. Wenn Sie so was normalerweise nicht äußern – wie komme ich dann zu der Ehre?«

Der Herr putzte sich die Nase. »Entschuldigen Sie ein weiteres Mal – ich habe einen scheußlichen Schnupfen. Das wird nachher eine Stunde lang wehtun, wenn der Flieger langsam runtergeht und der Druck auf meine Ohren zunimmt. Also, wieso gerade Sie? Weil Sie zufällig gerade neben mir sitzen.«

»Danke. Schrecklich schmeichelhaft.«

»Nein, Moment – im Gegenteil! Als ich Sie antippte und direkt in Ihr Gesicht sah, wollte ich es fast schon bleiben lassen. Ich konnte es bloß nicht, weil ich vorher einen zu langen Anlauf genommen hatte.«

»Sie sind verrückt«, sagte ich. »Das wundert mich zwar kaum, weil in letzter Zeit jeder verrückt zu sein scheint, ich selbst immer mit – aber ich glaube, Sie sind ganz besonders verrückt.«

»Ich bin nicht verrückt. Ich *benehme* mich nur verrückt. Oder vielmehr absurd. Das ist etwas anderes. Ich tue das, um meine Grenzen einzureißen«, erklärte der erkältete Herr. »Darf ich es Ihnen erklären?«

Ich gestattete es ihm. Da wir in den kommenden acht Stunden nebeneinander hocken würden, konnte er mir genauso gut die Gründe seiner Verwirrtheit darlegen. Und da ich immer noch mit Essen beschäftigt war, konnte er ebenso gut das Reden übernehmen.
Er fing damit an, dass er sich vorstellte: Marquart hieß er. Ich nannte artig meinen Namen.
»Frau Thiele – Sie sagten gerade, jeder ist verrückt, Sie auch. Aber was ist denn verrückt? Doch immer nur das, was nicht der gesellschaftlichen Norm entspricht, dem Umfeld, in dem wir uns gerade befinden. Wissen Sie, ich reise von Beruf aus dauernd, ich habe es satt bis obenhin, ich habe inzwischen mehr als genug von der Welt gesehen, aber ich habe auch viel gelernt. Es gibt Länder, in denen ist es eine unverzeihliche Grobheit, mit dem Finger irgendwohin zu deuten. Es gibt Kulturkreise, in denen dürfen Sie auf keinen Fall mit dem Kopf nicken, weil das missdeutet wird. Manchmal ist es vollkommen unerzogen, merkbar aufzustoßen, und manchmal sind Sie ein Flegel, wenn Sie Ihr Essen nicht laut schlürfen und hörbar rülpsen. In manchen Gegenden ist Offenheit verpönt, in anderen unerlässlich.«
»Und das hat Ihnen nach all Ihren Reisen aufs Hirn geschlagen?«
»Und das hat mir nach all meinen Reisen die Augen geöffnet. Alles ist relativ, auch Normalität. Sie sagten vorhin, ich sehe aus wie ein beherrschter, gut erzogener Mensch. Das bin ich auch. Ich muss in meinem Job gut organisieren können, pünktlich sein und stets konzentriert. Ich habe immer alles unter Kontrolle. Auch mich selber. Aber Kontrolle kann leicht zwanghaft werden, und das führt zu Zwangshandlungen. Vor etwa einem Jahr bemerkte ich, dass ich auf Straßenpflaster bemüht war, nie auf die Fugen zu treten. Das hat

mich erschreckt. Ich habe selbst Psychologie studiert und ein guter Freund von mir ist Therapeut. Ich verstehe genug davon, um zu begreifen, dass ich mich am Rand einer Zwangsneurose befand. Mein Freund hat mir zugestimmt.«

»Bedeutet das, Ihr unsittliches Angebot war Teil Ihrer Therapie? Ich finde, Ihr Freund übertreibt!«

»Das dürfen Sie meinem Freund nicht anlasten. Ich habe mir diese Therapie selbst erarbeitet und selbst verordnet. Wissen Sie, wer Gurdjew war?«

»Nein.« Ich angelte nach einem Spargelkopf. »Ist das eine Bildungslücke?«

»Nur wenn Sie Esoterikerin sind. Gurdjew war ein dicker alter Magier oder Guru – aber damals sagte man dazu noch nicht Guru –, der so um neunzehnhundertzwanzig herum bei Paris eine Menge opferbereite Russen und Engländer um sich versammelte und mit ihnen ein ›Institut‹ gründete. Er hat sie wenig essen und noch weniger schlafen lassen, Gräben ausheben und am nächsten Tag wieder zuschütten, irgendwelche seltsamen Tänze und gymnastische Übungen vollführen – und er hat ihnen vor allem absoluten Gehorsam andressiert.«

»Und das finden Sie erstrebenswert?«

»Nicht im Geringsten. Eine Lehre dieses Herrn Gurdjew allerdings hat mich fasziniert. Er hat behauptet, der ›Einzelmensch‹ sei entweder geistig, gefühlsmäßig oder körperlich betont, je nach Erziehung, Herkommen und so weiter. Durch diese jeweilige Betontheit reagiert ein Mensch in jeder beliebigen Situation – nicht wie es die Situation wirklich erfordert, sondern wie er es gewöhnt ist. Man bestimmt nicht selber, was geschieht, man lässt sich durch die Umstände bestimmen und durch mentale, emotionale oder physische Gründe. Gurdjew hat behauptet, jemand könne nur Herr seiner selbst werden, wenn es ihm gelänge, diese Muster und Gewohnheiten zu brechen. Aus diesem Grund ließ er seine Schüler offensichtlich sinnlose und verrückte Dinge tun.«

»Ich fange an zu verstehen. Sie tun verrückte Dinge, um Ihre Gewohnheitsmuster aufzubrechen. Und um die Kontrolle abzugeben?«

»Um keine *zwanghafte* Kontrolle zu praktizieren. Ich hab mir meine Gewohnheitsmuster angeschaut und einige davon auf den Kopf gestellt. Ich glaube inzwischen, viele Menschen wissen nicht, was sie freiwillig tun und was aus Gewohnheitszwang. Ich habe zum Beispiel beim Frühstück immer die Zeitung gelesen. Das ist doch ganz normal, oder? Na, und dann hab ich versucht, es mal bleiben zu lassen – plötzlich hat nichts mehr geschmeckt! Ich hab meine Hand immer wieder unwillkürlich nach der Zeitung ausgestreckt. Sucht. Zwang!«, meinte Herr Marquart bekümmert und schüttelte den Kopf.

»Und Sie meinen, wenn Sie mit wildfremden Frauen im Flugzeugklo …«

»Aber nein! Das hatte ich doch nicht ernsthaft vor!«, beteuerte er. »Es ging nur darum, etwas wirklich Absurdes zu tun oder zu sagen. Meine eigenen Konventionen zu überwinden.«

»Indem Sie jemand anderen schockieren?«

»Indem ich meine Angst überwinde, jemand anderen zu schockieren. Ich nenne das ›absurden‹.«

»Und wenn ich nun gesagt hätte: ›In Ordnung!‹ –? Was hätten Sie dann gemacht?«

Herr Marquart betrachtete mich nachdenklich aus seinen hellen Augen. »Ich habe natürlich nicht damit gerechnet. Sogar wenn Sie eine deutlich frivole Person gewesen wären, hätte ich nicht damit gerechnet. So reagieren Menschen nicht auf Absurditäten. Sie bemühen sich vielmehr, alles wieder in den normalen, realen Bereich zu holen. Ich hatte am ehesten erwartet, dass Sie sagen: ›Wie bitte?!‹ Oder dass Sie so tun, als hätten Sie nichts gehört.«

»Oder vielleicht hätte ich die Stewardess gerufen und mich über Sie beklagt?«

Er schüttelte den Kopf: »Eher nicht. Dadurch hätten Sie das Absurde akzeptiert, und das tun die Menschen für gewöhnlich nicht. Sie tun lieber so, als wäre nichts gewesen. Ich glaube, sie beruhigen sich auch gern damit, sie hätten das wohl falsch verstanden.«

»Mir scheint, ich habe mich nicht unbedingt verhalten wie ein ›normaler Mensch‹ nach Ihrer Definition?«, fragte ich, und ich dachte: Na, kein Wunder. Ich hab eben inzwischen auch schon ein Rad ab.

»Nein. Sie haben mich mit Ihrer Antwort sehr gekonnt absurdet«, erwiderte er.

»Und ich möchte immer noch gern wissen, was Sie getan hätten, wenn ich nun einfach zugestimmt hätte!« Ich schob das leere Salatglas weg, trank den letzten Schluck Champagner und blinzelte ihn neugierig an. Da ich immer sehr mäßig trank, war ich so viel Champagner nicht gewohnt. Vermutlich deshalb wurde ich jetzt zu einer – wie hatte er gesagt? – frivolen Person …

Herr Marquart lächelte. »Ich nehme an, ich hätte nach dem ersten Schreck Ihre Hand ergriffen und wäre drauflos gestürmt, bevor Sie sich's anders überlegen.«

Ich schlug die Augen nieder und zupfte an meinen Ringen herum.

Draußen wurde es nicht merklich später. Eigentlich wurde es sogar früher, jedenfalls kam es mir so vor. Um Viertel nach fünf hatte der Jumbo abgehoben, an einem verregneten Nachmittag. Im Grunde hätte es nun allmählich draußen dunkel werden müssen, aber das geschah keineswegs. Die Sonne strahlte und funkelte ununterbrochen vom tiefblauen Himmel. Der Abend war gestrichen, eine Nacht gab es nicht. Wir flogen der Zeit entgegen.
Ich benutzte immer noch nicht meinen kleinen Fernsehapparat, weil ich mich immer noch mit dem interessanten Herrn Marquart unterhielt. Die Passagiere um uns herum ließen ihre Sitze zu Betten umfunktionieren und begaben sich zur Ruhe – wir redeten. Ein gestresst aussehender glatzköpfiger Herr tippte wie wild auf seinen Laptop ein, befragte zwischendurch mit besorgter Miene einen Taschenrechner und aß sein köstlich aussehendes Ragout zerstreut von der Seite, ohne hinzugucken. Den störten wir durch unser Geplauder aber nicht, denn die Turbinen übertönten jedes halblaute Wort. Deswegen konnten wir auch ungeniert über Absurditäten sprechen.
»Wann haben Sie zum letzten Mal etwas Absurdes getan oder gesagt – außer eben, natürlich?«, wollte Herr Marquart wissen.
Ich dachte nach. »In der letzten Zeit erstaunlich oft. Beispielsweise habe ich einem jungen Mann mit auffallend langen Wimpern die Pracht an einem Auge abgeschnitten.«
»Das haben Sie getan?«, Herr Marquart blickte mich voll Hochachtung an. »Das ist Meisterklasse!«
»Manche Leute beurteilen das ganz anders. Ich habe eine Anzeige wegen Körperverletzung bekommen. Ich weiß eigentlich gar nicht, ob ich Deutschland verlassen darf …«
»Das werden Sie an der Grenze merken. Wenn Interpol Sie

sucht, lässt man sie wahrscheinlich gar nicht erst nach Kanada hinein«, tröstete er mich. »Sie hatten bestimmt gute Gründe für diese Tat?«

»O ja. Der Kerl hat Sekt in mein Aquarium gegossen und Kartoffelchips reingeworfen. Das hat einigen Fischen und fast allen Pflanzen das Leben gekostet. Sagen Sie jetzt nicht, er hat prima absurdet!«, warnte ich.

»Durchaus nicht. Ich hasse Tierquäler. Sobald diese ewigen Reisen für mich vorbei sind, werde ich mir eine Katze anschaffen. Ich war mal mit einem netten Kater befreundet, als ich ein kleiner Junge war. Haben Sie noch mehr Tiere im Haus oder nur Fische?«

»Bis vor kurzem hatte ich auch Kornkäfer im Haus. Die sehen wirklich niedlich aus, klein und zart, mit runder Stirn, aber sie haben einfach zu viele Verwandte.«

»Hört sich haargenau an wie ein Portrait meiner geschiedenen Frau«, fand Herr Marquart.

Vor uns lagen noch ungefähr drei Flugstunden, und wir überlegten kurz, ob wir uns ein wenig hinlegen sollten – die Stewardess schilderte uns den ›Sleeper-Service‹: wir würden Bettwäsche bekommen und ein Schlaf-Sweatshirt und wir konnten sogar am Bett einen Sichtschutz ausklappen für ein Höchstmaß an Privatsphäre.

Ich war aber ganz aufgedreht, und Herr Marquart schien nichts auf der Welt lieber zu tun, als sich mit mir zu unterhalten. Ich erfuhr, dass er in Hamburg geboren wurde und dort auch gelebt hatte, als er ›noch sesshaft‹ war. Und dass er seinen Job so schnell wie möglich an den Nagel hängen wollte, um das, was er einstweilen noch selbst machte (irgendeine Art von Marketing) in Zukunft anderen beizubringen. Er war zehn Jahre lang verheiratet gewesen, bis das ewige Herumreisen seiner Frau zu viel wurde – zu-

nächst war sie noch ganz gern mitgekommen, später hatte sie weder dazu Lust, noch allein zu Haus zu bleiben.
Das konnte ich schon verstehen.
Es war keineswegs so, dass Herr Marquart immer nur zu reden wünschte, er war ein ebenso begeisterter Zuhörer, und ich erzählte einiges von Alma, Lars und Elvis.
»Was machen Sie eigentlich beruflich?«, erkundigte er sich plötzlich.
Darauf wurde ich überhaupt nicht gern angesprochen. Ich hatte keinen Beruf. Ich tat zwar ständig irgendetwas – oft sogar das, was irgendjemand anders hätte tun sollen. Doch das war natürlich nicht dasselbe. Ich fühlte mich deswegen unnütz. Und ich hatte irgendwie dauernd ein schlechtes Gewissen.
»Ach, ich bin einfach nur Hausfrau und Gärtnerin und Gastgeberin, und … ja, um das Kind einer Freundin hab ich mich in den letzten Jahren viel gekümmert. Und Handarbeiten … ich nähe viel selbst …«
Die hellgrauen Augen blickten mich befremdet an. »Wovon leben Sie denn?«
Eben. Ich hatte es ja nicht mal nötig zu arbeiten! Ich lebte von meinem ›Vermögen‹, verschiedenen geerbten Summen auf der Bank sowie von meinem Anteil am Juwelierladen, den Bertil mir einmal im Jahr auszahlte. Ohne, dass ich mich dafür anstrengte, kam dauernd Geld ins Haus. Sehr peinlich.
»Mein Bruder hat ein Geschäft, an dem ich finanziell beteiligt bin«, sagte ich.
Vielleicht hätte ich erwähnen sollen, dass ich manchmal für Bertil Schmuck entwarf, Ringe oder Armspangen, die sich sogar recht gut verkauften. Aber Herr Marquart merkte wohl, wie wenig mir das Thema behagte. Er fing höflich ein anderes an.

Inzwischen schien die Sonne fortgesetzt vor sich hin. Sie glitzerte auf dem inzwischen wolkenlos sichtbaren Atlantik. Hier und da waren winzig kleine Ozeanschiffe unterwegs, mutmaßlich mit seekranken Passagieren an Bord, denn die Schaumkronen ringsumher sprachen von lebhaftem Seegang. Ganz vereinzelt schwammen Eisberge auf dem Meer herum.
»Die sterben auch aus!«, murmelte mein Reisegefährte gedankenvoll.

Nach und nach wachten unsere Mitreisenden auf, die Betten wurden wieder in Sitze verwandelt und das Frühstück wurde serviert. Ich ging – allein! – auf die Bordtoilette, um mich zu kämmen und mein Make-up zu erneuern. Leider bekam ich bei dieser Gelegenheit bunte Zappelbilder in den Augen. Es ist sehr kompliziert, sich die Lippen nachzuziehen, wenn man sie nicht erkennen kann. Schade – ich fing gerade an, so gute Laune zu bekommen und ganz entspannt zu werden. Ich hatte mich über die Bekanntschaft mit diesem sympathischen Absurden gefreut und gehofft, vielleicht mit ihm die Adresse auszutauschen und ihn einmal wieder zu sehen. Wenn er wieder nach Hamburg kam und dort blieb – wer weiß?
Und nun wurde ich brutal daran erinnert, dass es für mich vielleicht gar keine nennenswerte Zukunft gab …
Herr Marquart löffelte eine Grapefruit, als ich zu ihm zurückkam. Wir stellten fest, dass uns genau dasselbe Frühstück schmeckte – Speck, Würstchen und Spiegeleier auf Toast und dazu Darjeeling-Tee mit Milch.
»So viel Übereinstimmung ist ja nicht weiter sonderbar, nachdem wir praktisch die Nacht miteinander verbracht haben«, fand er. »Ist Ihnen klar, dass die in Hamburg gerade

ein Uhr nachts haben, während die Leute in Toronto jetzt, um neunzehn Uhr, ihren wohlverdienten Feierabend genießen? Und wir frühstücken hier!«

Ich bemühte mich, so heiter wie vorher zu bleiben, obwohl ich, wenn ich Herrn Marquart ins Gesicht blickte, nur seinen Hals über der silbergrauen Krawatte und ein wenig dunkles Haar auf seinem Scheitel sehen konnte. Dazwischen tobten wabernde bunte Schlieren. Es war beängstigend. Ob ich ihm davon erzählen sollte?

»Sie tragen besonders schönen und geschmackvollen Schmuck. Mein Onkel hat mal in einem Juweliergeschäft als Verkäufer gearbeitet, deshalb verstehe ich ein wenig davon«, sagte er gerade.

»Ach, tatsächlich?« Mein Herz schlug plötzlich viel heftiger als vorher.

»Ja, bei Juwelier Brodersen in Hamburg – vielleicht haben Sie von dieser tragischen Geschichte damals gehört, falls Sie da schon auf der Welt waren, das Ehepaar Brodersen hatte …«

Ich warf mein Spiegelei samt den Würstchen auf meinen schönen graublauen Kostümrock und schrie. Die rothaarige Stewardess kam angehetzt, eilte hinfort und erschien wieder mit heißem Seifenwasser in einer Schüssel, um mich gleich abzuwischen. Ich schnallte mich jedoch ab, stand auf und verschwand lieber mit ihr in einen Bereich, wo ich den Rock ausziehen konnte. Während sie ihn mit einem Föhn trocknete, sagte ich leise zu ihr: »Ich möchte bis zur Landung bitte nicht auf meinen Platz zurück …«

»Hat sie der Herr belästigt?«, fragte sie erschrocken.

»Nein, in keiner Weise! Meine Güte, das ist schwer zu erklären – ich habe gerade erfahren, dass er etwas weiß … Etwas Peinliches … Deshalb habe ich auch das Frühstück auf meinen Rock gekippt …«

Inzwischen konnte ich wieder etwas erkennen, die Zappelbilder wurden klein und blass. Ihre schönen großen Augen blickten verständnisvoll. »Sehen Sie, Frau Thiele, es sind gar keine Flecken geblieben. Wollen Sie den Rock gleich wieder anziehen? Kommen Sie mit mir die Treppe runter – ich setze Sie so hin, dass Sie keiner sieht. Ich hole gleich Ihr Handgepäck und Ihre Handtasche – ist außerdem noch etwas da? Und ich grüße den Herrn von Ihnen und sage, Ihnen sei nicht wohl, Sie hätten sich zurückziehen müssen. Da kann er denken, was er will … Ist das recht so?«
Ich lächelte sie an. »Ich finde, der Lufthansa-Service ist großartig!«, sagte ich dankbar.

In dem bequemen Versteck, in das die Stewardess mich gesetzt hatte, schlief ich ein. Als sie mich weckte, waren alle anderen Passagiere längst von Bord. Aber sie sagte: »Das dauert oft sehr lange bei der Passkontrolle. Ob Sie da nun in der Schlange stehen oder ob Sie hier noch ein wenig schlafen …«
»Was hat er gesagt?«, fragte ich.
Die Stewardess fragte nicht erst lange, wen ich meinte: »Er war sehr besorgt und wollte wissen, ob er irgendwie helfen kann. Hier, er hat mir seine Karte für Sie gegeben. Eigentlich war er sehr nett …«, fügte sie noch hinzu.
Natürlich hätte sie gern gewusst, was der kultiviert aussehende Mann mir wohl angetan haben mochte. Was so schlimm war, dass ich plötzlich zu schreien anfing und mit Rührei um mich warf. Sie hätte bestimmt nie erwartet, dass er mir einen Quickie auf der Bordtoilette angetragen hatte. So wirkte er einfach nicht.
Auf der Karte stand der Name einer großen, internationalen Firma und

Jürgen Marquart
Marketing

sowie die Firmenadresse und eine Privatadresse in Frankfurt, darunter handschriftlich: Alles Gute! Rufen Sie mich mal an? Die Schrift gefiel mir. Der Mann hatte mir ja auch gefallen. Jürgen also. Aha.
Ich befürchtete ein bisschen, er könnte vielleicht in der Flughalle auf mich warten, doch die war gerade ziemlich leer, ein erkälteter Herr in Grau war nirgends zu erblicken. Nur mein Koffer ratterte einsam und vorwurfsvoll auf dem Band vorbei.
Nachdem ich durch die Passkontrolle hindurch war, ohne von Interpol festgehalten zu werden, begab ich mich zum Leihwagenschalter und mietete einen Mittelklassewagen mit Klimaanlage und Automatikschaltung. (Allerdings hätten sie auch keinen ohne Automatik gehabt.)
Ich schaute mir die Skizze an, die Bertil aufgezeichnet hatte, ich entfaltete die Straßenkarte von Toronto und Umgebung, auf der mein Bruder mit dickem roten Filzstift die richtige Route eingezeichnet hatte. Eigentlich sah es ganz simpel aus, vom Flughafen auf die Autobahn zu kommen. Trotzdem verfuhr ich mich eine Weile, bis ich mich endlich auf der 400 Richtung Norden befand.
Zuerst führte die Straße noch durch die Außenbezirke Torontos. Ein Schild machte mich darauf aufmerksam, dass es hier zum ›Wonderland‹ ging. Das hatte ich ja geahnt. Allerdings war damit wohl eine Art riesiger Vergnügungspark, so wie Disneyland, gemeint.
Später wurde es einsamer, Tannenwälder, Wiesen, die Autobahn, die über große Hügel zu führen schien, hinauf und hinab. Kaum noch andere Autos. Keine Häuser. Keine Men-

schen. Nicht mal Kühe oder Pferde. Das einzige Lebewesen, das ich sah, war tot: ein plattgefahrenes Kaninchen am Wegrand.
Zwei Stunden ungefähr sollte die Fahrt dauern. Am Anfang begleitete mich noch eine verschleierte, rötliche Sonne, die sich westwärts allmählich zur Ruhe begab. Dann dämmerte es. Ich schaltete die Scheinwerfer ein und fuhr weiter zwischen Tannenwäldern und Wiesen.
Weil es so wenig Abwechslung gab, geriet ich immer wieder ins Nachdenken, und das wollte ich doch nicht. Wie konnte Joachim mir das antun? Seit wann waren Verena und er zusammen? Wieso kamen sie sich eigentlich nicht schäbig und gemein vor? Aber vielleicht *kamen* sie sich ja schäbig und gemein vor …
Plötzlich erschienen Lichter am Horizont, der Himmel spiegelte Helligkeit und Farben. Las Vegas? Nein, das Städtchen hieß Barrie und schien überwiegend aus tausend Tankstellen und zweitausend Schnellimbissen und Burgerlokalen zu bestehen.
Hinter Barrie kamen wieder Dunkelheit und Einsamkeit. Ich versuchte, die Straßenschilder zu entziffern: rechts ging es nach Horseshoe Valley, also ins Hufeisen-Tal, links nach Springwater, Quellwasser. Dann fuhr ich durch ein Gebiet, das sich Tiny Marsh nannte, winziger Sumpf. Hier wurde die Gegend flacher, keine Hügel mehr. Die Tiny Marsh schien so platt zu sein wie unsere Marsch bei Pottschrapels.
Weil ich schon wieder ins Grübeln kam, stellte ich das Autoradio an und hörte einem fröhlichen Moderator zu, der mit vor Begeisterung überschnappender Stimme seine Hits ankündigte.
Um halb elf nachts – nach hiesiger Zeit – kam ich in der kleinen Stadt Moonbay an, in der Tante Sveas Haus lag. Ich

parkte unter einer Straßenlaterne und zog eine weitere Skizze meines fürsorglichen Bruders zu Rate, um die richtige Straße zu finden, den Paradise Drive.

Das Haus der Tante lag ein wenig von der Straße zurück, eingekuschelt in Rabatten und kurze, pummelige Sträucher. Soweit ich erkennen konnte, schmückte es sich mit einer überdachten Veranda. Im Nachbarhaus brannte Licht – dort musste der Mann wohnen, dem Tante Svea ihren Schlüssel für mich gegeben hatte.

Ich stieg aus, nahm nur meine Handtasche mit und ging über den Gartenweg. Die Nachtluft war sommerlich warm, an der kleinen Ampel über der Haustür des Nachbarn rannten sich die Insekten mit spitzen, sirrenden Geräuschen die Schädel ein. Neben der Tür war ein blaues Schild angebracht, auf das schwungvoll mit dem Pinsel gemalt stand: Joshua Henderson. Eine Klingel fand ich einfach nicht, deshalb klopfte ich schließlich. Erst zaghaft, dann kräftiger. Von drinnen rief eine Männerstimme auf Englisch vergnügt: »Okay, okay, komme schon, komme schon!«, und die Tür wurde geöffnet.

Da stand also Joshua Henderson und lächelte mich an. Joshua: schmächtig, das Gesicht sonnengebräunt und verschmitzt, mit sehr kleiner Nase, braunen Kulleraugen und einem erstaunten Kindermund. Über den Ohren zwei verwegene weiße Haarbüschel, der Rest seiner Haare rund um den Hinterkopf verteilt und zu einem dünnen Zöpfchen gebunden.

Joshua rief entzückt: »Na, ich muss sagen! Das ist Sveas kleine Nichte, stimmt's? Kirstin, stimmt's?« Und umarmte mich fest und lange.

Das war überraschend. Ich wurde selten umarmt und umarmte noch seltener. Ich war meist unbeholfen dabei – wenn es sich nicht gerade um eine Umarmung mit meinem aktuellen Partner oder mit Lars handelte, wusste ich nicht recht, wie eng oder fest das Ganze werden durfte, ohne peinlich zu werden. Schon bei meinem Bruder, den ich doch lieb hatte, ließ ich es ungern über mich ergehen, wenn es sich nicht vermeiden ließ. Verena hatte häufig alle möglichen Leute umschlungen – mich auch – und ich dachte dann immer: meine Güte, muss das jetzt wieder sein?

»Komm herein!« Joshua zog mich in sein Haus, drückte mich in einen Schaukelstuhl, wollte mir unbedingt etwas zu essen oder zu trinken anbieten. »Etwas Kompott? Ich hab es selbst gekocht, das ist gutes Kompott!« und setzte sich mir gegenüber, um mich löffeln zu sehen und zu erfahren, wie meine Reise verlaufen war. Das kanadische Englisch klang nett, nicht so vergurgelt wie Amerikanisch und nicht so nochnäsig wie britisches Englisch, sondern irgendwo dazwischen.

Es war wirklich gutes Kompott. Ich streckte die Beine aus und fühlte mich – ja, zu Hause.

Joshua gab mir einen dicken Umschlag, in den Tante Svea den Haustürschlüssel für mich gelegt hatte und noch einen anderen Schlüssel.

»Der ist bestimmt fürs Cottage! Lies den Brief! Lies den Brief!«, sagte Joshua.

> Liebe Kerstin,
> der grosse ist mein Haustuerschluessel, sei bitte vorsichtig, er klemmt etwas. Der kleine Schluessel ist fuer das Cottage am Strand. Josh wird Dir beschreiben, wie Du hinkommst. Vielleicht kommt er ja mit, wenn Du Dich nicht zierst, mit einem alten Herrn das Haus zu teilen. Es hat vier Schlafraeume, Du wirst ja se-

hen. Er ist immer sehr amuesant und ein guter Freund, finde ich. Lebensmittel sind im Kuehlschrank und in dem grossen gruenen Schrank in der Kueche, auch noch im Keller, vor allem Eingemachtes. Du kannst Dir alles nehmen, was Du willst. Josh wird Dir bestimmt viele Tipps geben, was Du Dir hier ansehen solltest und wo Du hinfahren kannst. Vielleicht willst Du ja auch nur Deine Ruhe haben und baden und am Strand liegen. Hoffentlich fuer Dich haelt sich das Wetter.
Soviel ich weiss, bist Du eine Reiterin. Es gibt verschiedene Reitstaelle in der Gegend, wo Du ein Pferd fuer einen Ausritt mieten kannst.
Ich bin ganz traurig, dass ich jetzt gerade weg musste. Ich wuerde Dir gern alles zeigen und mit Dir herumfahren und auch mit Dir ueber Deine Bekuemmernisse reden. Manchmal findet eine alte Frau auch eine gute Loesung fuer ein Problem.

Erhole Dich gut!

Herzliche Gruesse,

Deine Tante Svea

Der Brief war auf einer alten Schreibmaschine geschrieben und sorgfältig mit Tipp-Ex korrigiert. Auf der Rückseite stand mit der Hand ihre Adresse in Florida, ›Falls etwas ist‹. Ich übersetzte alles für Joshua ins Englische, und er lachte geschmeichelt, weil er darin so nette Erwähnung fand.
Dann gähnte ich ausufernd, ich bekam einen richtigen Gähnkrampf und entschuldigte mich verlegen.
»Wenn du müde bist, ist das kein Wunder!«, fand er. »Bei

dir zu Hause ist es gerade ungefähr Viertel nach fünf am Morgen.«
Nachdem mir das bewusst war, wurde ich noch viel müder. Joshua bestand darauf, mir meinen Koffer aus dem Auto in Tante Sveas Haus zu tragen und mir mit dem klemmenden Schlüssel behilflich zu sein. Dann verabschiedete er sich mit breitem Lächeln: »Ich seh dich morgen, Kirstin!« (Nachdem ich einige Male dagegen protestiert hatte, verzichtete ich darauf, den Kanadiern klarzumachen, wie mein Name ausgesprochen wurde.)
Tante Sveas Einrichtung war sehr hübsch und gemütlich, wenn auch natürlich ein wenig altmodisch und tantenhaft. Eine langsam tickende und pendelnde Uhr stand in der Diele, frisches Obst in einer Schale auf dem Esstisch, frische Chrysanthemen in einer Vase auf dem Couchtisch. Die Tür zum Gästezimmer war einladend geöffnet, die Bettdecke zum Hineinschlüpfen aufgeschlagen, und auf dem Kopfkissen lag ein eingepacktes Schokoladenbonbon.
Ich schminkte mich ab, hängte die empfindlichsten Sachen aus meinem Koffer auf Bügel, wusch flüchtig meine Strumpfhose aus, cremte meine Arme mit der Anti-Pilz-Medizin ein und lag auch schon im Bett.

Ich liebe es nicht, in den Vormittag hinein zu schlafen, deshalb fuhr ich nach ungefähr sechs Stunden aus den Kissen hoch und fühlte mich über alle Maßen wach. Draußen war es noch dunkel und still. Ich schob mein Schlafzimmerfenster, das nachts nur einen Spalt geöffnet gewesen war, noch viel weiter nach oben (wie praktisch, alle Fenster waren mit Fliegendraht abgedichtet!), duschte, zog mich an, machte mich mit Tante Sveas Kaffeemaschine vertraut – und schon kamen die Sorgen.

Eigentlich dachte ich nur ganz vorsichtig ein bisschen nach, doch die Gedanken wuchsen sich auf der Stelle zu kantigen Problemen aus. Wenn Alma sich verlief, würde sie dann vielleicht bis zur dänischen Grenze wandern, während die Fische verhungerten? Wenn Joachim nun verbreitete, dass die Firma Brodersen vor der Pleite stand – entweder, weil er es wirklich glaubte, oder, nachdem er rausgefunden hatte, dass es gar nicht stimmte, aus Bosheit – würde das Bertil und auch mir nicht im Endeffekt schaden? Würde die Polizei, um mich zum Gerichtstermin zu holen, weil ich Alexander Ewers verstümmelt hatte, nicht eventuell einstweilen Alma festnehmen, da sie ja womöglich wirklich von den Behörden gejagt wurde? Auch dann mussten meine Fische verhungern. Und was mochte es sein, was mein Arzt mir so dringend sagen wollte? Soweit ich mich erinnern konnte, hatte diese Praxis mich noch niemals nach einer Untersuchung angerufen. Es musste ziemlich schlimm um mich stehen …
Dann bemühte ich mich, meine Sorgen beiseite zu stopfen. Ich war nach Kanada geflüchtet, um sie loszuwerden. Es war ganz verfehlt, sie mitzunehmen und hier weiter daran herumzubrüten. Stattdessen begutachtete ich, was Tante Svea alles an Vorräten für mich gekauft hatte. Ich kam zu dem Schluss, dass ich mindestens einen Monat nichts einzukaufen hätte und trotzdem Partys geben konnte.
Bald darauf wurde die Morgendämmerung eingeschaltet, Moonbay wachte langsam auf, streckte sich und rieb sich die Augen. Zunächst hörte ich hin und wieder ein Auto herumfahren, dann ein mit Gelächter durchsetztes Gespräch auf der Straße, schließlich quiekende Kinderstimmen und zwei raufende Hunde. Die Sonne tauchte über den Dächern auf und ließ im Garten die Tautropfen in den Spinnweben glitzern. Ich packte gerade den Rest meiner Sachen

im Gästezimmer aus, als ich deutlich den Duft von Lavendel wahrnahm. Das kam aus der Richtung von Joshua Hendersons Garten, und als ich nachschaute, bemerkte ich die bläulichen Büschel überall. Joshua schien Lavendel mindestens genauso zu lieben wie ich.

Ich wollte den Geschirrspüler nicht extra für mein bisschen Frühstücksgeschirr anwerfen, spülte gerade mit der Hand ab und blickte aus dem Fenster, als ich auf der gegenüberliegenden Veranda (nicht der von Josh, sondern der vom Haus auf der anderen Seite) ein Gebiss bemerkte, das mich wild anfunkelte. Rings um dieses mächtige weiße Gebiss herum war ein wenig zierliche Greisin angeordnet. Die Gebissbesitzerin schüttelte ein Staubtuch aus, winkte mir zu, rief: »Hi, my dear!« und verschwand wieder im Haus.

Inzwischen war es in Kanada acht Uhr – immer noch etwas zu früh, fand ich, um Joshua herauszuklingeln. Ich wollte in Tante Sveas Garten herumspazieren und bemerkte bei dieser Gelegenheit, dass die Glastür zur Küchenveranda nicht abgeschlossen gewesen war. Das musste die Tante vor ihrer Abreise vergessen haben. Von der Küchenveranda führten ein paar Holzstufen hinunter zwischen Obstbäume, Beerenbüsche, etliche Rabatten und den Versuch eines deutschen Steingartens. Lavendel wuchs nirgends. Andererseits sollte der Lavendel aus dem Garten von Nachbar Josh reichen, um alle Insekten dieses Blocks zur Emigration zu bewegen.

Zurück im Haus, bemühte ich mich, die Glasschiebetür irgendwie zu verriegeln oder zu verschließen. Ich fand allerdings keine entsprechende Vorrichtung. Ich beschloss, Joshua bei nächster Gelegenheit danach zu fragen und solange auf Tante Sveas tüchtigen Haus-Schutzengel zu vertrauen, der ja bisher alles im Griff zu haben schien.

So traute ich mich denn auch, trotz der unverschlossenen

Küchentür, ein wenig in der kleinen Stadt herumzulaufen. Moonbay ist, auf seine bescheidene Art, eine Hafenstadt und ausgesprochen anmutig und idyllisch. Etliche Straßen führen in die Bucht hinunter und geben Einblick auf den dunkelblauen See, der an diesem warmen, aber windigen Morgen wie ein Meer wirkte, zumal Möwen darüber kreisten.
Mir fiel auf, wie viele Menschen hier lächelten. Sie lächelten vor sich hin, sie lächelten sich an, und ihr Lächeln verbreiterte sich noch, sobald sie miteinander sprachen. Einige Männer und Frauen, an denen ich auf der Straße vorbeiging, nickten mir sogar zu. Lächelnd.
Und ein paar von ihnen sagten doch tatsächlich, wie die kleine Greisin aus dem Nachbarhaus, »Hi!« zu mir.
Ich machte versuchsweise ›cheese‹ in eine Fensterscheibe. Tatsächlich, ich sah bereits viel kanadischer aus.
In Norddeutschland – möglicherweise in ganz Deutschland – ist es verpönt, sich gegenseitig grundlos anzulächeln. Es mag ja sein, dass ein Lächeln in den meisten Fällen jedes Gesicht verschönt, doch so eitel sind wir nicht, dass wir darauf Wert legen. Wir sind auch viel zu ehrlich, um so zu tun, als hätten wir gute Laune. Und falls wir tatsächlich gute Laune haben, lächeln wir trotzdem nicht, da keiner wissen kann, dass es diesmal unserer wirklichen Gemütsverfassung entspricht – sie würden vielmehr denken, wir lächeln, weil wir verlogen sind. Und verlogen sind wir nun mal nicht.
Mir war, nachdem ich aus Hamburg nach Pottschrapels gezogen war, ein wesentlicher Unterschied der Bevölkerung in Bezug auf das öffentliche Lächeln aufgefallen. Wenn man in Hamburg jemand Unbekannten anstrahlte, dann fing man einen kühlen Blick, der einmal schnell die Figur des Lächelnden ab und auf fuhr, bevor der Angelächelte sich beleidigt umdrehte.

In Pottschrapels war das anders. Lächelte man dort einen fremden Menschen an, dann riss derjenige überrascht die Augen auf, lächelte zwar nicht zurück, grüßte jedoch hastig – und man sah an seinen ratlosen Augen, dass er im Weitergehen darüber nachgrübelte, woher zum Kuckuck er die lächelnde Person kannte.

Ich will damit um Himmels willen nicht sagen, dass ich gewohnheitsmäßig fremde Leute anlächle! In den meisten Fällen gehe ich natürlich genauso verbiestert und sauertöpfisch umher, wie es sich gehört – gerade ich. Aber hin und wieder, wenn etwas besonders Nettes passiert ist, wenn ich mich innerlich über etwas freue, dann kann es mir passieren, dass sich aus Versehen und unwillkürlich meine Mundwinkel im falschen Augenblick heben. Daher meine Erfahrungen mit den Resultaten.

Mir ist natürlich klar, wie verächtlich die Angewohnheit der Amerikaner ist, ständig zu grinsen. Und wenn auch die Kanadier nicht zu den Vereinigten Staaten gehören, scheinen sie doch so weit vom Kontinent infiziert zu sein, dass sie diese Angewohnheit teilen. Ich weiß selbstverständlich, dass Kommerzdenken und Geschäftemacherei dahinter steckt, sie wollen alle etwas verkaufen, notfalls nur die Überzeugung, dass es ihnen gut geht oder dass sie sich wohl fühlen. Ich wollte mich davon keineswegs korrumpieren lassen – und trotzdem konnte ich nicht verhindern, dass so viele freundliche Gesichter mich in angenehme Stimmung brachten. Woran man deutlich merken konnte, wie manipulativ sich so was auswirkt. Ich nahm mir vor, es für diesmal einfach zu genießen – schließlich hatte ich Urlaub –, eventuell sogar ein wenig sonnig zu reagieren und im Übrigen stolz darauf zu sein, einem aufrichtigeren Volk anzugehören.

Als ich zurückkam, putzte die alte Dame mit dem großen Gebiss im rechten Haus, in einem Schaukelstuhl auf der Veranda wippend, Gemüse, strahlte mich wieder an und rief erneut laut und herzlich: »Hi!«
Ich reagierte, nach meinen vorherigen Überlegungen, leutselig, nickte ihr zu und schenkte ihr ein ›cheese‹, bevor ich Tante Sveas Haus betrat. Hier duftete es nach frisch gebackenem Kuchen. Ich hielt das für einen Irrtum. Um mir selbst diesen Irrtum zu bestätigen, marschierte ich in die Küche.
Ich sah sofort zweierlei: Die gläserne Küchentür stand um ein Viertel offen (nur gut, dass auch sie durch eine selbst zuklappende Fliegengittertür geschützt wurde), und mitten auf dem Küchentisch thronte ein runder, goldbraun-knusperiger Kuchen mit einigen verschmitzt blinzelnden Luftlöchern in der oberen Kruste. Er duftete in der Tat, er war sogar noch warm.
Wie kam der Kuchen in Tante Sveas Küche? Oder vielmehr (da er natürlich durch die nicht geschlossene Verandatür gekommen sein musste), von wem kam er??
Auf jeden Fall schien klar, dass er für mich zu sein schien, beziehungsweise, falls der Spender nichts von Tante Sveas Reise wusste, für sie. Warum sonst sollte man ihn hier abgestellt haben?
Ich brach nachdenklich ein Stückchen der Kruste ab und kostete. Der Kuchen war mit Zimtäpfeln gefüllt und ungewöhnlich lecker. Ich holte mir einen Teller und Besteck, setzte mich an den Tisch und gönnte mir ein ausführliches zweites Frühstück.

Im 10. Kapitel
wird alles immer absurder

Bevor ich an diesem Tag Joshua Henderson besuchen konnte, besuchte er mich.

Er hielt mir einen gigantischen Strauß aus dunkelroten und violetten Astern plus weißer Rosen unter die Nase. Die Blumen wurden umrahmt von einer dicken Lage blühenden Lavendels und waren zusammengebunden mit einem schwarzen Samtband.

Ich kaute noch am Kuchen. »Oh, danke, Joshua! Sag mal, ist der wunderbare Apfelkuchen auch von dir?« (Denn da wir uns beim Vornamen ansprachen, kam es mir so vor, als ob wir du zueinander sagen würden.)

Joshua gestand, ein exzellenter Koch, aber ein miserabler Bäcker zu sein. Er beäugte den verschmitzten Kuchen von allen Seiten und entschied: »Sehr wahrscheinlich ist er von Miss Dottie. Ich muss sagen, er sieht ihr sogar ähnlich.«

Ich erfuhr, Miss Dottie sei die gut gelaunte Gebissträgerin zur Rechten.

»Vielleicht wollte sie den Kuchen meiner Tante geben? Vielleicht hatten sie das irgendwie abgemacht …?«, rätselte ich.

Bevor ich vermuten konnte, dass Miss Dottie meiner Tante den Kuchen vielleicht schuldig gewesen sei, sagte Joshua: »Das ist ein Willkommen für dich, Kirstin.«

Ach so.

Er ließ sich gern zu einem Tässchen Kaffee und einigen

Stücken Zimtkuchen einladen. Ich warf die Kaffeemaschine noch einmal an.
»Ich habe versucht, die Küchentür zum Garten hin zu verschließen und konnte nicht herausbekommen, wie das geht«, klagte ich Joshua.
»Es geht überhaupt nicht«, erklärte er.
»Nicht? Aber man muss ein Haus doch abschließen können!«, fand ich erstaunt.
»Wozu? Wenn du es abschließen könntest, könnte man dir keinen Willkommens-Kuchen hinstellen«, wandte Josh ein. Da hatte er natürlich Recht.
Ich stellte den Strauß in eine Vase auf den Tisch. Die Astern strömten ein etwas bitteres, schwermütiges Aroma aus und schienen bereits von Herbst und Abschied zu erzählen, die weißen Rosen sahen schön aus, doch sie dufteten nicht, sie blieben gewissermaßen stumm. Der Duft des Lavendels hatte sich bereits im ganzen Zimmer ausgebreitet und predigte energisch von Zuversicht und Vertrauen.
Ich erzählte Joshua, wie angenehm es mich berührte, dass sein Garten von Lavendel überquoll, genau wie meiner zu Hause.
»Oh, ich hatte eine Gefährtin, die liebte diese Pflanze. Sie war eine Lavendelfrau.« Das englische Wort klang schön und geheimnisvoll: Lavender woman.
»Was ist eine Lavendelfrau?«
Joshua jagte ein Stückchen Zimtapfel quer über seinen Teller. »Sie hatte gerade Linien in ihrem Gemüt, keine krummen. Sie tat das, was sie für richtig und vernünftig erkannt hatte – und nicht das, was aus ihrem Inneren quoll und verlangte, getan zu werden, wie bei anderen Menschen. Wo sie war, da ordnete sich alles und wurde sauber und klar …«
»Wie bei Mary Poppins?«, fragte ich. Ich weiß nicht, warum

mir in letzter Zeit dauernd Kinderbücher in den Sinn kamen.
Joshua äußerte sich nicht zu Mary Poppins, griff aber den Namen auf: »Man sagt, die Rose sei die Blume der Mutter Gottes. Ich glaube das nicht. Die Rose ist schön, nur schön, weiter nichts. Lavendel ist tatkräftig und hilfreich. *Das* ist die Blume von Maria.« Und nach einer längeren Pause: »Meine Lavendelfrau hieß Mary.«
Ich wusste nicht recht, ob ich ihm einfach kondolieren oder ihn bitten sollte, mir diese offenbar traurige Liebesgeschichte zu erzählen. Joshua seufzte einmal schwer und fragte mich dann, ob ich verheiratet sei.
»Nein, geschieden.«
»Ah – kein neuer Mann in Sicht?«
»Da war einer. Das ist gerade kaputtgegangen.«
»Und irgendein ganz neuer? Die Welt ist voller Männer. Das Leben ist zu kurz, um einsam zu sein. Ha, das sage ich!«, fuhr er fort. »Und ich lebe seit Jahrzehnten einsam. Aber das ist etwas anderes. Ich bin ein alter, verrückter Kerl, mit mir will niemand zusammen sein. Du bist eine schöne junge Frau, du hast kein Problem damit, einen neuen Liebsten zu finden. Alle jungen Männer, die dich sehen, müssen auf dumme Gedanken kommen …«
Ich verzichtete darauf, das mit der ›schönen jungen Frau‹ richtig zu stellen und erzählte ihm, um ihn etwas aufzumuntern, auf was für dumme Gedanken der letzte ›junge Mann‹ gekommen war, der mich sah: Jürgen Marquart und sein Angebot eines Quickies.
Wie ich gehofft hatte, brachte das Joshua sehr zum Lachen – oder vielmehr zu einem herzlichen, leisen Fauchen.
»Aber er hat es gar nicht ernst gemeint. Er wollte nur absurden«, fügte ich hinzu.

»Was wollte er?«
Ich erklärte Josh die Technik des Absurdens zum Kontrollmauer-Niederbrechen. Er fand die Idee großartig: »Oh, ich möchte auch absurden! Das gefällt mir!«
Genau jetzt hatten zwei kleine, blasse junge Männer in dunklen Anzügen mit blauen Krawatten das Pech, an meine oder vielmehr Tante Sveas Tür zu klopfen. Sie lächelten breiter und strahlender als alle Menschen, die ich bisher in Kanada gesehen hatte (und das will etwas heißen!). Ich verstand nicht genau, ob sie zu den Zeugen Jehovas, zu den Mormonen oder zu einer anderen Gemeinschaft gehörten. Auf jeden Fall machten sie uns mit ihrer Absicht vertraut, mit uns über den Herrn zu sprechen.
»Das ist wundervoll!«, rief Joshua. »Kommen Sie herein, kommen Sie herein, wir saßen hier und sehnten uns nach jemandem, mit dem wir über den Herrn sprechen können!«
Die beiden Jünglinge wechselten kurz einen etwas erstaunten Blick, ließen sich jedoch tapfer von Joshua aufs Sofa ziehen. Ich stellte ihnen Teller mit Apfelkuchen hin und füllte erneut die Kaffeemaschine.
»Nun, der Herr …«, begann der eine der beiden Missionare, aber Joshua, der mit gekrauster Nase aufgeregt auf dem Teppich umherwanderte, unterbrach ihn: »Zunächst möchten wir wissen, weshalb der Herr die ägyptischen Babys hat sterben lassen, damals, bei der Sache mit Moses. War das nicht ein wenig ungerecht? Was hatten die kleinen Ägypter verbrochen? Was hatten die ägyptischen Mütter verbrochen?«
Nach einem ausführlichen Räuspern fing der Jüngling noch einmal an: »Nun, der Herr hat –«
Joshua fuhr sofort wieder dazwischen: »Und dann interes-

siert uns, weshalb der Herr Abraham niemals ins Gewissen redete, wenn er wieder mal aus Feigheit seine Frau Sara behaupten ließ, sie sei nicht seine Frau, sondern seine Schwester, worauf irgendein Pharao oder König sie zu sich ins Bett holte – obwohl das zumindest bei König Abimelech seltsam genug anmutet, denn Sara war damals ja schon so um die neunzig ...«

»Also, was Abraham angeht ...«, begann der zweite junge Mann.

Er kam nicht weiter, Joshua redete drauflos: »Außerdem können Sie mir bestimmt erklären, weshalb der Herr sich von Satan aufreizen ließ, Hiob ohne Grund zu verderben? Er ließ sich von Satan aufreizen, so steht es in der Schrift. Ist das nicht ein bisschen ungöttlich, alles in allem?«

»Essen Sie doch Ihren Kuchen!«, sagte ich, denn die Jünglinge hielten immer nur verwirrt – wenn auch mit freundlichen Mienen – ihre Gabeln in die Luft.

»Hiob ...«, begann der eine, und der andere gleichzeitig: »Satan will uns alle versuchen ...«

»Natürlich, natürlich! Jedoch auch den Herrn persönlich? Als Wettpartner? Sagen Sie, sind Sie eigentlich glücklich? Sind Sie wirklich, wirklich zufrieden?«

»Ochch!«, sagte die Kaffeemaschine.

Die beiden Missionare blickten Joshua unsicher an. Ihr Lächeln verlor ein wenig an Farbkraft. »Wir leben im Herrn, und der Herr ...«

»Für den Moment mag das trösten. Solange Sie weder zu den Ägyptern noch zu Hiobs Familie gehören ... Doch wer weiß, was für eine Wette Satan sich fürs nächste Mal aussucht? Sehen Sie, wir ...«, Joshua wies auf mich und sich selbst, » ...wir gehören zu den Seifenblasenjüngern und wir sind stets heiter und froh.«

Die beiden Missionare schwiegen. Sie lächelten nur noch mit geschlossenem Mund und etwas kraftlos.
»Heiter und froh! Sie mögen denken, die Seifenblase sei etwas Frivoles oder Oberflächliches? O nein, sie symbolisiert nur Leichtigkeit, das Schwebende und das Saubere. Wir bringen Sauberkeit und Leichtigkeit in die Welt. Noch sind wir von geringer Zahl, doch unsere Anhängerschaft wächst. Wollen Sie nicht auch zu unserer Gemeinde gehören? Der Beitrag ist nicht besonders hoch …«
Wieder wechselten die beiden jungen Männer einen schnellen Blick, dann standen sie auf und bewegten sich zur Tür.
Joshua folgte ihnen. »Genauer gesagt orientiert sich der Beitrag an der persönlichen Einkommensgrenze …«
»Wo wollen Sie hin? Der Kaffee ist gerade fertig!«, rief ich.
»Ich gebe Ihnen schnell noch unsere Kontonummern …«, bot Joshua an, während er den Flüchtenden gleichzeitig hilfsbereit die Tür aufhielt. Sie verließen sehr schnell das Haus und stiegen auf der Straße in ein großes dunkles Auto, um gleich davon zu fahren.
»Sie machen Feierabend für heute«, stellte Joshua fest. »Was für ein Jammer! Bei Dottie hätten sie bestimmt auch Kuchen gekriegt, und die hätte ihnen sogar zugehört, anstatt sie zu absurden …«
»Woher kennst du dich so gut in der Bibel aus?«, fragte ich bewundernd.
»Ich war Religionslehrer, unter anderem«, erklärte er. Wir tranken unserseits die neue Kaffeeladung und verspeisten dazu den Rest des Kuchens. Joshua streckte sich in einem Sessel und freute sich auf alle Leute, die er in Zukunft absurden würde: »Den Zeitschriftenwerbern werde ich auf dem Spinett aus meinen eigenen Kompositionen vorspielen und um ihre Meinung dazu bitten … mal sehen, wie lange sie das

aushalten. Wenn die Gemeindeschwester wieder kommt, um einen dünnen alten Mann wie mich zum Blutspenden zu überreden, werde ich ihren Knoten lösen und sie völlig anders frisieren. Ich werde ihr die Vorzüge einer flotten Kurzhaarfrisur schildern. Vielleicht schneide ich ihr Haar einfach ab …«

»Bitte nicht!«, rief ich. Ich dachte an Alexanders Wimpern. Allerdings hätte Jürgen Marquart, der Absurden-Experte, das Frisurstutzen an einer Gemeindeschwester wahrscheinlich unter ›Meisterklasse‹ eingestuft.

»Sie werden dich alle für verrückt halten, Joshua!«

Er lachte fauchend. »Das tun sie sowieso schon. Crazy-Josh. In Zukunft werden sie sich nur besser überlegen, ob sie mich mit ihren Ansprüchen belästigen sollten. Das ist ein kluger Mann, dein Quickie-Angebot aus dem Flugzeug. Wird er dich hier besuchen?«

»Oh, nein, nein. Ich glaube nicht, dass wir uns jemals wieder sehen …«

»Wie schade, wie schade! Warum nicht? Bist du ihm weggelaufen?« Joshua legte den Kopf schief und schaute mich listig an, seine kleine Nase völlig kraus gezogen.

»Wie kommst du darauf? Wir haben uns einfach nicht verabredet.«

»Ah, ich weiß es. Gib es zu. Du bist ihm weggelaufen. Weshalb?«

Ich begann, den Tisch abzuräumen. Die beiden Kuchenstücke für die gestrandeten Missionare stellte ich zugedeckt in den Kühlschrank. »Ich muss mich bei Miss Dottie bedanken, Joshua.«

»Warum bist du ihm weggelaufen?« Joshua blieb dabei, unverändert schelmisch. Du lieber Himmel, hatte er denn gar kein Taktgefühl?

»Ich erzähl es dir ein anderes Mal«, murmelte ich.
»Okay, okay. Ein anderes Mal. Ich werde dich fragen. Möchtest du meinen Garten sehen?«
Das interessierte mich allerdings sehr. Joshua zeigte stolz alle Stauden und Büsche und warnte mich vor dem Poison-Ivy, dem Gift-Efeu, der dicht am Haus hinter dem Gebüsch im Schatten wuchs: »Es schmerzt, wenn die Haut damit in Berührung kommt.« Er summte ein altes Lied, in dem die giftige Schmarotzer-Pflanze mit einer Frau verglichen wird, die nur schadet und nicht loslässt. ›Poison-Ivy‹, ein anderer Name für Verena.
Gleich darauf flatterte irgendein erschreckend großes Insekt an mir vorbei, huschte zu einem hängenden Topf mit bunten Blumen, der unter Joshuas Veranda hing, und stöberte dort in den Blütenkelchen herum.
»Was war das denn? Eine Gigantenhummel?«
»Ein Kolibri«, behauptete Joshua. Ich schenkte ihm einen ungläubigen Blick. Wollte er mich absurden?
»Kolibris leben doch in den Tropen! Die fliegen unter Palmen und zwischen Hula-Mädchen rum. Was soll so ein zartes Vögelchen hier im hohen Norden, bei Bären und Wölfen und einem halben Jahr Winter und Schnee?«
»Hier ist es im Sommer oft sehr, sehr heiß, Kirstin.« Joshua schlich vorsichtig auf den flatternden Punkt zu und winkte mir auch, näher zu kommen. Jetzt sah ich das Köpfchen, den langen, dünnen Schnabel, den der Kolibri geschickt in jede Blüte einrüsselte. Seine Flügel sausten die ganze Zeit umher wie zwei Hubschrauberpropeller und ermöglichten ihm, still in der Luft zu stehen oder sich einige Zentimeter nach oben oder unten oder sogar rückwärts zu bewegen. So ähnlich machte es Günther, unser Kugelfisch, übrigens auch mit seinen kleinen Propellerflossen.

Ein zweiter Kolibri kam angeflattert und vertiefte sich zusammen mit dem ersten in die Hängeblumen. Dann erschreckte sie irgendein Geräusch, sie huschten davon.
»Kolibris in Kanada!«, sagte ich überwältigt. Josh nickte stolz.

Anschließend kletterte ich die Holzstufen zu Miss Dotties Veranda hinauf und klopfte an ihre Tür. »Guten Tag, Miss Dottie, ich bin Kerstin, die Nichte von Svea. Ich wollte mich für den wunderbaren Apfelkuchen bedanken …«
Miss Dotties Gebiss funkelte mich an wie eine Gletscherwand. »Komm herein, Kind, setz dich, möchtest du etwas trinken, hä? Doch, natürlich möchtest du, probier diesen Saft, den habe ich im letzten Sommer selber bereitet …«
Ihr Gebiss machte kleine klickende Geräusche.
Ich nippte gehorsam am Saft, obwohl ich nach all dem Kaffee allmählich das Gefühl bekam zu ertrinken.
»Löse dein Haar auf, mein Liebes«, verlangte die alte Dame gleich darauf. Ich dachte an die blutdürstige Gemeindeschwester, der Joshua auch an den Dutt wollte, zog den großen Schildpattkamm heraus und schüttelte mein Haar aus.
»Nun, Gott ist mein Zeuge, du schaust genau wie Svea aus, nur jünger!«, stellte Miss Dottie fest, nachdem sie mein Gesicht mit ihren scharfen kleinen Vogelaugen studiert hatte.
Ich lächelte – cheese! – und sagte nichts. Tante Svea war die jüngere Schwester meiner Mutter und sah ihr ähnlich. Ich wiederum sah meiner Mutter ähnlich. Das wäre dazu zu sagen gewesen. Aber ich sprach nicht über meine Mutter.
»Wie lange wirst du hier bleiben, hä?«
Ich erklärte, dass ich genau einen Monat bleiben wollte und dass mir Kanada bisher sehr gut gefalle.

»Warst du schon am See?« Und als ich den Kopf schüttelte: »Joshua Henderson muss dich hinbringen, Kind. Josh muss dir zeigen, wo Sveas Cottage liegt. Wir haben noch so verdammt viel Hitze und Sonne – ein junges Mädchen will doch immer in der Sonne liegen und braun werden. Es wird dir Vergnügen bereiten, im See zu schwimmen. Hast du Freude am Reiten? Es gibt viele Reitställe hier herum …«

Wenn man, wie Miss Dottie, über achtzig war (oder über neunzig?), dann kam einem eine Frau von vierzig also wie ein junges Mädchen vor.

»Du hast doch hoffentlich einen Badeanzug mitgenommen, hä?«

»Natürlich«, behauptete ich. Denn ich sah inzwischen ein, dass ich nicht drum herum kommen würde, mir mindestens einen zu kaufen. Oder zwei.

Einige Stunden später fuhr die kleine Gemeinde der Seifenblasenjünger – also Joshua Henderson und ich – in zwei Autos hintereinander durch die sonnige Gegend. Josh meinte nämlich, anstatt mir die Strecke zu erklären, würde er sie mir lieber zeigen. Andererseits erwartete er am Nachmittag ein Telefongespräch von einem alten Freund und konnte deshalb nicht mit mir zusammen am See bleiben.

Zunächst lotste er mich zu den Einkaufszentren (korrekt hießen sie Shopping-Center, volkstümlich Mall), die sonderbar großstädtisch vor Moonbay in der Landschaft herumstanden. Hier hätte ich die besten Chancen, mir den lebenswichtigen Badeanzug zu kaufen.

Joshua zeigte das Warenhaus am Ende des einen Zentrums und zwei kleinere Modeläden gleich daneben. Dann setzte er sich mittendrin an eins der vielen Imbiss-Tischchen, um in Ruhe ein Gingerale zu trinken.

Ich kaufte einen schwarzen und einen goldbraun gemusterten Badeanzug (beide hübsch und überraschend preiswert), kam an einem Paar weißer Sandalen nicht vorbei, besorgte noch einige große Einsteckkämme und beeilte mich dann sehr, endlich zu Joshua zurückzukommen.
Auf dem Weg zu der Imbiss-Insel blickte ich zufällig in das Schaufenster eines kleinen Geschäftes: *PATTIE'S INDIAN HANDICRAFT SHOP*, in dem es Schmuck aus winzigen bunten Perlen gab und bestickte Mokassins, Traumfänger jeder Größe, gewebte Tücher, alles ganz ungewöhnlich geschmackvoll und in bildschönen Farben.
Nur ein ganz kurzer Blick, sagte ich mir, und bog in den Laden ein. Im Hintergrund sang Buffy St. Mary. Die Verkäuferin oder Besitzerin – Pattie? – saß in einer Ecke. Man musste nicht lange grübeln, zu welcher Rasse sie gehörte. Sie trug ein blaues Kleid, in das eckige goldene und grüne Adler eingewebt waren, und weiße, perlenbestickte Mokassins. In ihren Ohren baumelten Gehänge aus Federn und Glasperlen. Groß schien die Frau und üppig, ihre Haut olivbraun, ihr Haar schwarz und glänzend, in zwei Zöpfe geflochten und nach vorn über die Schultern gelegt. Das Einzige, was den perfekten Eindruck einer Sonderklasse-Squaw zunichte machte, war ihre silbergerahmte Brille. Als ich eintrat, drehte sie mir das Gesicht zu: breite Wangenknochen, mandelförmige dunkle Augen und ein geheimnisvolles Lächeln. Eine Frau um die vierzig – wie ich.
»O mein Gott! Genau auf dich hab ich gewartet«, sagte sie lebhaft, sprang auf und ging auf mich zu. War das ihr Standardspruch jedem eintretenden Kunden gegenüber? Ich murmelte die Floskel, mich nur mal umschauen zu wollen, und begann, bunte Perlenohrringe zu probieren. Ich sah bald, dass ich hier die gesamten Mitbringsel für Verwandt-

schaft und Bekanntschaft besorgen konnte. Pattie – falls sie das war – reichte mir verschiedene Ohrringe zu und half, sie in meinen Ohren zu befestigen.
»Du kommst von weit her«, bemerkte sie. Das konnte man natürlich meinem Akzent anhören. »Ich hab von dir geträumt, ob du's glaubst oder nicht. Manchmal hab ich so was. Du kamst angeflogen, aber deine Schwinge war versteinert. Die musst du irgendwie aufweichen, weißt du?«
Ich fragte mich, ob sie einfach ein wenig krank im Kopf war oder ob sie glaubte, Touristen erwarteten so ein Getue.
»Wo kommst du her? Dutch? German?«
»Ich bin aus Deutschland«, gab ich zu und fingerte verlegen in Halsketten herum, die mich gar nicht interessierten. Eine gefiel mir allerdings, weil sie lavendelblaue Federn, Perlen und Lederbänder besaß. Dann entdeckte ich, dass Pattie noch mehr im Angebot hatte: esoterische Literatur, Traumbücher, Astrologie und Tarotkarten.
»Wo wohnst du hier?«, fragte Pattie.
»Bei Verwandten. Im Haus meiner Tante.«
»Wie heißt deine Tante?«
Teilweise, dachte ich, sind diese Kanadier ganz schön unverfroren. Oder nur die Indianer? Ich dachte immer, die sind würdevoll und schweigsam und zurückhaltend. Vielleicht hatte ich die falschen Jugendbücher gelesen.
»Lawrenz. Meine Tante heißt Lawrenz.«
Sie lächelte. »Svea Lawrenz?«
»Ja!« Ich staunte. Diese Welt war klein, bei aller Größe.
»Die kauft hin und wieder bei mir. Wir haben mal hier in der Mall zusammen Tee getrunken. Und ich bin ihr am Strand begegnet. Sie hat ihr Cottage am Ossossane Beach, nicht? Oder nein, warte, Sunset Beach. Das Cottage mit dem Zaun rundherum. Wie ist dein Name, Schwestertochter von Svea?«

Ihre Trefferquote war beachtlich. Ich hätte schließlich ebenso gut Brudertochter sein können.
»Kerstin.«
Sie wiederholte meinen Namen, und sie sagte nicht Kirstin wie Joshua und Dottie, sondern »Care-stein«. Das war zwar ein Missverständnis, es klang jedoch ziemlich korrekt. (Ich suchte es mir später aus dem Dictionary zusammen: care, gesprochen kehr, bedeutete natürlich sich kümmern, versorgen, pflegen. Und stein, gesprochen stien, war ein deutscher Bierkrug! Ein Napf voller Pflichtbewusstsein, welch passender Name für mich.)
»Bleibst du lange, Carestein?«
Meinte sie in Kanada oder in ihrem Laden? Ich wollte vor allem endlich zurück zu dem wartenden Joshua, und das teilte ich ihr auch mit, ohne weitere Termine zu nennen.
Pattie drückte mir ihre Karte in die Hand: »Ruf mich an, jederzeit, ich freue mich!«, ließ mich die Baumelohrringe bezahlen und schenkte mir, ob ich wollte oder nicht, die lavendelblaue Halskette.
Dann rannte ich mit allen meinen Tüten zum armen Joshua. Er sah sehr erstaunt auf, las gerade eine Zeitung, trank sein zweites Gingerale und hatte mich noch gar nicht erwartet. Wenn Frauen einkaufen, meinte er, dann dauere das eben. Darauf hätte er sich eingestellt. Hatte ich alles bekommen? Wollte ich nicht auch noch etwas trinken? Na, dann könnten wir ja zum See fahren.

Eigentlich kann man nicht sagen, dass wir ›zum See‹ fuhren, denn der See war allgegenwärtig, schwappte bei Moonbay in die Bucht, glitzerte überall am Horizont, drängelte sich um begrünte, sandige und steinige Landzungen herum und hatte den ganzen Umkreis fest im Griff.

Tante Sveas Cottage stand direkt am Strand, am Sunset Beach. Vor dem Haus gab es einen Carport, den Joshua mir überließ, er parkte daneben am Straßenrand. Wie Pattie erwähnte, hatte meine Tante einen Holzzaun rund um ihr Grundstück errichtet. Das schien sensationell zu sein, denn keins der anderen Grundstücke war eingezäunt. Wir gingen um das Haus herum gleich zum Strand, und ich blieb überwältigt und bezaubert stehen.
Richtig, ich hatte den See bereits kennen gelernt, er war mir gewissermaßen offiziell vorgestellt worden. Hier nun öffnete er seine Arme und zog mich an sein Herz. Hinter einigen mäßig hohen, mit irgendeinem Grünzeug bewachsenen Dünen gab es eine vielleicht sechs oder sieben Meter lange Strecke von sehr feinem, weichem, grauweißem Sand ohne irgendwelche Steine oder Muscheln, nur mit kleinen Zweiglein und Stöckchen dekoriert. Diesen Sand tätschelte der See mit gleichmäßigen, ruhigen Wellen, denn der starke Wind vom Morgen hatte sich beruhigt. Blau wölbte sich der Himmel, nur am Horizont zart umkräuselt von einigen Wölkchen, so wie Joshuas Schädel rund um den Halskragen wenige Löckchen trug. Blau, mit goldenen Reflexen, stippte das Wasser an diesen Horizont. Weiße und graubraune Möwen mit schwarzen Flügelspitzen schwebten über uns.
Ich schaute nach links und nach rechts. Mein Abflug in Hamburg hatte an einem Freitag stattgefunden. Das bedeutete schließlich, bei aller Zeitverschiebung, dass auch in Kanada Samstag war, Wochenende. Darüber hinaus stieg die Temperatur: Es mochten inzwischen an die sechsundzwanzig Grad sein oder mehr. Trotzdem sah ich keine schwitzenden braunen Völkerscharen. Keine Strandkörbe oder Sandburgen. Keine Kurtaxe-Häuschen, keine Zäune (außer um Tantes Cottage), keine Schilder. Nur einige Menschengrüpp-

chen hier und da, am Strand liegend, wenige Figuren auf Brettern mit bunten Segeln surfend, gelegentlich einen Menschen im Badedress mit kleinen Kindern an der Hand in den Wellen hopsend. Dazwischen viele, viele leere Stellen. Leere Stellen!!

»Wo sind die Menschen?«, fragte ich.

Joshua rieb ein wenig verlegen seine kleine Nase. »Du hast Recht, das ist natürlich gerade heute ein bisschen ungünstig«, brummelte er. »Wochenende und so heiß, da ballt es sich. Warte ab bis Montag – Montag ist Labour Day, da hören alle Ferien auf, die Hotels machen dicht und die Leute fahren nach Hause. Dann hast du den Strand ganz für dich.«

Ich starrte ihn verdutzt an. Er meinte das ernst. Er hatte offenbar den Eindruck, dass ich es hier als überfüllt empfand. Ich überlegte kurz, ob ich ihm die Zustände an europäischen Stränden schildern sollte, verzichtete aber darauf. Wozu? Ich würde bis zum Labour Day warten, dann hatte ich den Strand ganz für mich …

Wenn ich's richtig verstand, dann handelte es sich dabei um so etwas wie den ›Tag der Arbeit‹, so wie bei uns der 1. Mai, oder? Fanden Kundgebungen statt und Märsche?

Joshua amüsierte sich fauchend: »O nein. Alles ist ganz entspannt. Viele Läden bleiben geschlossen. Ein Tag zum Ausruhen …«

Wir stapften durch den Sand zurück zum Cottage, stiegen die Treppe hinauf und gingen über die Veranda, die ums ganze Haus führte, zur vorderen Eingangstür, die ich aufschloss. Im Haus war es kühl und angenehm. Ein großer Wohnraum, durch dessen Verandatüren der See hineinlächelte, so dicht, dass Wasserreflexe an der Zimmerdecke spielten. Vier karg bemessene und bescheiden möblierte Schlafzimmerchen, nur eins besaß einen Schrank, an der Wänden der anderen

gab es Kleiderhaken. Ein praktisches Duschbad. Eine reizende Küche – hübscher fast als Tante Sveas Küche in Moonbay. Diesen Kühlschrank hatte sie ebenfalls für mich gefüllt, ich entdeckte Hüttenkäse und Aufschnitt, im Brotkasten wartete ein ungeöffnetes Paket Toastbrot.
Alle Wände bestanden aus dunklem, unbearbeitetem Holz mit Astlöchern und herausstehenden Splittern. Über der Küchentür hing der ausgestopfte Kopf eines Elches und blickte mich aus Glasaugen sorgenvoll an.
Joshua nickte ihm zu: »Den hat Svea selbst erlegt.«
»Was?! Meine Tante jagt Elche?«
»Tja. Sie hat bei Schneetreiben Bekannte oben in Huntsville besucht. Da ist er ihr in den Jeep gelaufen. Aber er war schuld. Er hat die Vorfahrt missachtet.«
Joshua wollte wissen, ob ich trotz der ›Übervölkerung‹ des Strandes noch hier bleiben oder gleich mit ihm zurückfahren wollte. Ich entschied mich fürs Bleiben und brachte ihn zu seinem Wagen. Während wir uns verabschiedeten, kamen drei Reiter in einer Art unregelmäßigem Trab aus dem gegenüberliegenden Waldstück schräg über die Straße, zwei dünne Frauen und ein Mann mit wuchtigen Schultern. Alle drei saßen in tiefen Westernsätteln und hielten die Zügel nur in einer Hand. Die beiden Frauen wirkten auf mich wie Schwestern oder jedenfalls nahe Verwandte, beide blond, stark geschminkt und gleichermaßen hoch und quiekig lachend. Der Mann war brünett und finster, er schien die gute Laune der Blondinen nicht zu teilen. Ich sah ihn zuerst im Profil gegen den Himmel, eine stolz gebogene Nase und ein ausladendes Kinn, struppiges, achtlos gestutztes schwarzes Haar, im Nacken recht lang. Dann wandte er kurz den Kopf und blickte mich zufällig an, ausdruckslos. Gleich darauf bewegte er sein braun-weiß geschecktes Pferd allein mit den

Schenkeln beiseite, drehte das Tier – ebenfalls, ohne die Hand mit den Zügeln auch nur zu bewegen – und fetzte im Galopp ab. Es wirkte nicht übertrieben tierlieb, jedoch unendlich routiniert und sicher. Als sei das Pferd kein selbstständiges Lebewesen, sondern eine Maschine, die ihm gehorchte. Ich hatte Männer in dieser Weise schon Auto fahren, aber noch niemals reiten sehen. Die Blondinen quietschten überrascht und trieben ihre Tiere mit viel bemühtem Schenkeldruck und Zügelgeflatter hinterher.

Joshua nickte: »Die können mit Pferden umgehen, diese Indianer. Und wenn sie sonst nichts können – *das* können sie.«

Er zeigte mir vorsichtshalber noch einmal auf der Karte, wie ich wieder zurück nach Moonbay kam. Ich las interessiert die Namen der Orte ringsumher. ›Honey Harbour‹ und ›Paradise Point‹, das klang so liebevoll. Doch einige der Bezeichnungen für die verschiedenen Strandgebiete trugen fremd klingende Bezeichnungen: ›Wahnekewaning‹, ›Nottawaga‹. Und der nächste größere Ort neben Moonbay hieß ›Penetanguishene‹.

»Was bedeutet das, Joshua?«

Der kratzte sich zierlich mit einem Finger an seinem kahlen Schädel. »Der Teufel soll mich holen, ich weiß es nicht. Indianernamen natürlich. Ich vermute allerdings, dass die auch nicht mehr wissen, was es heißt. Die meisten von ihnen. Sie sind nicht sehr interessiert an der eigenen Kultur, glaube ich. Manchmal denke ich, sie interessieren sich für nichts. Ein verträumtes Volk. Aber ich rede so ins Blaue, Kirstin, es kann falsch sein. Ich kenne kaum Indianer, nicht wirklich. Sie halten sich sehr für sich.«

Er winkte mir zu und fuhr davon, ich ging zum Cottage zurück und nahm einen kleinen Imbiss zu mir, denn inzwischen war Miss Dotties Apfelkuchen etwas gerutscht.

Hinterher warf ich mich auf das Bett im hübschesten Schlafzimmer. In Kanada war es vier Uhr nachmittags, in Deutschland bereits wieder zehn Uhr abends, und mir fielen die Augen zu.
Zwei Stunden später fühlte ich mich ziemlich erfrischt, ausgeschlafen und unternehmungslustig. Sollte ich jetzt einen der Badeanzüge einweihen und in den See springen? Ich beschloss, lieber erst mal am Strand entlang zu wandern, krempelte die Hosenbeine hoch, band meine leichten schwarzen Leinenschuhe an den Senkeln zusammen und hängte sie mir um den Hals.
Als ich zum Wasser hinunterging, kam mir die Hitze noch ärger vor als mittags. Eine feuchte Hitze, in der man schwitzte, ohne sich zu bewegen. Seit Miss Dottie mich aufgefordert hatte, mein Haar zu lösen, hing es mir auf den Schultern herum.
Es schien fast, als seien seit dem Mittag bereits einige der Strandbesucher abgereist. Noch weniger Menschen als vorher. Hin und wieder kam ich an einigen vorbei, die auf bunten Handtüchern am Strand saßen, oder sie begegneten mir, weil sie entgegengesetzt am See entlang spazierten. Jedes Mal lächelten die Leute breit – auch die Kinder! – und meistens sagten sie »Hi!« oder »Hallo!«
Es gab kein einziges Hotel oder Restaurant an diesem Strand, nur private Cottages, die sich links und rechts neben dem von Tante Svea aufreihten wie eine dünne Perlenkette. Die Dünen waren unterschiedlich hoch und unterschiedlich dicht bewachsen. In den Gärten, die zu den Cottages gehörten, wuchsen meist Büsche oder Kiefern in verschiedener Dichte.
Ich war seit Ewigkeiten nicht barfuß gelaufen, und meine Füße freuten sich.

Der Strand änderte sich, während ich so ging. Plötzlich gab es doch Steine, sogar eine ganze Menge. Nach einer Weile wurden sie immer kleiner und feiner – und dann lief ich wieder nur über Sand.
Ich wunderte mich über orangefarbene, rosarote und manchmal sogar blutrote, breite Streifen, die immer mal wieder den feuchten Sand äderten. Was mochte das sein?
Weil die Kanadier so nett waren, fragte ich die nächste Person, die mir begegnete, eine rundliche, grauhaarige Dame, die offenbar mit ihren beiden Enkeln spazieren ging und so heiter grüßte wie alle anderen: »Ach bitte – was sind das für rote Adern hier im Boden?«
»Eisen!«, antwortete sie sofort bereitwillig. »Unser Boden ist stark eisenhaltig hier. Das Wasser auch. Was Sie da sehen, ist einfach Rost.«
Eisen. Mir fiel ein, dass ich ja Marskraft brauchte. Ich marschierte eine Weile auf den roten Streifen hin und her und stellte mir vor, wie das Eisen durch meine Fußsohlen drang und mein Blut anreicherte …

Nach und nach wurde es immer einsamer am Strand, denn die Sonne errötete mehr und mehr und schien sich bereitzumachen, demnächst in den Huron-See zu rutschen. Keine Surfer mehr, keine Badenden, keine Spaziergänger oder Sonnensitzer. Nur noch Möwen.
Ich liebe Möwen. Sie berühren mich heimatlich, überall wo ich ihnen begegne, denn sie gehören zur Elbemündung. Ich mag ihre fliegerische Eleganz, ihre Frechheit und ihr unmelodisches Schreien. Und ich füttere sie gern.
Ich weiß, dass es unvernünftig ist, Schwäne, Enten und Tauben zu füttern, außer vielleicht in extremen Wintern. Vermutlich ist es sogar in extremen Wintern unvernünftig, Möwen

zu füttern. Hier am See bekamen sie natürlich ausreichend Nahrung und sie sahen wirklich nicht unterernährt aus. Trotzdem … Nachdem ich mich vorsichtig umgeguckt hatte (vielleicht war das Möwenfüttern in Kanada strafbar, was wusste denn ich?), holte ich die paar Brotscheiben, die ich aus dem Cottage mitgenommen hatte, aus den großen Taschen meiner Bluse, brach sie in kleine Würfel und winkte den Möwen damit.

Es wirkte nicht so, als hätten die Möwen überhaupt keine Erfahrung mit Menschen, die sie füttern wollten. Sie begriffen auf der Stelle, worum es ging und ballten sich als kreischende Wolke über mir, bevor sie sich im Sand niederließen und die Brotwürfelchen aufpickten. Einige waren weiß mit schwarzen Kanten, andere braun gesprenkelt wie Perlhühner. Fast alle besaßen eine imponierende Größe und scharfe Schnäbel, die innen scharlachrot ausgeschlagen waren.

Ich setzte mich ebenfalls in den Sand und bemühte mich mit deutscher Gründlichkeit, sie möglichst gerecht zu füttern, keine zu viel und keine zu wenig.

Und dann fiel mir die weißschwarze Möwe mit dem abgespreizten Flügel auf, die im Hintergrund wartete, ob vielleicht aus Versehen ein Stück in ihre Richtung fiel, das die anderen nicht erwischten. Ich warf zwar Brotwürfelchen direkt vor ihren Schnabel, doch jedes Mal kam ein gesundes Tier angerannt oder angeflogen und schnappte ihr im letzten Augenblick das Häppchen weg. Diese Möwe, bemerkte ich nun, sah entschieden magerer aus als ihre Verwandten. Und das war ja kein Wunder.

Ich stand auf, sehr langsam und mit vorsichtigen Bewegungen, um mich auf die Möwe mit dem kaputten Flügel hinzubewegen. Die anderen wichen aus, sie aber nicht. Sie wartete ruhig, entweder ohne Angst – oder völlig resigniert.

Ich zerkleinerte ihr die letzte Brotscheibe und fütterte sie damit ganz alleine. Allerdings wagte ich zunächst nicht, sie ihr zum gefährlichen Schnabel zu führen, ich legte jedes Bröckchen dicht vor sie hin in den Sand und schlug nach den anderen Möwen, die anbrausten, um es sich zu holen.
Der große Vogel mit dem kranken Flügel schlang jedes Stück so hastig und gierig hinunter, dass er fast daran erstickte. Ich rutschte noch ein wenig näher – alle anderen Möwen zogen sich zurück, die verkrüppelte nicht. Sie trat sogar mit ihren roten Schwimmfüßen ein Stück auf mich zu – und dann noch ein Stück. Ihre dunklen, glänzenden Augen betrachteten mein Gesicht.
»Arme Möwe!«, sagte ich leise auf Deutsch. (Ich dachte, sie verstand wahrscheinlich weniger die Sprache als den Ton.) »Armer Vogel! Wie ist denn das nur passiert mit deinem Flügel?« Die Möwe kam noch ein Stück auf mich zu. Ich hatte kein Brot mehr, und um ihr das zu demonstrieren, hielt ich ihr meine leere Handfläche hin. Die Möwe machte noch zwei weitere Schritte, legte dann ihren gefiederten Kopf auf meine Hand und schloss die Augen. Ich streichelte ihr langsam mit der anderen Hand über Kopf und Rücken und sie hielt vollkommen still.
Das Unglück mit ihrer Schwinge musste bereits ein Weilchen her sein, denn die Stelle sah verheilt aus. Allerdings war sie eben so unglücklich zusammengeheilt, dass der Flügel steif geblieben war und sich nicht mehr zum Fliegen eignete. Sie konnte sich keine Fische mehr fangen, und auch bei allen anderen Futterquellen waren die anderen schneller. Sicher konnte sie nicht einmal mehr kämpfen. Das verurteilte sie zum Verhungern.
Wie war das bitte – was hatte die Indianerin Pattie noch von einem versteinerten Flügel gesagt?

Bevor ich richtig begriff, was ich tat, hob ich den Vogel hoch und richtete mich auf. Ich fühlte mich wieder einmal verantwortlich. Diese schöne Möwe hatte sich – wilder Vogel, der sie war – unendlich rührend in meine Obhut begeben, so viel war klar.
Und jetzt? Ich befand mich ungefähr zwei Stunden zu Fuß von Tante Sveas Cottage entfernt. (Allerdings würde ich, wenn ich nicht mehr am Strand, sondern oben auf der Straße entlang ging, sicher schneller zurück sein.) Selbst wenn die Möwe sich derart lange herumschleppen ließ – würde sie auch eine Autofahrt sanft und zahm mitmachen? Und würde Joshua wirklich begeistert sein von so einem Mitbringsel?
Die anderen Möwen standen zum Teil noch um uns herum, viele kreisten auch schon wieder über uns und verteilten sich über dem See, nachdem sie merkten, dass kein Futter mehr kam.
Hinter mir hörte ich gleichmäßig im Sand knirschende Schritte. Ich drehte mich langsam um (ich machte alles langsam, um meine Möwe nicht zu erschrecken) und sah einen großen, breiten Mann auf mich zukommen. Ich stellte mich ihm mit meinem neuen Freund in den Weg und wartete auf das begrüßende kanadische Lächeln und das freundliche Hi! Wenn ich ihm meine Möwe zeigte, fiel ihm womöglich ein, was zu tun war.
Der Mann blieb dicht vor mir stehen. Er lächelte keinen Millimeter. Über mir hing düster sein breites, dunkles Gesicht mit den hohen Wangenknochen, asiatisch geschlitzten Augen, einem vollen, fest geschlossenen Mund und schwerem Kinn.
Es war der imponierende Indianer, der mittags an Joshua und mir vorbeigeritten war.

Im 11. Kapitel
erfahren wir mehr über die Theorie der verschiedenen Welten

Ich hielt die Möwe vorsichtig ein kleines bisschen hoch. Sie flatterte kurz mit dem gesunden Flügel, blieb aber sonst ziemlich ruhig auf meinem Arm.

Der Indianer musterte uns ausdruckslos. Hätte ich ihm nicht direkt im Weg gestanden, wäre er bestimmt weitergegangen. Er sah nicht so aus, als ob er von sich aus Hilfe anbieten oder auch nur fragen würde, was los sei.

»Diese Möwe hat einen kranken Flügel. Also – sie muss sich verletzt haben, und es ist unglücklich wieder zusammengewachsen!«, brabbelte ich drauflos. »Jetzt kann sie nicht fliegen und sie ist schon ziemlich abgemagert ...«

Ich blickte erwartungsvoll zu dem Mann hoch. Er sah auf die Möwe und wieder auf mich und äußerte mit ungewöhnlich tiefer Stimme: »Und was kann *ich* jetzt für Sie tun, Lady?«

Die Bemerkung war ganz korrekt und höflich. Seine Betonung allerdings machte deutlich, dass ihm sowohl Möwen als auch fremde Frauen auf die Nerven gingen und dass er wünschte, er hätte einen anderen Weg genommen. Lady bedeutete ja wohl so was wie ›meine Dame‹, aber er sprach es aus wie ein Schimpfwort. Nicht wie einen Kraftausdruck, wohlgemerkt, nur wie ein kleines, müdes Schimpfwort, etwa ›Dummchen‹.

Arroganter Idiot, dachte ich. Vielleicht versuchen wir's mal mit ein bisschen Absurden! Ich lächelte sehr kanadisch, als

hätte er mir gerade tiefe Anteilnahme gespendet: »Oh, das ist aber wirklich nett von Ihnen. Könnten Sie uns bitte zu einem Tierarzt bringen?«
»Tierarzt?!«, wiederholte er. »Hören Sie, Lady, Tierärzte in dieser Gegend behandeln grundsätzlich keine Wildtiere. Ich glaube, sie sind sogar gesetzlich nicht dazu berechtigt. Was soll das auch? Wollen Sie die Möwe in einem Käfig halten? Wenn sie kaputt ist, dann geht sie ein. So ist das eben.«
Er machte eine Bewegung, als wollte er um mich herum- und weitergehen. In diesem Augenblick legte meine Möwe ihren Kopf etwas höher auf meinen Arm und schlug die glänzenden Augen auf.
Das schien ihn zu beeindrucken. Er schüttelte zwar zu dem, was seine innere Stimme ihm sagen mochte, den Kopf, seufzte dann jedoch und zeigte in die Dämmerung: »Da oben steht mein Wagen. Ich fahre Sie zu der Tierklinik in Tinyvale. Aber versprechen Sie sich nicht zu viel davon. Die sind nicht sentimental dort, das sind Realisten.«
Wir stapften über die Dünen an einem Cottage vorbei zur Straße hoch, und der Indianer öffnete die Beifahrertür seines klapperigen alten Jeeps, um mich mitsamt dem Vogel einsteigen zu lassen.
Wir fuhren schweigend über leere Landstraßen, die auf beiden Seiten von dunklem Wald eingerahmt wurden. Der Mann sagte nichts. Ich sagte nichts. Die Möwe schien Auto fahren nicht weiter sonderbar zu finden, atmete ruhig und sagte erst recht nichts. Nach ungefähr einer Viertelstunde bogen wir von der Straße ab auf einen Schotterweg, der direkt zur Tierklinik führte. Die sah hell und neu aus.
Bereits die weißgekittelte ziegenbärtige Person, die uns im Klinikflur empfing, musterte den Patienten mehr als misstrauisch.

»Eine Möwe? Wir behandeln keine Möwen ...«
»Diese hier schon!«, versicherte ich ihm so energisch wie möglich.
Er zuckte mit den Schultern und holte einen Arzt. Der blieb in einiger Entfernung stehen: »Eine Möwe? Unmöglich.«
»Sehen Sie sich das Tier doch wenigstens an!«, schnauzte ich. Arzt, ziegenbärtiger Weißkittel und mein düsterer Begleiter – alle drei ungefähr gleich unlustig und mürrisch – begleiteten mich allesamt in einen chromblinkenden Behandlungsraum. Während wir dorthin gingen, sagte der Indianer leise zu mir: »Wenn Sie was wollen, lassen Sie nicht locker, stimmt's?«
Ich zeigte dem Arzt den versteiften Flügel: »Hier, sehen Sie, hier ist er falsch zusammengewachsen oder irgendwie verknorpelt.«
Er: »Das ist zweifellos so. Und was denken Sie, was wir jetzt tun sollen, Lady?«
Er sagte ›Lady‹ im selben Ton wie der Indianer, mild-verächtlich.
Leider konnte ich mit keiner präzisen Antwort dienen. »Vielleicht – den Flügel noch einmal brechen und anders zusammenwachsen lassen?«
Jetzt guckten sie alle drei, als sei ich harmlos bescheuert. Mir wurde unangenehm bewusst, wie sehr es meine Autorität untergrub, dass mir mein Haar wild verweht auf die Schultern hing und dass ich barfuß da stand, während mir meine Schuhe um den Hals baumelten.
»Unmöglich«, sagte der Tierarzt, »no way!« Obwohl er mich ganz offensichtlich für hoffnungslos blöd hielt, bemühte er sich um eine gewisse Höflichkeit. »Sehen Sie, eine Möwe ist ein Wildtier. Die übersteht keine Art der Operation und das ist auch gut so. Die Natur reguliert sich selbst. Das ist

doch keine aussterbende Tierart, es gibt mehr als genug davon. Sehen Sie, sie ist schon ganz apathisch – halb tot. Sonst könnten Sie sie niemals so ruhig im Arm halten! Sie müssen die Realität akzeptieren.«

Als ich nicht antwortete, fuhr er fort: »Also gut, ich kann Ihnen anbieten, den Vogel einzuschläfern, mit einer Spritze. Dann verhungert er wenigstens nicht langsam …«

Ich ließ die Schultern sinken und blickte auf meine Möwe herab. Sie schaute vertrauensvoll zu mir auf. Was konnte ich sonst noch tun? Sie wieder am Strand absetzen? Die Tierklinik mit einer größeren Summe bestechen, damit sie mehr unternahmen? Diese Männer kamen mir allerdings nicht so vor, als ob sie bestechlich wären. Es ging ihnen weniger um Geld als ums Prinzip. Ihre eigene Vernunft schien sie tief zu befriedigen.

»Stellen Sie sie hierhin«, verlangte der Tierarzt, während er eine Spritze aufzog. Ich stellte meine Möwe auf den mit weißem Papier bespannten Behandlungstisch. Sie machte zwei unsichere Schritte zur Seite, das gab kleine, kratzende Geräusche auf dem Papier.

Als der Tierarzt auf sie zutrat, begann sie, mit dem gesunden Flügel zu flattern, und sie hackte mit dem Schnabel in seine Richtung. Sie wirkte weder apathisch noch halb tot. Der Arzt sprang zurück. »Halten Sie sie fest!«, rief er ärgerlich. Er schien vor dem wilden Tier eine Menge Respekt zu haben.

Ich hockte mich vor den Behandlungstisch und legte beide Arme um die Möwe. Sie wurde gleich wieder ruhig. Nachdem sie die Spritze bekommen hatte, stand sie einen Augenblick still da, dann machte sie eine anmutige, ballettartige Bewegung mit dem Hals und ließ Kopf und Schnabel auf meine Schulter sinken.

Der bärtige Weißkittel wollte, wie er sagte, den ›Kadaver‹ wegbringen, aber ich funkelte ihn so wütend an, dass er uns einen Pappkarton gab, in dem wir den toten Vogel mitnehmen konnten.
Im Jeep stellte ich den Karton auf den Boden und zog endlich meine Leinenschuhe an, weil ich jetzt wieder die Hände frei hatte.
Auch auf der Rückfahrt sprachen wir kaum miteinander, der Indianer und ich. Einmal fragte er mich, wohin er mich bringen sollte, und ich nannte ihm die Hausnummer von Tante Sveas Cottage. Und ein paar Kilometer weiter bemerkte er nachdenklich mit dieser dunklen Bärenstimme: »Sie weinen nicht, hm?«
»Nein«, sagte ich kalt. »Ich weine nicht.«
Vor dem Haus hielt er an, ohne den Motor auszustellen. Ich nahm den Pappkarton, rutschte aus dem Jeep und murmelte über die Schulter halblaut: »Danke.«
Mein ›Danke‹ klang ungefähr wie sein ›Lady‹.
Ich holte meine Handtasche und meine Einkaufstüten aus dem Cottage und fuhr nach Moonbay. Ich klopfte sofort bei Joshua, ohne erst in Tante Sveas Haus zu gehen, und hielt ihm den Karton hin: »Können wir sie in deinem Garten beerdigen, Josh?«
Er guckte in den Karton und dann in mein Gesicht. »Komm rein, Kleine. Erzähl Onkel Josh die ganze Geschichte, erzähl sie ihm …«

Joshua setzte sich mit mir in einen Lehnsessel, der ursprünglich für eine beleibte Person gedacht war, in dem wir jedoch gut gemeinsam Platz fanden. Er legte mir einen seiner dünnen kleinen Arme fest um die Schultern, und ich erzählte, was am Strand und in der Tierklinik passiert war.

»Na, ich muss sagen – weshalb hast du dich darauf eingelassen, Kirstin? Du hättest die Möwe wieder mitnehmen und zu mir bringen können. Vielleicht wäre es uns beiden ja doch gelungen, ihren Flügel wieder zu heilen, wenn sie dir gegenüber so zahm war. Oder falls nicht – sie hätte in meinem Garten bleiben können und sich füttern lassen, solange sie wollte.«
»Ich glaube, dieser Indianer hätte mich nicht auch noch nach Moonbay gefahren. Er hat deutlich gezeigt, dass ihm alles sowieso schon zu viel war«, antwortete ich traurig.
»Na und? Du hättest mich von der Tierklinik aus anrufen können – ich stehe doch im Telefonbuch! – und ich hätte euch abgeholt, die Möwe und dich. Du warst entmutigt, scheint mir.«
»Ja. Sie waren zu dritt, und sie schienen so Recht zu haben …« Ich durfte gar nicht darüber nachdenken, was Joshua mir hier anbot. Meine Möwe könnte noch leben, wenn ich klüger gewesen wäre und mich nicht von diesen drei Realisten hätte überwältigen lassen. Ich kniff die Augen vor Wut zusammen.
»Wein dich aus«, bot Joshua mir zusammen mit einem rotkarierten Taschentuch an.
»Ich weine nie.«
»Nie? Das ist aber ungesund.«
»Ich kann nicht weinen. Ich darf nicht weinen. Josh, ich verstehe das nicht, den ganzen Tag waren alle Leute so lieb zu mir, freundlich und offen, sogar die beiden kleinen Missionare, nicht? Ich dachte, Kanada ist voller Herzlichkeit, und vorhin, plötzlich, sind sie alle nur noch kalt und lieblos. Wie ist das möglich?«
»Wie ist der Name dieses Indianers?«
»Keine Ahnung. Wir haben uns nicht vorgestellt. Wir haben

ja nur das Nötigste miteinander geredet. Auf mich hat er gewirkt, als würde er am liebsten überhaupt nicht mit mir sprechen.«

Joshua nickte. »Ich kenne ihn nicht wirklich, aber ich habe ihn öfter gesehen. Ein eigenartiger Mann. Kirstin, ich glaube, du bist vorübergehend in seine Welt gerutscht.«

»In seine Welt?«

Joshua seufzte. »Das ist so meine Theorie. Hast du Hunger? Komm, ich mach uns ein wenig Suppe warm.«

Wir gingen in seine drollige, altmodische Küche, die wohl ganz aus Versehen im perfekten Landhaus-Stil gehalten war, mit Entchen-Gardinen, einer Messingreling, an der Handtücher baumelten, und vergilbten Spitzenstreifen an den Regalen.

Ich setzte mich in einen knirschenden, rot lackierten Korbsessel, Joshua holte einen Topf mit gelblicher Suppe aus dem Kühlschrank, entzündete das Gas, stellte die Flamme etwas kleiner und rührte hin und wieder umständlich in der Suppe. Dazwischen tänzelte er in der Küche umher, entwickelte seine Ansichten und wedelte dabei so lebhaft mit Armen und Händen, als ob er ein Orchester dirigierte.

»Einstein sagt, alles ist relativ«, begann er, »und ich sage, alles ist subjektiv. Deshalb gibt es keine Wahrheit. Keine objektive Wahrheit. Jeder lebt in seiner eigenen Welt. Es kommt immer auf den Blickwinkel an. Ich sage, diese Suppe ist köstlich. Du stimmst vielleicht zu, weil du gut erzogen bist, aber du findest sie scheußlich. Ist sie in Wahrheit köstlich oder scheußlich? Wir können noch viel mehr davon kochen und eine Volksabstimmung machen, doch es bleibt eine Sache des persönlichen Geschmacks, der persönlichen Ansicht. Viele Menschen glauben, diese Schauspielerin, diese Michelle Pfeiffer, wäre eine Schönheit. Ist sie das?

Mein Kusin Harvey glaubt, seine Frau Ruth sei eine Schönheit. Er ist fest überzeugt davon. Ich finde, sie sieht grauenhaft aus. Aber das ist ja gleichgültig. Verschiedene Religionen – verschiedene politische Ansichten –, die Menschen denken jeweils, sie hätten die Wahrheit beim Wickel und jetzt käme es nur noch darauf an, alle anderen ebenfalls davon zu überzeugen …« Joshua kostete von der Suppe, schüttete ein wenig Salz hinein und rührte noch einmal. »Manchen Menschen fällt das niemals auf. Wenn Harvey mitkriegt, dass jemand anders über den dicken Hintern seiner Frau lästert, dann ist er vollkommen überzeugt davon, da spräche der reine Neid, und in Wirklichkeit verzehrte sich derjenige nach Ruths Hintern. Er ist ein glücklicher Mann. Er hat keinen Schimmer davon, dass es unterschiedliche Welten gibt, und er wird es nie merken. Sollte er eines Tages in eine andere Welt geraten und ihm fällt auf, wie Ruth wirklich aussieht – und wie sie wirklich ist –, dann wird er meinen, sie hätte sich eben verändert. Auf diese Art behält er immer Recht. Solche Menschen sind überzeugt davon, zu den Guten zu gehören. Die mit der anderen Meinung sind die Bösen. Meistens gehen sie sogar so weit, zu denken, die Bösen wüssten, wie böse sie sind und täten ganz bewusst Böses. Wenn du ihnen sagst, dass die anderen ihrer eigenen Meinung nach auch gut sind und Gutes wollen, begreifen sie nicht, wovon du redest. Solche Menschen haben es leicht, ihre Welt ist einfach. Sie entwickeln sich natürlich niemals weiter …« Joshua nahm den Topf vom Herd, schaltete das Gas aus und füllte zwei Teller mit der Suppe. »Sei vorsichtig, sei vorsichtig, sie ist heiß. Aber vielleicht empfindest du sie gar nicht als so heiß wie ich. Oder vielleicht ist Suppe in deiner Welt einfach kühler als in meiner …«

Er pustete ein wenig auf seinen Löffel, zog seine kleine Nase kraus und zwinkerte mir zu.
Ich probierte: »Mmh, Joshua, gut! Ich befinde mich ganz in deiner Welt: köstlich und heiß. Was ist das?«
»Maiscremesuppe. Mein eigenes Rezept. Ich biete an, es dir zu vermachen. Was hast du dir von Kanada erwartet, Kirstin?«
»Abstand von zu Hause. Weit weg kommen vor allem. Ja, was noch? Ruhe und Erholung, nette Leute. Mein Bruder hat immer erzählt, die Kanadier sind so offen und herzlich.«
»Dann haben dein Bewusstsein und dein Unterbewusstsein dieselbe Erwartung gehabt, behaupte ich. Und sie hat sich zunächst auch erfüllt. Wir bekommen das serviert, was wir erwarten, ganz einfach. Es hat so lange funktioniert, bis jemand seine andere Welt über dich gestülpt hat. Jemand, dessen Welt kalt ist – oder kühl –, sehr logisch, recht mitleidslos. So wie in der Tierklinik dürfte es ihm überall gehen. Er kennt's nicht anders. Er würde schwören, so sieht die Wirklichkeit nun mal aus.«
»Er nennt es Realität. Aber warum«, fragte ich ärgerlich, »hat es nicht andersherum gewirkt? Warum hab *ich* nicht meine Welt über *ihn* gestülpt?«
Joshua legte den Kopf schief. »Vielleicht ist er stärker als du. Vielleicht ist seine Überzeugung stärker als deine. Sehr wahrscheinlich war seine Überzeugung von stärkeren Emotionen getränkt. Emotionen sind so was wie Benzin – starke Antriebsenergie. Du hast halt nur dies und das erwartet, ohne besondere Dynamik. Er ist ständig grimmig und leidenschaftlich durchdrungen von seiner düsteren Weltsicht. Wenn man ihn von weitem sieht, strahlt er das doch schon ein bisschen aus, findest du nicht?«
»Doch, allerdings! Ich kann den Mann nicht ausstehen. Ich hoffe, er begegnet mir nie wieder.« Ich schob meinen lee-

ren Teller beiseite. »Das war wunderbar, Joshua. Jetzt bin ich todmüde.« Ich sah auf die mit bunten Blumen bemalte Küchenuhr. »Halb zehn ... halb vier morgens bei mir zu Hause. Ich werde sofort ins Bett gehen. Wie lange braucht man eigentlich, bis man sich umgestellt hat auf die Zeitverschiebung?«
Joshua schmunzelte. »Oh, das ist verschieden. Kommt ganz drauf an, was du erwartest und in welcher Welt du lebst ...«

Nachts wachte ich einmal kurz und nicht ganz vollständig auf mit dem Gefühl, dass draußen Blitz und Donner tobten. Am Morgen regnete es Bindfäden. Eigenartigerweise hatte es sich trotzdem kaum abgekühlt. Sogar der Regen, stellte ich fest, als ich die Hand aus der Verandatür hielt, sogar der Regen fühlte sich warm an.
Sollte ich jetzt einen meiner neuen Badeanzüge anziehen und im Garten umherhüpfen? Wehe dir, Miss Dottie, dachte ich, wenn es die nächsten vier Wochen weiterregnet und ich nicht mehr dazu komme, zu schwimmen und mich zu sonnen, wie das alle jungen Mädchen gern tun! Dann hab ich mir in meiner Panik völlig umsonst zwei Badeanzüge angeschafft.
Nach dem Frühstück schaltete ich den Fernseher ein und sah mir mit großem Vergnügen einen uralten Spielfilm an, alle paar Minuten von launiger Werbung unterbrochen. Danach putzte ich ein wenig hier und da – es beobachtete mich ja keiner, der mich für krank halten konnte.
Als ich die Regale abstaubte, geriet mir ein dickes rosa Album in die Hände. Ein Fotoalbum? Sofort schlug mein Herz schneller und härter. Ich klappte es nur ein wenig auf, sah schwarzweiße Fotografien mit weißer Zackenkante und stellte es erschrocken sofort wieder zurück.

Mittags rief Joshua an. Er wollte wissen, wann die Beerdigung meiner Möwe sein sollte, ob ich abends zu ihm zum Essen käme – er sei notfalls auch bereit, mich ins chinesische Restaurant einzuladen, aber er kochte besser! –, weshalb ich den netten Absurder aus dem Flugzeug weggejagt hätte und warum ich der Ansicht sei, ich dürfe nicht weinen.

»Du bist indiskret, Josh!«

»Ich weiß, ich weiß. Das ist der große Vorteil des Alters. Du darfst indiskret sein, so viel du willst, man wird es dir verzeihen, weil alle wissen, dass du bereits matschig im Kopf bist«, sagte er heiter.

Nachmittags buddelte er der Möwe ein Grab zwischen Lavendelstauden. Ich hielt währenddessen einen Schirm über seinen Kopf.

Joshua wollte mir sein kleines Spinett zeigen, und als ich hinter ihm herging, warf ich einen kurzen Blick durch die halb geöffnete Küchentür. Zu meiner Überraschung saß eine junge Frau in dem roten Korbsessel neben dem Herd. Sie schien etwas in eine Schüssel zu schneiden, sah kurz auf, als sie meinen Blick bemerkte, und lächelte flüchtig, bevor sie weiterschnippelte. Ich war erstaunt, dass Joshua sie mir nicht vorstellte. Vielleicht tat er das noch? War das seine Aufwartefrau oder so etwas? Dafür erschien sie mir zu jung und vor allem: zu schön. Ein zartes, blasses Madonnengesicht mit großen Augen und langem, dunklem Haar. Vielleicht eine Nichte oder auch eine Enkelin – ich wusste ja nicht, ob er mit dieser Mary, die er so betrauerte, eigentlich verheiratet gewesen war.

Zunächst bestaunte ich sein entzückendes Spinett, ein Familienerbstück. Joshuas Ur-Ur-Urgroßmutter hatte es sich vor mehr als zweihundert Jahren mit einem Schiff aus Eng-

land kommen lassen, um sich in der kanadischen Wildnis ein wenig die Zeit zu vertreiben.
Erst spielte Joshua mir vor, dann spielte ich ihm vor und dann spielten wir vierhändig. Es machte großen Spaß. Jedes Musikstück bekam durch das antike Gezirpe eine völlig neue Stimmung.
»Nun werde ich eine Pastete bereiten, die dir schmecken wird!«, versprach Joshua schließlich. Richtig, die Frau in der Küche hatte ich inzwischen ganz vergessen. Sicher hatte sie diese Pastete vorbereitet.
Zu meiner Enttäuschung war sie nicht mehr da. Ich konnte auch nirgends das Resultat ihrer Arbeit entdecken. Also doch bloß irgendeine Putzfrau? Da Joshua sie nicht erwähnte, tat ich das meinerseits auch nicht.
Mein Gastgeber stellte schnell und geschickt einen Knetteig her, schmorte gewürfeltes Lammfilet, Pilze und Zwiebeln in Butter an, rührte Eigelb und Sahne dazu, kleidete eine Backform mit Teig aus, füllte die Lamm-Pilzmischung ein, setzte der Pastete einen Deckel auf und schnitt längliche Luftlöcher oben hinein, bevor er sie in den Backofen setzte. Dazu bereitete er einen bunten Rohkostsalat. Die Pastete fing bald an zu duften. Als sie aus dem Ofen kam, zwinkerte sie uns verschmitzt an, rein äußerlich Miss Dotties Apfelkuchen zum Verwechseln ähnlich, jedoch von völlig anderem Charakter.
»Joshua, du bist ein großer Koch!«
»Ich danke dir. Du bist ein sachverständiger Esser …«
Da es immer noch so warm war, setzten wir uns nach dem Essen auf die überdachte Veranda und schlugen nach Mücken. Die Mücken in Kanada heißen Moskitos, sind ungefähr drei Mal so groß wie ihre armseligen deutschen Cousins und fliegen mit Dieselmotoren, dem Geräusch nach zu ur-

teilen. Kanada ist ebenso voll kleiner und großer Gewässer wie Schweden oder Norwegen. Dass man dort zum Überleben Anti-Mückenmittel braucht, weiß jeder. Von Kanada wird das seltsamerweise nicht erzählt. Dabei bin ich der Ansicht, an Stelle des roten Ahornblattes können sich die Kanadier mindestens ebenso gut eine Mücke auf ihre Flagge setzen.

Wir tranken etwas, das Joshua ›Rum-Punsch‹ nannte und das wohl dazu dienen sollte, seinen Gästen die Zunge zu lösen. Einstweilen jedoch erzählte er selbst viele bunte Anekdoten aus dem Leben von Josh Henderson, Musik-, Religions- und Erdkundelehrer, verhinderter Komponist, guter Freund der meisten Männer, Verehrer aller Frauen.

»Warst du je verheiratet, Josh?«

Er stopfte sich mit Sorgfalt eine kleine Pfeife und ließ sie im Mundwinkel hängen. »Leider nicht. Ich hatte die Absicht – wir wollten heiraten, Mary und ich.«

»Und dann?«

»Da war zum Beispiel das Problem mit ihrem Verlobten.«

»Mary war verlobt?«

»Mit Ruff Quinn. Ein Name wie für einen Terrier, was? Ja. Mit Ruff Quinn. Sie waren zwei Jahre lang verlobt, die beiden, und in dieser Zeit war sie eigentlich dauernd mit mir zusammen.«

»Der arme Verlobte!«, rief ich spontan.

»O ja. Armer Kerl, armer Kerl. Ziemlicher Dummkopf übrigens. Armer Kerl. Nun, seinetwegen – unter anderem – haben wir nie … haben wir nicht …«, Joshua sog ein paar Mal an der Pfeife, » …nicht geheiratet. Ja. Und dann war es zu spät.«

»Habt ihr zusammengelebt, Mary und du?«

»Nein, nein, das nicht. Das war damals nicht üblich. Ihr Vater hätte uns mit seiner Schrotflinte besucht. Das war …«, Joshua dachte nach und wechselte die Pfeife von links nach rechts, »… Neunzehnhundertvierundsechzig sind wir uns begegnet. Sechsundsechzig hat sie …«, seine Stimme kippte, »… ist sie dann von uns gegangen. Sie war achtundzwanzig Jahre alt.«

Schweigen. Regenrauschen. Ich schlug möglichst diskret einen Moskito auf meinem Hosenbein tot.

»Ich weiß bis heute nicht genau, warum sie das getan hat. Es muss ja an mir gelegen haben, was? Ich hab sie falsch behandelt – was Falsches gesagt … Sie schien nicht unglücklich zu sein. Sie war nicht krank. Sie sang immer. Sie war natürlich ständig bei mir, auch wenn sie nicht direkt hier wohnte. Sie hat damals damit angefangen, den ganzen Lavendel anzupflanzen, sie war das. Gegen Ungeziefer. Und wir haben gemeinsam die gesamte Veranda weiß gestrichen, rundum. Gekocht haben wir zusammen! Wir hatten so viel Spaß … Sie hat da wohl etwas ernst genommen, etwas ganz Nebensächliches … hatte gar nichts mit ihr zu tun. Eine winzige Episode. Eigentlich hätte sie es nie zu erfahren brauchen. Die Frau hat mich nicht wirklich interessiert …«

»Welche Frau?«

»Diese andere Frau. Ganz unwichtig.«

»Ach, Joshua!!«

»Ich bereue es ja, ich bereue es tief!«, versicherte er heftig. »Es war so überflüssig. Ganz unnötig. Ich konnte doch nicht ahnen, dass Mary so – so übertrieben reagiert! Gerade sie …«

Ich überlegte, ob Joachim es wohl bereut hätte, mit Verena in Dänemark gewesen zu sein, wenn ich mich anschließend umgebracht hätte. Wahrscheinlich: Da wir noch nicht verheiratet waren, hätte er mich nicht beerbt.

»Wie hat Mary es herausbekommen?«
»Jemand hat gemeint, er muss es ihr unbedingt sagen.«
»Oh! Wer?«
»Ruff Quinn. Ein großer Dummkopf, dieser Quinn!«, murmelte Joshua finster.
Ein Moskito versuchte, in mein Ohr zu fliegen. Ich schüttelte wild den Kopf, um das Biest zu verjagen.
»Zündest du deine Pfeife gar nicht an, Josh?«
»Nein. Ich hab mir das Rauchen abgewöhnt.«
»Schade. Das würde die Moskitos vielleicht ein bisschen abschrecken. Warum stopfst du sie dann mit Tabak?«
»Weil das so gut riecht.« Er seufzte tief. »Mary mochte den Geruch immer so gern. Sie hat mir diesen Tabak immer gekauft, weil er so nach Honig riecht. Damals war es noch nicht gesundheitsschädlich zu rauchen. Oder man wusste noch nicht, wie schlimm es ist. Wenn man's nicht weiß, ist es weniger schädlich.«
»Josh …«
»Doch, bestimmt. Mary hätte mir nichts geschenkt, was schädlich ist. Sie war so vernünftig. Sie hat mir immer diese Pfeife mit ihren kleinen Fingern gestopft, unten locker und oben fest, wie es sich gehört. Hatte stets guten Zug …« Joshua sog geräuschvoll an seiner toten Pfeife. »Ich habe oft das Gefühl, sie ist gar nicht weg. Sie ist bei mir. So jung, wie sie damals war. Manchmal rede ich mit ihr. Verrückt, was? Und manchmal sitze ich hier und denke an sie und weine. Warum zum Henker weinst du nicht?«
»Ich kannte Mary doch gar nicht …«
»Ah, komm schon, ich meine nicht um Mary. Du hast gesagt, du weinst nie. Du ›darfst‹ es nicht. Warum nicht?«
Stille, Regenrauschen. Die Mücken hielten sich zurück und warteten ab, was ich sagen würde. Ich sagte nichts.

»Nimm noch etwas Rum-Punsch, Kirstin.«
»Ich rede auch freiwillig.«
Joshua lachte. »Magst du den Punsch nicht?«
»Er macht mich betrunken. Warum willst du so viel über mich wissen?«
»Freunde sollten alles teilen, Freude und Spaß und Probleme und Sorgen. Das Gute verdoppelt sich, das Schlechte halbiert sich, glaub mir.«
Ich nahm noch einige große Schlucke. Ich fühlte mich bereits benommen und ganz klar sprach ich auch nicht mehr.
»Ich hab eigentlich keine Probleme – und keine Sorgen.«
»Genau wie Mary. Die hatte auch keine eigenen Probleme, weil sie immer damit beschäftigt war, die Probleme anderer Leute zu lösen. Warum weinst du nicht?«
»Warum weine ich nicht? Weil ich fürchte, dass es dann eine zweite Sintflut gibt. Ich habe so lange nicht geweint – wenn dieser Staudamm bricht … Außerdem hab ich's verlernt. Zum ersten Mal hab ich es vor ziemlich genau dreißig Jahren nicht zugelassen. Und von da ab nie mehr.«
»Was ist vor dreißig Jahren passiert?«
»Meine Eltern sind gestorben. Beide«, sagte ich schnell und leise. Ich bezweifelte, dass Joshua es verstanden hatte. Schließlich war er um die siebzig, seine Ohren …
»Woran? Wodurch?«, fragte er.
»Ich weiß es nicht.«
»Kirstin, du …«
»Ich weiß es nicht!«, rief ich sehr laut. »Entschuldige, Josh. Ich weiß es wirklich nicht. Ich wollte es nicht wissen. Das war an meinem zehnten Geburtstag, ich habe nur erfahren, dass beide tot sind, und mehr wollte ich unter keinen Umständen darüber hören. Nie. Ich fürchte nämlich … Das fiel mir damals gleich ein, als ich begriffen hab, was los war …

Ich fürchte, sie sind ermordet worden. Sie haben in unserem Juweliergeschäft gearbeitet, beide, verstehst du, und da liegt es doch nahe … Leider liegt es nahe …« Ich knurrte ein wenig in mein Glas. »Gib mir bitte noch mehr davon.«
»Du wirst morgen Kopfweh haben«, prophezeite Joshua. Aber er goss mein Glas aus der Karaffe noch einmal voll.
»Besuchst du das Grab deiner Eltern?«
»Ich weiß nicht einmal, wo das ist. Damals geriet ich sofort – du würdest sagen, in eine andere Welt. So, als wäre ich ein anderes Kind. Das war mir auch recht. Ich glaube, ich wollte nicht mehr ich sein. Und selbst, wenn jemand daran gedacht hätte, mich zu dieser Beerdigung zu holen – ich hätte mich geweigert, mitzukommen. Ich hätte es nicht ausgehalten. Ich halte es immer noch nicht aus, auch nur an meinen Vater und meine Mutter zu denken. Das haben immer alle respektiert …«
Ich hielt mir beide Hände vor die Augen und hörte mir von weitem zu. Da sprach eine Kerstin mit sehr schwerer Zunge sehr merkwürdige Sachen.
»Kleine, ich weiß nicht, ob das klug war. Sieh mal, als gestern diese Sache mit der Möwe passiert ist, da hast du mich gefragt, ob wir sie in meinem Garten beerdigen können. Und das haben wir getan. Du warst traurig, du hast ihr die Ehre erwiesen, nun ist es gut. Egal, wie deine Eltern gestorben sind und was man nach ihrem Tod mit ihnen gemacht hat – du hast ihnen nicht die Ehre erwiesen, um sie zu trauern und sie zu beerdigen, innerlich. Es ist so, als ob du ihre toten Körper in ein Zimmer gesperrt, den Schlüssel weggeworfen und allen Menschen verboten hättest, je wieder von ihnen zu reden. Als hätten sie das nicht verdient. Als hätten sie dir etwas angetan.«
Ich wollte sagen, dass sie mir angetan hatten, mich plötzlich

an meinem Geburtstag, in einem Moment großer Freude, im Stich zu lassen. Ich merkte jedoch, dass ich gerade nicht sprechen konnte.

»Wenn man Tote einfach wegsperrt«, fuhr Joshua fort, »dann verschwinden sie dadurch nicht. Im Gegenteil, dann werden sie viel mehr zum Problem, als wenn man sie ordnungsgemäß betrauert und begräbt. Sie können ja nicht an dem Platz ruhen, der ihnen zusteht.«

»Sie haben bestimmt eine teure Grabstätte auf einem schönen Friedhof«, nuschelte ich zwischen meinen Händen hindurch. »So, wie's ihnen zusteht. Oder meinst du, ich soll sie obduzieren lassen, um sie mir anzugucken und noch mal neu zu vergraben?!«

»In gewisser Weise ja«, gab Joshua ganz ruhig zurück. »Du wirst sie dir ansehen müssen, herausfinden, wie und woran sie starben, und sie bewusst für dich selbst noch einmal beerdigen. Das bist du ihnen schuldig, glaube ich.«

»IchwillinsBettgehen«, sagte ich in einem einzigen Wort (wozu sich die englische Sprache viel besser eignet als die deutsche). »IchwillinsBettgehen …«

Es hatte inzwischen endlich aufgehört zu regnen. Joshua klopfte den ungebrauchten, unverbrannten Tabak aus seiner Pfeife, bot mir sein dünnes Ärmchen als Wegstütze und brachte mich von Garten zu Garten. Ziemlich bald musste ich anmelden, dass mir übel war.

»Nicht auf meinen Lavendel!«, protestierte Josh und zerrte mich schneller hinter sich her. »Warte, bis wir in Sveas Garten sind!«

Im Garten der Tante war mir jedoch nicht mehr so übel.

Ich lehnte mich gegen die Hauswand, während Joshua die Tür aufschloss. »Gute Nacht, Kirstin. Ich hoffe, ich habe nichts gesagt, was dich verletzt oder gekränkt hat …«

Ich gab Joshua zur Beruhigung einen Kuss auf seine glatt rasierte, wenn auch etwas nachgestoppelte Wange und verschwand im Haus.
Ich schwankte direkt zu Tante Sveas Fotoalbum im Bücherregal und schlug es auf. Bilder von Tante Svea als Kind, als junges Mädchen, von Onkel Andrew und ihr am Hochzeitstag. Das da war meine Mutter, halbwüchsig, die ihre kleine Schwester auf dem Schoß hatte. Hier ein Bild von einer Feier, da saß tatsächlich meine Uromi mit am Tisch und lachte, alle lachten, ich selbst dazwischen, ungefähr vier Jahre alt, und ich lachte nicht, sondern ich heulte mit weit offenem Mund. Das war Bertils Konfirmation gewesen, Tante Svea hatte es drunter geschrieben.
Ich blätterte immer weiter.
Eine farbige Portraitaufnahme meiner Mutter – ›Inga, 1965‹ – studierte ich aufmerksam, stand mit dem Album auf und wankte ins Badezimmer, vor den Spiegel. Sie war damals genauso alt gewesen wie ich jetzt. Eine hübsche, etwas kühl wirkende Frau mit kritischen hellgrauen Augen und glattem dunklen Haar. Meine Stirn schien etwas breiter zu sein und meine Nase etwas kürzer.
Ich suchte mit fahrigen Händen Tante Sveas Telefonnummer in Florida heraus und rief dort an.
»Kerstin? Honey, geht es dir gut? Das ist nett, dass du anrufst. Gefällt es dir? Kommst du mit allem zurecht? Ist Joshua …«
»Tante Svea – wie sind meine Eltern gestorben, bitte?«
»Kerstin? Bist du betrunken, Kind?«
»Ja. Bitte, Tante Svea – ich weiß nicht … Mir hat nie jemand erzählt … Was ist damals passiert?«
»Oh. Also … es war ein Auffahrunfall.«
»Ein Auffahrunfall?«, wiederholte ich entgeistert.

»Ja. Sie haben sich geküsst. Deine Eltern haben sich ja dauernd geküsst, ihre ganze Ehe lang, Küsschen hier und Küsschen da – und da hat dein Vater wohl nicht aufgepasst und ist in den Wagen vor ihm gebraust. Na, eigentlich ohne richtiges Tempo, soviel ich weiß, in Hamburg geht das doch von Ampel zu Ampel. Ja, und völlig absurderweise waren sie beide so gut wie sofort tot, bevor der Krankenwagen in der Klinik ankam jedenfalls. Inga war der Nackenwirbel gebrochen und deinem Vater ist eine Arterie gerissen, daran ist er dann innerlich verblutet, bevor sie's gemerkt haben. Weißt du, ein paar Tage vorher hat deine Mutter mir noch am Telefon erzählt, wie glücklich sie sind und wie sehr sie sich lieb haben und wie sie hofft, dass sie mal dicht beieinander sterben und keiner lange ohne den anderen sein muss. Ich habe immer gedacht, so traurig es war – vor allem euretwegen, also Bertils und deinetwegen –, ist es doch eigentlich schön, dass sich ihr Wunsch so erfüllt hat.«
Die Telefonleitung knisterte, von ganz weit weg kam ein leises Besetztzeichen.
»Kerstin? Warum willst du das denn nun plötzlich wissen? Wir dachten immer alle, du verkraftest das nicht …«
»Danke, Tante Svea. Mach dir keine Sorgen, ich verkrafte das jetzt …«, murmelte ich.
Nach dem Gespräch blätterte ich immer weiter im Fotoalbum und erlaubte meinen Erinnerungen, hervorzukommen. Zuerst trauten sie sich nicht recht, sie drückten sich gewissermaßen an der Wand entlang und wussten nicht, was sie sagen sollten. Als sie jedoch merkten, dass sie willkommen waren, wurden sie unbefangener, und nun drängelten immer mehr heran, alle eifrig bestrebt, zu mir zu sprechen.
Tatsächlich, meine Eltern hatten sich oft geküsst und umarmt, jetzt fiel es mir auch wieder ein. Ich erinnerte mich

plötzlich an einen hellgrauen Mantel, den mein Vater meiner Mutter zu Weihnachten schenkte, ein Kaschmirmantel mit Kapuze, und wie sie sich darüber freute und ihn knuddelte. Ein Gartenfest – ich war noch ziemlich klein, durfte jedoch helfen, die Tische zu decken und zu dekorieren. Irgendetwas hatte ich falsch gemacht, meine Eltern zeigten es sich gegenseitig und lachten sich kaputt. Ich fragte beleidigt nach und bekam zur Erklärung nur Küsse. In unserer Familie wurde viel geküsst. Ein Ausflug mit Bertil und den Eltern ins Ahrensburger Schloss, hinterher hatten wir Eis gegessen und viel gelacht. Worüber eigentlich? Die Brodersens schienen ja chronisch gute Laune gehabt zu haben. Was für eine paradiesische Kindheit musste ich gehabt haben, voll Gelächter und voller Küsse.

Gott, dreißig Jahre lang hatte es einen undeutlichen, schmutzigen Film in mir gegeben, auf dem zu sehen war, wie eine oder mehrere Personen mit Strumpfmasken in unseren Laden gerannt kamen, mit Schusswaffen vor meinen erschrockenen, ängstlichen Eltern herumfuchtelten und sie schließlich niederknallten. Es war ein Stummfilm, ich hörte niemals die Schüsse oder die Schreie, und das Blut war auch nicht rot, sondern schwarz.

Und dabei hatte es so etwas nie gegeben! Sie waren gewissermaßen an einem Kuss gestorben.

»Wie kitschig!«, sagte ich laut und spöttisch in das leere Zimmer. Wie kitschig und wie dumm. Ausgerechnet mein Vater, immer so besonnen und patent. Wie konnte ihm so etwas passieren?

Vielleicht, dachte ich weiter, war es nicht dumm, sondern klug. Wenn sie es sich so gewünscht haben? Vielleicht, wer weiß, wäre einer von ihnen schon kurze Zeit später krank geworden, hätte sich geplagt und gelitten und den anderen beim Zusehen noch viel mehr leiden lassen – und wäre dann allein gegangen. Und der Zurückgebliebene hätte dagesessen, verbittert, ohne Dankbarkeit für die gemeinsamen Jahre, nur einsam und verzweifelt, vielleicht noch eine Ewigkeit.

Es ist nicht einfach, zu weinen, wenn man's lange nicht mehr getan hat. Oder, falls das für andere Menschen in einer anderen Welt anders sein sollte: Für mich war es nicht einfach.

Ich war völlig bereit dazu, doch leider ganz aus der Übung. Zuerst fing ich, wie gewohnt, zu knurren an. Aber das befriedigte mich jetzt nicht mehr. Ich freute mich auf Tränen. Ich hatte die Absicht, ihnen freien Lauf zu lassen. Die Tränen, das spürte ich, hatten auch die Absicht zu fließen. Leider steckte irgendetwas im Weg. Ich knurrte jetzt nicht mehr, ich keuchte und stöhnte, ich ballte meine Hände und ich kniff krampfhaft die Augen zusammen. Es war, als müsse ich mein Weinen mühsam erbrechen. Die Kiefermuskeln taten mir weh. Schließlich gab ich einige würgende Heullaute von mir sowie mehrere Schluchzer. Das klang gar nicht schlecht. Ich tröstete mich damit, dass es schon werden würde. Wenn auch nicht mehr an diesem Abend.

Ich kratzte meine Arme. Zwar gab es dort inzwischen keinen Pilz mehr, aber dafür nagelneue Mückenstiche.

Dann gähnte ich – wobei mir die Augen übrigens mühelos tränten – und ging ins Bett. Ich war immer noch betrunken und sehr verwirrt. Bevor ich einschlief, merkte ich, wie ich im Dunkeln lächelte …

Im 12. Kapitel
zeigen sich die zarten Knospen neuer Probleme

Bevor ich am Morgen aufwachte und feststellen musste, dass Joshua mit seiner Prophezeiung »Du wirst Kopfweh bekommen« leider Recht hatte, wurde ich bereits mitten in der Nacht geweckt. Es polterte blechern und geheimnisvoll vor der Veranda.

Ich kam mühsam aus wirren Träumen hoch, in denen meine endlich freigelassenen Erinnerungen eine tobende Party feierten. Das Erste, was ich registrierte, neben dem Gepolter, war brennender, grausamer Durst. Ich verfluchte Joshuas Rum-Punsch, schleppte mich, ohne Licht anzuknipsen, in die Küche und trank zwei Gläser kaltes Wasser aus der Leitung. Inzwischen polterte es, wenn auch zögernder und leiser, weiter.

Ich spähte durch die Gardine nach draußen. Schwach von der Straßenlaterne auf der anderen Seite beleuchtet, sah ich etwas kleines, Pelziges am Mülleimer herumwuseln. Ein Teddybär? Ich öffnete langsam und vorsichtig die Verandatür, zwängte mich durch die Fliegengitterklappe und schlich über die Veranda näher drauf zu.

Da drehte es sich um – offenbar keineswegs, weil es mich bemerkt hatte, sondern nur, um dem Mülleimerdeckel aus einer anderen Richtung besser beizukommen – und zeigte sich mir. Allerdings, ein Teddybär. Einer mit schwarzer Banditenmaske, zarten Menschenhänden und dickem, gestreif-

tem Puschelschwanz. Seine glänzenden Knopfaugen waren träumerisch in die Ferne gerichtet, als es ihm endlich gelang, seinen Arm zwischen Deckel und Eimer zu praktizieren.
Müll? Wie ungesund! »He, Kleiner!«, rief ich leise. »Darf ich dir nicht etwas Besseres geben? Was hältst du von gekochtem Schinken?«
Er wühlte ungerührt weiter im Abfall.
Ich begab mich so schnell und leise wie möglich zurück in die Küche und wählte einiges aus, von dem mir vorkam, es könnte einem hungrigen Waschbären schmecken. Das bot ich meinem Gast an. Sehr scheu benahm er sich nicht, er ließ mich dicht herankommen und beschnüffelte laut und nachdenklich den Aufschnitt, ohne allerdings zuzugreifen.
»Sag jetzt nicht, dir fehlt Brot und Butter!«, flüsterte ich.
Gleich darauf kam jemand aus der Nachbarschaft mit dem Auto nach Hause und knallte beim Aussteigen laut mit der Autotür. Es klang scharf und feindlich, fast wie ein Schuss. Vielleicht weckte das in dem Waschbären eine Erinnerung – er zerrte die Pfote so rücksichtslos aus dem Mülleimer, dass der beiseite polterte, und verschwand mit einigen Sprüngen in der Dunkelheit. Ich stellte den Eimer wieder auf, fegte den herausgefallenen Müll hinein und setzte den Deckel auf. Dann begab ich mich zurück ins Bett, leise summend. Das englische Wort für Waschbär lautet Raccoon, und mir war ein Lied eingefallen, das Bertil mir oft vorgesungen hatte, als ich klein war: ›Rocky Raccoon, equipped with a gun, to shoot off the legs of his rival‹ oder so ähnlich.

Der nächste Tag war Labour Day, der letzte offizielle Ferientag. Eigentlich hätte er sonnig und mild sein können, um den Menschen, die morgen wieder zu arbeiten hatten, das

Ferienende zu versüßen. Stattdessen war er viel zu warm, schwül, und es regnete schon wieder, wenn auch dünn und lustlos.

»Es wird besser, sagt der Wetterbericht!«, versicherte mir Joshua, als ich verkatert und müde bei ihm ankam. Ich erzählte von meinem Telefonat mit Tante Svea, und er war beeindruckt durch die Todesart meiner Eltern. Er nannte sie nicht kitschig, sondern romantisch.

»Josh, heute Nacht war ein Waschbär am Mülleimer. Ich wollte ihm Schinken geben, den hat er aber nicht gefressen. Was mögen Waschbären?«

Joshua grinste. »Du musst immer allen zu essen geben, was?«

Meinen Futterstopftrieb hatte Verena das genannt.

»Du doch auch. Ich bin noch nie mit leerem Magen aus deinem Haus gekommen. Das mit dem Essen geht ja noch, aber dein Rum-Punsch …« Ich hielt mir den Kopf.

Josh nickte stolz: »Der hat's in sich.«

Er erklärte mir, dass es ungern gesehen werde, wenn jemand Waschbären füttere. »Die Raccoons sind sowieso viel zu frech, räubern alles aus und machen Unordnung. Hm, wenn du nicht anders kannst – eigentlich essen sie wirklich alles, aber für den Anfang – nimm hartes, altes Brot oder alte Brötchen und stell ihnen auf jeden Fall eine Schüssel mit Wasser dazu. Sie wollen das Brot eintauchen. Sie machen ihr Futter gern nass, oder vielleicht denken sie auch, es wird dadurch sauberer. Und lass dich lieber nicht dabei beobachten. Vor allem nicht von Miss Dottie. Die kommt mit ihrer Flinte!«

Richtig, da fiel mir das Lied wieder ein! »Darf ich dir mal was vorspielen, Joshua?«

Die einfache Melodie klang ziemlich seltsam auf dem Spinett und war wohl auch nicht ganz richtig gespielt. Einige Teile fehlten mir. Joshua saß mit gerunzelter Stirn daneben und erkannte erst mal nichts. Wenn er nachdachte, zupfte er an den weißen Puscheln, die über seinen Ohren bauschten.

»Es kommen komische Namen darin vor: Dannyboy und ein Mädchen, das Magill heißt und sich selbst Lill nennt, aber jeder kennt sie als Nancy, und die waren nebenan beim Schwofen, und …«

»Natürlich!«, rief Joshua begeistert, schob mich vom Hocker und griff selbst in die Tasten. Die Melodie kam schmissig, er tippte mit einem Fuß den Takt, und wir suchten aus unseren gemeinsamen Erinnerungen den Text zusammen.

»Das ist von den Beatles«, erklärte er mir. »Mary war ein großer Beatles-Fan!«

Dann wollte er wissen, was ich mit dem Tag anzufangen gedachte. Es sei vielleicht noch kein Badewetter, aber wie wäre es mit einem kleinen Ausritt in die Wälder?

Da ich mich weiter mit meinen Erinnerungen beschäftigen wollte (und vielleicht auch damit, weinen zu lernen), hatte ich beschlossen, zum Cottage zu fahren. Ich rechnete mir bei diesem Wetter ganz gute Chancen aus, allein zu sein.

In der Tat gab es noch weniger Menschen am Strand als am Samstag. Ich packte meine Sachen aus, setzte mich auf die natürlich ebenfalls überdachte Hinterveranda, guckte auf den heute graugrünen See, lauschte der leichten Brandung, dachte gerade, dass so ein weicher Regen sich doch gut eignen müsste, um weinen zu lernen und dass es möglicherweise sogar meinem Kopfweh gut tat, vorsichtig und sanft zu flennen – als das bunte Gezappel vor meinen Augen wieder losging.

Solange ich hier einfach ruhig sitze, dachte ich, schadet es ja nicht weiter.
Bald darauf merkte ich, dass Besuch vom Strand her auf mich zusteuerte. Ich konnte nicht erkennen, wer über die Düne stieg und gleich darauf vor der Verandatreppe stand. Ein großer, breiter Mensch jedenfalls in einem schwarzen Gummimantel.
Als sie mich ›Carestein‹ nannte, kam ich darauf, dass es sich um Pattie handelte, die Indianerin. »Du sitzt hier im Cottage mit dem Zaun?«, fragte sie. Sie habe einen freien Tag, und eine Bekannte von ihr besaß ein Cottage in der Nähe, am Wymbolwood Beach, die hatte sie besucht.
Ich glaubte ihr kein Wort. Nach der Sache mit der Möwe schon gar nicht mehr. Ich war überzeugt davon, dass sie bereits gestern oder vorgestern (bevor ich überhaupt eine Idee davon hatte, wie ich den Labour Day verbringen könnte) genau wusste, ich würde hier sein. Worauf mochte das Ganze hinauslaufen? Was hatte sie mit mir vor?
Ich lud sie ein, sich zu mir zu setzen, kochte uns Kaffee und servierte Brownies, die Tante Svea für mich in den Küchenschrank gelegt hatte.
»Wie geht es dir? Was machst du so?«, fragte Pattie.
Ich sagte, ich fände es erholsam und entspannend in Kanada, gerade bei diesem Wetter. Wenn sie meinte, ich würde die Möwe erwähnen, hatte sie Pech gehabt.
Dieser Freundin, von der sie gerade kam, hatte sie die Zukunft gedeutet, berichtete Pattie. Sollte sie mir nicht auch mal die Karten legen?
Aha, wir kamen der Sache näher.
»Was kostet das?«, fragte ich.
»Mann, willst du mich beleidigen, ja? Das kostet nichts. Ich mache das nur für Freunde. Und ich fühle, wir sind Freunde.«

Ich war mir nicht sicher, ob ich etwas anderes fühlte. Bisher hatte sie mir wirklich nichts getan, im Gegenteil: Sie hatte mir eine schöne Kette geschenkt im Wert von fünfzehn Dollar.

»Im Moment würde ich die Karten nicht erkennen, Pattie. Warte, bis sich meine Augen beruhigt haben.«

»Was ist denn los mit deinen Augen?«

Ich erklärte es, so gut ich es selbst wusste. »Das Einzige, was ich mir dazu denken könnte: Mein Arzt wollte mich direkt vor meiner Abreise aus Deutschland unbedingt sprechen, ich weiß nicht, warum. Vielleicht hat er etwas Schlimmes herausgefunden.«

»Vielleicht hat er das«, bestätigte Pattie. »Das weiß ich nicht. Was deine Augen angeht, ich glaube nicht, dass die krank sind, nur verstopft und dabei, sich zu reinigen. Ich kenne einige Menschen, die dasselbe erlebt haben, die gleichen bunten, beweglichen Schlieren und Zacken. Alles Menschen mit hoher Schwingung, so wie du.«

»Hohe Schwingung?«

»Ja. Uuu – wie soll ich das erklären ...« Pattie schlürfte ihren Kaffee. »Du weißt sicher, dass in den letzten Jahren immer mehr Leute ungewöhnliche Töne in den Ohren haben? Früher hatten das nur Künstler oder Menschen in Ekstase, die Drogen genommen und gefastet hatten, um mit Geistern zu reden. Sie hörten mehr als die anderen, und vorher haben sich ihre Ohren gereinigt und darauf umgestellt.«

Das schien mir doch eine gewagte Erklärung solcher Beschwerden. Wollte sie damit sagen, ich hätte eine Art Tinnitus auf den Augen und könnte mir im Grunde was drauf einbilden?

»Du hast eine Gabe. Das Talent, besondere Dinge zu sehen, die andere nicht sehen, Carestein.«

Ich zögerte etwas und gab es dann zu: »Ich weiß, dass ich zwei Mal Menschen gesehen habe, die kurz vorher oder gleichzeitig gestorben sind.«
»Siehst du! Zwar kann das natürlich im Grunde jeder – so wie jeder schließlich irgendwie singen oder tanzen kann. Nur mit unterschiedlichem Talent. Manche müssen es lange üben, bevor es klappt. Andere sind damit von vornherein begabt.«
»Als ich vorgestern in deinem Geschäft war, hast du etwas davon gesagt, dass ich geflogen komme und meine Schwinge versteinert ist oder so ähnlich. Wie bist du darauf gekommen?«
»Hab ich dir doch gesagt: Ich habe von dir geträumt. Du warst ein weißer Vogel, und dein linker Flügel war aus Stein. Ich sollte dir helfen, ihn aufzuweichen. Links ist die Seite der Vergangenheit, rechts liegt die Zukunft, weißt du. Links ist das Fühlen und rechts das Denken …«
»Ist das alte Indianerweisheit?«
Pattie lachte. »Das ist alte Menschenweisheit. Es gibt nur einen großen Geist, und der ist überall und jederzeit.«
Ich versuchte, mich zu erinnern. War es wirklich der linke Flügel der Möwe gewesen? Doch, ja. Der linke. Ich hatte sie ja deshalb die ganze Zeit so gehalten, dass ihre rechte Seite an meinem Körper lag.

Als ich wieder deutlicher sehen konnte, holte Pattie ihre Karten hervor. Sie beteuerte allerdings, das seien bloß ihre Trivialkarten, die Auskunft geben könnten über täglichen Krimskrams. (Offenbar wollte ihre Freundin nur über täglichen Krimskrams beraten werden.) Die Karten für die wesentlichen, großen Dinge hätte sie zu Hause: »Die habe ich selbst gemacht. Mein Großvater hat mir dabei geholfen. Er hat Zeremonien für mich gemacht, dann habe ich die Bilder gesehen und später aufgemalt. Mein Granpa ist ein großer Medizinmann.«

Ich versuchte, mir in Moonbay irgendwo ein Tipi mit Feuerloch vorzustellen. »Wo wohnt er denn?«

»Granpa? Im Indianerreservat. Auf Christian Island. Die Insel dort.« Pattie zeigte mehr oder weniger nach Norden, wo nichts zu sehen war als Wasser und dunkle Wolken.

Ich musste die Trivialkarten mischen, Pattie legte sie aus. Im Wesentlichen kam dabei heraus, dass ich mich gerade in einer großen Umstellungsphase befand und dass wichtige Entscheidungen auf mich zukämen. Drei Könige lungerten um mich herum, der Kreuzkönig hinter mir, der Pikkönig neben mir und der Herzkönig vor mir, und alle drei wussten nicht recht. Zu dem einzigen, was mich augenblicklich wirklich interessiert hätte, meiner Gesundheit, schwieg die Zukunft sich aus. Bei den paar Malen, in denen ich mir vorher in meinem Leben die Karten hatte legen lassen, hatten sie eigentlich jedes Mal mehr oder weniger dasselbe gesagt. Vielleicht fiel Karten einfach nichts anderes ein.

»Du musst mich mal besuchen, dann lege ich dir die richtigen Karten!«, versprach Pattie.

Plötzlich kam die Sonne heraus, gewissermaßen halb in unserem Rücken. Wir sahen nur, dass die finsteren Wolken über dem See auf einmal wie mit Scheinwerfern beleuchtet wurden. Ziemlich schnell bildeten sich auf diesem schwarzen Hintergrund zwei Regenbögen, einer in knalligen Farben, der andere schwächer, ein zartes Echo.

»Die stehen genau über Christian Island!«, sagte Pattie, als hätte ihr Großvater sie angefertigt.

Wir hatten gleichzeitig die Idee zu baden und stießen vor Aufregung fast den kleinen Tisch um, damit wir nur noch

rechtzeitig ins Wasser kämen, bevor alles wieder verschwand.
Ich bot Pattie einen meiner beiden neuen Badeanzüge an. Sie lächelte mitleidig und meinte, so einen bekäme sie gerade mal ums Handgelenk. Sie rauschte majestätisch in ihrem weiten T-Shirt in den See, unter dem sie offenbar ihre Unterwäsche einfach anbehielt: »Die ziehe ich später aus und knöpfe meinen Mantel zu, keine Sorge …«
So schwamm ich zum ersten Mal im Lake Huron, der angenehm kühl war, keineswegs kalt. Ich ließ mich von der leichten Dünung wiegen und blickte zum Himmel, auf das schöne Schauspiel, das langsam verblasste, denn der Wolkenhintergrund wurde heller und der feine Regen hörte jetzt auf. In solchem Wasser hatte ich noch nie gebadet: Süßwasser, reines Süßwasser ohne Chlor. Es duftete unwiderstehlich frisch und sauber. Ich schöpfte es in meine Handfläche und trank.
»Das ist genau, was du tun solltest«, ließ sich Pattie auf einmal dicht neben mir hören. »Viel trinken musst du, um dich aufzuweichen. Und es wieder von dir geben – viel Pipi machen …«
»Wie wär's mit weinen?« (Denn insgeheim gab es mir schon zu denken, dass sie gemeint hatte, meine Augen seien ›verstopft‹ und müssten sich reinigen.)
Pattie stellte sich hin und strich ihr nasses Haar glatt zurück. »Auch gut – wenn du Gründe findest. Am besten wäre natürlich, vor Glück zu weinen. So, nun guck dir die Burschen an!«
Sie zeigte auf einen Schwarm kleiner, rosa-goldener Fische, die furchtlos um uns herum wuselten. Sie waren nicht größer als meine Aquarienfische. Ich hielt ihnen die Hand hin. Zu meinem Entzücken knabberten einige von ihnen zart an

meinen Fingern, so wie das meine kleinen Kumpel zu Hause immer machten. Ich fühlte, wie mein Futterstopftrieb in Wallung kam und war drauf und dran, schnell aus dem See über den Strand ins Cottage zu laufen, um Brotkrümel herbeizuschaffen, als Pattie, an deren Oberschenkeln sie offenbar auch herumnaschten, ins Strampeln geriet: »Mann, hey, das kitzelt!!« Da huschten alle schnell wieder davon.
Nach dem Baden setzten wir uns, in Handtücher gewickelt, noch eine Weile direkt an den Strand. Der belebte sich allmählich: Je mehr die Wolken sich auflösten, je mehr blauer Himmel sich zeigte, desto mehr Badeanzug-Figuren gab es nun, lachende, planschende, die auf Surfbretter oder in Gummiboote stiegen und sich mit Sonnenmilch einrieben. Ich schaute mich um. Im Umkreis der vielleicht sichtbaren vier Kilometer Strand wimmelten mindestens fünfzehn Leute herum.
»Ganz schön viele Menschen hier!«, sagte ich zu Pattie.
Die setzte gerade ihre frisch geputzte Brille auf und blickte sich um. »Ja. Schrecklich. Ab morgen ist wieder Ruhe«, meinte sie.
Die Sonne schien ungeduldig und gereizt, sie stach vor allem meinen schmerzenden Kopf. Deshalb – und wegen der Völkermassen am Strand – blieb ich im Cottage, nachdem Pattie sich verabschiedet hatte: »Auf meiner Karte stehen auch meine private Telefonnummer und meine Privatadresse. Du bist jederzeit willkommen, hörst du?«
Sie umarmte mich herzlich, bevor sie in ihrem schwarzen Mantel, das nasse T-Shirt und ihre Unterwäsche unter dem Arm zusammengerollt, mit wiegenden Hüften am Strand entlang verschwand.

Schon am späten Nachmittag konnte man beobachten, wie ringsumher Luft aus Gummibooten gelassen und Autos mit Gepäck beladen wurden. Die Ferien waren zu Ende, kein Zweifel.
Ich brachte meine Kopfschmerzen früh zu Bett und wurde nachts ein weiteres Mal geweckt durch Krach und Radau. Gewitter. Und was für eins! Endloses Geblitze, minutenlanger Donner. Ein schönes Land, nur manchmal etwas laut.
Ich setzte mich seufzend im Bett auf, registrierte, dass der letzte Rum-Punsch meinen Kopf verlassen hatte, und bekam sofort bessere Laune.
Nun, dachte ich, wenn hier schon so viel Natur geboten wird, dann wollen wir uns das doch ruhig mal anschauen.
Ich zog den Vorhang beiseite und gönnte dem See einen Blick. Gleich darauf zerrte ich einen Stuhl vors Fenster und machte es mir bequem. So etwas hatte ich noch nie gesehen. Blitze, weit verzweigte und veräderte Blitze, die teilweise rötlich oder grünlich leuchteten, wie Silvesterfeuerwerk, die fünf- bis siebenfingrig in den See tauchten und dort wie erstarrt stehen blieben! Von wegen blitzschnell: Die ließen sich Zeit.
Ich guckte ungefähr eine Stunde lang zu, dann wurde ich zu müde, kroch zurück ins Bett und schlief trotz Donnergetöse wieder ein.
Als ich aufwachte, war es ruhig, der Himmel hoch und hellgrau, das Wasser unendlich still. Ich lief – wer sollte mich schon sehen, jetzt, nach den Ferien? – im Nachthemd die paar Meter zum Strand hinunter. Nicht die kleinste Welle kräuselte den See, er spiegelte das Ufer und sogar die dünnen Nebelschlieren, die hier und da herumwaberten. Er steckte wohl ebenfalls noch im Nachtgewand und schlief jetzt in den Tag hinein nach seinem nächtlichen Getobe, leise at-

mend: Ganz ab und zu machte es flüsternd ptttschschsch … wo das Wasser den Sand berührte.

›Es gibt verschiedene Reitställe in der Gegend, wo Du ein Pferd mieten kannst‹, hatte Tante Svea geschrieben. »Hast du Freude am Reiten?«, hatte Miss Dottie gefragt, und auch Joshua riet zu einem kleinen Ausritt in die Wälder.
Am Waldrand, weiter südlich, fand ich einen der Ställe. Ein Schild baumelte an der Straße und nannte die Preise. Ich stieg aus dem Wagen und suchte nach einer menschlichen Seele, die mir gegen Dollars für ein paar Stunden ein Pferd anvertraute. Es duftete angenehm hier, nach Kiefernnadeln, Harz und Erde. Und auch der Ammoniakgeruch von Pferden stieg mir in die Nase.
Im lang gezogenen Stallgebäude standen etliche Tiere in den Boxen, große, kleine, struppige und blank polierte. In der vorletzten Box war ein gummikauender Halbwüchsiger mit Cowboyhut damit beschäftigt, eine schöne, rotbraune Stute zu striegeln. Nachdem ich ihm einen guten Morgen gewünscht hatte, grüßte er kurz, indem er an die Hutkrempe tippte und dann weiterarbeitete.
Ich überlegte, ob ich einfach wieder verschwinden sollte. Er wirkte jedoch derart uninteressiert und gelangweilt, dass ich fürchtete, er würde mich ohne jede Sorge um den finanziellen Verlust einfach gehen lassen. Das Pferd, ganz im Gegenteil, war unruhig und zappelig und versuchte immer wieder, sich nach mir umzudrehen.
»Ich möchte gern reiten«, teilte ich dem Striegler mit. Er produzierte eine große rosa Kaugummiblase und saugte sie gleich wieder in den Mund. Dann fragte er, ohne mich anzusehen: »Sie kommen aus Europa, nicht? Dutch oder German, hm? Können Sie Western Style reiten, Lady?«

»Nein.«
»Ooops«, meinte er darauf, »dann müssen Sie warten. Wir haben nur einen von diesen kleinen English-Style-Sätteln, und auf dem sitzt gerade Mr. Baxter. Das wird dauern. Der ist immer Jahrtausende unterwegs.«
»Wo befindet sich denn bitte der nächste Reitstall?«
»Tja. Der ist um die Ecke bei Tinyvale. Nur – da werden Sie wenig Glück haben, Lady. Die schließen jedes Jahr nach Labour Day.«
Dann eben nicht, dachte ich. Andererseits – die Pferde rochen so gut. Ich liebte das Schnauben und Pruschen und das hohle Geräusch eines hochgehobenen und zu Boden gesetzten Hufs. Ich hatte großen Appetit auf einen Ausritt an diesem stillen, etwas nebligen Tag. Ich war seit meinem Geburtstag nicht mehr geritten.
»Meinen Sie nicht, ich könnte mit einem Western-Sattel reiten?«
Er hörte auf zu bürsten, richtete sich auf und sah mich zweifelnd aus seinen wasserblauen Augen an. »Ich weiß nicht. Da müssen Sie meinen Vater fragen. Der kommt nachmittags zurück. Naja, Roy kann das auch entscheiden. Aber Roy ist nicht da.«
Nun reichte es. Ich drehte mich um und rauschte davon, so gut es sich über einen hoppeligen, unsauberen Stallboden rauschen lässt. Als ich zur Tür hinaus wollte, bog ein Mann um die Ecke und versperrte den Weg, ein riesiger, ungeschlachter Kerl. Anstatt Platz zu machen und beiseite zu gehen, blieb er stehen. Ich konnte sein Gesicht nicht erkennen, weil er mit dem Rücken zum Licht stand. Indessen kam mir ein unangenehmer Verdacht.
»Roy, die Lady will reiten …«, rief das Kerlchen aus der vorletzten Box.

Ich drängelte mich an Roy vorbei durch die Stalltür, wobei ich ihn mit dem Arm rempelte. Er drehte sich mit mir. Jetzt standen wir entgegengesetzt, er halb drinnen, ich halb draußen. Die Sonne hielt diesen Moment für effektvoll genug, um durch den Nebel zu brechen und sein Gesicht zu beleuchten, worauf er seine Augen noch schmaler zusammenzog, als sie sowieso schon waren. Es handelte sich, natürlich, um den realitätsbesessenen Indianer.
»Können Sie auf einem Western-Sattel reiten, Lady?«, fragte er mürrisch. Er tat so, als hätte er mich noch nie gesehen. Als hätten wir nie gemeinsam lebende oder tote Möwen transportiert.
»Ich hab's noch nicht versucht. Aber ich bin ziemlich sicher auf einem Pferd. Ich reite seit mehr als dreißig Jahren«, sagte ich.
»Auf so einem kleinen Topfdeckchen von Sattel mit hochgeschnürten Beinen, was?«, fragte er ironisch. »Davon haben wir nur einen. Marv, ist Curran frei?«, brüllte er nach hinten in den Stall.
Marv antwortete, mit dem sei Mr. Baxter unterwegs.
»Okay, Lady, der Sattel ist nicht da. Und der Mann, der jetzt damit unterwegs ist …«
»Ich weiß. Der reitet immer Jahrtausende lang«, unterbrach ich ihn. Wir sahen uns gegenseitig kritisch an. Unter seinen vorstehenden Wangenknochen hatte er beidseitig scharfe senkrechte Falten im Gesicht, fast wie Narben. Der englische Sattel und seine Lächerlichkeit schien ihm ein inneres Anliegen zu sein: »Auf so einem Jockey-Sitz hockt man doch wie ein Äffchen. Da hat man keinen vernünftigen Halt«, brachte er mir bei.
»Hat man Ihrer Meinung nach vernünftigeren Halt auf einem Western-Sattel?«

»Natürlich!«
»Dann satteln Sie bitte damit ein Pferd für mich. Wenn ich seit vierunddreißig Jahren noch nie von so einem kleinen Topfdeckchen von Sattel gefallen bin, dann habe ich gute Chancen, erst recht nicht von dem anderen zu fallen.«
Jetzt lächelte er zum ersten Mal ein wenig. »Es geht nicht nur um den Sattel. Die Pferde sind an andere Zügelführung gewöhnt. Wenn ich Sie auf einen Western-Gaul setze und Sie mit beiden Händen an den Zügeln ziehen, dann weiß er gar nicht, was Sie wollen.«
Marv, der Cowboyhut-Bengel, kam aus dem Stall, blinzelte in die Sonne und reinigte seine Hände mit einem Lappen.
»Hören Sie, wollen Sie Reitunterricht? Wir geben Reitunterricht«, äußerte er plötzlich geschäftstüchtig.
Und anstatt mich nun entscheiden zu lassen, ob ich das wollte – oder ob ich überhaupt genug Geld für solche Späße besaß –, kommandierte Roy gleich großspurig herum, welche Pferde wir nehmen würden: »Gib ihr Babe, die ist okay für den Anfang. Ist Wendy schon gestriegelt? Gut, dann sattle ich Wendy ...« Beide verschwanden wieder im Stall und ließen mich auf dem Hof stehen.
So wie sie mich nicht in ihre Pläne einbezogen, hätte ich ohne weiteres abwarten können, bis sie mit ihrem Gesattel so gut wie fertig waren und dann in mein Auto steigen und abfahren. Das tat ich nur deshalb nicht, weil ich immer noch große Lust auf einen Ausritt verspürte und weil ich neugierig war auf die weltbewegenden Unterschiede der Reitkultur. Zudem wurde das Wetter immer schöner.
Schließlich klapperten die Hufe auf dem zementierten Mittelgang des Stalls, und die beiden Herren erschienen, jeder einen Gaul hinter sich herziehend.
Das mir zugedachte Pferd – Babe also – war mittelgroß, ro-

bust und grau mit schwarzen Sprenkeln. Es trug den angeödeten Ausdruck typischer Leihpferde und mampfte an der Beißstange herum, was ihm große Ähnlichkeit mit Marv verlieh, zumal beide ungefähr gleich langnasig waren.
Wendy war die nervöse rotbraune Stute, die Marv gestriegelt hatte. Sie wirkte jetzt ruhiger.
»Aufsteigen können Sie?«, erkundigte sich Roy gönnerhaft. Dabei war es viel einfacher, in den Western- als in den englischen Sattel zu kommen, weil die Steigbügel tiefer hingen. Ich lernte nun, dass ich die – getrennten – Zügel nur in der linken Hand halten durfte. Warum? Weil man in Amerika die rechte Hand beim Reiten frei haben muss für das Lasso, die Pistole oder den Zigarillo. Und wenn man nun mal nichts in der rechten Hand hielt, dann hatte sie auf dem rechten Oberschenkel zu ruhen.
Roy stellte die Steigbügel so lange hoch und runter, bis er meinte, meine Beine hätten die perfekte, leichte Biegung, um so eng wie möglich am Pferdekörper zu liegen, denn: »Wenn Sie gut reiten möchten, Lady, dann ist das meiste Beinarbeit.«
»Wollen Sie mir einen großen Gefallen tun und aufhören, mich Lady zu nennen?«
»Okay. Ganz wie Sie mögen. Sollten Sie die Zügel verlieren oder sonst irgendwelche Probleme bekommen, Sir, dann halten Sie sich einfach hier am Horn fest.«
»Was?«
»Hier vorn am Sattelknopf …«
»Haben Sie gerade Sir zu mir gesagt?«
»Lady wollen Sie doch nicht genannt werden.«
»Wollen Sie damit andeuten, dass Sie so etwas wie Sinn für Humor haben?«
Ein breites Grinsen spaltete ganz unerwartet sein Gesicht.

Schlagartig sah er nicht mehr grimmig, sondern völlig harmlos aus, die senkrechten Falten vertieften sich zu Grübchen.
»Also, wie heißen Sie?«
Ich nannte meinen Namen, in der Hoffnung, dass er mich nicht ebenfalls ›Pflichtkrug‹ rufen würde. Nein, er machte etwas ganz Neues daraus, es hörte sich an wie ›Christy‹. Ich beließ es dabei. Das war immerhin ein netter, christlicher Name.
Anschließend rügte er meine Bekleidung: Die Jeans waren schon in Ordnung, aber ich brauchte Stiefel mit Absatz, am besten eben typische Cowboystiefel, um sie hinter den Steigbügel zu haken und mich aufrichten oder hinstellen zu können.
»Warum soll ich mich beim Reiten hinstellen?«
»Zum Beispiel, um nach feindlichen Indianern Ausschau zu halten.«
Marv verschwand wieder im Stall und Roy bestieg die schöne Wendy. Von rechts! Das hatte ich noch nie gesehen.
»Sind Sie eben von rechts auf das Pferd gekommen?!«
»Kann ich mir nicht vorstellen. Kein Pferd lässt sich von rechts besteigen. Muss eine Täuschung gewesen sein«, murmelte er. Dabei wurden seine Seitenfalten wieder zu Grübchen.
Wir trabten in den Wald. Ich musste mich sehr auf die ungewohnte Zügelführung konzentrieren. Wenn ich es falsch machte, ging Babe langsamer, manchmal blieb sie ganz stehen. Einmal seufzte sie tief. »Gib bloß nicht so an«, riet ich ihr auf Deutsch. »Du bist auch nicht als Reitpferd auf die Welt gekommen. Lernen müssen wir alle.«
Babes Angabe war nichts gegen die meines Reitlehrers. Er demonstrierte ganz nebenbei die tollsten Kunststückchen und tat so, als wär's nichts weiter. Um mir etwas über die

Landschaft zu erzählen, schwang er sich plötzlich ganz auf dem Sattel herum, sodass er mit dem Gesicht über dem Pferdehintern saß, lenkte Wendy jedoch ebenso sicher wie vorher, ja er ging sogar in dieser Haltung zum Galopp über. Er schlug beim Traben ein Bein lässig über den Sattelknopf, er stieg während der Fahrt – oder vielmehr, während Wendy lief – kurz ab und wieder auf, wie ein Ponyexpress-Reiter in alten Wildwestfilmen. Er legte sich seitlich, mit auf den Arm gestütztem Kopf, über den Pferderücken wie auf ein Sofa. Und das im Stall so nervöse Tier ließ das alles mit sich machen und schien nichts weiter dabei zu finden.

»Ist Wendy Ihr eigenes Pferd?«

Er tätschelte ihren Hals. »Nein. Aber sie wünschte, sie wäre es.«

»Hat sie Vollblut-Anteile?«

»Sie ist ein Saddle-Horse. Ihr Daddy war englisches Vollblut. Halbblut, wie ich.« Roy steuerte Wendy plötzlich eng an Babe heran und verlangte: »Sehen Sie in meine Augen! Sehen Sie das?«

Seine länglich geschnittenen Augen waren dunkelgrün, ein bisschen rotgeädert – vielleicht hatte er am Vorabend Rum-Punsch zu sich genommen – und schwermütig. Ich ahnte nicht, welchen Kommentar er von mir erwartete. Na gut, es waren attraktive Augen. Ich war nicht bereit, das zuzugeben.

»Sie sind nicht schwarz. Sehen Sie? Daran kann man erkennen, dass ich nicht reinblütig bin. Manchmal bleiben die Farben bei Menschen, die nur ein Sechzehntel Indianerblut in sich haben. Sie sehen immer noch aus wie Sittung Bull. Und manchmal kann man Kinder von Negern sehen, deren Vater und Mutter seit Generationen schwarz gewesen sind, noch nie der kleinste Spritzer weißes Blut – und dann sündigt Mum mit einem weißen Mann und das Kind wird braun

mit blauen Augen und hellem Haar. Das gibt es! Alles Glückssache, kommt darauf an, wie die Natur es will ...«
Wir kreuzten eine schmale Autostraße. Ein dickes Cabrio kam des Weges, in dem die beiden quietschigen Blondinen saßen, die mit Roy zusammen geritten waren, als ich ihn zum ersten Mal gesehen hatte.
Sie hielten am Straßenrand und er ließ mich und Babe einfach stehen, ritt zum Auto und stürzte sich in ein intensives Gespräch. Es ging um irgendwelche Fotos, die er von den Mädchen gemacht hatte und die sie vielleicht wiederholen müssten, weil sie nicht so geworden waren, wie es ihm vorschwebte.
Furchtbar interessant.
Vielleicht hätte ich es wirklich ganz unterhaltsam gefunden, wenn er die Blondinen und mich einander vorgestellt und mir kurz erklärt hätte, worum es ging. Alle drei schauten nicht einmal andeutungsweise in meine Richtung. Sie gingen vielmehr dazu über, zu scherzen und sich zu necken, zumindest die Mädchen. Roy blieb ernst und zurückhaltend, flirtete jedoch auf seine Weise, indem er einem der Mädchen – dem am Steuer – plötzlich die Zopfspange abrupfte. Das gab ein gewaltiges Gegacker. Ziemlich öde, wenn man vier Meter entfernt wartete.
Babe senkte den Kopf, um am Wegrand zu grasen. Ich benutzte das, was ich gerade gelernt hatte, um sie davon abzubringen, und galoppierte zurück in den Wald. Ich habe einen ganz guten Ortssinn und war sicher, den Reitstall allein wieder zu finden.
Nach einer Weile hörte ich Roy und Wendy hinter uns herkommen. Er rief: »Stopp!« und »Was ist los, Lady?«
Babe war sehr dafür, anzuhalten und auf ihn zu warten. Ich war sehr dagegen, und ich setzte mich durch.

Allerdings besaß Wendy längere Beine als Babe. So sprengten sie gleich darauf neben uns: »Hey – verdammt noch mal, Lady, was soll das?«
Ich drehte noch nicht einmal den Kopf. Als es Roy endlich einfiel, »Christy!« zu rufen, verlangsamte ich den Ritt und blickte ihn an: »Ja?«
Daraufhin fluchte er eine Weile. Er griff hinüber, nahm mir die Zügel weg und stoppte beide Pferde.
»Was war denn nur los? Weshalb sind Sie plötzlich abgehauen? Sind Sie eifersüchtig?«
»Ich bezahle Sie dafür, dass Sie mir Reitunterricht geben, und nicht dafür, dass Sie mit anderen Leuten Gespräche führen.« Ich hielt ihm meine Armbanduhr unter die Nase, als sei die ein Beweisstück: »So viel Zeit habe ich nicht.«
Vielleicht war ich übrigens wirklich eifersüchtig gewesen.
Roy gab mir die Zügel wieder in die Hand und starrte zornig auf den Waldweg. »Tut mir Leid, dass ich Ihre Zeit verschwendet habe«, murmelte er, »Sie können sich ja beim Reitstall über mich beschweren. Wenn Sie berichten, dass ich mich mit Lettie und Fiona Scott unterhalten hab, bin ich vielleicht sogar meinen Job los. So was sieht mein Boss nicht gern.«
Ich sagte nichts.
»Dabei ist es ganz harmlos. Ich hab sie für einen Wettbewerb aufgenommen, weil sie beide so helles Haar haben. Gegen einen dunklen Hintergrund sieht das besonders effektvoll aus. Ich muss die Fotos noch mal machen, sie sind nicht gut genug geworden …«, fuhr er fort. Er bemühte sich, mich in gute Laune zu bringen. Offenbar fürchtete er wirklich, ich könnte mich über sein Verhalten beklagen.
Ich bekam den Eindruck, dass ich ihm irgendwie – wie bloß? – meine eigene Welt übergestülpt hatte, in der ich

das Sagen hatte und nicht er. Eine Welt, in der ich – laut Verena – ›gut mit den Dienstboten umgehen‹ konnte.
Vor dem Reitstall gab ich Roy meine Zügel wieder in die Hand, rutschte von Babes Rücken, schloss das Auto auf, holte einen Geldschein hervor und hielt ihn hoch: »Danke sehr. Das ist in Ordnung so.« Ich fragte mich, ob er sich über das Trinkgeld eher freute oder eher ärgerte.
»Hören Sie, Lady – ehm, Christy –, eigentlich satteln unsere Reiter hier selbst ab und trocknen und versorgen das Pferd …«
»Das finde ich im Prinzip ganz in Ordnung. Leider habe ich heute keine Zeit mehr dafür«, behauptete ich. Ich sprach übrigens nett und milde, kein bisschen patzig. So hatte Uromi auch noch mit dem Personal gesprochen, wenn sie sehr ärgerlich war.
Ich ging um den Wagen herum und stieg ein. Roy saß als finsteres Reiterdenkmal da und starrte mir entrüstet hinterher. Was sollte er tun? Mich zum Stallausmisten zwingen?
Bevor ich die Autotür zuschlug, lächelte ich ihn an: »Ich werde mich nicht über Sie beschweren. Danke für den Unterricht. Das ging doch schon ganz gut fürs erste Mal, oder?«
»Kann man sagen. Ich dachte, das verdammte Pferd wäre mit Ihnen durchgegangen«, grummelte er.
Ich hatte die Tür schon zugeschlagen, als er noch etwas rief. Ich ließ die Scheibe herunter: »Bitte?«
»Kommen Sie wieder?«
»Ich weiß noch nicht. Mal sehen«, sagte ich.
Während ich losfuhr, überlegte ich, ob ich ihn wirklich in meine Welt bekommen hatte. Oder ob ich nicht vielmehr tiefer denn je in seiner Welt steckte – und nur eben gerade mal die besseren Karten gehabt hatte …

Ich fuhr zurück zum Cottage und kaufte am Straßenrand an einem kleinen Obststand eine große Tüte mit frischen Maiskolben, ziemlich dünn und klein und alle noch fest eingewickelt in ihre hellgrünen Blätterkittel.
Die Sonne schien jetzt klar von einem dunkelblauen Himmel, jede Nebelspur hatte sich aufgelöst. Der See war auch aufgewacht, streckte sich gähnend und produzierte schon wieder ein bisschen Brandung. Ich schwamm in dem unglaublich klaren Wasser mit geöffneten Augen und konnte die in den Sandboden gedrückten Wellen und jedes kleinste Steinchen wie durch eine Lupe sehen.
Tatsächlich gehörte der See an diesem Tag mir ganz allein. Falls die Möwen nicht in menschliches Denken verfielen und irgendwelche Besitzansprüche stellten.
Ich legte mich auf einem großen Handtuch am Strand in die Sonne und hörte den Wellen zu. Genau so sollte Urlaub doch sein: Entspannung, Ruhe, schöne Natur und keine Sorgen.
Natürlich hatte ich keine Sorgen. Jedenfalls keine akuten. Ich hätte nur gern gewusst, ob Joachim oder Verena (oder Nicole? oder Alexander?) oder alle miteinander Rachegefühle mir gegenüber verspürten – und die auch auslebten? Und wie sollte die arme Alma mit ihnen fertig werden, falls sie von ihnen bedroht wurde? War es ein Fehler gewesen, ihr nicht doch meine Telefonnummer in Kanada zu geben?
Dann versuchte ich zu weinen. Darüber, dass ich Alma so im Stich gelassen hatte. Und darüber, dass ich nun nicht in diesem Herbst heiratete, sondern wahrscheinlich eine einsame alte Frau wurde. Und darüber, dass Verena mich sogar mit Lars' Vater betrogen hatte. Darüber, dass sich vielleicht eine schreckliche Krankheit in meinem Kopf verbarg. Es funktionierte nicht. Ich konnte nicht einmal knurren.

Ich sammelte im Geiste jeden Grund zum Heulen, der mir einfiel. Ich wurde davon nicht traurig, sondern missmutig.
Schon seit einer Weile hörte ich ein hohes, mechanisches Sirren, das von oben zu kommen schien und regelmäßig an- und abschwoll. Ich starrte misstrauisch die Überland-Leitungen an. Hoffentlich streikte wegen der Hitze nicht die Elektrik und der Kühlschrank gab den Geist auf.
Nachmittags packte ich meine Sachen zusammen und fuhr zurück nach Moonbay. Das mit der Einsamkeit am Sunset Beach war wirklich überwältigend. Ich hatte große Sehnsucht nach Joshua Henderson.

Josh arbeitete in seinem Garten, als ich ankam. Er strahlte bei meinem Anblick. Sein Strahlen wurde breiter, als ich ankündigte, ich würde mich nur schnell umziehen und ihm dann helfen, falls er nichts dagegen hätte.
Ich brachte auch die Tüte mit dem Mais mit und er freute sich: »Den essen wir zum Dinner!«
Ich bot mich freiwillig zum Unkrautzupfen an, was Joshua kaum fassen konnte. Er betrachtete mich mit schief gelegtem Kopf: »Du siehst wunderschön aus, Kleine. Bist heute schon ordentlich braun geworden, was?«
Wir arbeiteten dicht nebeneinander und unterhielten uns. Ich berichtete von meiner ersten Reitstunde.
»Stimmt, der ist da im Stall beschäftigt, dieser Bursche. Wie heißt er nun?«
»Ich weiß nur seinen Vornamen: Roy.«
»War er so schlecht gelaunt wie am Samstagabend? Hat er was über die Möwe gesagt?«
»Kein Wort. Arrogant ist er. Und das hat ja meistens was mit Unsicherheit zu tun. Guck mal, Josh, das hier – ist das Unkraut oder eine Blume?«

»Rupf es weg. Möchtest du etwas trinken?«
Zuerst wollte ich dankend ablehnen. Dann erinnerte ich mich, dass ich ja viel trinken sollte: »Ja, bitte, Josh. Am liebsten nur Mineralwasser …«
Er verschwand im Haus. Ich richtete mich kurz auf, um meinen Rücken zu strecken – da sah ich wieder diese schwarzhaarige Frau, die kürzlich in Joshuas Küche gesessen hatte. Ich nahm sie nur aus den Augenwinkeln wahr, sie hockte in der schattigen Gartenecke dicht am Haus, wo auch der Poison-Ivy wuchs, und schien zu lächeln. Weshalb eigentlich stellte Joshua uns nicht einander vor? Ich wollte mich jetzt nicht umdrehen und schärfer in diese Ecke schauen, zumal Joshua gerade die Verandastufen hinunterkam, in jeder Hand ein Glas. Warum nicht mit drei Gläsern? Er hätte ja ein Tablett zu Hilfe nehmen können.
»Joshua, bitte«, sagte ich leise, als er neben mir stand, »wer ist denn dieses Mädchen?«
Er blickte mich so arglos-verständnislos an, dass ich ihm sofort glaubte. »Welches Mädchen?«
Ich drehte den Kopf zur schattigen Hausecke. Joshua folgte meinem Blick.
Die Frau war weg.
Wie konnte sie innerhalb einer knappen Sekunde so völlig verschwinden, ohne Geräusch, ohne dass ich die geringste Bewegung wahrnahm?!
»Da war eine Frau …«
»Hier im Garten?«
»Ja. Diesmal war sie hier im Garten.«
»Und wo war sie sonst?« Er hatte offensichtlich nicht die geringste Ahnung, wovon ich sprach.
»Vor ein paar Tagen hat sie in deiner Küche gesessen.«
»Eine Frau?! Vor ein paar Tagen? Was für eine Frau? Die

Briefträgerin? So eine dunkelblonde, kräftige? Die war kurz in der Küche, weil ich einen Stift zum Unterschreiben ...«

»Nein, Josh. Nicht die Briefträgerin. Diese ist zart und dunkelhaarig. Sie hat große Augen und ein feines Gesicht ...«

Joshua schaute ratlos umher. »Aber wie kommt die denn in mein Haus und in meinen Garten?«

»Ich weiß es wirklich nicht. Letztes Mal wollte ich dich nicht fragen, weil ich dachte ... ach, ich weiß auch nicht ..., dass es sich um ein Geheimnis handelt.«

Joshua zischelte sein seltsames Lachen. »Meine heimliche Geliebte? Das ist schmeichelhaft.«

Wir tranken unser Mineralwasser und arbeiteten weiter. Später gossen wir die Blumen, soweit sie nicht mehr in der prallen Sonne lagen, und gingen dann hinein, um den Mais zu kochen. Als wir den Kolben das grüne Kittelchen auszogen, waren sie zu meiner Überraschung nicht gelb – so, wie man sie in Deutschland bekommt –, sondern von wächsernem Weiß.

»Nur so schmeckt er!«, erklärte Josh. »Alles andere ist Schweinefutter.« Das Gemüse wurde allerdings beim Kochen – »in klarem Wasser, nur kein Salz, sonst wird der Mais hart!« – zartgelb.

Ich lernte, wie man den heißen Maiskolben in einer gebutterten Brotscheibe wälzt, um ihn gleichmäßig von allen Seiten einzufetten. Da die Butter stark gesalzen ist, sind weitere Gewürze überflüssig.

Als ich gerade die zarten Körner rundherum von einem Kolben knabberte, fiel mein Blick zufällig auf eine gerahmte Fotografie hinter dem hohen Küchenschrank. Ich zeigte mit meinem Weißbrot: »Da ist sie doch!«

Joshua kaute konzentriert, seine weißen Pelzpuschel bewegten sich rhythmisch auf und ab. »Wer?«

»Na, diese junge Frau. Da an deiner Wand hängt ein Bild von ihr.«

Joshua hörte auf zu kauen und sah sich um. Er war plötzlich blass, und er legte mit einer zitternden Hand seinen angeknabberten Maiskolben auf den Teller zurück.

»Diese Frau da hast du bei mir gesehen? Im Garten und in der Küche?«

Ich stand auf und betrachtete das Bild aus nächster Nähe. »Ja. Ganz bestimmt. Sie hat blaue Augen und so ein Lächeln … Wer ist denn das nun?« Begriffsstutzig, wie ich war, dachte ich immer noch an eine Nichte oder Großnichte.

Josh räusperte sich. »Mary. Das ist meine Mary.«

Im 13. Kapitel
wird einiges eingeweicht

»Willst du damit sagen, ich sehe ihren Geist?«, flüsterte ich. Mir lief kitzelnd ein Schauer über den Rücken.

»Real ist sie jedenfalls nicht da«, gab Joshua zu bedenken. Auch er sprach gedämpft, als könnte Mary uns dann weniger hören, wo immer sie auch war.

Ich musste ihm noch einmal millimetergenau schildern, wo ich sie gesehen hatte und wie sie aussah. Inzwischen fand er: »Eigentlich hätte ich früher drauf kommen müssen, so wie du sie vorhin beschrieben hast. Das schwarze Haar und die blauen Augen. Lavendelblau, nicht?«

»So nahe bin ich ihr nicht gekommen. Du, Josh, hat sie … ist sie hier in deinem Haus?«

Joshua konnte schon deshalb nicht antworten, weil er sich eine Hand vor die untere Gesichtshälfte hielt. Darüber starrten seine großen braunen Augen verloren und traurig ins Weite.

Ich guckte wieder auf das Bild, eine Farbaufnahme. Mary, ein kleines bisschen verzerrt lächelnd, weil die Sonne sie blendete. Gar kein Zweifel, das war die Frau, die ich hier in der Küche und vorhin im Garten gesehen hatte. Und doch … irgendwie enttäuschte mich das Bild: »Sie war nicht sehr fotogen, stimmt's, Josh? Ich hab sie ja nur kurz gesehen, also ihren … Und ich fand sie viel, viel hübscher.«

Joshua stand auf, verschwand im Wohnzimmer, knarrte mit Schranktüren und kam mit einem Schuhkarton voller Fotos zurück. Mary in jeder Lebenslage. Mary beim Veranda-Anmalen, Mary im Garten, Mary am Strand im Bikini. Mary blass oder gebräunt, lachend und nachdenklich, lächelnd und schmollend, mit Zöpfen, offenem oder hochgezwirbeltem Haar. Auf keinem einzigen Foto sah sie auch nur annähernd so gut aus wie als Geist.

»Sie war wirklich nicht sehr fotogen!«, bekräftigte ich.

Josh sah mich aus schwimmenden Augen an. »Ich finde sie wunderschön, auf jedem einzigen Foto. Aber wenn du sagst, jetzt ist sie noch schöner – na, kein Wunder … Natürlich ist sie jetzt schöner.« Er putzte sich die Nase, deckelte den Schuhkarton wieder zu, und wir aßen nachdenklich unsere inzwischen kalten Maiskolben.

Am nächsten Tag kaufte ich mir in der Mall Cowboystiefel. Kurze, rote, mit seitlicher Stickerei in Schwarz. Rot war keineswegs meine Farbe – aber hatte nicht die Heilpraktikerin in Booksteed gemeint, das sollte ich tragen, um die Marskraft in mir zu stärken?

Dabei war ich durchaus nicht sicher, ob ich jemals wieder zum Reitstall fahren oder auf einem Western-Sattel sitzen würde. Egal: diese Stiefel waren so attraktiv, dass ich dafür kein Pferd brauchte, ich konnte sie zu fast allen langen weiten oder kurzen weiten Röcken tragen. Und zu Hosen natürlich sowieso. Bevor ich das Warenhaus verließ, fiel mir ein reizender Bikini in Rosé- und Fliedertönen auf. Ich probierte ihn in der Kabine und war hocherfreut, wie gut mir doch Rosé und Flieder standen und wie nett meine Figur in dem Bikini aussah. Außerdem brauchte ich Sonnenmilch für den Strand. In einer völligen Fehleinschätzung des kanadischen Herbstes hatte ich bloß einen schäbigen kleinen Rest eingepackt und den inzwischen fast aufgebraucht.

Die Verkäuferin in der Parfümerie zeigte mir ein ganz neues Produkt: goldbraun getönte Sonnenmilch, die duftete wie Vanille und Karamel. Man musste sich zusammennehmen, um sie nicht aus der Tube zu schlabbern.

Außerordentlich zufrieden mit meinen Käufen machte ich Pattie einen Besuch in ihrem Indianer-Shop. Sie fädelte kleine bunte Perlen auf und verfertigte einen Mini-Traumfänger an einer Halskette.

»Soll man den nachts tragen? Oder tagsüber, für Tagträume?«, fragte ich erstaunt.

Pattie lachte. »Eigentlich ist das Quatsch. Quatsch für Touristen. Kommst du heute Abend zu mir, Carestein? Ich lege meine richtigen Karten für dich. Was hältst du von einem kleinen Barbecue?«

Ich wusste nicht recht. »Kommen da viele Besucher?«

»Du, hoffe ich.«

»Und wenn ich nicht komme, gibt's kein Barbecue?«

»Uuuu – nein. Dann geh ich ins Kino.«

Sie beschrieb mir genau, wie ich den Weg zu ihrer Wohnung in Tinyvale fand, und ich versprach, um acht Uhr abends bei ihr zu sein.

Wenn ich schon mal mit dem Wagen unterwegs war – und wenn schon mal die Sonne so schön heiß brannte – und wenn ich schon mal rote Cowboystiefel bei mir hatte, konnte ich eigentlich ebenso gut zum Reitstall fahren. Vielleicht war Roy überhaupt nicht da. Es war keineswegs gesagt, dass er hier täglich Unterricht gab. Schließlich musste er irgendwann auch die Blondinen vor dunklem Hintergrund fotografieren.

Er kam genau in dem Augenblick aus dem Stall, als ich aus dem Auto stieg, und er lächelte triumphierend, als er mich

sah. Als käme ich seinetwegen, und nicht um zu reiten. Ich trug zu den roten Stiefeln eine kurzärmelige weiße Bluse und meine graue Jeans. Mein Haar hatte ich glatt aufgesteckt, wie fast immer. Roy sah mich gründlich von oben bis unten an und teilte mir dann mit: »Du siehst so kühl aus wie eine frische Quelle.«
Das verschlug mir erst mal die Sprache. Ich war auf Arroganz, Muffeligkeit oder sachliche Kälte gefasst, und er kam mir mit Poesie!
Als nächste Überraschung fragte er mich nach meinen Wünschen: Wollte ich wieder auf Babe reiten oder lieber auf Gary? Das sei ein temperamentvolleres Pferd, ein Appaloosa, etwas kleiner als Babe und vielleicht schwerer zu bändigen.
»Darf ich ihn mir ansehen?«, fragte ich artig.
Wir gingen in den Stall und begrüßten den Wallach, der mit den Augen kullerte wie ein Stummfilm-Star.
»Hat er Angst vor mir?«, fragte ich erschrocken.
»Warum sollte er? Du bist doch nicht gefährlich«, sagte Roy. Er schien sich diesmal sehr gewappnet zu haben. »Dass er so schaut, liegt an der Rasse. Diese Pferde haben einfach mehr Weiß in ihren Augen.« Er holte welke Möhren aus einem Korb, der an der Wand hing, damit ich Gary von meinen redlichen Absichten überzeugen konnte. Gestriegelt war er, jetzt zeigte Roy mir, wie ich die Decke und den Sattel auflegte.
Eine Viertelstunde später trabten wir nebeneinanderher auf den Wald zu. Gary erwies sich als angenehmes Reitpferd, weniger gelangweilt und verdorben als Babe. Allerdings reagierte er deshalb auch sehr viel genauer auf jede meiner Bewegungen, ich musste mich enorm konzentrieren.

Roy saß diesmal auf Paco, einem weißen Hengst mit breiter Brust, der in der Größe besser zu ihm passte als Wendy. Im Gegenteil: Er sah ungefähr so hochnäsig aus wie sein Reiter, und wenn er glaubte, dass es niemand merkte, schnappte er immer mal kurz nach Garys Schulter oder Schenkel. Dann sprach Roy mit seiner tiefen Stimme und unverständlichem Gemurmel auf ihn ein.

»Auf so einem Pferd kannst du sicher nicht solche Kunststücke machen wie auf Wendy?«, vermutete ich. Das war eine naive und unüberlegte Äußerung, die uns zwanzig Minuten der gewagtesten Zirkuskunststücke bescherte. Paco sah zwar nicht so aus, als hätte er das allergrößte Verständnis für Roys Zumutungen – wie beispielsweise, mal auf der linken und mal auf der rechten Seite neben dem Pferd herzurennen, am Sattel festgeklammert, und dann wieder aufzusteigen –, dennoch fügte er sich brav und drehte sich sogar auf der Hinterhand stehend um sich selbst, mit dem schweren Mann auf dem Rücken.

Nach einer Weile kamen Roy und ich überein, eine kleine Pause zu machen, stiegen ab und setzten uns auf Holzstapel in den Halbschatten.

Ich fragte mich, ob Roy über Nacht einen Crash-Kurs belegt hatte: ›Wie mache ich mich bei europäischen Frauen beliebt?‹ Nicht nur, dass er sich für meine Meinung interessierte – er interessierte sich überhaupt für mich.

Er wollte wissen, woher ich kam, was ich hier machte, was ich zu Hause machte und so weiter.

Geschult durch meine Erlebnisse mit Joachim, gab ich lieber gleich zu, dass mein Bruder unser Familienunternehmen in die Pleite gerissen hatte. (Ich sagte nicht, was für eine Art Unternehmen das war. ›Jewels‹ klingt so pompös und nach Marilyn Monroe.)

Roy hatte andere Maßstäbe als Joachim. Er musterte mich noch einmal von oben bis unten und fand, ich sähe nicht sehr zerlumpt aus. »Außerdem kannst du es dir immer noch leisten, ans andere Ende der Welt zu reisen.«

Die Reise, erfand ich schnell, hatte mir meine Tante spendiert.

So eine Tante wünschte sich mein Reitlehrer bitte auch mal.

»Würdest du dann nach Europa reisen?«

»Nein«, erwiderte er kühl. »Was soll ich da?«

Von oben ertönte das elektrische Sirren, das ich schon beim Cottage gehört hatte. Ich blickte in die Baumkronen. Hier gab es keine Leitungen!

»Roy, was ist das für ein Geräusch?«

»Das? Heatbugs. Hitzekäfer. Sie sagen, es sind jetzt achtzig Grad Hitze.« Roy musste über mein Gesicht lachen. »Also: das sind Käfer, die in den Bäumen sitzen. Sie haben harte Flügel. Und wenn es sehr heiß wird, dann bewegen sie diese Flügel ganz schnell hin und her, um sich zu kühlen, wie einen Fächer. Dadurch entsteht dieses Geräusch. Und das tun sie eben, wenn es ungefähr achtzig Grad sind.«

»Fahrenheit?«

»Definitiv. Auf Celsius reagieren sie nicht.«* Er streckte seinen großen Körper, blickte mürrisch auf den Waldweg und brummelte: »Ich würde dich gern mal fotografieren.«

Wen – den Waldweg? Ich fühlte mich nicht angesprochen.

»Oder ist dagegen etwas einzuwenden?« Diesmal sah er mich an.

»Ich weiß nicht. Kommt drauf an.«

»Was heißt das? Worauf?«

»Wann und wo und wie.«

---

* 80 °Fahrenheit entspricht ungefähr +27 °Celsius

»Was meinst du damit?«
»Wer sagt denn, dass du nicht gewohnheitsmäßig irgendwelche fragwürdigen Fotos von allen Frauen der Umgebung knipst, um sie zu sammeln – oder zu veröffentlichen – oder deine Modelle damit zu erpressen?«
Immerhin wurde er nicht richtig wütend. »Fragwürdige Fotos? Du hast ja Phantasie …«, sagte er nur. Und: »Hast du heute Abend Zeit? So um sechs? Da müssten die Lichtverhältnisse am besten sein. Ich würde dich gern auf einem bestimmten Baum aufnehmen …«
»Auf einem Baum? Bin ich ein Vogel?«
Er grinste. »Das ist ein sehr niedriger Baum. Eignet sich für Hühner.«
»Leider bin ich heute Abend schon verabredet. Kennst du Pattie, aus dem Indian-Handicraft-Shop in der Mall?«
»Pattie …«, sagte er gedehnt. »Die kenn ich nicht nur, mit der bin ich verwandt. Was hast du mit der dicken alten Hexe zu tun?«
»Sie hat mich zum Barbecue eingeladen.«
»Barbecue? Ist doch nicht zu fassen. Mir hat sie, solange ich sie kenne, nie auch nur einen Kartoffelchip hingeworfen!«
Wir ritten zurück.
Das Reitstallgelände wirkte in der Mittagshitze wie ausgestorben. Nicht einmal Marv, der Nachwuchscowboy, war heute zu sehen. Wir stiegen ab und führten die Tiere in den kühlen, dunklen Stall und zu ihren Boxen.
»Wie sieht es mit deinen Terminen aus? Hast du heute Zeit, selbst abzusatteln und dich um dein Pferd zu kümmern, oder geht gleich dein Flugzeug?«
Ich klopfte Gary den Hals. »Für so ein nettes Pferd habe ich auf jeden Fall Zeit«, sagte ich. Worauf Babe – natürlich zufällig – in ihrer Box in schrilles, höhnisches Gewieher ausbrach.

Nachdem ich Gary in jeder Weise versorgt und Roy das kritisch überprüft und gebilligt hatte, bezahlte ich und wollte zu meinem Wagen. Da tobten auf einmal zwei kleine, pelzige Tiere über eine der großen Kisten, die auf dem Hof herumstanden.
»Sind das Eichhörnchen?« Aber ihre Schwänzchen sahen dafür zu dünn aus.
Roy schüttelte den Kopf: »Chipmunks. Die hier sind noch nicht ganz erwachsen. ›Chip‹ and ›Dale‹, weißt du.«
»Chippendale?« Was hatten alte Sofas oder Kommoden mit diesen Tierchen zu tun?
»Kennt ihr verdammt noch mal in Europa denn nicht Mickymaus?«
Endlich begriff ich: Das hier waren A-Hörnchen und B-Hörnchen, die Backenhörnchen. Jedenfalls hießen sie in deutschen Mickymaus-Heften so. Jetzt erkannte ich sie auch wieder, die großen Köpfe mit den riesigen Walt-Disney-Augen, die kleinen Öhrchen. Sie waren recht zutraulich und sehr verspielt. Roy holte aus seiner Brusttasche ein paar Erdnüsse: »Hier, gib ihnen die ...«
Genau das, was ich für meinen Futterstopftrieb brauchte! Ich warf mich halb über die Kiste und spielte mit den kleinen Hörnchen. Das eine fraß die Erdnüsse, das andere war lavendelhafter veranlagt, dachte an Vorratshaltung oder die Lieben daheim und stopfte sich damit nur seine Bäckchen voll. Jetzt sah es im Gesicht bedeutend rundlicher aus.
Roy verschwand, kam irgendwann wieder, umkreiste mich und die Tiere und fotografierte uns von allen Seiten. Plötzlich, ohne erst zu fragen, zog er die beiden Kämme aus meinem Haar. »Nur für einen Moment ...«, sagte er dazu. Er brachte die Kämme in seiner Brusttasche unter, in der vorher die Erdnüsse gesteckt hatten.

Die Hörnchen fanden es prima, dass mir die Haare herunterhingen. Der Verfressene griff mit seinen winzigen Händen eine große Strähne und begann, sie sich ins Schnäuzchen zu stopfen, ganz fix, so wie ein Kaninchen einen Stängel futtert.

»He, Moment mal!« Dem Tier wuchs dabei eine große Zahnwehbacke, viel dicker als die Vorratsbehälter seines Bruders. Er mochte ja noch nicht erwachsen sein, deshalb ging es ihm offenbar trotzdem um die Nestauspolsterung. Roy dachte gar nicht daran, mein Haar zu retten. Er knipste. Ich konnte rechts und links neben der Kamera seine Grübchen erkennen. Wie schön, er war guter Laune.

Ich musste die besabberte, angekaute Strähne alleine mit aller Vorsicht wieder aus dem Backenhörnchen ziehen.

»Danke!«, sagte Roy abschließend und spulte den Film zurück. Dann blickte er auf seine Uhr, erklärte kurz, er müsse jetzt leider los – und verschwand, ehe mir einfiel, ihm meine Kämme wieder zu entreißen.

Auf der Rückfahrt musste ich eine Weile hinter einem Müllwagen herschleichen. Zwei Indianer mit nackten, muskulösen, schweißglänzenden bronzefarbenen Oberkörpern und langem Haar sprangen auf und ab und leerten die Tonnen in den Wagen.

Leider verpatzten ihre Beine das Ganze, weil sie ungefähr einen halben Meter zu kurz waren. Ich hatte schon im Einkaufszentrum und auf den Straßen in Moonbay hier und da beobachtet, dass die männlichen Indianer der Gegend auffallend schöne, breite, ruhige Marlon-Brando-Gesichter besaßen und beachtliche Schultern – doch ihre Beine waren meistens nicht der Rede wert. Die Indianerinnen kamen mir unauffälliger vor, auch eher klein, und nahezu jede trug eine Brille. Pattie und Roy, die beide so stattlich und hochbeinig daherkamen, mussten wohl wirklich miteinander verwandt sein.

Ich brachte Pattie einen Blumenstrauß aus Joshuas Garten mit – natürlich mit seiner Erlaubnis. In ihrem winzigen Hintergarten stand ein winziger Grill und duftete bis auf die Straße hinaus. Sie bereitete Schweinerippchen, mit einer süß-scharfen Sauce bepinselt, und bot mir Platz in einem flammend rot gestrichenen Schaukelstuhl an, der auf ihrer kleinen Terrasse stand. Sie selbst saß auf einem stoffbespannten Schemel.

Bevor die Rippchen ganz fertig waren, gab es Salat aus Mais, Tomaten und weißen Bohnen, sehr apart.

Beim Essen redeten wir über das Wetter und meine neue Sonnenmilch und die Sauce für die Rippchen. Nachdem wir uns die Finger abgeleckt hatten, gingen wir zu tiefsinnigeren Dingen über.

»Kannst du mir helfen, weinen zu lernen?«, fragte ich, denn allmählich bekam ich Vertrauen zu Pattie. »Ich habe – ja, wie soll ich sagen – eine Tragödie erlebt, als ich ein Kind war, meine Eltern sind verunglückt. Danach hatte ich mir verboten zu weinen. Jetzt würde ich gern, doch es funktioniert nicht mehr. Du hast so etwas gesagt von ›Augen aufweichen und reinigen‹ …«

Sie nickte. »Vielleicht haben deine bunten Sehstörungen auch damit zu tun. Du willst jetzt weinen? Du verbietest es dir nicht mehr?«

»Es geht einfach nicht. Ich glaube, ich hab's verlernt.«

Pattie holte eine Wasserkaraffe und große Gläser. Sie bot mir auch klaren Schnaps an und trank, als ich ablehnte, selbst davon. »Vielleicht hattest du lange keinen Grund zum Weinen?«

»Ach doch, danke. Nicht, dass es mir direkt an Gründen gemangelt hätte. Die letzte Augustwoche war ein einziges Drama.«
»Oh-oh. Gut, also ist wirklich irgendeine Blockade vorhanden. Carestein, ich werde dich zu meinem Großvater bringen! Er hat große Kräfte.«
»Kann er vielleicht auch rausfinden, was für eine Krankheit ich habe? Was diese Sehstörungen bedeuten?«
»Bestimmt. Warte mal – sagen wir – übermorgen ist Freitag … freitags kann mich eine Freundin im Shop vertreten. Die Fähre zum Reservat geht um elf. Holst du mich mit dem Auto ab?«
Ich war sehr gerührt. »Warum tust du so viel für mich? Du kennst mich beinah gar nicht …«
»Erstens habe ich von dir geträumt, und ich soll dir helfen. Zweitens gibt es einige Menschen, die ich besser kenne und für die ich gerade deshalb bestimmt nicht so viel tun würde.«
Es klingelte an Patties Haustür, wir hörten es im Hintergarten nur leise. Sie sah mich groß durch ihre Brille an: »Wer kann das denn jetzt sein?«
Ich lehnte mich zurück und schaukelte. »Ich hab ja vielleicht ›die Gabe‹, aber das ist jetzt zu viel verlangt …«
Pattie lachte und ging öffnen. Meine Ohren rollten sich aus und begleiteten sie. Ich erkannte das dunkle Grollen sofort, bevor er in den Garten trat.
»Ihr habt praktisch nichts übrig gelassen«, beklagte er sich, über mich hinweg auf den Grill blickend. Er trug über dem Hemd eine ärmellose, dünne Lederweste mit Fransen. »Dass Pat alles wegfuttert, was es gibt, sieht man ihrer Figur ja an. Aber Christy wirkt doch so schlank. Ich hab gehofft, sie wäre appetitloser …«

Pattie schaute irritiert von ihm zu mir und wieder zurück. »Jetzt gebt mir mal eine Pause! Kennt ihr euch?«
Ich sagte: »Nicht wirklich ...«
Und Roy gleichzeitig: »Rein beruflich.« Dann untersuchte er, was noch übrig war, knabberte an einem zu dunkel gegrillten Rippchen, das wir verschmäht hatten, und kratzte sich den Rest Salat aus der Schüssel. »Lass uns darüber reden, warum hast du mich noch nie zum Barbecue eingeladen, Pattie?«
»Weil es mich ruinieren würde, so wie du frisst.«
Roy schüttelte darüber bekümmert den Kopf und leckte das Salatbesteck ab. Er hob die Schnapsflasche hoch, erklärte: »Der Alkohol hat die indianische Kultur zerstört«, goss sich eine Portion in Patties kleines Glas, kippte sie herunter und wandte sich zum Gehen. Pattie brachte ihn hinaus und kam mit einer Papiertüte zurück in den Garten: »Hier, das ist für dich, sagt er.«
»Für mich?! Was ist das denn?«
»Lass uns nachsehen ...«
Ich öffnete die Tüte. Meine beiden Kämme waren darin und vierundzwanzig Farbfotos von den kleinen Chipmunks und mir. Einige grandios, kein einziges wirklich schlecht. Am besten gefielen mir die, auf denen das Backenhörnchen meine Haarsträhne in sich hineinstopfte, während ich es aus nächster Nähe verdutzt anschaute. Pattie sah mir über die Schulter: »Du bist eine hübsche Frau, Carestein.«
»Danke. Auf diesen Bildern bin ich's wirklich. Da seh ich besser aus als in Wirklichkeit. Sogar die Chipmunks sind noch etwas hübscher als in Wirklichkeit. Wie hat er die Bilder nur so schnell fertig bekommen – von heute Mittag auf jetzt? Hat Roy eine eigene Dunkelkammer?«
»Er jobbt bei dem Fotogeschäft in Moonbay, soviel ich weiß.

Da kann er die Dunkelkammer und all das Zeug jederzeit benutzen.«
»Oh. Ich dachte, er arbeitet im Reitstall beim Bluewater Beach?«
»Auch. Er tut viel. Diesen Sommer hat er sogar Müll gefahren.«
»Wirklich? Das machen fast nur Indianer, oder?«
Pattie lächelte schief. »Das ist eben typische Indianerarbeit. Müll! Das Schlimme ist, viele haben sich einfach damit abgefunden. Du kriegst das Gefühl, sie sind ganz damit zufrieden.«
»Du nicht, Pattie.«
»Nein, ich nicht. Ich bin auch in vielen Beziehungen ein Außenseiter. Und Roy schon gar nicht. Der hat nicht Müll gefahren, weil er denkt, das ist Indianerarbeit – sondern weil er überall Geld verdient, wo es nur möglich ist. Er hat irgendwas vor. Indianer verachten Ehrgeiz. Bei uns sagt man, es ist die Krankheit des weißen Mannes, mehr zu wollen, als er wirklich braucht. Ich glaube, Roy Sneaky Bear Sapawe ist ehrgeizig.«
»Sneaky Bear? Schleichender Bär? Heißt er so?«
»Jaja. Nicht ganz zu Unrecht. Der Mann geht sehr seine eigenen Wege. So aufgeräumt wie heute Abend hab ich ihn aber ganz selten erlebt. Sonst ist er mürrisch und brummig. Bist du sein Liebchen?«
»Was?! Na, erlaube mal! Ich kenne ihn wirklich kaum. Ich hatte gestern das erste Mal Reitunterricht bei ihm und heute das zweite Mal. Gestern hat er nur herumgeschnauzt, heute ist er wohl etwas besserer Laune. Das hat mit mir nichts zu tun.«
Pattie zog eine schwarze Augenbraue hoch, ließ sich auf ihrem Schemel nieder und guckte sich die Kämme an, die ich noch in der Hand hielt: »Ah, wirklich?«

»Wirklich. Die Fotos hat er nach dem Reiten gemacht, dafür hat er mir die Kämme geklaut. Glaub mir bitte.«
»Natürlich. Aber ich würde sagen, es knistert zwischen euch. Oder – würdest du nichts mit einem Indianer anfangen?«
»Darüber habe ich noch nicht nachgedacht. Ich glaube, ich habe in dieser Beziehung keine Grundsätze«, sagte ich vorsichtig.
Pattie blickte nachdenklich in den Himmel. »Vielleicht bist du weitherziger als ich. Ich hatte noch nie einen weißen Freund. Hat sich das nur so ergeben – oder wollte ich das nicht anders? Ich weiß es nicht. Es kommt nicht oft vor hier, dass die Rassen sich mischen. Sie halten sich meist sehr für sich. Ich denke gar nicht, dass es wirklich Rassismus ist. Nicht in diesem Land. Es hat nichts mit Feindschaft zu tun, nur mit Fremdheit. Dabei muss ich sagen, Roy ist mir fremder als mancher weiße Mann. Er ist Halbblut, weißt du das?«
»Ja. Das hat er mir erzählt.«
»Hat er? Wow. Was für eine vertrauliche Mitteilung. Das erzählt er nicht jedem. Ich versteh den Mann nicht. Er ist spooky.«
»Was ist er?«
»Gruselig. Sonderbar. Spooky.«
»Oh, da wir gerade davon reden – ich habe gestern schon wieder ein Gespenst gesehen. Hier in Kanada.«
Pattie goss sich begeistert noch einen Schnaps ein. »Ich sage doch, du hast die Gabe. Erzähl!«
»Also, ich habe einen Freund besucht und ihm bei der Gartenarbeit geholfen. Und da saß sie plötzlich in einer Ecke. Ich habe sie schon mal gesehen, einige Tage vorher. Da nahm ich sie kurz in der Küche wahr. Weißt du, sie sah so deutlich und so normal und so wenig – spooky – aus, dass ich beide Male glaubte, das wäre eine Besucherin von ihm.«

»Weißt du, wer sie war?«
»Ja. Gestern haben wir es herausgefunden. Sie ist seit vierunddreißig Jahren tot.«
»Ist sie in diesem Haus gestorben?«
»Ich denke schon, ja.«
»War es ein gewaltsamer Tod?«
»Mein Freund hat es nicht ganz wörtlich so gesagt, aber ich glaube, sie hat Selbstmord begangen.«
»Oh-oh. Das ist typisch. Also eine unerlöste Seele. Vielleicht musst du ihr helfen. Wirkt sie so, als ob sie was von dir will?«
Ich goss plätschernd Wasser aus der Karaffe in mein Glas.
»Nein. Überhaupt nicht. Es kommt mir so vor, als ob ich sie zufällig bemerke. Sie meint irgendwie nicht mich.«
»Dann will sie wohl etwas von ihm. Und er hat nicht die Gabe. Wer weiß, wie lange das arme Wesen dort schon spukt. Könntest du ihm mal taktvoll nahe bringen, dass er was für sein Gespenst tun muss? In den meisten Fällen geht es um das Loslassen. Trauert er immer noch sehr um sie?
»Irrsinnig. Er ist überhaupt ein großer Befürworter von Trauerarbeit.«
»Naja, man kann's auch übertreiben. Vielleicht fühlt er sich schuldig?«
»Mit einiger Sicherheit.«
»Er muss sie loslassen. Sonst kann sie da nicht weg.«
»Ich weiß gar nicht, Pattie … Auf mich wirkt sie nicht so, als ob sie weg will. Im Gegenteil. Mir kommt sie vor wie ein durch und durch zufriedenes Gespenst. Sie hat beide Male ganz gelassen und heiter vor sich hin gelächelt, als ich sie sah.«
Pattie sah mich ungläubig an. »Ein zufriedenes Gespenst? Na, wenn du's sagst. Du hast sicher ein Gefühl dafür. Nur – warum geistert sie dann überhaupt?«

»Vielleicht will sie einfach bei ihm sein«, schlug ich vor. Das fanden wir dann beide sehr romantisch.
Es dämmerte inzwischen. In Patties klitzekleinem Garten saßen ungefähr drei Milliarden Grillen im Gras und zirpten im gleichen Rhythmus. »Das Wetter bleibt gut!«, schloss sie daraus.
»Alte Indianerweisheit?«
»Erfahrung meines langen Lebens.«
Wir wichen zwar nicht vor den Grillen, jedoch vor den Moskitos, die gerade ihr Geschäft eröffneten, ins Haus zurück, und Pattie legte mir hier ihre ›richtigen‹ Karten.
Die waren mit Wachsstiften auf Pappe gemalt, mit der Hand ausgeschnitten und zeigten zum großen Teil Tiere oder Wesen aus Mensch und Tier. Die Farben und Ornamente gefielen mir sehr.
Pattie entzündete eine Räucherlampe und ließ mich die Karten mischen. Sie legte das Deck mit deutlich mehr sittlichem Ernst aus als vorgestern am Strand ihre Trivialkarten.
»So, lass mal sehen …«, murmelte sie konzentriert. Ich war froh, dass mir die Symbole überhaupt nichts sagten: Auf diese Art konnte mich erst mal nichts beunruhigen.
»Also, wir sollten zu meinem Großvater fahren, das ist richtig – das hier hat alles mit Fischen und Wasser und Aufweichen zu tun … Du musst deine Grenzen aufweichen … Um zu Granpa zu kommen, müssen wir über das Wasser – deine Tränen sollen fließen … Gut, werden sie auch …«
»Hoffentlich findet sich ein netter Grund dafür«, murmelte ich.
»Du bist von Täuschung und Illusion umgeben und wirst dich davon befreien. Du wirst es aufdecken – entdecken – dich enttäuschen …«, verhieß Pattie.
»Schon wieder? Immer diese Enttäuschungen. Kann sich

das nicht auch auf die jüngste Vergangenheit beziehen? Da hab ich mich wirklich von allen möglichen Illusionen und Täuschungen befreit.«
Pattie schüttelte den Kopf: »Ich glaube, du bist noch mittendrin. Wünschst du dir, du hättest in der letzten Zeit etwas nicht entdeckt?«
Das war doch mal eine interessante Frage. Wüsste ich lieber nichts von Joachims und Verenas Betrug? Würde ich mich jetzt lieber auf die Hochzeit mit ihm vorbereiten? Würde ich lieber immer noch den verdrängten Verdacht hegen, meine Eltern wären ermordet worden?
»Du hast Recht. Lieber Klarheit als Illusion.«
Pattie ermahnte mich, ihrem Großvater Tabak mitzubringen: »Nicht für ihn selbst. Der Große Geist liebt Tabak.«
»Weiß der Große Geist nicht, wie schädlich das Zeug ist?«
»Doch. Deshalb lässt er ja Granpa das Zeug für sich rauchen.«
Wir saßen noch lange zusammen, nachdem Pattie die Karten wieder weggeräumt hatte. Wir wurden immer ausgelassener, denn Pattie trank noch mehr Schnaps und mich steckte ihre gute Laune an.
Kurz vor Mitternacht brachte sie mich zur Tür, gab mir einen ›Großen Knuddler‹ und winkte mir hinterher.
Etwas hatte ich noch auf dem Herzen, ich kehrte wieder um: »Pattie, küssen sich Indianer eigentlich?«
Sie bekam einen derartigen Lachanfall, dass sie anschließend ihre Brille putzen musste. »Frag doch einfach Roy Sneaky Bear!«
»Das wollte ich ja nun gerade nicht tun. Du musst zugeben, dass er es falsch auffassen könnte. Also?«
Pattie giggelte immer noch in sich hinein. »Früher wahrscheinlich nicht, glaube ich. Inzwischen ist das allgemeines

Kulturgut. Jeder Idiot, der in der Lage ist, sich eine Kinokarte zu leisten, versteht was vom Küssen. Alle meine Freunde haben mich geküsst. Ha! Und nicht zu knapp! Bis morgen, Carestein. Und fahr vorsichtig, du hast so viel Wasser getrunken …«
Sie kicherte noch eine Weile hinter mir her, als ich zu meinem Auto ging.

Während ich mich gerade in Tante Sveas Bad abschminkte – wobei ich mir ihren gestreiften Bademantel auslieh –, hörte ich schüchternes Gepolter bei der Verandatreppe. Ich warf den Wattebausch ins Waschbecken und lief in die Küche. Hier lagen seit Tagen drei Brötchen auf dem Buffet und wurden immer härter. Ich griff mir eine größere Salatschüssel, ließ sie zu zwei Dritteln voll Wasser laufen, steckte die Brötchen in Tante Sveas Bademanteltaschen und eilte zu den Mülleimern.
Diesmal waren es zwei kleine Raccoons und sie hatten wieder ihre Probleme mit dem Mülleimerdeckel. Wahrscheinlich wurden die ziemlich waschbärsicher konstruiert. Sie blickten mir entgegen, als könnten sie mich nicht richtig erkennen, und schnüffelten laut in meine Richtung.
»Hallo, Rocky!«, sagte ich leise und einschmeichelnd. »Ich bin's nur. Nett, dass du einen Freund mitgebracht hast. Guck mal, hier …«
Ich stellte die Schüssel möglichst dicht beim Mülleimer ab und legte die harten Brötchen daneben. Dann zog ich mich auf die Veranda zurück und hockte mich dort hin, um zu beobachten, was weiter passierte.
Zunächst ließ Rocky Raccoon das Stück Deckel, das er bereits hochgestemmt hatte, mit Geschepper fallen. Dann hopste er auf allen vieren zu meiner Offerte hinüber und

schnupperte. Und dann griff er sich ein Brötchen, mit beiden Händen, und begann, es gründlich in der Schüssel einzuweichen. Er erinnerte mich mit seinen energischen Bewegungen an Alma, wenn sie schrubbte: ›So mussu das machen, Schieter, mit Schmackes, nich so luschig …‹ Rocky arbeitete heftig. Als das Brötchen halb aufgeweicht war und bereits große Brocken davon in der Schüssel herumschwammen, begann er, schmatzend und schlürfend zu essen. Jetzt traute sich auch sein kleiner Freund heran und ersäufte ein weiteres Brötchen.

»Guten Appetit!«, wünschte ich ihnen von der Veranda herab. Ein schönes Land, dieses Kanada. Ein riesiger Zoo. Ich konnte es sogar mit Nachsicht betrachten, dass sich einige Moskitos auf der Veranda ebenfalls von mir zum Essen eingeladen fühlten.

Im 14. Kapitel
kommt dann folgerichtig das Aufweichen

Die Grillen hatten die pure Wahrheit gegeigt: Der nächste Tag wurde wieder sonnig und heiß.

Vor dem Reitstall hielten zwei Autos, auf dem Hof standen Roy, der junge Marv und ein kleiner dicker Mann mit sonnenverbranntem Gesicht und wasserblauen Augen – der Familienähnlichkeit nach Marvs Vater, der Stallbesitzer. Sie unterhielten sich mit einer Gruppe außerordentlich breit amerikanisch sprechender Leute, zwei Männern und zwei Frauen. Wenn ich es richtig verstand, wollten die von der Nottawasaga Bay aus zum Algonquin Provincial Park, dem riesigen Naturschutzgebiet, reiten, und von dort weiter nach Petawawa.

Marvs Vater gab zu, das sei eine wunderschöne Idee, wandte jedoch ein, bevor sie am Ziel seien, könnte der Winter kommen. Das hielten die Touristen für einen ausgezeichneten Witz, und ich konnte sie verstehen: Wir standen alle in kurzärmeligen T-Shirts oder Hemden da, die Sonne knallte vom Himmel herab, die Bäume grünten so grün (nichts von Indian Summer und roten Ahornblättern!), uns allen stand der Schweiß auf der Stirn und die Heatbugs fächelten schrill in den Zweigen herum.

Ich setzte mich auf die große Futterkiste – die, auf der am Vortag die Backenhörnchen und ich fotografiert worden waren – und hörte weiter zu. Aha – die Amerikaner hatten also vor, zunächst mal eine Woche in Toronto zu verbringen und die nächste Woche am Lake Ontario und bei den Niagara-Fällen. Dann wollten sie wiederkommen und die Reittour beginnen. Und dann wäre schon Ende September.

»Sie bewegen sich ja die ganze Zeit nach Norden, und Sie sagen selbst, die Ladys sind nicht so geübt im Reiten«, argumentierte der Stallbesitzer. »Der Trip kann sich also hinziehen. Dort oben beginnt der Winter manchmal schon Mitte Oktober, und es ist eine sehr einsame Gegend. Das möchte ich Ihnen nicht zumuten und meinen Pferden auch nicht.« Er schüttelte abschließend den Kopf, tippte an eine nicht vorhandene Hutkrempe und verschwand im Wohnhaus hinter dem Stall.

Marv kaute während der Diskussion Gummi und hielt ansonsten den Mund. Roy machte sein undurchdringliches Gesicht und schwieg. Einmal blickte er kurz zu mir hinüber und lächelte einen Millimeter, und das freute mich völlig über Gebühr.

Marv nickte den Amerikanern ebenfalls verabschiedend zu und brachte seine schlaksige Figur in den Stall.

Der breitere der Touristen wandte sich nun an Roy. Er schubste ihn vertraulich ein wenig mit der Schulter, meinte, er kenne sich doch bestimmt dort oben aus und hätte nichts dagegen, sich als Führer ihres Trupps gutes Geld zu verdienen – er wüsste sicher, wo es Kojoten und Wölfe gäbe, die man jagen könnte – er hätte doch keine Angst vor dem bisschen Schnee. Und ob er ihnen nicht helfen könnte, von woanders her Gäule zu organisieren. Während er sprach, holte er eine Zigarettenschachtel aus seiner hinteren Jeanstasche und hielt sie Roy anbietend hin.

Eigentlich war er nett, auch nicht von oben herab. Und doch lag in seiner Art etwas, als hätte er zum Reitstallbesitzer ›Sie‹

gesagt und würde Roy nun einfach duzen. Als hätte er seine Ansprache auf ein deutlich niedrigeres Bewusstsein heruntergeschraubt. Es erinnerte mich an die Art, mit der spießige Deutsche alle Türken duzen, weil sie das Gefühl haben, diese Leute verdienten vielleicht Freundlichkeit, aber bestimmt keinen Respekt.

Ich wartete darauf, dass Roy sich wehrte. Er war nicht der Mann, sich so behandeln zu lassen, und er verfügte ja über einige Schlagfertigkeit.

Er blickte an dem Zigarettenpäckchen vorbei und fing in sehr zurückhaltendem Ton an: »Also, Sir, wie Mister Haley schon sagte, ab Mitte Oktober …«

Und ich verstand, dass er es sich nicht leisten konnte, frech zu werden. Er ist ehrgeizig, hatte Pattie gesagt, er hat irgendwas vor, er verdient überall Geld, wo es nur möglich ist. Ich fühlte, wie mir die Wut gewissermaßen aus dem Bauch in den Kopf stieg, und ich bekam die größte Lust, ein wenig herumzuabsurden. Ich sprang von der Futterkiste, ging zu Roy und sagte mit möglichst dickem deutschen Akzent: »Entschuldige, wenn ich mich einmische, Liebling, aber du weißt, dass wir in drei Wochen nach Monaco fliegen sollen und dass die Grimaldis sehr enttäuscht sein würden, wenn wir dieses Mal wieder nicht beim Rosenball dabei wären …«

Es fragte sich, ob die Amerikaner die entsprechenden Klatschblätter lasen und ahnten, wer die Grimaldis waren – vermutlich sprachen sie den Namen ganz anders aus. Auf jeden Fall starrten sie alle vier mit großen Augen von Roy zu mir und wieder zurück.

»Da hören Sie's!«, bestätigte Roy. Er schob sanft das Zigarettenpäckchen beiseite, legte mir einen Arm um die Schulter und ging mit mir in den Stall.

Sobald wir dort im Halbdunkel standen, sahen wir uns an.

Wir lachten nicht, wir quiekten nicht, wir lächelten nicht einmal.

Draußen schlugen Autotüren, die Touristen fuhren davon.

Roy zog den Arm von meiner Schulter, ganz kurz bevor Marvs Gesicht aus einer Box auftauchte. »Guten Morgen, Lady«, sagte er zu mir, und zu Roy: »Hat er versucht, dich allein zu kriegen? Das dachte ich mir. Pa hat sich das auch gedacht. Glaubst du, Pa meint wirklich, sie wären in den Winter gekommen?«

»Ich glaube, dein Vater weiß genau, wem er seine Pferde anvertrauen kann und wem nicht«, sagte Roy.

Ich ritt an diesem Tag wieder auf Gary, und ich lernte, ihn immer mehr durch meine Körperhaltung, den ›Sitz‹, zum Wechseln der Gangart zu bewegen. Ich begriff jetzt, wie wichtig die Cowboystiefel waren, denn teilweise hatte ich mein Gewicht regelrecht in die Absätze zu verlagern.

Abgesehen vom Unterrichten und Erklären verhielt Roy sich sehr still. Vielleicht musste er mein Absurden erst mal verdauen oder er dachte darüber nach, was man zum Rosenball am besten anzog. Ich war immer noch sehr aufgeregt durch die Szene vor dem Reitstall. Möglicherweise war ich auch einfach nur ganz allgemein sehr aufgeregt.

Auf dem Rückweg, kurz bevor wir auf die Straße zum Reitstall einschwenkten, fiel mir ein, mich für die Fotos zu bedanken.

»Gern geschehen. Gefallen sie dir?«

»Und wie! Ich glaube, du hast ein Riesentalent. Du solltest Fotograf werden.«

»Meinst du?«

»Ja, wirklich.«

»Na, ich bin gerade dabei. Ich mache eine Ausbildung zum Fotografen in Moonbay. In einem Jahr bin ich fertig.«

Wir hielten beide die Pferde an, um noch auf dem Waldweg zu bleiben. »Das finde ich großartig. Und was machst du dann?«
Ich dachte mir, er würde vielleicht ein eigenes Geschäft aufmachen, Familienfotos und Hochzeitsfotos und Passfotos. Welche Möglichkeiten blieben ihm sonst schon groß, hier in der Provinz?
»Dann geh ich nach Toronto und werd Kameramann beim Fernsehen«, sagte Roy leise. Er guckte über die Pferdeohren hinweg in die Zukunft, er war weit weg. »Ich denke nämlich auch, dass ich ein Riesentalent habe. Und ich will ein eigenes Haus besitzen. Und eines Tages ein eigenes Cottage hier am See.«
Er kam wieder zu mir zurück. »Christy, fährst du morgen mit mir zu diesem speziellen Baum, auf dem ich dich fotografieren möchte?«
»Wo ist denn der Baum?«
»Etwas weiter weg. Wir müssen eine ganze Weile fahren – vielleicht anderthalb Stunden.«
»Anderthalb Autostunden, um mich auf einem bestimmten Baum zu fotografieren?«, fragte ich entsetzt.
»Ja. Der Baum ist es wert. Er ist wie ein Thron für eine Prinzessin. Damit wir das richtige Licht haben, sollten wir ungefähr um halb fünf starten. Können wir uns direkt hier hinter der Kurve treffen? Wenn wir vom Reitstall aus fahren, gibt es nur Gerede. Mein Boss sieht es nicht gern, wenn ich mich privat mit Reitern treffe.«
Das berührte mich unangenehm. Es klang leider so, als sei das schon öfter vorgekommen. Und als wären damit nicht die männlichen Schüler gemeint.
Roy merkte, dass ich zögerte und mich unbehaglich fühlte. Er lenkte Wendy mit einer leichten Hüftbewegung dicht an

Gary und mich heran und sah mich bittend an. Sein Gesicht lag im Sonnenlicht, die schmalen Augen schimmerten goldgrün. Ich fühlte mich derart angezogen, dass ich ganz schief auf meinem Pferd saß, den Oberkörper in seine Richtung gekippt. Als mir das auffiel, korrigierte ich es und rief mich innerlich zur Ordnung.

»Ich weiß nicht, ob ich's bis halb fünf schaffe. Ich bin morgen mit Pattie auf Christian Island und ich weiß nicht, wann die Fähre zurückgeht.«

Roy zog die Augenbrauen zusammen. »Was willst du denn im Reservat?«

»Ich möchte mit dem Medizinmann sprechen.«

»O Gott. Wenn du krank bist, geh zum Arzt!«, blaffte er. Er hatte ganz vergessen, dass er mich ja für seinen blöden Baum benötigte.

Ich ließ Gary loslaufen. Der Kies prasselte ordentlich durch die Gegend, als wir vor dem Stall ankamen. Ich drückte dem erstaunten Marv die Zügel in die Hand und holte das Geld aus meiner Jeanstasche: »Hier – Verzeihung – könnten Sie bitte absatteln? Ich muss dringend los …«

Diesmal hatte Roy nicht versucht, mich aufzuhalten. Ich sah ihn im Rückspiegel: Er trabte mit bärbeißigem Gesicht langsam aus dem Wald, als ich abfuhr.

Am nächsten Morgen holte ich Pattie ab. Vom Cedar-Point aus ging die Fähre zur Reservat-Insel. Wir saßen an der einsamsten Anlegestelle, die ich jemals gesehen hatte, auf dem Geländer in der Sonne und warteten auf die Fähre, die sich verspätete. Ich hatte ein Paket guten Pfeifentabak für den Großen Geist bei mir.

Es war sehr ruhig, abgesehen von Insektengebrumm und Vogelgezwitscher. Ab und zu hüpfte ein Fisch mit hörba-

rem Platsch aus dem Wasser hoch. Ich musste an Günther denken, unseren Kugelfisch, der auch so gerne sprang.
Um elf sollte die Fähre gehen. Gegen zwanzig nach elf kamen zwei bebrillte ältere Indianerinnen, um mit uns zu warten. Um halb zwölf gesellte sich ein vertrocknetes Männchen dazu. Um zwanzig vor zwölf auch noch eine Familie mit drei Kindern – alles Indianer, versteht sich.
»Fahren nie Weiße auf die Insel?«, fragte ich Pattie leise.
»Doch, manchmal. Beamte – und während der Ferien auch mal Touristen. Aber nicht oft. Was können sie hier schon kriegen, was es in meinem Shop nicht besser und billiger gibt? Niemand tanzt und singt in Kostümen oder so … Es gibt zwei Sehenswürdigkeiten: einen Leuchtturm, der nicht mehr benutzt wird und schon etwas verfallen ist, und das Wrack von einem gesunkenen Frachtschiff. Wenn du willst, kannst du runtertauchen und dir den Rost angucken.«
Um Viertel vor zwölf kam die kleine Fähre angeschlichen, wendete, als wir alle an Bord waren, im Zeitlupentempo und glitt schläfrig über den See zurück zur bewaldeten Insel. Ich bemerkte mit ungläubigem Entsetzen, wie eins der Kinder eine bunte Süßigkeiten-Plastiktüte, als sie leer war, zusammenknüllte und über Bord warf, wo sie langsam wegdümpelte. Niemand schien von diesem Umweltfrevel Notiz zu nehmen. Ich starrte das Kind völlig schockiert an. Es lächelte schüchtern.

Granpa lebte in einem Mittelding zwischen Cottage, Haus und Hütte. Wir gingen um das Haus herum und wurden mit dem Hinterhof konfrontiert, auf dem sich der verschiedenartigste Müll stapelte, zwischen dem bunte Wäsche auf einer Leine flatterte.
Pattie balancierte, wie ich, zwischen kaputten Stühlen und

einem Fernseher ohne Frontscheibe umher, schien jedoch nichts davon zu registrieren.

»Denkst du daran, ihn zu fragen, was mit meinen Augen ist – oder mit meinem Gehirn oder was auch immer?«

»Frag ihn selber. Er spricht doch Englisch!«, sagte Pattie lachend.

Tante Jashi (zumindest verstand ich ihren Namen so) empfing uns, eine grauhaarige Indianerin, die Granpa den Haushalt führte, seit Granma nicht mehr war. Sie setzte uns auf ein sehr beuliges Sofa und ließ uns etwas warten.

Dann kam der Medizinmann. Er war klein, schmächtig und weißhaarig, wie Joshua, eigentlich sogar noch viel kleiner, schmächtiger und weißhaariger, und er hatte viel weniger Zähne. Seine Augen waren schwarz wie Lakritze. Ich hatte ihn mir etwas unheimlich und bedrohlich vorgestellt. Nichts war verkehrter als das. Granpas Gesicht war von oben bis unten voller Falten, und jede einzelne war eine Lach- oder Lächel- oder Schmunzelfalte.

Er sah mir, solange wir bei ihm waren, kein einziges Mal direkt ins Gesicht oder gar in die Augen, doch das kam mir nicht unhöflich vor.

Pattie stellte mich ihm vor und erzählte von meinem Nichtweinen-können-Problem, und obwohl sie ja gesagt hatte, ich sollte das selbst anmerken, berichtete sie auch von meinen bunten Zappelbildern und dass mein Arzt zu Hause vielleicht dachte, das sei etwas Gefährliches in meinem Kopf. Granpa nickte, als hätte er sich das alles bereits gedacht.

Zuerst ›untersuchte‹ er mich. Er guckte meine Hände an, die Innenflächen, die Außenseiten und die Fingernägel. Er sah sich meine Haarspitzen an. Er legte die Finger leicht unter mein Kinn, hinter meine Ohren und in meine Schlüs-

selbeine und nickte jedes Mal. Er legte beide Handflächen auf meine Stirn, schloss die Augen, als lausche er konzentriert, und nickte wieder.
Während er an mir vorbei blickte, sagte er: »Du bist ganz gesund, sehr gesund, aber nervös. Du hast Lebenskraft für ein langes Leben. Deine Augen wollten mit dir sprechen, deshalb haben sie bunte Bilder gemacht. Du musst lernen, mit deinem Körper zu sprechen und dich mit deinen Organen anzufreunden. Wenn du weinst, spülst du das angesammelte Unglück aus deinem Körper.«
Dann lächelte er vor sich hin und bekam dadurch ein paar tausend Fältchen mehr.
Wie auch immer Dr. Hansen darüber denken mochte, ich fühlte mich getröstet und beruhigt.
Ich packte den Tabak aus und hielt Granpa das Päckchen hin. Er öffnete die Verpackung, kniestelte mit zwei Fingern an dem Tabak herum, roch daran, nickte wieder (der Große Geist und sein Medizinmann schienen zufrieden zu sein), stand auf und ging.
Ich fragte mich gerade, ob das schon alles war, als Tante Jashi mit einem zusammengerollten Teppich auftauchte, den sie mit Patties Hilfe auf dem Boden ausbreitete. In den Teppich waren Tiere eingewebt.
Pattie und ich wurden nebeneinander in einigem Abstand auf zwei Ecken des Teppichs gesetzt, dann ging auch die alte Frau hinaus. Pattie erklärte mir flüsternd, dass Tante Jashi an der Zeremonie teilnehmen würde. Seit Granma tot war, half sie Granpa halt nicht nur im Haushalt, sondern auch beim Zaubern.
Gleich darauf kamen die alten Leute mit Federkopfschmuck, Halsketten und zwei enormen Pfeifen zurück. Sie setzten sich uns gegenüber auf die entgegengesetzten Teppich-

ecken und begannen ein unendliches, wohlklingendes Gemurmel in Indianersprache. Die Pfeifen wurden entzündet (Tante Jashi saugte sich fast zu Tode, bis ihre brannte), kunstvoll hin und her geschwenkt und rangiert wie Ladekräne, nicht gerade einfach bei ihrer Länge. Mal wurde in die eine, dann in die andere Himmelsrichtung gezeigt, dann musste wieder ein wenig gesaugt und Rauch ausgeblasen werden, bevor weitergemurmelt wurde.

Nach einer langen, langen Weile konnte ich nicht mehr mit untergeschlagenen Beinen sitzen. Wie hielten das die alten Leute aus? Oder die kompakte Pattie? Ich biss die Zähne zusammen und dachte mir, irgendwann hört der Schmerz schon wieder auf.

Jetzt sagte Granpa etwas Indianisches zu mir, und Pattie übersetzte: Ich sollte einfach gut aufpassen, dann bekäme ich die Antwort auf meine Frage.

Ich passte zwar eigentlich schon die ganze Zeit gut auf – nun verstärkte ich meine Aufmerksamkeit. Ich sollte die Augen schließen. Ich würde etwas sehen.

Nachdem ich die Augen zugemacht hatte, sah ich Dunkelheit. Dann ein paar schwache Lichtblitze. Lichtreflexe. Wie dicht unter der Wasseroberfläche bei Sonnenschein. Ich sah einen Schwarm schlanker silberner Fische, die sorglos nebeneinander herschwammen und miteinander spielten. Ich sah ein weites, feingeknüpftes Netz, das an der Wasseroberfläche schwamm. Einer der Fische löste sich vom Schwarm und schwamm auf das Netz zu.

Dann wurde es wieder dunkel.

Von links kam ein rötlicher Schein, der sich verstärkte. Die untergehende Sonne dicht über dem See. Ich sah undeutlich eine Gestalt am Strand kauern, um sie herum flatterten Möwen. Dann kam die Möwe mit dem halb ausgebreiteten, steifen Flügel auf den Menschen zu. Der Mensch streckte eine leere Handfläche aus. Die Möwe legte ihren Kopf und Hals vertrauensvoll in diese Hand und schloss die Augen.

Die Zeremonie war beendet. Granpa klopfte die Asche aus seiner Pfeife, packte sie in ein Tüchlein und legte das Tüchlein in ein ovales Kästchen mit Deckel, aus Baumrinde angefertigt, bestickt und verziert mit Gräsern, die intensiv dufteten. »Sweetgrass, Süßgras«, erklärte mir Pattie. »Solche Kästchen hab ich auch in meinem Shop. Die werden hier auf Christian Island angefertigt. Das Gras duftet bis in alle Ewigkeit.«

Übrigens war auf dem Deckel des Kästchens ein schleichender Bär eingestickt.

Granpa ermahnte mich, die Asche bei einem Baum meines Vertrauens loszuwerden, indem ich sie ihm in die Wurzeln einmassierte. Ich sollte etwas warten, erfahrungsgemäß dauere es ungefähr einen Monat, bis mein Problem gelöst sei.

Wir standen auf. Ich humpelte auf meinen eingeschlafenen, piksenden Beinen auf Granpa zu und bedankte mich wortreich. Er lächelte aus tausend Fältchen und fast ohne Zähne. Tante Jashi hustete. Das tat sie, seit sie an der großen Pfeife herumgeraucht hatte.

Als wir zurück über den See fuhren, fragte Pattie: »Hast du Visionen gehabt?«

»Ja. Aber ich weiß nicht, was ich damit soll. Zunächst hab ich …«

Pattie hielt mir den Mund zu. »Nicht erzählen. Du nimmst die Kraft raus. Du musst selbst herausfinden, wie die Bedeutung ist.«

Was also bedeutete ein Fisch, der freiwillig ins Netz

schwamm? Was bedeutete die Möwe, die sich in meine Hände begab? (Worauf sie dann getötet wurde, aber das hatte die Vision ja nicht mehr gezeigt.)
Sollte ich mich opfern?
Ich öffnete das ovale Bärenkästchen und schob das kleine Tuch auseinander, um an der Asche zu schnuppern. Im selben Moment wurde es mir klar: Nicht Opferung, Hingabe war das Schlüsselwort.
Du musst deine Grenzen aufweichen, hatte Pattie beim Kartenlegen gesagt. Mir war gar nicht aufgefallen, dass Jürgen Marquart ja praktisch dasselbe predigte mit seinem Absurden.
Tante Sveas Cottage war das Einzige am Strand mit einem Zaun drumherum. Sie war eben misstrauisch und vorsichtig. Sie war in Deutschland aufgewachsen.
Wenn ich lernen wollte zu weinen, musste ich wohl aufhören, misstrauisch und vorsichtig zu sein. Ich musste bereit sein, mich hinzugeben und meine Zäune einzureißen.
Die Lösung hatte ich. Sie gefiel mir nicht im Geringsten.
Um mir klarzumachen, dass es wehtun muss, damit man heult – dazu hätte der arme alte Mann sich nicht so anzustrengen brauchen. Das hatte ich schon vorher gewusst.

Um vier Uhr nachmittags war ich wieder in Moonbay. Joshuas Auto stand nicht in seinem Carport. Ich ging jedoch davon aus, dass er es mir gestatten würde und beerdigte die Pfeifenasche unter einem Bäumchen in seinem Garten. Wenn alles klappte, würde ich also in einem Monat weinen können, sofern ich mutig genug war, mich hinzugeben. Wem oder was eigentlich? Dem Schicksal? Dem großen Fangnetz? Der helfenden Hand (die mich zum Einschläfern transportierte, wenn ich Pech hatte)? Dem Schmerz, alles in allem.

Ich schüttelte das Tüchlein aus, legte es wieder in das Rindenkästchen, schloss den Deckel und betrachtete den schleichenden Bären.
Jetzt war es Viertel nach vier.
Ich überlegte, was ich mit dem Rest des Tages machen sollte. Bei diesem Wetter fuhr ich am besten an den Strand.
Ich duschte und rieb mich danach gleich mit meiner neuen, appetitlich duftenden Sonnenmilch ein. Dann zog ich unvernünftigerweise eins der beiden Kleider an, die ich mitgenommen hatte. Das hübschere, eisblaue.
Man zieht kein Kleid an, wenn man an den Strand fährt. Man packt stattdessen seinen neuen Bikini ein. Man beeilt sich auch nicht, als ginge es um jede Sekunde.
Andererseits blieb die Sonne nicht mehr allzu lange – inzwischen war es ja schon Viertel vor fünf …
Roy würde doch wohl nicht auf mich warten? Dass die Verabredung nicht mehr galt, war klar, so wie wir uns gestern getrennt hatten. Wahrscheinlich würden wir nie wieder ein Wort miteinander sprechen.
Ich rannte zum Auto und fuhr so schnell wie möglich los. Ganz verrückt, denn nun war es so oder so zu spät.
Ich wollte auf keinen Fall am Reitstall vorbeifahren. Das fehlte noch, dass er vielleicht dort stand und mich ankommen sah, als hätte ich vor, mit ihm zu irgendeinem albernen Baum zu fahren!
Also bog ich vorher schon rechts ab und fuhr von hinten in die Nähe der verabredeten Stelle, noch vor der Kurve. Dort parkte ich und lief auf die Straßenbiegung zu. Um die Ecke kommend, wurde ich zunächst von der tief stehenden Sonne geblendet. Ich kniff die Augen zusammen. Die Straße war leer. Natürlich war sie leer. Das hatte ich ja die ganze Zeit gewusst.

Entweder, weil er schon wieder gegangen war – oder, wahrscheinlicher, weil er nie auf mich gewartet hatte.
Ich ging zurück zu meinem Wagen, ziemlich langsam. Jetzt eilte es nicht mehr. Aus irgendeinem Grund hatte ich das Gefühl, dies wäre das Schlimmste, was mir seit langem passiert war.
Kurz vor der Kurve drehte ich mich noch einmal um – und sah, gegen die Sonne, einen großen Mann um die jenseitige Ecke biegen, beide Hände in den Hosentaschen, sehr langsam. Sicher war er beim Warten umhergeschlendert, immer weiter weg. Als er mich erblickte, blieb er mit einem Ruck stehen und nahm die Hände aus den Taschen. Dann kam er auf mich zu, immer schneller.
Ich ging ebenfalls auf ihn zu. Nach ein paar Schritten lief ich bereits, dann rannte ich. Ich rannte dem großen Fangnetz entgegen.
Wir prallten aufeinander wie zwei Lokomotiven und umklammerten uns gegenseitig. Roy schien aufzuschluchzen, aber vielleicht japste er auch nur nach Luft, weil ich seinen Brustkorb gerammt hatte. Er bemühte sich, alle meine Rippen zu zerquetschen und fraß mir in wilder Hast die gesamte Sonnenmilch von Gesicht und Hals. Ich merkte erst nach einigen Sekunden, dass ich weinte. Gesegnet sei die wasserfeste Wimperntusche. Ich weinte laut und hemmungslos und wassertriefend. Irgendwann fiel Roy auf, dass ich etwas übertrieb, er wurde langsamer in seinen Bewegungen, drückte meinen Kopf an seine Schulter und gab Brummlaute von sich, mit denen er auch die Pferde zu beruhigen pflegte.
Ich schluchzte immer noch nach, wie Schluckauf, als wir schon auf dem Weg zum Baum waren, in seinem Jeep. Und Granpa hatte gemeint, es würde einen Monat dauern, bis es wirkte!

Sicher sah ich auch ramponiert aus, denn Roy fragte, nach einem Seitenblick auf mich: »Du hast hoffentlich eine Puderdose bei dir?«
Ich holte alles aus meiner Handtasche, was ein Fotografenherz zum Jubeln brachte, wischte und kämmte und tuschte und puderte, trotz des Jeep-Gehoppels: Wir fuhren sehr schnell, in immer größere Einsamkeit.
Um knapp Viertel nach sechs kamen wir in der Nähe des Baums an. Als wir ausstiegen, trat ich beinah auf etwas, das aussah wie ein alter Fahrradschlauch. Ein Fahrradschlauch – hier?! »Roy, was ist das?«
Er stieß es mit dem Fuß an. »Eine tote Schlange. Oh, eine Klapperschlange. Schau, da ist ihre Rassel.«
Ich hüpfte beiseite. »Hier gibt es Klapperschlangen?«
»Die tut dir nichts mehr.«
»Aber ihre Verwandten?«
»Christy, Klapperschlangen gehen nicht auf Menschenjagd. Sie beißen, wenn sie sich plötzlich angegriffen fühlen. Und vorher warnen sie immer noch durch ihr Gerassel. Bei dem Lärm, den der Jeep gemacht hat und den wir beide hier veranstalten, sehen sie zu, dass sie still aus dem Weg kommen.«
Wir mussten uns leider noch gut fünf Minuten durchs Gestrüpp kämpfen, beladen mit drei Kameras sowie meiner Handtasche zum eventuellen Nachschminken. Der Baum stand auf einer Lichtung, übergossen von goldroter Abendsonne.
Sobald ich ihn sah, verstand ich, was Roy meinte. Er besaß nur einen kurzen Stamm, von dem aus zehn bis zwölf Äste sich zur Seite und nach oben schlängelten, aber so, dass sie wie Rücken- und Seitenlehnen eines Throns wirkten, denn die Vorderseite war frei von Zweigen und bot eine glatte, runde Sitzfläche. Die Rinde des Baums sah gescheckt aus

wie Leopardenfell, entweder, weil er krank war oder weil sich das für ihn nun mal so gehörte.
»Woher weißt du, dass der hier steht?«, wollte ich wissen.
»Ein Freund von mir hat in der Nähe eine Jagdhütte.«
Roy setzte mich in den Baum und machte als Erstes eine Polaroid-Aufnahme.
»Darf ich die sehen?«
Er murmelte abwesend: »Es geht nur um das Licht …«, ohne mir das Bild zu zeigen.
Er werkelte an mir herum, hob mein Kinn, senkte es wieder, arbeitete an den Kleiderfalten wie ein alter Meister, rupfte Blätter aus, die an der falschen Stelle Schatten gaben und dirigierte, ich sollte nach links gucken – nein, nicht so sehr – jetzt etwas nach oben – doch noch etwas mehr links … Bis ich das Gefühl hatte, völlig verbogen dazusitzen, während er meinte: »Genau das ist es!«
Und dann war die Waldeinsamkeit lange Zeit nur erfüllt vom Schnarren des Fotoapparats.
»Wie bist du bloß auf die Idee gekommen, dieses Kleid anzuziehen? Damit hatte ich nicht gerechnet.«
»Ich weiß auch nicht … Vielleicht, weil du was von einem Thron gesagt hast. Ich dachte, eine Prinzessin trägt keine Jeans. Jedenfalls nicht, wenn sie auf einem Thron sitzt. Ist es falsch?«
»Es ist perfekt!«, sagte er anerkennend und legte einen neuen Film ein.
Irgendwann hatte die Sonne genug von der Sache und ging unter, worauf es nachdrücklich dämmerte. Roy gab seufzend zu, für diesmal hätte es keinen Sinn mehr, und packte seine Fototaschen zusammen.
Er zog mich hoch, setzte sich selbst in den Baum und mich auf seinen Schoß. »Ich danke dir! Dass du zu unserer Verab-

redung gekommen bist, trotz allem …, dass du so ein schönes Kleid anhast …«

Die ganze Zeit hatte er jede Romantik beiseite getan. Jetzt, nachdem die Lichtverhältnisse ein Fotografieren nicht mehr erlaubten, fing er wieder an, mich zu küssen, sehr engagiert übrigens. Nach Patties Definition musste er die Hälfte seines Lebens im Kino verbracht haben. Das war ja auch nur vernünftig für einen werdenden Kameramann.

Dann erklang das Jaulen zum ersten Mal. Gar nicht weit weg: ein heller, hoher Ton, der in weinerliches Gejodel überging. Mir sträubten sich die Haare.

»Roy? Was ist das?«

Er brummelte etwas, das wie ›Caiyodi‹ klang. Sein Gesicht steckte in meinem Haar, er knabberte an meinem Nacken herum.

»Was? Ein Coyote? Der ist nicht so gefährlich, oder?«

»Nur, wenn du eine Haselmaus oder so was bist.«

»Aber vielleicht sind hier auch Wölfe?«

»Vielleicht. Na und? Wenn Winter wäre, und sie wären halb verhungert …«

»Oh, Mr. Haley hat gesagt, hier im Norden kommt der Winter viel schneller, als man denkt.«

Roy lachte. »Heute Abend nicht mehr.«

Gleich darauf sangen zwei Coyoten, der eine gab den Ton vor, der Zweite fiel ein, säuberlich im Kanon.

Roy konnte nicht umhin zu bemerken, wie ich erstarrte. »Hast du Angst?«

»Ja. Jetzt sind es schon zwei. Vielleicht ist es ein ganzes Rudel?«

»Coyoten leben nicht im Rudel, wie Wölfe, und nicht allein, wie Füchse. Coyoten sind für eine treue Zweierbeziehung. Das ist doch sympathisch?«

»Ja. Hast du ein Schießeisen bei dir?«
»Nur ein Messer, im Jeep.«
Roy war nicht im Geringsten nervös. Oder jedenfalls auf andere Art als ich. Er kam immer mehr in Fahrt und begann, mein Kleid auszuziehen.
Ich zog's wieder an. »Nein! Nicht hier und nicht jetzt! Ich bin schon völlig mit den Nerven fertig, weil hier so viel jaulende und klappernde Bevölkerung rumkriecht – wenn du mich jetzt noch ausziehst und glaubst, ich kann mich entspannen, dann werde ich verrückt!«
»Und was ist, wenn ich verrückt werde?« Er holte ganz tief Luft, stellte mich auf die Füße, stand selber auf und streifte die Riemen seiner Fototaschen über seine Schultern. »Komm, nimm meine Hand – wir sollten zurück zur Straße gehen, ehe es noch dunkler wird.«
»Ich will nicht durch das Gestrüpp zurück gehen. Eine Klapperschlange könnte das völlig missverstehen.«
»Heiliger Rauch!«, murmelte Roy. »Sollen wir ein paar Neonlampen aufstellen, ja? Diese Stadtleute!« Und er griff mir unter den Achseln und den Kniekehlen hindurch und hob mich mit Schwung hoch, um alles allein durch das Gebüsch zu schleppen: mich mit meiner Handtasche und seine drei Fototaschen.

»Ich mag die Natur, wirklich«, sagte ich etwas kleinlaut auf der Rückfahrt. »Aber das war eben ein bisschen viel Natur, wenn man nicht drin geübt ist. Du bist wohl immer nur in dieser Gegend hier gewesen, oder?«
»Überwiegend schon. Aber, glaub es oder nicht, ich hab ein Jahr in Toronto verbracht. Und einige Monate in New York. Mein Vater hat da gearbeitet, kurz bevor er starb …« Roy wich irgendeinem Tier aus, das mit reflektierenden Augen

in die Scheinwerfer gestarrt hatte. Er blickte zu mir hinüber. »Du hast bestimmt immer nur in einer sehr feinen Umgebung gelebt. Du willst nicht Lady genannt werden, aber du bist eine – mehr als jede andere, die mir jemals begegnet ist. Du strahlst Erfolg und Reichtum aus. Und du ziehst Erfolg und Reichtum an.«

»Ich habe nicht immer nur in einer sehr feinen Umgebung gelebt. Ein Jahr lang war ich mal ein ganz armes Kind …«

»Wirklich? Wie komisch. Ich war mal ein Jahr lang ein reiches Kind. Meine Mutter, musst du wissen, stammt aus einer feinen Familie in Toronto. Sie war die einzige Tochter und sehr verwöhnt. Aber sie wollte nicht brav sein – als sie jung war, war Bravsein gerade unpopulär. Sie hat die Schule abgebrochen und ist mit Rock-Gruppen herumgezogen. Irgendwo hat sie meinen Vater aufgegabelt, der hat damals geholfen, Bühnen aufzubauen, und er war ein gut aussehender Kerl, und schon war sie schwanger – leider nicht von einem interessanten Rock-Hero, sondern von einer ungebildeten, unvermögenden kleinen Rothaut. Sie hat mich gekriegt und eingewickelt und zu meinem Vater gebracht. Der hatte bis dahin keine Ahnung von mir. Ich lag in seinen Armen und brüllte, und sie stieg in ihr Auto und fuhr weg. Mein Vater war ein armer Junggeselle ohne festen Job und mit einem Alkoholproblem, er hat mich zu seiner Familie gebracht, nach Christian Island. Die Familie von meinem Onkel hat mich aufgezogen. Der Onkel hat damals auch bei einem Reitstall gearbeitet und mich immer mitgenommen. Ich konnte reiten, bevor ich laufen konnte, glaube ich. Und eines Tages, als ich so fünf Jahre alt war und nichts als ein gewöhnlicher, dummer kleiner Indianerbengel, taucht meine Mutter auf und nimmt mich mit sich! Kannst du dir vorstellen, wie verwirrt ich war?«

»Ja. Das kann ich mir sehr gut vorstellen. Du bist in eine völlig andere Welt geraten …«

»Genau. Es war wie ein Traum. Ein großes Haus mit jedem Luxus. Mein eigenes Zimmer mit eigenem Fernseher. Völlig andere Sachen zu essen. Und ich war in meine Mutter verliebt! Sie war so schön und sie hat geduftet … Ihre Mutter lebte nicht mehr, aber ihr Vater war sehr gut zu mir. Das will etwas heißen – ich war das uneheliche Kind seiner Tochter und dann auch noch, deutlich sichtbar, Indianer! Er hat mich trotzdem lieb gehabt. Mein Großvater war Richter. Er hat ein ziemlich kluges Buch geschrieben über rechtsphilosophische Fragen. Er war sehr nobel, er hatte keine Vorurteile. Er war sehr, sehr groß und hat sich immer ganz gerade gehalten und ganz leise gesprochen. Ein richtiger Gentleman. Später hab ich rausgekriegt, wieso meine Mutter mich eigentlich zu sich geholt hat: Sie hatte gerade eine Kokain-Entziehung hinter sich mit allen Seelenkuren und Gehirnwäschen, und plötzlich hat sie so ein Gefühl von ›Verantwortung‹ bekommen. Leider hat das Märchen nur ungefähr ein Jahr gedauert. Dann ist erst mal ihr Vater gestorben und sie hat einen neuen Mann kennen gelernt. Ich war nur noch im Weg. Zurück mit mir zu den Wilden, wo ich hingehörte.«

»Was macht sie jetzt? Weißt du das?«

»Spaß haben, Entziehungsklinik, Spaß haben, Entziehungsklinik.«

»Sie hat dir keine Ausbildung oder so was finanziert?«

»Keinen verdammten Cent. Ich habe Fernkurse gemacht, die hab ich mir selbst finanziert.«

»Was für Fernkurse?«

Roy lachte ein bisschen. »Die ersten zwölf Seiten im Fernkurs-Katalog. Zunächst mal einen ganz normalen Rechtschreib-Kurs, ich hatte es nötig. Amerikanische Geschichte, moderne Zeitgeschichte, Psychologie, Anfangsgründe der Physik – na, und natürlich alles über Kameratechnik. Ich bin so maßlos gebildet, dass ich mich mit praktisch niemandem wirklich unterhalten kann, verstehst du? Ich weiß viel mehr als Herr Reitstallbesitzer und Herr Fotoshop-Besitzer – über Themen, von denen die noch nicht mal wissen, dass es sie gibt. Hier nützt mir das überhaupt nichts. Später wird es mir nützen. Die Menschen hier würden mich nicht nur hassen, sie würden mich für eine Art gefährliche Missgeburt halten. Was man von mir erwartet, ist ›Ja, Sir‹ und ›Natürlich, Sir‹. Ich hätte gern studiert. Aber mit der Schulbildung, die ich hab, ist das unmöglich. Ich glaube, mein Großvater hätte mich auf eine gute Schule geschickt, wenn er etwas länger gelebt hätte …«

»Du hättest deine Mutter vielleicht verklagen können.«

»Als Kind? Oder jetzt noch? Nein, danke. Ich schaff's auch allein. Und wieso bist du mal ein armes Kind gewesen?«

Ich erzählte meine Geschichte. Bis zu einem gewissen Punkt ziemlich klar, dann mit gebrochener Stimme, schluchzend und schließlich laut heulend und völlig unartikuliert.

Roy fuhr an den Straßenrand, schaltete den Jeep aus und umarmte mich. »Regt dich das jedes Mal so auf, wenn du's erzählst?«

Ich schüttelte den Kopf, suchte in meiner Handtasche nach Tüchern, putzte mir die Nase und puderte sie anschließend noch einmal. Dann erklärte ich mein (gelöstes) Wein-Problem. Allerdings, ohne den Hingabe-Faktor zu erwähnen.

»Super. Herzlichen Glückwunsch an Granpa, den alten Spinner! Wohnt in Müll und redet Müll. Ich kann dieses unrealistische Zeug nicht ausstehen. Warum musst du überhaupt weinen lernen? Die meisten Frauen weinen viel zu viel. Und wo stellt man dich jetzt wieder ab?«

Darüber musste ich lachen, und dann geriet ich schon wieder ins Heulen. »Entschuldige. Da muss wohl erst mal eine Menge raus. Wusstest du, dass Weinen so erschöpft?«
»Naja, du machst es auch ziemlich gründlich«, fand Roy – und fuhr wieder weiter.
Ich wollte nicht zu meinem Leihwagen gebracht werden, der an der Landstraße parkte – ich dachte mir, zu dem würde Joshua mich bestimmt am nächsten Morgen fahren. Also setzte Roy mich vor Tante Sveas Haus in Moonbay ab. Vielleicht hätte ich ihn gefragt, ob er mit hineinkäme – vielleicht rechnete er damit, dass ich's tat – vielleicht wollte ich deshalb nicht, dass wir uns hinter dem Reitstall im Wald verabschiedeten. Aber genau, als wir ausstiegen, krabbelte nebenan auch gerade Joshua aus seinem Wagen und begrüßte mich erfreut. Roy sagte höflich, mit finsterem Gesicht: »Guten Abend, Sir.«
Er verabschiedete sich förmlich von mir, fragte, ob ich am nächsten Tag zum Reitstall käme – »Wahrscheinlich ja«, sagte ich – und fuhr nach Hause. Wo immer das sein mochte.
»Er war wohl böse?«, fragte Josh.
»Nicht wirklich. Ich glaube inzwischen, er guckt nur so, um sich keine Blöße zu geben«, erwiderte ich nachdenklich.
Wir gingen über den Gartenweg zu Joshuas Haus.
»Machst du mir die Freude, noch auf einen Sprung mit hereinzukommen?«, bot Josh an.
Das tat ich. Ich fragte auch gleich, ob er mich am nächsten Tag zu meinem Auto bringen würde.
»Sicher. Warte, morgen ist Samstag – ich hatte sowieso vor zu fragen, ob ich dir vielleicht an diesem Wochenende mal im Cottage Gesellschaft leisten darf? Ein guter Freund von mir aus Kitchener kommt mit seiner Familie auch dorthin, sein Cottage ist ganz in der Nähe von Sveas. Das sind nette

Leute, wir können abends ein Feuerchen machen und uns amüsieren. Was meinst du? Warte – falls du gerade anderweitig stark beschäftigt bist –, ich weiß ja nicht, wie sich das weiterentwickelt hat mit diesem Indianer und dir – letzte Woche hast du noch gesagt, du hoffst, ihn nie wieder zu sehen. Aber so was kann sich ja ändern …«

Wir setzten uns in Joshs Küche. Die Fenster waren hochgeschoben, und von draußen klang das rhythmische Grillengegeige.

»Das Wetter bleibt schön!«, wusste ich inzwischen.

»Ja. Ein Riesenhoch über ganz Ontario. Ich hab auch den Wetterbericht gehört. Was möchtest du trinken?«

»Wasser, bitte. Ich muss nachfüllen.«

»Wasser? Pfui!« Er rümpfte seine kleine Nase. »Ich mach uns eine altmodische Zitronenlimonade, die wird dir schmecken, Kleine.« Joshua zerschnitt Zitronen und presste sie mit der Hand aus. »Wieso musst du ›nachfüllen‹?«

»Josh – ich hab heute geweint und geweint und geweint …«

»Wirklich?«, fragte er entzückt. »Erzähl!«

Ich berichtete also von Patties Kartenlegen, Granpas Pfeifenzeremonie und Roys Fotostudien in der Wildnis.

»Du hast dich also mit der Urbevölkerung zusammengetan«, staunte Josh. »Und es hilft dir weiter. Ich glaube nicht, dass ein Medizinmann normalerweise so mir nichts dir nichts eine derartige Zeremonie für jede weiße Frau macht, die gerade mal ein Problem hat.«

»Seine Enkelin hatte von mir geträumt und war überzeugt davon, sie sollte mir helfen.«

»Glückspilz, du!«, sagte Joshua. »Und wie ist das mit dem großen Indianer und dir? Vom Fotografieren abgesehen? Attraktiver Bursche, hm? Er wird wohl netter, wenn man ihn näher kennen lernt? Du bist verliebt, was?« Er rührte den

Zitronensaft mit Zucker zusammen, goss kaltes Wasser dazu und füllte eine Hand voll Eiswürfel in die Karaffe. Dann stellte er uns zwei Gläser hin und ließ bunte Plastikstrohhalme hineinplumpsen. Meiner war weißblau gestreift, seiner weißgelb.

War ich verliebt? Ich antwortete nicht. Allerdings konnte ich nicht verhindern, dass meine Mundwinkel hochrutschten.

»Was hast du mit ihm vor?«

»Wie meinst du das? Was soll ich mit ihm vorhaben? Nichts ...«

»Wenn du ›nichts‹ mit ihm vorhättest, würdest du vielleicht Reitstunden bei ihm nehmen, dich jedoch schon nicht mehr von ihm fotografieren lassen – und so weiter. Entschuldige, wenn ich das sage, ich bin ein alter Mann und habe meine Erfahrungen. Ich will es einmal naiv und vereinfacht ausdrücken. Du bist eine Dame aus der besseren Gesellschaft. Du bist gebildet und vermögend. Er mistet Ställe aus und ist auf eine, sagen wir mal, einfache Schule gegangen. Ich will dir nicht mit engstirnigen Vorurteilen kommen ...«

»Roy denkt schneller als der Mann, den ich bis vor kurzem heiraten wollte, Josh. Er ist flexibel. Mein merkwürdiger Verlobter zu Hause war nicht flexibel, im Gegenteil. Seine Ansichten standen fest, zum Beispiel seine politische Überzeugung. Die hat in keiner Weise mit meiner übereingestimmt, wir haben möglichst nie darüber geredet. Trotzdem hat er im Sinne aller engstirnigen Vorurteile natürlich ausgezeichnet zu mir gepasst. Er hat ja auch keine Ställe ausgemistet. Obwohl er sich wie ein Schwein benommen hat ...«

Joshua zupfte an seinen Seitenpuscheln. »Also was planst du, Kirstin? Wohin soll das führen?«

»Ich hab mein Leben lang geplant, Josh, alles, jede Kleinigkeit und erst recht alle größeren Sachen. So viel ist dabei auch nicht rausgekommen. Ich wollte es zum Beispiel vermeiden, jemals wieder kreuzunglücklich zu sein. Und dann bin ich's doch geworden und konnte nicht mal weinen. Ich plane nichts. Ich möchte einfach geschehen lassen, was geschieht. Das tun andere Leute auch.«

»Dass sie's tun, bedeutet nicht, dass es ihnen bekommt. Du willst also passiv sein? Wenn du passiv bist, wenn du nicht selbst entscheidest, riskierst du, dass du in die Welten anderer Leute gezogen wirst. Dann müssen wir uns fragen, was dieser Roy will. So wie du ihn schilderst, ist er nicht passiv. Der lässt nicht geschehen, was geschieht. Der will was vom Leben.«

Ich fischte mit meinem Strohhalm nach einem Zitronenkern. »Ich weiß es nicht. Aber ich kann es ja erfahren, indem ich es zulasse.«

Joshuas kahler, gebräunter Schädel glänzte milde im Lampenlicht. Er sah mich besorgt an. »Kleine, ich bin ein alter Mann und habe manches erlebt … Ich möchte nicht, dass du deine nagelneue Fähigkeit zum Weinen überstrapazierst.«

Ich trank gurgelnd den Rest meiner Limonade aus, stand auf und umarmte ihn von der Seite. »Mach dir keine Sorgen, Josh. Ich bin auch kein kleines Küken mehr. Ich hab ja nicht gesagt, dass mir nun alles egal ist. Dazu bin ich zu ordentlich. Ich pass schon auf mich auf, wenn's drauf ankommt.«

Ich gab ihm einen dicken Kuss auf seine Glatze und lächelte ihn an. Völlig beruhigt sah er nicht aus, nur etwas erleichtert.

Ich wünschte ihm eine gute Nacht und ließ ihn allein unter der Hängelampe am Küchentisch sitzen. Als ich aus der Kü-

chentür trat, bemerkte ich im Flurspiegel, dass er gar nicht alleine war: Auf dem dritten Küchenstuhl, mit dem Rücken zu mir und dem Gesicht zu Josh, saß eine schlanke junge Frau mit langem dunklen Haar. Ich konnte den Geist sehen, aber der Geist interessierte sich nicht im Geringsten für mich. Er himmelte nur Joshua an.
Ich spazierte verträumt durch den dunklen Garten, durch dröhnende Riesenmoskitos und zirpende Grillenlegionen. Ich fragte mich, wie Roy wohnte, wo er schlief. Ob er schon schlief? Ich hatte das deutliche Gefühl, dass er an mich dachte. Aber vielleicht bildete ich mir das auch nur ein.
Lieb, dass Joshua sich Sorgen um mich machte. Lieb und gut gemeint. Wenn ich die Botschaft der Pfeife falsch verstanden hätte – wenn ich mich zur Aufopferung entschlossen hätte –, dann hätte er Grund zur Sorge gehabt.
Ich war ja nur bereit, mich zunächst mal hinzugeben.
Ich war bestimmt nicht bereit, mich aufzugeben.

In dieser Nacht plagte mich ein Albtraum. Ich sah Alma als Wasserleiche, blau und aufgequollen dahindümpeln. Irgendwann begriff ich, dass sie in meinem Aquarium trieb, umkreist von Elvis, Günther und Isabell. Ich wachte mit einem Ruck auf.
Abgesehen davon, dass Alma auch mit Gewalt nicht in mein kleines Aquarium gepasst hätte – was mochte passiert sein? Ich studierte das Zifferblatt meiner Uhr und versuchte panisch, sechs Stunden vorauszurechnen. Augenblicklich war es in Kanada vier Uhr nachts – also in Deutschland zehn Uhr. Eine angemessene Zeit, um jemanden anzurufen.
Frau Nothfeiler würde mir sagen können, ob alles in Ordnung war. Ich wühlte geraume Zeit in meiner Handtasche herum, bevor mir endlich wieder einfiel, dass ich ja mein

kleines Adressbuch verloren hatte. Sollte ich jetzt die kanadische Auskunft nach der Nummer der Familie Nothfeiler in Pottschrapels fragen? Diese Namen würden Probleme bereiten, so viel war klar.

Ich rief meine eigene Telefonnummer an. Nach fünfmaligem Klingeln kam keuchend Almas Stimme: »Hier Plück bei Thiele …?«

»Hallo, Alma, wie geht es dir?«

»Ja, nich, soweit … Ja. Issa Frau Nothfeiler oder wer?«

»Nein, Alma, ich bin's, Kerstin.«

»Nee, Kerstin, die's in Kanada.«

O weia.

»Alma, ich bin Kerstin. Ich ruf aus Kanada an, weil ich mal hören wollte, wie es dir geht. Kommst du zurecht? Ist mit den Fischen alles in Ordnung?«

»Schieter, biss du das?«

»Ja!«

»Ach, hallo, mein Lütten! Bissu bei deine Tante? Is da jetz schon Schnee?«

Das war keine sehr verrückte Frage. So was Ähnliches hatte ich auch mal gedacht.

»Nein, hier ist es noch ganz heiß, wie im Sommer. Geht es dir gut, Alma?«

»Ja, tut das schon. Mit meine Füße wird das – die tun weh.«

»Kommst du mit allem zurecht?«

»Jaja. Du, Rolf is tot.«

Sollte ich jetzt sagen: Das weiß ich doch, ich war auf seiner Beerdigung, direkt neben dir? Oder lieber: Herzliches Beileid!

»Ja, das ist traurig, Alma.«

»Na, aber ich soll nu nich mehr ins Heim. Frau Thiele läss mich bei sich in ihrn Haus wohn, in 'n eigenes Zimmer.

Trotzdem sie wech is. Da hat sie auch vollsses Vertraun. Ich kenn sie ja von damals, wie sie klein war. Ich fütter die Fische un pass immer auf, dass ein jeden was abkrich, auch die ganz lüttn. Frau Nothfeiler hat son büschen Wasser in son lüttes Schraubglas getan un wechgebracht, zun Zooladen, nich, und denn hat sie gesacht, das's allens bessens mit. Brauchsu kein Wasser wechseln un nix. Sin auch alle Fische munter un gesund, also alle! Un ich gieß den Garten. Un Frau Nothfeiler, die kommt, also jeden Tach kommt die. Das's 'ne nette Frau! Die kennt da was von den Maschin, also sie hat mir diese Waschmaschine ja erklärt. Ja, allens allerbest, muss ich sagen. Un ich freu mich auf Frau Thiele, wenn sie wiederkommn tut. 'ne Karte hat sie noch nich geschriem. Oder is noch nich angekomm. Dascha auch weit wech, Kanada …«

Ich bedankte mich und wünschte Alma alles Gute. Wem immer sie ihrer Ansicht nach diese Auskünfte gegeben haben mochte – sie hatte mich sehr beruhigt.

Ich nahm mir vor, am nächsten Tag eine schöne bunte Ansichtskarte zu kaufen und an Alma Plück, bei Thiele, zu schicken.

Im 15. Kapitel
geht eine Illusion kaputt

Der Samstag war ein besonders heißer, aber auch ein sehr windiger Tag. Ohne den Wind hätte ich die Sonne schlecht ausgehalten.

Joshua und ich fuhren zunächst einkaufen, denn, wie Josh sagte: »Ich niste mich nicht einfach bei dir ein und lasse mich bedienen. Ich werde dir zum zweiten Frühstück ein erwähnenswertes Drei-Gänge-Menu kochen, Kleine!« Dafür besorgte er im großen Supermarkt alles Notwendige. Vorher hatten wir im Liquor-Store, dem Geschäft für Alkohol, einige Getränke für den Abend mit seinen Freunden aus Kitchener gekauft.

Ich wollte, während Josh Gemüse und Gewürze untersuchte und auswählte, Pattie einen Besuch im Indian-Handicraft-Shop machen, um ihr mitzuteilen, ich hätte bereits mehrere Wannen voll geweint.

Leider war sie nicht in ihrem Geschäft. Stattdessen saß dort ein dunkelblondes Mädchen mit Biberzähnen in einem weißen, bestickten Wildlederanzug und tat so indianisch wie möglich. Ich verschwand gleich wieder, ohne Pattie grüßen zu lassen.

Der See spielte an diesem Tag Ozean, zeigte bis zum Horizont weiße Schaumkronen und warf harte Brecher an den Strand. Die Möwen hatten ihren Spaß und segelten kunstvoll auf den Böen herum.

Heute, am Wochenende, gab es wieder einige Menschen, die badeten oder sich sonnten – so fünf bis sechs.
»Warst du schon in Sveas Schlauchboot?«, fragte Joshua.
Er zeigte mir, dass in einem Schuppen unter dem Cottage Gartengeräte, Campingstühle und ein Sonnenschirm sowie besagtes Schlauchboot samt Paddel aufbewahrt wurden. Er fand nach einigem Suchen sogar den mechanischen Aufpuster. Weder Josh noch ich hätten genug Atem gehabt, das große Stück mit Luft zu füllen. Ich hatte darin Platz wie in einer großen Badewanne. Am Ende des Boots saß ein Gummiring. Durch den Gummiring war ein Nylonseil gezogen, und das Ende des Nylonseils hielt ein Netz zusammen, in dem ein dicker Brocken von Stein saß.
»Was soll das denn, Joshua?«
»Das ist ein Anker. Du kannst ein Stück hinauspaddeln, den Anker werfen, das Paddel einziehen und dich auf dem See sonnen.«
Das klang nett. Ich cremte mich mit der duftenden Sonnenmilch ein, zog meinen neuen Bikini an und bemühte mich über alle Maßen, das Gummiboot so weit ins Wasser zu bekommen, dass es nicht dauernd an den Strand zurückgeworfen wurde. Und das, ohne meinen Bikini nass zu machen. Endlich klappte es. Ich paddelte ein Stück in den See hinein – vielleicht zwölf Meter. Hier war das Wasser etwas mehr als anderthalb Meter tief. Ich warf den ›Anker‹ aus, er sank auf den Boden, ich wurde noch ein Stückchen zurückgetrieben, Richtung Strand – dann gab es einen Ruck, ich blieb am Platze.
Das war wundervoll!
Ich legte den Kopf auf den weichen Gummirand, blieb mit dem Rest meines Körpers im Boot und schloss die Augen. Joshua, wusste ich, machte sich sachkundig in der Cottage-

Küche zu schaffen und würde mich rufen, wenn sein Drei-Gänge-Menu fertig war.
Die Sonne wärmte, der Wind kühlte, beides in perfektem Ausgleich. Ich hatte nachts mit Alma telefoniert und war müde … Die Brandung tobte laut, aber beruhigend. Ich wurde heftig, doch gleichmäßig von den Wellen auf und ab geschaukelt.

Ich war eingeschlafen, als plötzlich mein Haar von einer großen Hand gepackt und mein Kopf nach hinten gerissen wurde. Jemand, der hinter mir im Wasser stand, küsste mich ausdauernd. Als er meinen Mund losließ, schnappte ich nach Luft: »Roy?!«
Sein Gesicht wirkte fremd, weil es überkopf stand. Er ließ sich so behutsam wie möglich neben mich gleiten. Für eine Weile sah es so aus, als wollte das Schlauchboot aufgeben. Zumindest lagen wir jetzt bedeutend tiefer im Wasser als vorher.
Roy beschäftigte sich zunächst damit, mein Gesicht und meinen Hals und meine Schultern zu beknabbern, dann spuckte er nachdrücklich in den See und meinte: »Das ist mir gestern schon aufgefallen: Das Zeug riecht bedeutend besser, als es schmeckt!«
»Bist du angezogen in den See gestiegen?« Das merkte ich erst jetzt. Er trug seine Jeans und sein kurzärmeliges Hemd, wie immer. Und beides war triefnass. Schade. Bis dahin war ich ziemlich trocken gewesen. Das gab sich nun, weil er mich mit beiden Armen umklammerte, ein Bein unter mich schob und eins über mich legte und seinen Kopf an meinen drückte. Einige Gläser voll Wasser hatte er darüber hinaus, trotz aller Vorsicht, vom See mit hineingebracht. Jetzt lag ich wirklich wie in einer Badewanne.

»Wenn ich mich ausgezogen hätte, wärst du erst recht schockiert gewesen. Meine Schuhe hab ich dort gelassen.« Er zeigte. Da standen sie nebeneinander einsam am Strand. »Warum bist du nicht zum Reitstall gekommen? Ich hab auf dich gewartet.«
»Das tut mir Leid. Ich wollte nachmittags kommen. Im Moment ist ein Freund von mir im Cottage und kocht für uns – der alte Herr, der uns gestern Abend begegnet ist, weißt du.«
»Der ist jetzt dort drin?« Roy hob den Kopf und blickte finster zum Ufer. »Sag mal, hast du dieses Onkelchen neuerdings immer bei dir?«
»Nein, nicht immer«, sagte ich beruhigend und streichelte sein dickes, nasses Haar. Daraufhin warf er seinen schweren Kopf auf mein Dekolleté, dass ich husten musste, und brummelte beleidigt in das rosé-fliederfarbene Bikinioberteil: »Es hat überhaupt keinen Zweck, dass du nachmittags zum Stall fährst. Heute Nachmittag bin ich nicht da.«
»Oh, schade. Und morgen?«
»Ich weiß nicht genau.« Roy umklammerte mich so fest, dass ich kaum noch atmen konnte, und murmelte in mein Ohr: »Ich will dich ganz und gar alleine für mich.«
»Dabei weißt du nicht mal, ob ich nicht verheiratet bin.«
Er lockerte sofort seinen Griff und blickte mir aus weit geöffneten Augen ins Gesicht: »Du trägst keinen Ring.«
»Das will nicht unbedingt etwas heißen. Tatsächlich wollte ich im nächsten oder übernächsten Monat heiraten. Vor ungefähr zwei Wochen hab ich dann etwas erfahren … naja.«
»Was?«
»Er hat mich betrogen. Noch dazu mit meiner Freundin, mit einer Frau, die in meinem Haus wohnte.«
»Was für eine Art Freundin ist denn das?«
»Ja, nicht? Später hab ich erfahren, dass sie sogar mal ein

Verhältnis mit meinem damaligen Ehemann hatte. Kannst du dir das vorstellen? Sie hat zwei Mal mit Männern geschlafen, die zu mir gehörten.«

Roy legte sich auf den Rücken und blinzelte in den Himmel. »Du bist eben ein Alpha-Weibchen.«

»Ein was?«

»Ein Alpha-Weibchen. Die Nummer eins im Rudel. Die Königin. Alle anderen sind neben dir Beta-Weibchen. Sie sind neidisch. Sie wissen, dass sie nie so schön und so klug und so stark sein werden wie du. Aber sie können sich kurzfristige Erleichterung verschaffen, indem sie mit deinem Männchen Sex haben. Dann fühlen sie sich dir für einen Augenblick überlegen und nicht mehr ganz so jämmerlich. Diese Frau muss dich sehr bewundert und beneidet haben.«

»Das ist sicher richtig. Aber sie hat auch mit ganz anderen Männern etwas angefangen, die schon eine Partnerin hatten. Eigentlich, glaube ich, wird ein Mann immer erst dann interessant für sie, wenn er nicht mehr frei ist.«

»Dann war sie ein hoffnungsloses Beta-Weibchen. Zutiefst überzeugt davon, nur zweitklassig zu sein.«

»Woher weißt du so viel über Psychologie?«

»Psychologie?« Roy grinste. »Ich hab Wölfe beobachtet.«

»Und was für eine Art Wolf bist du?«

»Ich? Ein Alpha-Wolf, der zurzeit oft noch so tun muss, als wäre er ein mottenzerfressener Coyote …«

Ich musste an den Amerikaner vor dem Reitstall denken und an Roys bemüht höfliche Haltung.

»Ich will dir etwas sagen, Christy, das ich noch nie einer lebenden Seele erzählt hab. Ich fahr diesen Schrotttopf von Jeep, ich hab keine feinen Klamotten – nur zwei Paar Jeans –«

»Und eins davon nass …«

»Und ich ernähre mich oft tagelang nur von Erdnussbutterbrot oder Cornflakes mit Milch. Aber ich hab eine kleine Summe auf meinem Konto … das weiß keiner. Die Kamera ist meine eigene – das weiß kaum jemand. Alle denken, sie gehört dem Fotogeschäft in Moonbay. Ich könnte jetzt schon ein nettes kleines Apartment in Toronto mieten und mehr als ein halbes Jahr gut leben, allein von dem, was ich habe, ohne irgendeinen Job. Und ich kenne einen Mann bei einer Fernsehgesellschaft … Wenn ich Fotograf bin, kann ich dort als Kamera-Assistent anfangen. Dabei verdiene ich dann schon. Und das ist erst der Anfang.«
Roy lehnte den Kopf weit zurück und holte tief Atem. Dann rollte er sich wieder zu mir herum. »Ich brauche dich, Christy. So eine Lady wie dich, mit kleinen Perlen in den Ohren, weil sie weiß, dass große Perlen unfein sind. Mit einer Frau wie dir kann ein Mann alles schaffen.«
»Du meinst, du willst mich wie eine Art goldene Kreditkarte?«
»Nein. Ich will mit dir zusammen sein. Mit dir zu reden ist gut. Dir kann man alles erzählen und Vertrauen haben. Du redest überhaupt nicht wie andere Frauen. Du zankst nicht herum …«
»Ich hab gestern herumgezankt, weil ich Angst hatte vor Coyoten.«
»Ach, das war doch süß.« Roy lächelte vor sich hin. »So, du warst also schon mal verheiratet. Und bist geschieden?«
»Ja. Und ich hab schon einen großen Sohn. Weißt du eigentlich, wie alt ich bin?«
»Bei dir ist das völlig egal, weil du Klasse hast«, sagte dieser wunderbare Mann. Egal, ob er es ehrlich meinte oder nicht, ich hamsterte diese schöne Bemerkung wie das kleine Backenhörnchen für schlechte Zeiten.

»Wie alt bist du eigentlich, Roy?«
»Zweiunddreißig.«
»Oh. Das ist jung. Wirst du nicht bald dreiunddreißig?«
»Im nächsten April. Das ist doch unwichtig. Wann fliegst du wieder nach Hause?«
»In zwei Wochen.«
»Vielleicht bleibst du auch hier in Kanada.«
»Das glaube ich nicht.«
»Ich hab noch fast drei Wochen, um dich zu überreden.«
»Und was soll ich hier?«
»Bei mir sein«, murmelte er. Er nahm meine rechte Hand, lutschte daran herum, biss in meine Handkante und meinte lobend: »Hier schmeckst du nicht nach dem Sonnenzeugs. Christy, ich will dir die Telefonnummer vom Reitstall geben. Sie haben zwei Nummern, und nur eine davon steht im Telefonbuch. Das ist die fürs Büro. Die andere ist für ein Telefon, das direkt im Stall hängt. Da kannst du mich oft erreichen, von Montag bis Freitag immer abends, oft bis zehn oder länger. Oder du kannst Marv auch etwas für mich ausrichten – allerdings wär's nett, du würdest es nicht so klingen lassen, als ob wir uns näher kennen.«
»Hast du zu Hause kein Telefon?«, fragte ich.
In diesem Moment ertönte ein lautes, absonderliches Geräusch vom Strand her. Wir richteten uns beide erstaunt auf.
Da stand Joshua, eine Schürze umgebunden, hielt eine große Bratpfanne in einer Hand und schlug mit einer Suppenkelle dagegen. Die Schürze, seine weißen Seiten-Flauschhaare und sein Nackenzöpfchen flatterten im Wind.
»Sieht so aus, als wär das Essen fertig …«, vermutete ich.
»Ja, und hört sich vor allem so an«, knurrte Roy. »Wie kann so ein kleiner alter Mann so viel Lärm machen?« Er zerrte ei-

nen Kugelschreiber mit Werbeaufdruck aus seiner unerschöpflichen Brusttasche, knipste die Mine heraus und schrieb eine Telefonnummer quer über meinen Bauch. In Grün.
»Aua!«
»Schreib sie dir ab. Das ist die vom Stall.« Er stieg mit überwältigendem Geplätscher aus dem Gummiboot und zerrte es hinter sich her zum Strand, warf dort den Ankerstein Richtung Joshua und lächelte mich an: »Ich seh dich!«
Dann wanderte er an der Wasserkante entlang zu seinen Schuhen, hob sie auf und ging weiter.
»Sag mal, hast du den jetzt immer bei dir?«, erkundigte sich Josh.
»Ulkig, das hat er über dich auch gefragt.«
»Heute hat er noch nicht mal Guten Tag zu mir gesagt!« Joshua schüttelte den Kopf und blickte hinter Roy her. »Guck ihn dir an – schleicht so sexy wie ein Panther, der Riesenkerl …«
Und er tänzelte, die Schleife der Schürze über seinem mageren Popo, vor mir her die Treppe hinauf und über die Veranda in einer Parodie von Roys geschmeidigem Gang.

Joshuas Freund Jack (Dad) Kirby aus Kitchener und seine Familie waren ausgesprochen sympathisch: er selbst vollbärtig, bierbäuchig und mit dröhnendem Lachen, seine Frau Sue sportlich-kantig-herzlich, die Töchter Trisha und Lorraine zurückhaltend und nett (und bildhübsch, alle beide, mit schlanken Figuren und schwarzbraunen Locken), Enkel Jarod sabbernd, weil ihn sein erster Zahn quälte, und trotzdem schon so sonnig wie der Rest der Familie. Voll munterem Gekläff auch ihr hässlicher kleiner Hundemischling Tallulah.
Josh hatte vor langen Jahren Jack und Sue unterrichtet, als sie noch in Moonbay lebten. Er erzählte: »Die beiden saßen

nebeneinander in der Klasse und flirteten derart, dass ich ganz eifersüchtig wurde …«
»Auf wen, auf mich?«, rief Dad, und Sue: »Oder warst du eifersüchtig auf mich, Josh?«
»Ich war eifersüchtig auf eure Aufmerksamkeit! Das ist so eine Marotte von mir: Ich hab's gern, dass man mir zuhört, wenn ich unterrichte«, erklärte Joshua und alle lachten.
Die Kirbys, Josh und ich hatten am späten Nachmittag am Strand, auf halber Höhe zwischen dem Wasser und der Düne, eine kleine Kuhle gegraben, mit Steinen umrandet und mit Treibholz gefüllt.
Außerdem waren Lorraine, Trisha (mit Little-Jarod auf dem Rücken), Tallulah und ich am Strand entlanggewandert und hatten so viel trockene Zweige und brennbares Gestrüpp gesammelt, wie wir tragen konnten. Der Hund fand die meisten Stöckchen, wollte sie aber leider nicht wieder hergeben, sondern selber zu Holzbrei zerkauen.
Wir waren gut ausgerüstet mit mehreren Bierkisten, Würstchenpackungen und vor allem Marshmallows, diesen rosa und weißen Gummiproppen aus süßem Schaumstoff: »Unerlässlich für ein Strandfeuer, Kirstin, du wirst schon sehen!«
Sue holte lange, dünne Ruten aus ihrem Cottage, denen ich den Sinn einstweilen nicht ansehen konnte, und stopfte sie neben der Feuerstelle in den Sand. Da alle anderen sie mit zärtlichem Wohlgefallen betrachteten, waren sie sicher ebenfalls unerlässlich für ein Strandfeuer.
Bevor die Sonne unterging, badeten die Kirby-Töchter, der Hund und ich noch einmal im See – und hinterher war uns ganz schön kalt. Der starke Wind hatte Wasser und Luft im Lauf des Tages abgekühlt. Wir zogen Hosen und Socken und Schuhe an – und dicke Pullover. Ich bekam einen von Dad Kirby geliehen, denn ich hatte keine wärmeren Sachen

mit zum Cottage genommen, weil ich inzwischen überzeugt davon war, in Kanada herrsche fortgesetzt Hochsommer. Sue brachte ein altes Frotteetuch und rieb Tallulah kräftig trocken, obwohl die knurrte und schnappte und alle möglichen Einwände hatte.

Wir setzten uns auf Luftmatratzen und Decken, Dad entzündete das Feuer und Sue öffnete zischend die erste Bierflasche.

Little-Jarod schlief im Schoß seiner Großmutter, Trisha rauchte eine Filterzigarette und wurde mit Vorträgen über Nikotin und kleine Kinder überschüttet, was sie aus Gewohnheit recht gleichmütig hinnahm. Ihr Mann übrigens, der Schwiegersohn der Kirbys, hatte an diesem Wochenende zu Hause bleiben müssen, um für den Familienbetrieb die Steuererklärung oder so was Ähnliches anzufertigen: »Einer muss es ja machen!«, rief Dad und lachte schallend.

Auch das schien Trisha nicht weiter zu beeinträchtigen. Sie wirkte auf mich unerschütterlich. Ihr kurz geschnittenes Haar war nach dem Baden fast schon wieder trocken, während Lorraine und ich noch nassgesträhnt herumsaßen.

Lorraine bemühte sich immer wieder, über ihr Mobiltelefon Kontakt mit ihrem neuen Freund zu bekommen, was nicht klappte und sie sehr nervös machte. Sie besaß nicht die Gemütsruhe ihrer Schwester und konnte kaum über die Witzchen lachen, die ihrer Familie dazu einfielen, dass ihr Lover am Samstagabend unerreichbar war und sie sich nun extra so ein teures Ding anschaffen musste, damit es nicht funktionierte.

Schließlich bat sie mich, von Tante Sveas Cottage aus in Kitchener anrufen zu dürfen, weil sie den Verdacht hegte, irgendetwas hier am Strand störe ihr Handy (sie nannte es übrigens nicht Handy, sondern cellular phone, was so ähn-

lich klang wie der Name ihres Hundes) und ich gestattete es selbstverständlich. Ich ging davon aus, dass so ein bisschen Telefonieren meine Tante nicht ruinieren würde. Immerhin erreichte Lorraine nun den Anrufbeantworter ihres Liebsten und konnte unserer munteren Geselligkeit von da an wieder etwas mehr abgewinnen.
Sue nahm die aparten Ruten, die sie nachmittags in den Sand gesteckt hatte, pikte sie geschickt durch die mitgebrachten Würstchen und zeigte mir, wie man die so über das Feuer hielt, dass sie allmählich bräunten, anstatt sofort zu verkohlen oder ins Feuer zu fallen. Das Erste rutschte mir vom Stecken, bevor es auch nur mit dem Feuer in Berührung gekommen war – sehr zur Freude von Tallulah.
Noch viel interessanter und aufregender als die Sache mit den Würstchen fand ich es, Marshmallows zu rösten. Die durften natürlich auch nicht schwarz werden. Wenn man es richtig machte, dann war so einem Marshmallow von außen kaum etwas anzusehen, im Innern jedoch schmolz der Zuckergummischaum zu einer entsetzlich ungesund schmeckenden, leckeren warmen Sauce.
Die Nacht war sternenklar, der Strand (von uns abgesehen) menschenleer, der See brandete so zuverlässig an den Strand. Ich war sehr glücklich an diesem Abend.
»Ich liebe die Welt, in der ich mit euch lebe!«, verkündete Joshua ebenfalls gerührt schon nach dem dritten Bier.
Sue meinte: »Das mit deinen Welten habe ich neulich versucht, einer Bekannten zu erklären. Sie regt sich immer so auf, weil sie ihre Post so spät am Tage bekommt. Ich sagte: Shirley, du musst sehen, dass du in eine Welt kommst, in der die Post früh geliefert wird. Das hab ich nämlich gemacht. Mein alter Lehrer damals hat immer davon gesprochen, dass alle Menschen in unterschiedlichen Welten leben. Aber es

ist möglich, deine Welt zu wechseln! Als meine Post früher immer zu spät kam, hab ich die Institution gehasst und drauf geschimpft. Dann hab ich mich entschlossen, in eine Welt zu gelangen, in der die Post ein netter, zuverlässiger Verein ist. Zuerst hab ich gut über sie geredet und ihr nur das Beste zugetraut. Ich hab mich regelrecht in diese andere Welt gelogen, indem ich anderen Leuten erzählt hab, wie früh und pünktlich meine Briefe immer da sind. Wenige Tage später wechselte mein Zusteller, und von da ab bekam ich alles fast drei Stunden früher. Ich war in der Welt mit einer wunderbaren Post gelandet. Und in der bin ich bis heute. Shirley, das musst du auch machen.«

»Was hat deine Bekannte dazu gesagt?«, fragte Joshua.

»Sie hat gesagt, das sei der größte Blödsinn, den sie je gehört hat. Ich sagte: Okay, kann sein, aber wenn es funktioniert? – Sie hat einen Beschwerdebrief geschrieben und dann sogar einen Prozess angestrengt und einen Batzen Geld verloren. Und ihre Post kommt immer noch zu spät.«

»Es gibt Menschen«, meinte Dad Kirby, »die lieber krank bleiben und sterben würden, als durch ein Wunder gesund zu werden. Nur weil Wunder ihnen so unheimlich sind. Eine Welt, in der sie am Tropf hängen oder Medikamente mit unangenehmen Nebenwirkungen bekommen, ist ihnen sympathischer als plötzliche, unerklärliche Gesundheit – weil sie ihnen realer vorkommt. Da hat, nach ihrem Weltbild, alles seine Richtigkeit.«

»Es ist die Angst, in eine neue Welt zu kommen«, erklärte Joshua. »Denkt mal an alle Partnerschaften, die uns, wenn wir sie uns von außerhalb dieser Welten anschauen, unerträglich anmuten. Es müsste den Leuten doch lieb sein, aus diesen qualvollen Beziehungen auszusteigen – oder sie zu ändern …«

Sue unterbrach ihn: »Aussteigen ist relativ einfach, aber ändern? Wenn man in bestimmten Mustern festsitzt, wenn man sich gegenseitig dauernd verletzt hat, dann gibt das Narben, die sind wie Schienen, in denen sich alles festfährt. Ich weiß das – meine Schwester hat so was durchgemacht. Sie konnte überhaupt nicht mehr handeln oder reagieren. Irgendetwas in ihr, nämlich dieses Muster, hat gehandelt und reagiert … Sie ist dann abgehauen. Aber sie hätte sich, solange sie drin steckte, nicht ändern können. Sie kam gegen das Muster nicht an.«
Trisha vergrub ihre Zigarettenkippe tief im Sand und bemerkte: »Ich weiß, was dieses Muster ist. Ich war bei dieser Geisterseherin, du weißt doch, und sie hat's uns erklärt: Das sind Elementale.«
»Du meinst Elementar-Geister – so für Wasser, Luft, Feuer und Erde?«, fragte Lorraine.
»Nein, nein. Ein Elemental wird aus Emotion, Gedanken und Gewohnheit gebildet, und dann lebt es. Ein Elemental kann in einem Ritus leben, so wie Weihnachten oder Halloween. Oder in einem dicken Menschen, der – wenn seine Vernunft spricht – gern abnehmen würde. Sein Elemental lebt, solange der Mensch zu viel isst, und es stirbt komplett, wenn er wirklich eine Diät schafft. Deshalb wird das Elemental alles unternehmen, um jede Diät zu sabotieren. Weil es einen Selbsterhaltungstrieb hat. So ein Elemental wohnt auch in einer miesen Ehe und verhindert, dass sich etwas ändert.«
»Das sage ich ja! Es ist praktisch unmöglich, dein Verhalten zu ändern, wenn du so ein dickes, fettes ›Elemental‹ zu Hause hast. Du kannst höchstens flüchten, oder?«, fragte Sue, an ihren alten Lehrer gewandt.
Joshua krauste seine Nase und lächelte sie an. Seine braunen

Augen glänzten im Feuerschein wie polierte Kastanien. »Doch. Du kannst dich herauslügen, Sue, so, wie du dich aus der unpünktlichen Post-Welt hinausgelogen hast in eine pünktliche Post-Welt. Du hast es der Post zunächst mal zugetraut, dass sie früher liefern kann, du hast aufgehört, über sie zu schimpfen, du hast sie sogar gelobt – und das war gelogen. Ich habe als Lehrer oft die Erfahrung gemacht: Wenn ich von einem Kind erwarte, dass es faul und frech ist, dann ist es faul und frech. Wenn ich aber mich selbst anlüge und dem Kind Gutes zutraue und wenn ich andere anlüge und gut über das Kind spreche und wenn ich das Kind anlüge und die kleinste Kleinigkeit lobe oder behaupte, ich wüsste genau, es kann dies und das, dann bessert es sich rapide. Ich habe das Kind in eine bessere Welt gezogen, zum Nutzen der Gesellschaft. Und darauf trinke ich – es lebe die Lüge!«
Wir stießen alle mit unseren Bierflaschen an.
Mein Futterstopftrieb-Elemental brachte mich dazu, Tallulah noch ein Würstchen zuzuschustern, obwohl Sue protestierte: »O nein, sie passt schon nicht mehr in ihr Halsband!«
Inzwischen hatte Lorraines Freund endlich seinen Anrufbeantworter abgehört und ihr cellular phone angerufen, worauf sie gar nichts verstand, entnervt auflegte und mich ein weiteres Mal bat, ihren Schatz vom Cottage aus anrufen zu dürfen. Ich begann zu begreifen, weshalb einstweilen so wenige Kanadier ein Mobiltelefon besitzen.

Wir saßen bis weit nach Mitternacht am Feuer und redeten und lachten. Dad bestand darauf, Joshua und mich am nächsten Tag mittags in Moonbay in ein Restaurant einzuladen, denn die Kirbys wollten am frühen Nachmittag schon wieder zurück nach Hause fahren.
Joshua war ein bisschen beschwipst und bester Laune, als

er mir Gute Nacht wünschte und in seinem getupften Schlafanzug in einem der kleineren Schlafzimmer des Cottage verschwand.

Ich putzte meine Zähne, bürstete mein Haar und überlegte, ob es mir stehen würde, wenn es so kurz wäre wie das von Trisha oder so wildgelockt wie das von Lorraine.

Als ich aus dem Badezimmer kam, fuhr ich erschrocken zusammen, weil ich kurz glaubte, einen Menschen im großen Mittelzimmer gesehen zu haben. Ich meinte zunächst, das sei Lorraine Kirby, die vielleicht ein letztes Mal mit ihrem Freund telefonieren wollte.

Gleich darauf begriff ich, um wen es sich natürlich gehandelt hatte. Marys Geist spukte offenbar nicht in Joshuas Haus, sondern immer da, wo er sich gerade befand.

Wir schliefen alle lange in den Morgen hinein und frühstückten in unserem, also Tante Sveas, Cottage, wo Joshua Rühreier mit Speck fabrizierte. Danach gingen wir am Strand entlang spazieren, in Sonne und Wind, und warfen Tallulah Stöckchen, die sie nicht apportierte, sondern mühsam zerbiss. Das Wasser schäumte und glitzerte mit goldenen Reflexen.

Beim Essen in dem Restaurant in Moonbay (wo es nicht übertrieben gut schmeckte, Joshua kochte wahrhaftig besser!) verblüffte mich am meisten die Dunkelheit.

»Was ist los hier?«, fragte ich und sah mich um, denn ich hielt es zunächst für einen Irrtum.

Soviel ich erkennen konnte, blickten mich meine Begleiter fragend an. Sie wussten nicht, was ich meinte. Sue bemühte sich gerade, die Speisekarte so dicht wie möglich an die funzelige Fünf-Watt-Tischlampe zu halten, um sie entziffern zu können.

»Warum ist es hier so finster?«
»Ist es finster?«, fragte Sue erstaunt und ließ die Karte sinken.
»So ist es doch immer in Restaurants«, meinte Joshua.
»Immer?!«
»Habt ihr in Europa in den Lokalen mehr Licht?«
»O ja. Viel mehr Licht. Man kann richtig alles sehen.«
»Ah – ich glaube, *alles* will ich gar nicht sehen«, wehrte Sue ab. »Nicht im Restaurant …«

Die Kirbys gaben mir ihre Adressen und Telefonnummern und luden mich ein, sobald ich Lust und Zeit hätte, auf unbegrenzte Zeit zu Besuch zu kommen. Und sie gaben mir allesamt zum Abschied einen ›dicken Knuddler‹. Diese Kanadier, dachte ich, haben ein großes Talent für Freundschaft.
Joshua packte seine Sachen und fuhr zurück nach Moonbay. Ich beschloss, noch ein bisschen am Strand zu bleiben, solange das Wetter sich hielt. Vielleicht kam der Herbst ja doch noch eines Tages zur Georgian Bay, dann konnte ich Joshuas Angebot folgen und mit ihm die Museen der Gegend anschauen, zum Beispiel den Schrein der Märtyrer, in dem die Gebeine jener christlichen Priester lagen, die vor einigen Jahrhunderten etwas zu undiplomatisch versucht hatten, die Indianer zu Frieden, Geduld und Liebe zu bekehren.

Am Sonntagnachmittag zog ich meine Jeans und die roten Cowboystiefel an und fuhr zum Reitstall. Da war eine Menge los: viele geparkte Autos, einige gestiefelte Reiter, die mit Pferden kamen oder mit Pferden davonritten.
Weder Gary noch Babe standen in ihren Boxen, auch Wendy und Paco nicht. Und Roy war schon gar nicht da.

Marv schlurfte vorbei und grinste mich wieder erkennend an: »Guten Tag, Lady! Ein Pferd?«
Ich zögerte. Ich wollte mit Roy reiten, mit ihm sprechen. Vielleicht war er mit jemand anderem unterwegs und kam gleich zurück?
»Wo ist Roy, Marv?«
»Nicht da, leider.«
So viel konnte ich selber sehen. Ich wollte das Thema nicht breit treten. Schlimmstenfalls trabten wir halt heute aneinander vorbei oder sahen uns überhaupt nicht. Montag würde sicher wieder alles in der gewohnten Ruhe ablaufen.
»Ein Pferd, Lady?«, fragte Marv stumpfsinnig, seine Fingerspitzen in die hintere Jeanstasche geklemmt. Sollte ich jetzt sagen: Ach nein, wenn Roy nicht da ist, hab ich keinen Spaß am Reiten?
»Okay, Marv. Aber ein nettes, falls noch eins da ist …«
Er sattelte zwei. Vielleicht gehörte es zu den Prinzipien des Reitstalls, noch nicht fertig ausgebildete Reiter nicht allein zu lassen. Ich wurde auf ein dralles, schwarzes kleines Ding namens Daisy gesetzt, Marv trabte neben mir her auf einem rot-weißen Mustang. Er gab sich Mühe, mir dies und das zu erklären – das meiste wusste ich schon von Roy, und zwar besser.
Wir ritten ungefähr die Strecke ab, die ich gewöhnt war, vermutlich die Standardwege des Reitstalls. Hier, in dieser sonnigen Seitenstraße, waren Roy und ich uns vorgestern in die Arme geflogen … Ich suchte nach unseren Fußspuren.
Hin und wieder begegneten uns andere Reitergrüppchen, blendend gelaunt, johlend, rufend und kichernd, überwiegend sehr junge Leute.
Was würde Roy sagen, falls er mir mit Marv begegnete? Würde ihn das ärgern? Ich empfand, dass wir, bei aller Liebe

für das hingegebene Geschehenlassen, zu schlampig planten. Nächstes Mal würde ich wahrhaftig im Reitstall anrufen, bevor ich kam.
Es war nichts gegen die gute Daisy oder den guten Marv einzuwenden, sie taten, was sie konnten. Trotzdem wurde meine Laune langsam schlechter und schlechter.
Vielleicht gab Roy ja überhaupt nicht Reitunterricht. Vielleicht fotografierte er stattdessen irgendein schönes junges Mächen an irgendeinem einsamen Platz, wo die Klapperschlangen rasselten? Wer sagte, dass er nicht mit den blonden Scott-Schwestern unterwegs war, um ›bessere‹ Fotos von ihnen zu knipsen? Mir fiel wieder ein, wie er der einen die Zopfspange aus dem Haar gezogen hatte. So wie mir die Kämme …
Unerwartet kam ein Wagen um die Ecke gefahren, auf uns zu, und hupte auch noch laut. Daisy bäumte schwerfällig und quietschte. Marv reagierte sehr geistesgegenwärtig und sehr schnell: Er schlang seine eigenen Zügel um seinen Sattelknopf und griff hinüber, um Daisys Trense zu fassen und ihren Kopf zurück nach vorn zu drücken. Während das blöde Auto an uns vorbeifuhr, hielt er Daisy mit der anderen Hand die Augen zu.
Ich war ziemlich erschrocken. »Danke, Marv. Warum machst du das mit ihren Augen?«
»Es beruhigt verrückt gewordene Pferde, wenn sie erst mal nichts sehen können«, erklärte er.
Mir fuhr durch den Kopf, dass die kanadischen Restaurantbesitzer vielleicht ähnliche Motive hatten, wenn sie ihre Gäste im Dunkeln sitzen ließen.
»Ich glaube, ich würde jetzt lieber zum Stall zurückreiten«, sagte ich, obwohl wir kaum eine Viertelstunde unterwegs waren.

Marv nickte verständnisvoll: »Das war auch idiotisch von dem Kerl, zu hupen!«, sagte er. »Touristen!«
Naja, du lebst von ihnen, dachte ich.
»Aber Sie haben sich gut gehalten, Lady.«
Danke auch.
Wir kamen zurück zum Stall. Wendy trabte gerade mit Duldermiene aus dem Wald unter einem Zweizentner-Reiter mit weißem Cowboyhut.
Ich sattelte Daisy ab und rieb sie trocken. Als ich bezahlen wollte, winkte Marv generös ab.
»Wo ist eigentlich Roy?«, fragte ich zum Schluss noch einmal nebenbei. Hoffentlich hielt Marv mich jetzt nicht für ein Groupie.
»Bei seiner Familie. Sonntagnachmittag ist er fast immer bei seiner Familie.«
Ich überlegte. Familie? »Bei seinem Onkel, meinen Sie?«
»Nein, nein, bei seiner Frau und seiner kleinen Tochter, in Tinyvale«, antwortete Marv freundlich und arglos.
»Ah so, natürlich«, sagte ich. »Schönen Sonntag noch, Marv!«
Ich stieg in mein Leihauto und fuhr zurück zum Cottage.
Unterwegs, auf der Landstraße, stieg mir ein grässlicher Gestank in die Nase: Aas, Verwesung, aber gekrönt von einer aufreizend süßlich-bitteren Note, wie alter, dreckiger Schweiß. Der Geruch steigerte sich, wurde dröhnend, bis ich geradezu glaubte, ihn hören zu können.
Auf dem Höhepunkt fuhr ich an etwas Schwarzweißem vorbei, das zusammengefahren am Straßenrand lag. Ohne es je vorher gerochen oder gesehen zu haben, wusste ich, was das nur sein konnte: ein Skunk, ein Stinktier. Josh hatte mir erzählt, dass sein Schwager Harvey (der mit Ruth, der Schönheit mit dem dicken Hintern) das Pech gehabt hatte, einen

Skunk direkt vor seinem Wagen zu entdecken und auch noch zu verärgern, während die Wagentür offen stand. Und wie es ihm nicht gelang, das Auto irgendwem zu verkaufen, geschweige denn, den Geruch loszuwerden. Er musste es verschrotten.

Je weiter ich mich von dem toten Tier am Straßenrand entfernte, desto schwächer wurde der Gestank. Übel war mir trotzdem. Na, vielleicht hatte das gar nichts mit diesem Stinktier zu tun.

Der Sturm nahm immer noch zu. Ich setzte mich beim Cottage auf die Veranda, blickte auf den wildbewegten, schäumenden See, ließ meine Haare flattern und heulte wie ein Coyote.

Im 16. Kapitel
schlagen die neuen Probleme Wurzeln

Am Montag lag der Strand wieder menschenleer da. Nur ein älterer Herr mit silberweißem Backenbart wie ein altmodischer Kapitän ging mit seiner kleinen Enkeltochter spazieren. Die beiden untersuchten das Treibgut, das teilweise bis zu den Dünen hochgespült worden war.

Ein energischer, kühler Wind hatte den wilden Sturm abgelöst. Luft und Wassertemperaturen erinnerten plötzlich an die Nordsee im Frühherbst. Die Heatbugs hatten keinen Grund mehr, mit ihren Flügeln herumzufächeln.

Dafür bewegten andere Insekten ihre schönen Schwingen: Überall schwebten Schmetterlinge umher, sehr große, schwarz und orange gemustert. Sie flogen dicht über der Wasserkante oder ruhten auf den Dünen. Es schienen Hunderte zu sein.

Das kleine Mädchen wollte sie fangen, bekam das jedoch auf liebevolle Weise von ihrem Großvater untersagt.

Ich fror, als ich mich am Strand in die Sonne legte: der Wind biss. Schließlich kam mir die Idee, das Schlauchboot hinter die Düne zu ziehen und mich hineinzulegen. Das gab einen vernünftigen Windschutz.

Als ich mir Mittagessen machen wollte, sah ich, was für neue Vorratsmengen Joshua zu den von Tante Svea gekauften in den Kühlschrank gestopft hatte. Allein mit den übrig gebliebenen Grillwürstchen hätten wir ein zweites Strandfest feiern können. Ich fand auch noch eine Tüte mit Marshmal-

lows. Die futterte ich, als ich wieder im Gummiboot lag. Ich brauchte etwas Süßes gegen meinen Frust.
Natürlich dachte ich den ganzen Tag lang nach. Ich grübelte und grübelte und versuchte herauszufinden, wie das bloß alles zusammenpasste.
Wie konnte Roy behaupten, er wollte mich zum Hierbleiben überreden – er wollte mich ganz für sich allein –, wenn er Frau und Kind besaß?
Wie konnte er so erschrecken, als ich sagte, ich sei vielleicht verheiratet, wenn er es doch selber war?
Plante er, mir diese Tatsache ein für alle Mal zu verheimlichen? Wie konnte er annehmen, dass so was funktionierte?
Andererseits – warum hatte mir bis gestern niemand was davon gesagt?
Pattie musste es doch wissen.
Vielleicht sogar Joshua?
Warum hatte Roy mich so belogen? Warum? Warum?
Hatte er andere – also Pattie – angestiftet, mitzulügen? Und weshalb vergaß er dann, Marv Stillschweigen zu gebieten?
Ich hatte mich gewundert, dass er mir die Stall-Telefonnummer gab und nicht seine eigene. Jetzt wunderte mich das nicht mehr.
War das denn alles nur leeres Gerede gewesen, dass er eine Lady wie mich brauchte, um sein Ziel im Leben zu erreichen, und so weiter? Eine geschickte, auf mich zugeschnittene Art, mich herumzukriegen? Es hatte so echt geklungen.
Ich war am Vorabend früh zu Bett gegangen, mit einem Glas warmer Milch im Bauch. Trotzdem fühlte ich mich mehr verkatert als nach fünf großen Gläsern Rum-Punsch.
Sehr wahrscheinlich arbeitete Roy heute im Reitstall, sofern er nicht beim Fotografen zu tun hatte. Ich war am Vormittag

nicht erschienen und kam am Nachmittag nicht. Ob er versuchte, meine Telefonnummer herauszukriegen und mich anzurufen? Das würde ihm wenig nützen, weil ich das Telefon im Gummiboot hinter der Düne sowieso nicht hören konnte.

Wenn er mich sprechen wollte, musste er sich selbst zum Strand bemühen. Das hatte er am Samstag ja schon mal geschafft.

Genauso gut konnte es jedoch sein, dass Marv gerade erzählte, ich wäre am Sonntag zum Reiten erschienen und hätte auf meine Frage erfahren, Roy sei bei seiner Familie.

Dann wusste er, dass seine Lügen offenbar geworden waren. Dann meldete er sich möglicherweise nie wieder bei mir.

Und wenn ich dann zum Reitstall käme, wäre er vielleicht wieder wie ganz am Anfang: eiskalt und unzugänglich.

Ich weinte noch ein paar Tassen voll und war, alles in allem, dankbar für diese neue Fähigkeit. Sehr erleichternd.

Am späten Nachmittag zog ich den Bikini aus und ein schwarzes Baumwollkleid an, kämmte mein Haar und schlenderte ein wenig am Strand entlang.

Das kleine Mädchen sollte nun baden und stand schnatternd im Badeanzug da, die Zehen dicht am Wasser, immer wieder ausweichend, beide Arme um den kleinen Körper geschlungen. Der Backenbart-Großvater, zu dem eine Admirals-Uniform mit Orden besser gepasst hätte, trug eine wild geblümte, knielange Badehose, schritt tapfer voran in die Wellen und gab zu verstehen, wie erfrischend und köstlich das Bad sei … Seine Enkelin blickte zweifelnd und verharrte am Strand. Er kam also auch wieder aus dem Wasser und stapfte über die Düne auf ihr Cottage zu. Das Kind blieb stehen und schaute ihm hinterher.

Wie alt wohl Roys Tochter sein mochte? Sicher ging er Sonntag nachmittags auch mit ihr baden. An einer anderen Stelle des Sees.
Ich wanderte langsam weiter. Die Sonne trug bereits ihr orangefarbenes Nachmittags-Ensemble, sehr passend zu den vielen orange-schwarzen Schmetterlingen. Der Wind flaute immer mehr ab, als mache er nun auch Feierabend.
Der nette Großvater erschien wieder am Strand. Er trug einen Dampfkessel bei sich, aus dessen Tülle weiße Wölkchen stiegen, zeigte ihn dem kleinen Mädchen, schritt erneut voran in den See und goss eine Ladung kochendes Wasser hinein. Das rührte er gleich darauf mit der Hand um. Offenbar hatte er sein Enkelkind überzeugt. Es platschte zu ihm und warf sich bäuchlings in die angewärmte Stelle.
Vor mir, im nassen Sand, der hin und wieder von Wellenausläufern überspült wurde, saß ein Schmetterling fest. Jemand – ein großer, nackter, menschlicher Fuß – hatte einen seiner Flügel festgetreten.
Aus Versehen? Oder mit Absicht?
Der Schmetterling flatterte verzweifelt mit dem freien Flügel, als ich mich neben ihm hinkniete und sehr vorsichtig begann, mit den Fingerkuppen den klebrigen Sand von ihm abzuwischen.
Als er frei war, flog er nicht davon, sondern blieb an derselben Stelle sitzen. Vielleicht war er zu nass zum Fliegen. Ich nahm ihn behutsam in die hohlen Handflächen und ging mit ihm zurück zu Tante Sveas Cottage, das Gesicht über meine Hände geneigt.
Auf halbem Weg dorthin rief mich eine erfreute Stimme an: »Hi, Carestein, zu dir wollte ich gerade!«
Pattie kam über eine Düne auf mich zugerutscht und strahlte mich an. Gestern Mittag hätte ich noch genauso zurück-

gestrahlt. Inzwischen war mir nicht mehr danach zu Mute.
»Hallo, Pattie. Warst du wieder bei deiner Freundin zum Kartenlegen?«
»Ja. Und ich wollte gerade sehen, ob du auch in eurem Cottage bist, da sah ich dich eben, und – was ist los? Was hast du? Bist du böse auf mich?«
»Ich weiß nicht recht … Hätte ich denn Grund dazu?«
Pattie zog mich auf die Düne – ich hätte fast den Schmetterling verloren – und setzte sich neben mich. »Bitte, sag mir, was ich dir getan habe. Hab ich was Falsches gesagt?«
»Du hast mir etwas *nicht* gesagt.«
»Was denn? Irgendwas von Granpa?«
»Du hast mir nicht gesagt, dass Roy verheiratet ist.«
Pattie blickte mich aus so entsetzt aufgerissenen Augen an, dass ich für einen Augenblick dachte: Die lügt aber gut! Denn ich konnte einfach nicht glauben, dass sie darüber nicht informiert war.
Sie packte meinen Arm: »Oh, mein Gott! Das hast du nicht gewusst?!«
»Nein.«
»Aber warum hat er dir das denn nicht gesagt? Carestein, ich kenne Rita Sapawe. Nicht sehr gut, von einigen Familienfeiern oder vom Einkaufen. Glaub mir, sie ist überhaupt nicht mit dir zu vergleichen!«
»Wie kommst du darauf, dass es mich glücklicher machen würde, wenn sie mit mir zu vergleichen wäre?«
»Neinneinnein, das meine ich ja nicht. Ich wollte nur sagen: Sie ist irgendwie eine ziemlich unwichtige Person. Diese Ehe hat nicht sehr viel zu bedeuten.«
»Sie hat spätestens was zu bedeuten, wenn's ein Kind gibt, Pattie.«
»Ach, ich weiß nicht. Du hörst dich an, als wär sie das erste

Kind auf der Welt, dessen Vater fremdgeht oder dessen Eltern sich trennen.«
»Wie heißt sie eigentlich?«
»Roys Frau? Rita.«
»Nein, ich meine das kleine Mädchen. Seine Tochter.«
Pattie dachte nach. »Ich weiß nicht. Whitney? Ich weiß nicht. Irgendso ein Modename.«
»Und wie alt ist sie?«
»Vier, glaube ich. Vier oder fünf.«
Was immer mich an diesem Alter nun gerade so traurig machte – auf jeden Fall liefen mir die Tränen übers Gesicht.
»Moment mal, ich denke, du kannst nicht weinen?«
»Konnte ich auch nicht, bis dein Großvater für mich seine Pfeife geraucht hat. Da ging es tatsächlich am selben Nachmittag noch los.«
»So schnell? Phantastisch«, fand Pattie.
Ich zog die Nase hoch, was ich ungern tat. Aber um in meiner Rocktasche nach einem Kleenex zu suchen und mich zu schnäuzen, hätte ich den Schmetterling loslassen müssen.
»Carestein, entschuldige, ich verstehe nicht, warum du so außer dir bist. Wolltest du Roy denn unbedingt heiraten oder nur eine kleine Affäre mit ihm haben? Das kannst du doch auch so. Sogar noch besser: Wenn du keine Lust mehr hast oder abreisen willst, sitzt er fest …«
»Ich begehe keinen Ehebruch«, sagte ich.
»Noch nie?«
»Nein.«
Pattie schüttelte sanft den Kopf und zog die Augen gegen die rötliche Sonne zusammen. »Mann, manchmal bist du wie eine Lehrerin – oder wie eine christliche Nonne oder so. Die Jungfrau Maria hat einen Sohn und ist trotzdem Jungfrau! Geht denn niemals die Leidenschaft mit dir durch?«

»Nein.«
»Oder die Liebe? Hast du noch nie einen Mann so geliebt, dass dir alles andere egal war?«
»Nein!«
Pattie seufzte tief wie Babe, die Stute, als ich mich beim Western-Reiten anfangs so dumm anstellte.
»Und verurteilst du andere, die so etwas tun?«
»Die Ehebruch begehen? Ja, natürlich. Findest du das denn richtig?«
»Je nachdem. Manchmal schon. Vielleicht ist es manchmal verkehrt. Aber noch verkehrter finde ich, es zu verurteilen. Ehebruch wird doch wirklich oft aus Liebe begangen, nicht immer nur aus Leichtsinn oder Lüsternheit oder anderen niederen Motiven. Na, und was aus Liebe geschieht, das finde ich schließlich immer noch gut. Wenn jemand darüber die Nase rümpft, geschieht das bestimmt nicht aus Liebe, sondern aus Besserwisserei und Engherzigkeit und Hochmut. Das finde ich viel schlimmer. Das schadet der Seele viel mehr. Sieh mal, wenn zwei aus lauter Liebe miteinander schlafen, obwohl das Gesetz oder die Sitte oder was auch immer dagegen sind, dann bringen sie doch immer noch eine Portion Liebe in die Welt. Diejenigen, die das missbilligen, bringen eine Portion Gift in die Welt.«
»Ich hab schon verstanden«, schnüffelte ich und wischte mir mit dem Unterarm die Nase. »So hab ich das noch nie betrachtet. Also schade ich nicht nur meiner Seele, sondern der ganzen Welt mehr, wenn ich's nicht tue, als wenn ich's tue, ja?«
»Mann, nein; ich finde nur, wenn du schon so blütenrein sauber bleibst und immer alle Grenzen respektierst und nie vor Liebe schwach wirst, dann solltest du wenigstens nicht auch noch auf die runtergucken, die stärkere Gefühle ha-

ben. Hochmut ist so etwas Kaltes. Ich denke mir, selber sündigen hilft gegen Hochmut.«
Der Schmetterling flatterte ein wenig. Wollte er jetzt losfliegen? Ich öffnete die Hände. Er blieb ruhig sitzen und bewegte nur nachdenklich die Fühler. Seine Flügel schienen immer noch nass zu sein, aber unversehrt.
»Ein Monarch!«, sagte Pattie. »Warum trägst du den?«
»Jemand hatte einen seiner Flügel in den nassen Sand getreten. Ich wollte ihn auf unserer Veranda zum Trocknen hinsetzen.«
»Es war der linke Flügel, stimmt's?«, fragte Pattie gespannt.
»Nein, der rechte«, erwiderte ich wahrheitsgemäß. Ich hatte ihr immer noch nichts von der Möwe erzählt.
Sie half mir hoch, weil ich meine Hände ja nicht gebrauchen konnte, und wir gingen weiter zu Tante Sveas Cottage.
»Was macht das bunte Gezappel in deinen Augen?«
»Seit ich bei deinem Großvater war, hab ich keine Angst mehr deswegen. Aber gezappelt hat es sowieso zum letzten Mal am Labour Day, weißt du noch?«
»Bestimmt ist es jetzt weg, weil du wieder weinen kannst. Du, Carestein, ich will noch etwas sagen zu der Sache mit Roy. Ich mag ihn eigentlich nicht so besonders, er ist manchmal schrecklich rücksichtslos, und er war nie sehr nett zu mir … Aber egal, verurteile ihn nicht so hart. Gerade dass er dir nichts von Rita und dem Kind erzählt hat, zeigt doch, wie wichtig du ihm bist. Er hatte bestimmt Angst, wenn du's weißt, verschwindest du sofort. Er wollte dich vielleicht erst noch näher kennen lernen. Ich glaube, du bist ihm sehr wichtig. Und dabei ist er sich eigentlich bis jetzt immer nur selber wichtig gewesen. Oh-oh, da sitzt er übrigens …«, fuhr Pattie im selben Ton fort.
Ich schrak zusammen und sah auf.

Richtig, da saß Roy Sneaky Bear auf Tante Sveas Cottagetreppe, rot gefärbt von der Abendsonne, die Arme verschränkt.
Wir stapften durch den Sand auf ihn zu. Er rief Pattie entgegen: »Ich bin restlos glücklich, dich zu sehen. Musst du nicht gleich nach Hause?«
»Ich weiß nicht …«, entgegnete Pattie etwas ratlos und blickte mich an.
»Bitte, bleib noch, wenn du Zeit hast!«, sagte ich nachdrücklich zu ihr. Ich musste natürlich mit Roy sprechen. Aber ich war dankbar für eine kleine Gnadenfrist.
Er stand auf und kam uns entgegen. »Du hast ja inzwischen enorm Farbe bekommen«, teilte er mir mit.
»Ja, wenn sie nicht diese hellen Augen hätte, könnte sie fast als Indianerin durchgehen, was?«, meinte Pattie.
Das schien ihm nicht zu passen. Er sagte schroff: »Sicherlich nicht.«
Dann betrachtete er mich ein bisschen von links und ein bisschen von rechts und fügte hinzu: »Andererseits …« Worauf er um das Cottage herum lief und verschwand.
Ich setzte inzwischen den Schmetterling auf die hölzerne Verandabrüstung. Als Roy zurückkam, die Kamera um den Hals, schaute er ihn sich an und sagte wie Pattie: »Ein Monarch. Die sammeln sich jetzt wie die Zugvögel, um nach Mexiko zu fliegen. Komm, setzt dich hier auf die Treppe …«
Sobald ich da saß, fummelte er mir ein paar Vogelfedern mit bunten Bändern und Muscheln dran ins Haar und knüpfte mir eine Kette mit Muscheln um den Hals, bevor er seine Kamera einstellte und einige Schritte zurücktrat: »Magst du mich anlächeln, Christy?«
Nein, das mochte ich nicht. Ich ließ mein Gesicht so böse und abweisend, wie mir zu Mute war. Er fotografierte mich

trotzdem, bis die Sonne im See verschwand. Pattie sah geduldig zu.

Als Roy den Film zurückspulte, fiel sein Blick auf die schwarze Feuerstelle am Strand. »Habt ihr das Feuer gemacht, der kleine alte Mann und du?«

»Ja. Er und ich und noch einige Freunde.«

»Wollen wir es nicht noch mal anmachen?«, schlug Pattie vor.

»Ich habe noch drei Packungen mit Grillwürstchen«, sagte ich zögernd.

»Hol die Würstchen und Brot und was zu trinken!«, rief Roy. »Nimmst du meine Kamera mit ins Haus? Komm, Pat, wir beide suchen Holz!« Er riss sie an der Hand hinter sich her zum Strand und drehte sich im Laufen noch einmal zu mir um: »Ich bin verdammt hungrig!«

Wenn er so strahlend lachte, sah er sehr liebenswert aus.

Der Monarch flatterte versuchsweise ein wenig hoch, flog zwei eckige kleine Runden über der Veranda und dann etwas höher und zum Strand hin.

Gute Reise!, dachte ich ihm hinterher.

Nun saß ich wieder am Lagerfeuer, wie vor zwei Abenden. Am Samstag hatte ich es aufrichtig genießen können; ich hatte Joshua lieb, ich mochte die Kirbys, ich dachte immer wieder an Roy, und der Gedanke machte mich glücklich.

Diesmal saß ich neben ihm, aber ich dachte immer wieder an seine Frau und sein Kind, und dieser Gedanke machte mich unglücklich.

Pattie fühlte sich nicht wohl, weil sie wusste, dass sie Roy auf die Nerven ging. Er mochte sie sowieso nicht übertrieben gern, und im Moment war sie für ihn einfach ein großer, molliger Störfaktor.

Er schaute mich immer wieder forschend von der Seite an. Er bemerkte natürlich meine schlechte Laune, konnte sie aber offenbar nicht deuten. Das hieß, er hatte noch nicht mit Marv gesprochen, zumindest nicht darüber, was ich erfahren hatte.

Für Roy musste es ein Rätsel sein, warum ich Pattie unbedingt dabeihaben wollte. Seit Freitagabend wäre er gern mit mir allein gewesen, und außer dem kurzen Gespräch im Schlauchboot hatte das nicht funktioniert.

So konnte keine rechte Ausgelassenheit aufkommen. Ich reagierte gereizt auf Roy, Roy reagierte gereizt auf Pattie, und die schmollte vor sich hin. Zu den gerösteten Würstchen und dem Brot bot ich Cola an, denn Bier hatten die Kirbys nicht übrig gelassen. Pattie fragte, ob ich Feuerwasser hätte.

»Ich glaube, ein bisschen Schnaps ist im Cottage«, überlegte ich.

»Besser ein bisschen Schnaps als gar kein Schnaps!«, fand Pattie.

Ich ging hinein und holte die Flasche Gin, die in der Küchendurchreiche stand. Ich nahm auch gleich eine muffelig riechende Wildlederjacke aus dem Schlafzimmerschrank mit hinaus und hängte sie mir um, denn mir war schon wieder kalt.

Pattie ging nicht zimperlich mit dem Gin um, sie schluckte ihn aus einem Wasserglas. Ich wollte nichts davon, Roy kippte ein wenig in sein Cola.

Nun wurde wenigstens einer von uns lustig, und das besserte die Stimmung allgemein auf.

Pattie fing an zu lachen und zu kichern und uns von ihren Kunden zu erzählen und von ihrem Ex-Freund, der immer noch ankäme und was von ihr wollte. Roy und ich hörten zu und manchmal mussten wir lachen.

»Ich bade jetzt! Wer kommt mit?«, rief Pattie plötzlich und stand ein bisschen torkelig auf.
Die Nacht war dunkel und kühl, ein blasser runder Mond stieg gerade über die Baumspitzen im Osten herauf und bekam ständig Wolkenschlieren übers Gesicht gewischt.
Ich fror bereits dicht am Feuer und mit Tante Sveas Jacke um die Schultern. Das Letzte, was ich wollte, war, jetzt in den kalten schwarzen See steigen.
Pattie kickte ihre Slipper von sich, zerrte sich den Pulli über den Kopf und stieg aus ihrer Leinenhose. Diesmal ließ sie nicht einmal die Unterwäsche an, wie vor einer Woche. Sie warf alles ab, löste zum Schluss noch das Zopfgummi und schüttelte ihr dickes langes Haar über den Rücken. Sie schien nicht zu frieren. Zuletzt legte sie ihre Brille oben auf ihren weißen Büstenhalter. »Hey, kommt mit, ich schwimme jetzt nach Christian Island!«, rief sie. Dann hopste sie in die Dunkelheit, aufs Wasser zu, eine üppige braune Venus.
»Oh, ja, bitte!«, sagte Roy leise hinter ihr her. Er wandte mir sein flackernd beleuchtetes Gesicht zu: »Was ist los mit dir?«
Ich suchte nach Worten. Ich überlegte und überlegte, wie ich am besten anfing, ohne ihn direkt zu beschimpfen.
Im See kreischte Pattie: »Hilfe! Oh, shit – Hilfe, verdammt noch mal!«
Ich fuhr hoch. Roy blieb völlig ruhig sitzen.
»Was kann ihr denn passiert sein?!«
»Woher soll ich das wissen? Eine Schlange hat sie gebissen. Oder sie hat einen Krampf im Bein und ersäuft gerade.«
»Roy, du musst doch was tun!«
»Warum? Hab ich sie etwa in den See gejagt?«, fragte er wütend, aber er stand schon auf und warf seine Sachen ab.
Pattie schrie weiter, mit Pausen. Roy lief in die Dunkelheit.
Ich kam langsam hinterher. Pattie hatte ihr Kreischen ein-

gestellt. Ich hörte Roy leise schimpfen. Sie plätscherten herum und schienen parallel zum Strand nebeneinanderher zu schwimmen. Das hörte sich nicht nach Lebensgefahr an. Nur nach nächtlichem Badevergnügen. Jetzt lachten sie sogar beide. Sie schienen mich besser zu sehen als ich sie.
Roy rief mit seiner tiefen Stimme: »Das Wasser ist wirklich schön, Christy, nicht so kalt, wie man denkt. Komm auch rein!«
»Heute nicht«, rief ich zurück.
Über Tante Sveas Haus stand hochmütig der Mond. »Sündige doch lieber selbst!«, sagte ich zu ihm. »Das bringt mehr Liebe in die Welt.« Und ich holte zwei große Badetücher.
Es dauerte erstaunlich lange, bis diese Indianer endlich wieder aus dem Wasser fanden. Ich hörte sie noch geraume Zeit lachen und herumplatschen. Pattie kreischte auch noch ein paar Mal, aber mutwillig, nicht angstvoll. Ich fragte mich, ob Roy sie kniff.
Schließlich kamen ihre Schritte über den Sand auf mich zu. Sie keuchten und schnieften und tropften. Ich warf nur einen kurzen Blick auf Roy. Er sah aus wie Neptun oder Herakles oder etwas ähnliches Antikes, aus Bronze gegossen. Ich dachte immer, solche Brustmuskeln bekam man nur im Fitness-Studio – gab's die auch durch Reitunterricht?
Ich hielt ihnen die Badetüchter hin. Roy sagte zu Pattie: »Siehst du!« – und sie zu ihm: »Du hattest Recht.«
»Was?«, fragte ich.
»Pat hat gesagt: Jetzt müssen wir nass in unsere Klamotten steigen. Und ich habe gesagt: Christy hat bestimmt Handtücher für uns bereit gelegt. Sie ist fürsorglich.«
»Woher weißt du das?«
Roy hörte einen Augenblick auf sich abzufrottieren. »Ich kenne dich eben. Du wolltest unbedingt die Möwe retten.«

»Welche Möwe?«, fragte Pattie.
»Sie hat eine Möwe angeschleppt mit steifem Flügel und hat von mir verlangt, dass ich sie damit zum Tierarzt bringe.«
»Steif? Der linke Flügel?«, schrie Pattie aufgeregt.
»Blök mich nicht so an – ich weiß nicht – war es der linke Flügel?«, fragte er mich. Ich nickte ungern. Pattie hüpfte mit ihrem Badelaken um den Körper auf und ab: »Ich hab's gewusst! Ich hab's geträumt!«
»Ah, Träume und so weiter! Du mit deinem Aberglauben«, sagte Roy. Er war zuerst wieder angezogen und legte ziemlich viele Zweige auf das Feuer, das inzwischen zusammengeschrumpft war.
»Jetzt ist euch wohl doch kalt?«, fragte ich.
»Er hat dich angelogen«, kicherte Pattie. »Der See war eisig! Hast du nicht gesehen, *wie* kalt? Roy war nicht überall gleich majestätisch, als er aus dem Wasser kam …«
Sie war wirklich die Einzige, die darüber lachen konnte. Roy musterte sie finster. Ich hatte sowieso nicht zugehört, weil ich gerade an meiner Armbanduhr herumstellte.
(Natürlich hatte ich nicht hingeguckt. So was macht eine Dame nicht.)
»Was war dir eigentlich zugestoßen, Pattie?«
Sie war nicht mehr so betrunken wie vorher, aber beileibe noch nicht wieder nüchtern. Jedes Mal, wenn sie etwas sagte, lachte sie dabei. »Ich bin gestolpert und ausgerutscht und mit dem Fuß in ein Loch oder so was geraten und kam nicht wieder frei. Roy hat mich rausgezogen …«
Er schaute sie kurz an, als bereue er das bereits.
Ich erschauerte plötzlich und Roy griff nach meiner Hand: »Frierst du?«
Nicht zu fassen: Nachdem er stundenlang im Eiswasser he-

rumgeschwommen war, fühlte sich seine Hand schon wieder viel wärmer an als meine!

»Ich bin übrigens ohne Auto hier, deshalb durfte ich auch ein Tröpfchen trinken«, meinte Pattie plötzlich. »Meine Freundin hatte mich mit zum Strand genommen. Bringst du mich nach Tinyvale, wenn du fährst, Roy? Ich meine, es ist nicht mehr ganz früh, und morgen ist ein normaler Arbeitstag …«

Er starrte abweisend ins Feuer und murmelte, er wüsste noch nicht genau, ob er überhaupt nach Tinyvale fahren würde.

»Du meinst, du bleibst vielleicht hier?«, fragte Pattie, die gerade dabei war, ihre Füße vom Sand zu säubern, bevor sie ihre Slipper anzog. Sie lachte schon wieder und blickte von ihm zu mir und wieder zurück. »Uuuu – was wird denn Mrs. Sapawe sagen, wenn du wegbleibst?«

Eben saß er noch völlig entspannt da und hielt meine Hand. Ich hätte es doch merken müssen! Eine Viertelsekunde später, ohne dass ich irgendeine Anspannung registriert hätte, hing er halb über Pattie, ihr Haar mit einer Hand zurückgerissen, ihren Kopf nach hinten gebogen. So hatte er mich beim Schlauchboot auch am Haar gezogen, um mich zu küssen. Pattie wollte er wohl eher die Kehle durchbeißen, jedenfalls fletschte er so die Zähne.

Ihre Brille war in den Sand geflogen, die Slipper, die sie in den Händen gehalten hatte, ebenfalls. Sie rollte ihn mit panischen Augen an, wie ein Apoloosa (oder wie mein Opfer Alexander Ewers kurz vor dem Schnitt), und keuchte: »Mann, Roy, bist du denn verrückt? Du tust mir weh!«

Ich sprang auf und legte eine Hand über seine Augen. (So beruhigt man verrückt gewordene Pferde.) Dabei merkte ich, wie kalt meine Hand war und wie sein Gesicht glühte.

»Hör auf – ich hab's doch schon vorher gewusst, und nicht von Pattie …«, sagte ich möglichst gelassen. Er schüttelte meine Hand ab und ließ sie los.
Sie suchte erst mal ihre Brille, wischte sie ab, setzte sie wieder auf und strich sich dann nervös die Haare zurück, mit zitternden Händen. »Oh, mein Gott, der ist doch absolut irrsinnig«, flüsterte sie vor sich hin.
Roy saß bewegungslos da und schaute ins Feuer. An seinem Hals tickte eine Ader in höchster Frequenz. »Du hast es gewusst?«
Ich setzte mich langsam wieder. Ich hatte ganz weiche Knie. »Ja. Seit gestern. Von Marv.«
»Ich zertrete seinen kleinen dummen Schädel.«
»Das ist eine sehr gute Idee«, lobte ich. »Das wird alle Probleme auf der Stelle lösen.«
»Irgendwann hätte sie's ja doch erfahren«, sagte Pattie, und Roy fuhr zu ihr herum und brüllte sie derart an, dass sie die Arme hochriss und zurückprallte: »Wieso zum Teufel führen wir hier eigentlich ein Gespräch zu dritt? Wollen wir nicht noch 'n paar Diskussionsteilnehmer dazu holen? Was hast du hier zu suchen? Willst du jetzt endlich mal deinen fetten Hintern vom Strand entfernen und uns alleine lassen?!!«
Pattie tat mir Leid. Andererseits fand ich ihre Einmischungen auch nicht übertrieben geschickt. Auf jeden Fall hätte sie weniger trinken sollen, dann hätte sie ihr Mundwerk besser unter Kontrolle gehabt.
Ich legte ihr eine Hand auf den weichen, vollen Arm: »Magst du dich im Cottage ein bisschen auf das Sofa legen und fernsehen? Es sind auch einige Videos da, guck dir mal an, ob was für dich dabei ist … Nimm dir aus dem Kühlschrank, was du magst. Ich bringe dich ganz bestimmt nachher nach Tinyvale, okay? Gib uns etwas Zeit …«

Sie nickte mürrisch, warf Roy noch einen bösen Blick zu, griff sich ohne weiteres die Ginflasche, marschierte über den Sand und patschte mit ihren nackten Füßen die Verandatreppe hinauf.
Das Feuer knackselte und knisterte. Im Wald, auf der anderen Straßenseite, weinte ein Käuzchen.
»Du kannst mir glauben, dass ich die ganze Zeit überlegt habe, wie ich es dir sagen soll«, fing Roy an. »Die ganze Zeit …«, wiederholte er und lachte kurz durch die Nase, »Wir kennen uns seit ungefähr einer Woche, oder?«
»Seit zehn Tagen. Das mit der Möwe war ich.«
»Richtig. Das mit der Möwe warst du. Wie hätte ich es dir sagen sollen – und wann?«
»Na, beispielsweise als du die Coyoten gelobt hast, weil sie treue Zweierbeziehungen führen. Oder als ich dir erzählt habe, dass ich geschieden bin und einen Sohn habe.«
»Egal wann – du wärst zu jeder Zeit entsetzt gewesen«, stellte er fest. »Außer, ich hätte es zufällig ganz am Anfang gesagt, bevor irgendetwas war. Und dann – wäre auch nie etwas geworden.«
Mir fiel auf, wie gut er mich tatsächlich kannte, wie richtig er mich einschätzte, viel besser als Pattie.
»Ich hab gestern den ganzen Tag darüber nachgedacht, wie es weitergehen soll. Ich war am Strand mit Rita und Winona …«
»Heißt deine Tochter so? Winona?«
»Ja. Wir waren am Strand, und …«
»Am Strand? Hattest du keine Angst, dass ich da auftauchen könnte?«
»Nein, was sollst du am Wasaga Beach? Darf ich jetzt mal ausreden? Ich habe also die ganze Zeit überlegt, was werden soll. Ich muss mein Leben sowieso neu ordnen. Und seit ich

dich kenne, ist es dringlich geworden. Ich will mich von Rita trennen, seit ich sie kenne. Das ist die reine Wahrheit. Ich hab sie an einem verregneten Tag getroffen, und es ging darum, in meinem ungemütlichen Zimmer vor dem Fernseher einen Hamburger zu essen oder mit ihr ins Bett zu gehen, um nicht alleine zu sein. Wir haben noch nie wirklich miteinander geredet, über nichts. Die meisten Menschen, die mich kennen, kennen sie nicht …«

»Das spricht nicht für dich.«

»Ach, hör auf – sei erst mal selbst in so einer Situation! Ich wollte mich von Anfang an wieder von ihr trennen«, wiederholte er. »Heiliger Rauch, ich hätte Rita doch nie mit nach Toronto nehmen können!«

»Gut, du willst sie also in die Wüste schicken. Und was ist mit deiner Tochter?«

Er senkte den Kopf und sagte nichts.

»Roy, wenn du mich fragst, du hättest an dem verregneten Tag vor dem Fernseher bleiben sollen.«

»Wenn du wüsstest, wie oft ich mir das schon selbst gesagt habe«, brummelte er.

Ich sah auf meine Uhr – halb eins – und stand auf: »Pattie hat Recht, ihr müsst morgen früh aufstehen und arbeiten.«

Er schaute zu mir hoch: »Was wird jetzt mit uns, Christy?«

»Ich weiß noch nicht. Heute Nacht können wir das sowieso nicht mehr entscheiden.«

Roy lächelte plötzlich. Er warf mit beiden Händen Sand aufs Feuer, bis es ganz gelöscht war, und stand auch auf: »Das bedeutet, du hast dich noch nicht *gegen* mich entschieden.«

Er sah nun anders aus: vorher flackerig und rötlich glühend, vom Feuer angestrahlt, jetzt nur noch ein wenig vom Mond beleuchtet, fast bläulich. Ich kam etwas näher und dann noch etwas näher, und dann stand ich ganz dicht vor ihm. Er

strich mir mit einer Hand leicht übers Haar. Dabei merkte ich erst, dass ich immer noch Federn und Muscheln hineingebunden hatte.
»Ich will dich nicht verlieren«, flüsterte er. Er drehte sich um und lief um das Haus herum. Aus dem Dunkel rief er noch: »Bringst du mir morgen meinen Fotoapparat mit?« Ich hörte eine Autotür schlagen und den alten Jeep anspringen.
Er überließ es tatsächlich mir, Pattie nach Hause zu bringen.
Sie lag im Cottage auf dem Sofa und schlief. Im Fernsehen lief ein alter Wildwestfilm, in dem sich Weiße und Indianer gegenseitig unter Geschrei und Getöse massakrierten.
Ich hatte nicht das Herz, Pattie zu wecken, breitete eine Wolldecke über sie und nahm mir vor, sie am nächsten Morgen – nach einem vernünftigen Frühstück – früh genug zu Hause abzuliefern, damit sie noch schnell duschen und sich umziehen konnte.

Pattie erzählte mir während des Frühstücks und der Fahrt nach Tinyvale ununterbrochen, dass Roy geistesgestört sei, kaputt, paranoid. Und dass ich bloß die Finger von ihm lassen sollte.
»Ich kann dir sehr attraktive andere Indianer vorstellen, normale und verrückte, und alle unverheiratet!«, versprach sie mir. »Aber eins muss ich doch sagen, seit ich Roy kenne, hat er immer nur eine Fresse gezogen und missmutig geguckt und alle Leute rundherum zusammengeschrien. So wie gestern Abend – am Anfang, bevor mir das über seine Frau rausgerutscht ist –, so hab ich ihn noch nie erlebt. Richtig nett! Er hat doch immer wieder gelacht. Beim Baden war er lustig! Also, du wirkst auf ihn wie ein starker Zauber, das sage ich dir. Auch wenn er mich fast umgebracht hätte und er's

nicht verdient, ich rate dir: Bleib bei ihm. Das ist Liebe, sofern ich was von Liebe verstehe. Und weißt du noch, in den Karten lag auch, du sollst deine Grenzen aufweichen. Schmeiß deine Prinzipien weg!«

Nachdem ich sie zu Hause abgeliefert hatte, fuhr ich zu einem Friseur und ließ mir eine starke Dauerwelle machen. Mein Haar wurde dadurch auch ein bisschen heller und ein bisschen gelblicher. Ich gefiel mir ganz gut so.

Ich war kaum im Haus in Moonbay angekommen, als es an die Tür klopfte. Ich öffnete. Da stand Joshua, mit einer Papiertüte in der Hand. »Na, also ich muss sagen! Dunkelbraun gebrannt und wildgelockt. Wie kommt das?«

»Das eine war die Sonne und das andere ein plötzlicher, spontaner Entschluss. Joshua, was hältst du von Ehebruch?«

»Muss ich das auf der Veranda klären oder darf ich hereinkommen? Ich hatte gehofft, du kochst uns einen Kaffee, deshalb hab ich frische Muffins mitgebracht.« Joshua hielt die Tüte hoch.

Sobald er im Haus war, fing er mit seiner Antwort an. »Also Ehebruch, hm? Je nun, kommt drauf an, in welcher Welt man sich befindet. Hat man Champagner im Blut oder Wodka? Französische Komödie? Da ist es die Würze, wird mit Leichtigkeit und gutem Geschmack serviert, tut keinem weh, belustigt alle … Russisches Drama? Da leiden sie, sogar die Nichtbeteiligten, die Schuld wirft große schwarze Schatten und der Fluch lastet noch auf den nächsten Generationen …« Er tänzelte hin und her und schwenkte die Arme. »In welcher Welt befindet man sich, meine Kleine? Das ist jeweils die einzige Frage. Um wen handelt es sich denn? Wer steht vor der Entscheidung: Soll ich's tun oder soll ich's lassen? Ein Männchen oder ein Weibchen, ein lockeres Blut oder ein ernstes Gemüt?«

»*Ich* stehe vor dieser Entscheidung.«
»Ja, aber … Du bist doch gar nicht verheiratet?«
»Ich nicht. Er.«
»Er? Oh – der Riesenindianer? Nun könnte ich natürlich anheben, nach allem, was ich bereits gegen ihn vorzubringen hatte, als da sind Stallausmisten, andere Kultur und so weiter, nun auch noch das! Also, ich muss sagen …«
Aber Joshua sagte erst mal gar nichts weiter. Er wanderte nur versonnen auf Tante Sveas Plüschteppichen hin und her und zauste sich die Seitenpuschel. »Sieht irgendwie gar nicht sehr verheiratet aus, der Mann«, meinte er schließlich.
»Sehr verheiratet ist er auch nicht. Immerhin gibt es ein Kind.«
»Autsch«, sagte Joshua.
Ochch, sagte die Kaffeemaschine.
»Ja, worauf soll es denn hinauslaufen? Eine lebenslange Bindung oder eine heiße Nacht ohne Konsequenzen?«
»Das weiß ich auch nicht. Ist die Sünde denn geringer, wenn's nur eine Nacht ist?«
»Unter Umständen ja – unter Umständen wiederum nicht, weil noch frivoler. Dir macht moralisch vor allem das Kind zu schaffen? Auch das ist eine Sache der Auffassung. So wie es Zeitgenossen gibt, die ihre Kinder überall mit hin schleppen, Tag und Nacht, Partys und Konzerte, Reise und Ausflug, und die Kleinen gedeihen, werden Menschenfreunde und nehmen keinen Schaden oder steuern die Verbrecherlaufbahn an und werden Künstler oder so etwas. Und andere päppeln ihre Brut im keimfreien Zimmer, achten auf jede Minute und jedes Gebot, und die Kinder gedeihen, werden Bundesbeamte und erfreuen sich eines Tages einer Pension – oder sie verfallen in nervösen Waschzwang und num-

merieren ihre Klopapierblätter. Es gibt keine gültige Regel, für nichts. Wie ist – das ist die einzig wichtige Frage – wie ist es in deiner Welt, Kirstin? Wie sieht da ein Ehebruch aus?«

»Meine Welt«, sagte ich hilflos, »ist augenblicklich derart im Begriff sich aufzulösen, dass alles ganz verschwommen aussieht. Ich weiß nicht mehr, wo oben und unten ist. Diese Indianerin, die mir die Karten gelegt und mich mit zu dem Medizinmann genommen hat, die hat mir gesagt, ich soll meine Grenzen aufweichen, und jetzt sehen sie so aus, als ob … als ob sie ein Waschbär bearbeitet hätte!«

»Dann solltest du mit deiner Entscheidung lieber warten, bis du wieder Konturen erkennen kannst«, riet mir Joshua.

Der Kaffee war fertig, wir setzten uns auf Tante Sveas Sofa und aßen die Muffins.

»Mary«, meinte Josh kauend, »hätte es nun mal nicht getan.«

»Ehebruch? Wieso, Moment, ich denke, sie war verlobt mit diesem Ruff, und trotzdem …«

»Das kannst du gar nicht beurteilen!«, sagte Joshua kurz. »Du kanntest sie nicht. Außerdem ist verlobt noch lange nicht verheiratet. Ah, das verstehst du nicht. Eine Lavendelfrau macht nichts, was nicht völlig sauber ist. Ich dachte, du bist auch eine. Aber mit diesen Locken …« Er sah mich kopfschüttelnd an.

Ich fuhr mir mit den Händen durchs Haar. »Gefällt es dir nicht?«

»Gefallen? Oh, du siehst bildhübsch aus, Kleine. Vielleicht hübscher als vorher. Aber auch auffallender. Aufreizender. Jünger übrigens auch. Nicht mehr so sehr Respektsperson. Du hast Recht, deine Grenzen verschieben sich. Vielleicht machst du einen –«, Josh wedelte mit der Hand, »Quantensprung?«

»Wie verhält man sich am besten, wenn man von einer Welt in eine andere rutscht?«
»Man freut sich zunächst mal, dass man wieder etwas Neues lernen darf. Lass zurück, was dir lästig ist, und nimm mit, was dir wichtig ist. Im Übrigen, Kirstin: Man rutscht nicht. Das klingt so passiv. Du wirst nicht gewechselt! Du selbst wechselst deine Welt. Wenn du es willst, passiert es. Wenn du es nicht willst, passiert es nicht. Es ist vielleicht nicht immer dein Bewusstsein, das entscheidet. Es ist dein Unterbewusstsein. Und im besten Falle arbeiten beide Hand in Hand.«
»Du bist so klug, Josh«, sagte ich aufrichtig.
»Oh, teilweise bin ich auch schrecklich dumm«, wehrte er bescheiden ab.

Nachmittags kaufte ich mir in einem kleinen Schmuckladen in Moonbay ein paar Ohrringe: ziemlich große goldene Kreolen. Sie passten sehr gut zu der neuen Frisur.
Dann fuhr ich zum Reitstall.
Roy war allein da, er stand in einer Box neben einer mächtig schwangeren Stute und streichelte ihren dicken Bauch.
»Ich wollte dir nur deine Kamera bringen. Ich stell sie hier oben auf die Mauer, ja? Kriegt das Pferd Drillinge?«
»Nein, nur ein einziges Fohlen. Vielleicht kommt es heute noch. Willst du reiten, Christy?« Roy richtete sich auf und sah mich an – und dann bemerkte er meine Locken und die Ohrringe. »Was ist mit dir passiert?!«
»Okay, es gefällt dir also auch nicht …«
»Ich weiß nicht – es ist sehr anders«, sagte er zweifelnd.
»Ich sehe wild aus, nicht?«
Er nickte, schob mein Haar mit beiden Händen nach hinten, wie es vorher ausgesehen hatte, und zog es dann wie-

der nach vorn. »An dem Abend mit der Möwe hast du ähnlich ausgesehen.«
»Ja, da war ich sehr durcheinander geweht.«
Roy schaute sich in dem dämmrigen Stall um, sah auf seine Uhr und zog mich dann in eine leere Box: »Komm schnell, eine kleine Weile, es ist grad keiner da … Hier liegt völlig sauberes Heu, das hab ich vorhin selbst alles ausgeräumt – komm her, komm her, komm her …« Er legte sich auf den Boden, auf das Heu, und zog mich zu sich hinunter.
»Das kommt davon, wenn man wild aussieht. Schon wird man ins Heu gezerrt …«, klagte ich.
Aber er hielt mich nur fest und schloss die Augen. Ich lag mit dem Ohr zufällig genau auf seinem Herzen. Es klang genauso dunkel und ruhig wie seine Stimme. »Du meinst wohl, du musst wild aussehen, damit du mit einem Wilden durchbrennen kannst?«
»Ja, so ähnlich.«
»Gut. Das bedeutet, wenn du's hinter dir hast, kannst du wieder wie vorher aussehen. Wie eine Lady.«
»Daran liegt dir viel, was?«
»Ich glaube schon. An *dir* liegt mir viel.«
»Warum?«
Er schwieg eine Weile. Dann sagte er: »Die korrekte Antwort darauf heißt: ›Ich weiß es nicht‹, stimmt's? Liebe ist edel, wenn sie grundlos ist. Sie kann gern verzweifelt sein oder hoffnungslos oder sogar verrückt. Wehe dir, du kannst sie begründen. Dann bist du berechnend, und das kann nicht Liebe sein.« Er hob mein Kinn und sah mir in die Augen. »Du hast Angst, dass du für mich nur ein Statussymbol bist, nicht? Dass ich dich für meine Karriere benutzen will.«
»Ist das nicht so? Jedenfalls etwas?«
»Jedenfalls etwas – ja. Das ist, was mein Kopf sagt. Der

spricht ja nicht alleine. Mein Herz sagt auch etwas. Und meine Lenden sagen etwas anderes. Alle stimmen darin überein, dass sie dich wollen. Aus verschiedenen Gründen, aber einig sind sie sich.«
»Roy, du hast gesagt, du willst mich überreden, hier zu bleiben. Was hast du dann vor? Mit mir nach Toronto gehen? Deine Fotografen-Ausbildung in Moonbay ist doch noch nicht abgeschlossen, oder? Wenn ich's richtig verstanden habe, kannst du dann noch nicht als Kamera-Assistent anfangen.«
»Vielleicht doch. Ich hab heute Morgen mit meinem Freund vom Fernsehen telefoniert. Es gibt da eine Möglichkeit. Sie haben Ende Oktober eine Produktion zu viel und brauchen noch einen Mann.«
»Du hast doch daran gedacht, dass du deine Frau und deine Tochter finanziell unterstützen musst?« (Ich überlegte immer noch, ob ich ihm einfach sagen sollte, dass meine Familie so pleite gar nicht war.)
Roy lachte leise. »Du bist bemerkenswert. Du bist die einzige Frau, mit der man heimlich im Heu liegt und über finanzielle Verpflichtungen und so was redet. Alles muss seine Ordnung haben, nicht? Da nützen dir deine Locken auch nichts.«
Er knöpfte mit der rechten Hand seine erstaunliche Brusttasche auf und holte mehrere dünne, zusammengefaltete Zettelchen heraus. »Hier, sieh. Ich rechne dauernd …«
Auf den Zetteln standen, klein und ordentlich, Daten, Zahlen und Dollarzeichen. In Grün.
»Du bist auch bemerkenswert. Niemand würde ausgerechnet von dem großen Indianer aus dem Reitstall erwarten, dass er kalkuliert und plant und mit Filmfirmen telefoniert. Deine Frau weiß wohl nichts von deinem gesparten Geld?«
»Natürlich nicht. Das würde ihr nur Angst machen. Alle

meine Pläne würden ihr Angst machen. Sie will bis an ihr Lebensende in Tinyvale bleiben oder auf Christian Island, bei ihrer Familie, bei ihren Leuten. Toronto wäre ein Horror für sie.«

Ich steckte die Zettelchen wieder zurück in seine Hemdentasche. »Was ist da heute noch drin?«

Roy holte es heraus und breitete es auf seiner Brust aus: ein kleiner Kamm, ein Kugelschreiber, zwei Cents, ein dünnes gelbes Verschlussband für Tiefkühlbeutel. »Wofür ist das?«

Roy drehte es in den Fingern. »Das war von gefrorenem Katzenfutter, hier in der Küche …«

Er stopfte den Rest der Utensilien in seine Tasche zurück, nahm meine rechte Hand, wickelte mir das gelbe Plastikding zwei Mal um den Ringfinger, drehte die Enden fest zusammen: »So. Jetzt sind wir verlobt!«, und schloss wieder die Augen.

Ich richtete mich auf einem Ellbogen auf und schaute in sein Gesicht. Meine Augen hatten sich inzwischen an das Dämmerlicht gewöhnt, ich erkannte sehr gut seine feinen kurzen Wimpern, die hochmütig geformte Nase, die eckigen Kiefer. Dafür, dass er so jung war, hatte er einige scharfe Falten im Gesicht, nicht nur die Kerben, an denen sich bei guter Laune seine Grübchen zeigten. Ich küsste sein Kinn und die Vertiefung darüber und seine Unterlippe. Er schob meinen Mund einen Zentimeter höher und rollte mich herum. Nun lag ich mit dem Rücken im pikenden Heu.

Ich hatte große Lust, jede Art von Verantwortung und Verpflichtung zu vergessen und ihn einfach zu bitten, mich mit Stumpf und Stil aufzufressen. Übrigens schien er gerade dabei zu sein.

Die hintere Stalltür flog auf, und Marvs Stimme rief: »Roy? Bist du da? Kannst du ins Büro kommen?«

Roy stöhnte an meinem Mund. Dann richtete er sich auf und rief: »Ich komme, Marv. Bin gleich da …«
Er stand auf und zog mich mit sich hoch, kämmte sich eilig, warf mir dann den kleinen Kamm zu und flüsterte: »Du hast Heu im Haar! Bis bald, meine Braut!«
Ich hörte seine Stiefelabsätze auf dem Betongang. Die hintere Stalltür quietschte und fiel zu.
Ich war noch ganz benommen, kämmte mit unsicheren Händen die Halme aus meinem Haar und klopfte meine Sachen ab. Dann legte ich den kleinen Kamm in der Nachbarbox auf Roys Fotoapparat. Die schwangere Stute schnaubte leise und drehte die Augen nach hinten, als wollte sie ihren Bauch beobachten. Sie war sehr nervös.
Ich fuhr zum Cottage, ließ meine Tasche und meine Schuhe da und wanderte über die roten Eisenadern im Boden. Ich brauchte Kraft. Ich war auch sehr nervös.
Hin und wieder blickte ich auf meinen neuen Verlobungsring. Wenn den meine Urgroßmutter sehen könnte …

Im 17. Kapitel
platzt eine weitere Illusion

Am nächsten Tag wirkte Kanada auf mich zum ersten Mal wirklich herbstlich. Der Himmel sah humorlos und grau verhangen aus, manchmal fiel ein feiner, kaum wahrnehmbarer Regen, der gleich darauf behauptete, es nicht gewesen zu sein. Einen farbigen Aspekt gab es auch: Ich entdeckte ein rotes Blatt an einem Ahornbaum. Miss Dottie amüsierte sich über meine Begeisterung: »Warte noch anderthalb oder zwei Wochen ab, Kind, dann sollst du etwas zu sehen bekommen! Dann tun dir die Augen weh von all den verdammten roten Blättern!«

Sie hatte mich gefragt, ob ich sie mit in die Mall nehmen würde, Schuhe kaufen. Sie hatte Schuhe gekauft (hellgrau, mit ganz kleinem Absatz und vorn zu schnüren), ich unterdessen einen hübschen dunkelgrünen Pullover mit verschiedenen Zopfmustern. Kühl war es nämlich auch geworden. Das Grün hatte die Farbe von Roys Augen. Oder von seinem Kugelschreiber.

Jetzt fuhren wir wieder zurück.

»Was sinnst du, mein Liebes?«, wollte die alte Dame wissen.

»Ich denke übers Sündigen nach, Miss Dottie.«

Ihr riesiges Gebiss strahlte so hingerissen, als hätte ich etwas besonders Idyllisches, wie etwa Weihnachten, erwähnt: »Sündigen? Du meinst erotisch, hä?«

»Darauf läuft's hinaus. Falls Sie eine persönliche Ansicht

über Ehebruch haben, würde ich die gern hören. Ich mache gerade eine kleine Umfrage. Ich meine, ich weiß, Sie waren nie verheiratet, vielleicht hat sich dieses Problem für Sie nie gestellt.«

»Nun, meine Schwester Iris war verheiratet. Ich habe mit meinem Schwager gesündigt. Das ist Ehebruch, oder nicht?«

»Zweifellos!«, bestätigte ich erschrocken. »Wenn Sie lieber nicht darüber reden möchten …?«

»Oh, ich liebe es, darüber zu reden. Jesus Christus, es war das Schönste, was mir in meinem ganzen Leben passiert ist. Ich halte die Erinnerung in Ehren. Ich bewahre sie auf wie in einer kleinen, beleuchteten Vitrine. Ich muss bemerken, ich glaube auch, dass es das Einzige war, was meinen Schwager, den armen Hund, jemals richtig glücklich gemacht hat.«

»Hatten Ihre Schwester und Ihr Schwager Kinder?«

»Fünf Stück!«, sagte Miss Dottie so energisch, dass sie gegen die Windschutzscheibe spuckte. »Drei Mädchen und zwei Jungen. Ja. Ich hab immer gesagt: Zähl die Kinder durch, und du weißt, wie oft sie Bob rangelassen hat. Nette Kinder. Ich hab sie dauernd am Hals gehabt. ›Dottie, wir fahren nach Orillia, passt du auf die Kinder auf?‹, ›Dottie, wir wollen heut abend zum Tanzen, übernimmst du die Kinder?‹«

»Ich verstehe. Dann war wegen der Kinder nicht an eine Trennung zu denken?«

»Oh, die wären vielleicht nicht das größte Hindernis gewesen. Nein, Bob hat Iris geliebt.«

»Aber?«

»Er hat meine Schwester *unglücklich* geliebt. Hat hinter ihr hergeschmachtet. Sie war sehr schön, muss ich sagen, und sehr kühl, meine große Schwester. Gelitten hat er und gelitten und war ganz vernarrt in sie. Und dann hat er sich's eben mal gegönnt, an diesem einen Sommertag, dass jemand vernarrt in ihn war. Ich. Das war ein Tag, mein Liebes! Der dritte Juli 1958. Sonne und blauer Himmel und ganz kleine rosa Wölkchen, wie im Paradies. Iris mit allen Kindern und unseren Eltern unterwegs. Bob war eigentlich etwas erkältet, deshalb ist er zu Hause geblieben. Und dann sind wir zusammen an einen ganz einsamen Strand gefahren, an einen wirklich einsamen Strand …«

Miss Dotties Gesicht sah wieder aus wie Weihnachten.

»Nun, und da ist es dann passiert. Wir hatten einen Picknickkorb mitgenommen mit kaltem Hühnchen und Pudding und Champagner, aber glaubst du, wir haben gegessen? Nein! Nur Liebe und Champagner den ganzen verdammten Tag.«

»Und hinterher?«

»Hinterher sind wir wieder nach Hause gefahren.«

»Nein, ich meine: Was ist hinterher aus Ihnen beiden geworden?«

»Nichts. Das war mir selbstverständlich klar. Wir blieben Freunde, natürlich. Wir haben es beide Iris nie gesagt. Fragt sich, ob es sie überhaupt interessiert hätte.«

»Es gab also nur diesen einen Tag?«

»Es gab nur diesen einen Tag. Am dritten Juli 1958 hab ich gelebt. Es gibt Leute, die leben überhaupt nie. Ein ganzes Leben lang nicht. Ich empfinde es als unverschämt, vom Glück zu verlangen, dass es dauert. So als ob man etwas geschenkt bekommt und sagt: Gut, aber ich akzeptiere das nur, wenn es in Goldfolie eingewickelt ist und wenn es zwei Gratiszugaben gibt und wenn mir vertraglich zugesichert wird, dass ich zu jedem Monatsanfang dasselbe wieder geliefert bekomme. Auf mein Wort, so was nimmt dem Glück die Lust am Schenken.«

Wir fuhren eine Weile schweigend weiter.
»Und du bist also auch im Begriff zu sündigen, mein Liebes?«
»Es könnte dahin kommen, Miss Dottie.«
»Hat er einen schönen Mund? Ich versichere dir, das ist wichtig. Bob besaß wundervolle Lippen, rot und geschwungen wie Blütenblätter …« Miss Dottie formte ihre Finger zu Klauen und fuhr damit vor ihrem eigenen, lippenlosen Mund hin und her, um mir zu verdeutlichen, wie wundervoll die Lippen ihres Schwagers gewesen waren. »So, und dieser Mann – liebst du ihn, hä?«
»Das ist nicht leicht für mich zu beantworten. Ich glaube, ich versteh nicht viel vom Lieben. Ich hab schon mal geheiratet, ohne den Mann zu lieben. Und ich hab mich mal verlobt, eigentlich auch, ohne den Mann zu lieben …«
Miss Dottie runzelte die Stirn. »Nun, ich vermute, sie hatten alle viel Geld?«
»Naja, sie waren beide ganz gut gestellt, das schon, aber deshalb hab ich nicht … das war nicht der Grund …«
»Du verstehst wirklich nicht sehr viel vom Lieben«, stellte Miss Dottie fest. »Was waren denn stattdessen deine Gründe?«
»Im ersten Fall war ich schwanger. Und im letzten Fall hab ich gedacht, in meinem Alter kriege ich keinen anderen Mann mehr ab.«
»In deinem Alter kriegst du keinen anderen Mann mehr ab?!« Miss Dottie kreischte vor Vergnügen. Ihr fiel fast das Gebiss heraus. »Jesus Christus! Weißt du, wie alt ich am 3. Juli 1958 war? Ich war dreiundvierzig. Und Jungfrau. Das heißt, am Morgen dieses Tages war ich das noch. In deinem Alter! Hört euch das an! Hach, das war gut!« Sie tupfte sich mit einem Taschentuch die Augen ab. »Nun, mein Liebes, so

wolltest du im einen Fall einen Vater – den legitimen – für dein Kind. Du wolltest versorgt sein. Und im anderen Fall den sozusagen Nächstbesten, um vor dem Lebensabend noch schnell unter die Haube zu kommen, hehehe. Und was willst du nun von diesem betreffenden Mann?«

Wir fuhren durch die Hauptstraße von Moonbay und bogen in den Paradise Drive ein. Ich hielt vor Miss Dotties Haus.

»Das ist schwer zu beantworten. Ich bin gern mit ihm zusammen. Ich guck ihn gern an. Ich rede gern mit ihm.«

»Du fühlst dich einfach zu ihm hingezogen, hä?«

Das war stark untertrieben. Roy wirkte auf mich so magnetisch wie ein geriebener Bernstein auf ein kleines Papierfetzelchen.

»Ja. Ich fühle mich sehr zu ihm hingezogen.«

»Dann tu's doch einfach. Auf mein Wort, es ist besser, etwas zu bereuen, das man getan hat, als etwas zu bereuen, das man nicht getan hat. Wenn du bereust, die Torte verschlungen zu haben, hast du doch jedenfalls einen vollen Bauch und Krümel im Mund. Wenn du bereust, sie *nicht* gegessen zu haben, knurrt dir dazu auch noch der Magen«, sagte Miss Dottie und klappte die Autotür auf. Ich lief schnell um den Wagen herum und half ihr auszusteigen und über den Gartenweg zu ihrem Haus zu kommen.

»Ich danke dir, Kind, dass du mich mitgenommen hast. Und ich danke dir für dein Vertrauen. Magst du am Morgen schon etwas Süßes essen?«

»Wie bitte?«

»Ich möchte dich gern für morgen zum Frühstück zu mir einladen. Ich würde meinen ersten Kürbiskuchen dieses Jahr backen. Glaubst du, dass du das magst?«

»O ja, gerne. Danke, Miss Dottie! Wann soll ich kommen?«

»Komm so um neun, halb zehn«, schlug sie vor. Ihr Gebiss

grinste mich verabschiedend an und sie verschwand in ihrem Haus.

Pattie meinte also, ich sollte auf meine Prinzipien pfeifen. Joshua fand, eine Lavendelfrau täte so etwas nicht, andererseits gab es inzwischen berechtigte Zweifel, ob ich überhaupt noch eine war. Und Miss Dottie schickte mich ganz energisch zum Sündigen.

Ich setzte mich an diesem Nachmittag, während der Regen immer selbstbewusster und lauter gegen die Scheiben pladderte, mit einem Kännchen Tee hin, um mit mir selbst darüber zu reden, was zu tun sei.

Um ganz ehrlich zu sein, ich machte eine Liste. Das brauchte ja niemals irgendjemand zu erfahren. Schon gar nicht Verena.

Auf die eine Seite schrieb ich: GRÜNDE, DIE DAFÜR SPRECHEN und auf die andere: GRÜNDE, DIE DAGEGEN SPRECHEN. Ich füllte zuerst die negative Spalte aus. Dagegen sprach, dass Roy verheiratet war und sogar ein kleines Kind hatte, das sicher leiden würde, wenn er die Familie verließ.

Dagegen sprach, dass wir uns erst seit anderthalb Wochen kannten, und das auch nicht sehr intensiv – nein, das stimmte nicht. Intensiv war's auf jeden Fall. Also nicht sehr zeitintensiv. Ich wusste nicht sehr viel über ihn. Er hatte mich bereits einmal belogen, oder vielmehr, mir etwas Wichtiges über sich selbst nicht gesagt. Wer weiß, was da noch lauerte?

Dagegen sprach, dass er jünger war als ich. Der gängigen Volksmeinung nach müsste er mich nach einigen Jahren gegen eine Frau eintauschen, die mehr seinem Alter entsprach, das heißt, sie musste natürlich jünger sein. Gern auch sehr viel jünger.

Dagegen sprach, dass er ärmer war als ich. Mir saß immer

noch in den Knochen, dass Joachim mich vor allem aus wirtschaftlichen Gründen genommen hätte.
War er ungebildeter als ich? Das wäre, wieder nach der gängigen Volksmeinung, ebenfalls ein triftiger Hinderungsgrund gewesen. Eine Frau will doch aufschauen! Daran litt ich zwar weniger, ich wollte jedoch auch nicht unbedingt herabschauen. Nun musste ich allerdings zugeben, dass ich selbst gar kein Abitur hatte. (Dafür besaß ich einen schönen großen Sohn.) Und dass Roy sich nahezu jeden Fernkurs einverleibt hatte, den er kriegen konnte. Ich empfand ihn als intelligenten Gesprächspartner. Ich fand ihn sogar witzig – was viele Männer für sich in Anspruch nehmen, obwohl es nicht im Geringsten stimmt.
Ich schrieb also auf die Seite der GRÜNDE, DIE DAFÜR SPRECHEN: intelligent und witzig.
War Roy unkultiviert? Musste ich vor Scham in den Boden versinken, wenn ich mit ihm ein Restaurant betrat? (In Kanada nicht; da erkannte man sowieso nicht, wie er das Messer hielt.) Ich hatte ihn bisher nur am Lagerfeuer und in Patties Garten erlebt, als er sich unsere Barbecue-Reste nahm, und da war mir kein Fehlverhalten aufgefallen, aber das wollte nichts heißen. Andererseits war er ehrgeizig und lernte schnell; wahrscheinlich wäre es einfach, ihm irgendwelche Unarten abzugewöhnen. Er hätte selbst ein Interesse daran …
Das schrieb ich auf die Haben-Seite.
Dagegen sprach, dass Roy jähzornig war; er hatte Pattie angefallen wie ein wildes Tier; wer weiß, wann *ich* ihn dazu reizte, mich so zu schütteln?
Dagegen sprachen seine Einstellung zu seiner Mutter und zu seiner Frau. Es war ja sehr schmeichelhaft, dass er mich für das Nonplusultra aller Frauen hielt, weil ich nicht so

war wie die anderen; trotzdem hätte ich einen Partner vorgezogen, der grundsätzlich eine positive Einstellung Frauen gegenüber hatte. Die Position, in der ich mich da befand, war mir zu wackelig. Ein kleiner Fehler, und ich bekam womöglich das Etikett aufgeklebt: Ist doch wie alle anderen!

Mir fiel plötzlich auf, dass ich eine Liste anfertigte, um herauszufinden, ob ich mit Roy zusammenblieb. Ob ich seiner Überredungskunst folgte und mit ihm nach Toronto ging.

Denn wenn es sich nur um ein kleines Verhältnis für den Rest meines Urlaubs handelte, war das alles doch ganz unwichtig.

Pattie wollte auf der Düne wissen: Willst du Roy unbedingt heiraten – oder nur eine kleine Affäre mit ihm haben? Joshua hatte sich erkundigt: Worauf soll es denn hinauslaufen? Eine lebenslange Bindung oder eine heiße Nacht ohne Konsequenzen? Und Miss Dottie hatte gefragt: Was willst du nun von diesem betreffenden Mann?

Ich riss meine angefangene Liste in viele kleine Fetzen und spülte sie im Klo runter. (Im Papierkorb hätte Tante Svea sie finden und sich darüber den Kopf zerbrechen können.)

Dann zog ich meine roten Stiefel an, um zum Reitstall zu fahren und den Mann meiner Träume zu einer kleinen Liebesnacht einzuladen. Danach, dachte ich mir, weiß ich garantiert mehr. Zum Beispiel, ob ich alles viel gelassener sehe und mir sage: Wenn diese Ferien vorbei sind, mache ich an der Volkshochschule in Pottschrapels einen Malkurs. Oder ob ich, im Gegenteil, in Zukunft möglichst jede Nacht mit Roy verbringen wollte und bereit war, dafür einiges (GRÜNDE, DIE DAGEGEN SPRECHEN) in Kauf zu nehmen.

Als ich auf die Veranda trat, wurde mir klar, dass vernünftige Menschen bei diesem Wetter lieber zu Hause blieben.

Ich nahm mir einen großen schwarzen Schirm aus Tante Sveas Schirmständer und bekam auf dem kurzen Weg zum Auto trotzdem nasse Beine.
Der Reitstall wirkte, inmitten des prasselnden Regens, sehr ausgestorben. Die Lampe über dem Stallgebäude war eingeschaltet. Natürlich befand sich niemand auf dem Hof.
Im Stall war ebenfalls Licht an. Jemand hatte über der Box der trächtigen Stute eine Halogenlampe festgeklemmt. Ich hörte besorgte Männerstimmen miteinander murmeln und schlich mich langsam näher heran, bis ich über die Mauer sehen konnte.
Die Stute lag im Heu und schnaufte schmerzlich. Mr. Haley, der Reitstallbesitzer, Marv und zwei andere Männer drängten sich in der engen Box. Roy kauerte neben dem Pferdekopf, streichelte die Stute und sprach leise, mit tiefster Stimme, auf sie ein. Ihre Ohren spielten immer wieder nach vorn, wenn er redete, und zuckten nach hinten, wenn der Reitstallbesitzer und einer der beiden anderen Männer sie untersuchten oder etwas sagten. Die beiden Fremden waren bestimmt Tierärzte, ich erkannte jetzt den ignoranten Schnösel aus der Tierklinik in Tinyvale, und ich hörte, wie er zu Mr. Haley sagte: »Ihr Indianer wirkt wie ein Beruhigungsmittel auf das Tier.«
Roy entdeckte mich zuerst. Er blieb jedoch, wo er war, und nickte mir nur ganz kurz und abwesend zu. Ich schlängelte mich zum Eingang der Box und zupfte Marv am Ärmel, der mir zunächst stand. Er folgte mir durch den Gang zum Eingang, wo der Regen wie ein dichter Vorhang niederrauschte. »Lady?«
»Würden Sie bitte Roy meine Telefonnummer geben?« Ich schrieb die Cottage-Nummer auf, weil das Cottage näher am Reitstall lag als Moonbay. »Es geht um einen Reittermin.

Das ist nämlich alles noch ganz unklar …«, faselte ich in möglichst zickigem und arrogantem Lady-Ton. Undenkbar, dass eine Lady wie ich irgendein anderes Interesse an einem Indianer hätte als Reittermine, und wenn ich noch so wildgelockt aussah.

Marv verstand natürlich in keiner Weise, worum es ging, nickte verständig und steckte die Telefonnummer ein. Hoffentlich verschusselte er die Sache nicht. Ich ging davon aus, dass Roy ihn schon fragen würde, was ich gewollt hätte, wenn mit dem Pferd hoffentlich alles gut gegangen war und er wieder senkrecht stand.

Ich fuhr also zum Cottage und fror. Zwar gab es eine kleine Heizung, die tat, was sie konnte. Das war eben nur wenig. Zwar gab es einen eisernen Kaminofen, aber kein Holz. Das hätte ich erst sammeln müssen. In trockenen Zeiten, versteht sich.

Ich nahm Zuflucht zu Tante Sveas muffelig riechender Cottage-Garderobe und hoffte, dass ich den Geruch nicht allzu sehr annahm. Ich las einen Haufen Magazine, die dort herumlagen und die ich eigentlich ziemlich langweilig fand.

Es wirkt dämpfend auf das Triebleben, stundenlang zu warten, zu frieren und es regnen zu hören. Ich war zu einer feurigen Nacht bereit gewesen – inzwischen wusste ich gar nicht mehr so recht …

Gegen halb elf klingelte das Telefon. Ich sagte nur: »Hallo?«, weil ich einfach nicht glauben wollte, dies sei ein Bekannter von Tante Svea, der nicht ahnte, dass sie in Florida weilte, und der das Bedürfnis nach einer nächtlichen Plauderei verspürte.

»Hallo«, sagte Roy. Mir ging's wie dem Pferd: Nur zwei Silben von dieser warmen dunklen Stimme, und meine Laune wurde sofort besser.

»Schön, dass du anrufst. Eigentlich wollte ich dich für heute Abend zu mir einladen. Das wird wohl nichts mehr?«
»Ich muss heute Nacht im Stall bleiben. Das Fohlen ist da, aber Trixi geht's noch nicht so gut. Du bist doch am Sunset Beach? Magst du nicht kurz herkommen? Ich bin gerade allein, alle anderen sind zum Essen gefahren.«
»Sollst du hungern?«, fragte ich ärgerlich.
»Nein, nein. Sie bringen mir etwas mit. Aber die kommen nicht vor einer halben Stunde wieder, denke ich.«
»Gleich bin ich bei dir«, sagte ich, legte auf, warf die Jacken von Tante Svea ab und lief, unter dem großen Schirm, zum Auto. Es regnete wie gehabt, nur wurde es jetzt auch noch windig. Über die Straße fuhr ich fast wie durch einen Fluss, überall hatten sich riesige Pfützen gebildet. Trotzdem brauchte ich kaum acht Minuten für die Fahrt.
Die Lampe über dem Stall tanzte im Wind auf und ab.
Ich parkte möglichst dicht vor dem Eingang und ließ den Schirm im Wagen. Die Halogenlampe war aus. Nur ein trübes Licht im Hintergrund des Stallgebäudes brannte, und auf der niedrigen Mauer zu Trixis Box stand eine kleine, altmodische Petroleumlampe.
Die Stute lag immer noch am Boden, unter einer mexikanisch bedruckten Decke. Zwischen ihren Beinen, an ihren Bauch gelehnt, beulte sich ein kleiner Hügel unter einer anderen Decke, und oben heraus schaute ein kurzer Fohlenkopf. Um die beiden Pferde herum war sehr viel sauberes, frisches Stroh aufgeschüttet. Roy saß auf dem Boden, Rücken und Kopf an die Mauer gelehnt.
Alle drei sahen mich an, alle drei mit denselben glänzenden, zufriedenen Augen. Sie sahen geradezu überirdisch schön aus, die beiden Pferde und der Mann. Wahrscheinlich lag's am Petroleumlicht, das schmeichelt sehr.

»Der kleine Bursche lag quer und ganz verknäult. Er hatte einen Knoten in seinen langen Beinen. Beinah hätten wir Trixi verloren«, sagte Roy leise.

Ich stieg vorsichtig über zugedeckte Pferdebeine hinweg und setzte mich neben ihn.

»Fass mich nicht an, ich bin entsetzlich schmutzig«, warnte er mich. Das sah ich – und das roch ich. Sie hatten Pferd und Fohlen mit Stroh abgerieben, aber vergessen, Roy zu putzen. Er war bis an den Kragen voller Schmutz und getrocknetem Blut.

»Und du wolltest mich für heute Abend einladen, Christy? Was bedeutet das? Hast du irgendeinen Entschluss gefasst?«

»Naja … den Entschluss, dich einzuladen eben.«

»Ah. Und dann sehen wir weiter?«

»Und dann sehen wir weiter.«

Er lachte ein bisschen. »Das ist ja wie eine Zwischenprüfung. Und ich kann nicht erscheinen. Morgen kann ich auch nicht«, fügte er hinzu.

»Am besten frage ich dich mal, wann es denn möglich ist.«

»Sag das nicht so hochnäsig, Lady! Ich würde lieber heute bei dir sein als morgen und lieber morgen als übermorgen. Das weiß doch wohl jeder, dass Männer so primitiv sind?!«

»Warum bist du eigentlich so wütend?«

»Weil du mich einlädst und ich dann ausgerechnet nicht kann. Es geht wirklich nicht, verdammt.«

»Was ist denn morgen los?«

Roy machte eine ungeduldige Grimasse, bevor er antwortete: »Winona hat nun mal gerade Geburtstag. Das ist morgen los. Wenn ich dann nicht da bin …«

»Oh. Sie wird fünf, nicht? Warst du nicht fünf, als deine Mutter dich …«

»Ich kenn die Geschichte. Das war *ich*, der sie dir erzählt hat«, schnappte er gereizt.
»Du findest es geschmacklos, dass ich darauf anspiele?«
»Ja.«
»Du hast Recht. Das war geschmacklos. Ich bin eben auch enttäuscht«, gab ich zu.
Roy sah mich nicht an, aber er hielt mir seine Hand hin, und ich griff danach und bekam meine Finger zu Mus zerquetscht. Das war bestimmt herzlich gemeint und ein Versöhnungsangebot, deshalb schrie ich nicht, ich wimmerte bloß leise.
»Entschuldigung – oh, du trägst meinen Ring noch?« Jetzt lächelte er wieder. »Das sieht komisch aus. Du hast so gepflegte Hände, die Nägel mit Perlmuttlack – das ist doch Perlmuttlack? An der einen Hand dieser schöne Ring und an der anderen gelbes Plastik. Mach es ab! Das ist, als ob du zu einem armen Asozialen gehörst. Ich bin kein armer Asozialer.«
Ich entzog ihm meine Hand, weil er versuchte, den Plastikverschluss abzumachen. »Nein, das bist du nicht. Aber ich gehör auch nicht zu dir.«
»Doch, das tust du!«, flüsterte er beschwörend. »Du weißt gar nicht, wie sehr.«
Meine Vernunftsstimme, die seit längerem Urlaub gemacht hatte, meldete sich plötzlich zu Wort: ›Je mehr du dich auf diesen Mann einlässt, desto weniger kannst du weg!‹
Roy beobachtete mich, schien zu registrieren, was in mir vorging, und machte sich daran, die Stimmung zu ändern. Er lachte mit beidseitigen Grübchen – ich war immer wieder fasziniert, wie sein hartes, undurchdringliches Gesicht dadurch bieder und harmlos wurde – und sagte: »Vorhin ist etwas Unglaubliches passiert. Mr. Haley hat mich umarmt!

Wenn du mir erzählt hättest, dass er so was je tun würde … Er hat sich auch ausdrücklich bedankt, weil ich Trixi so gut beruhigt habe. So was hat er noch nie gemacht. Seit ich dich kenne, scheinen alle Leute nett und freundlich zu sein. Sie haben andere Gesichter und andere Augen …«

»Man nennt das Lächeln. Sie reagieren auf dich. Du lächelst neuerdings wahrscheinlich selber. Joshua hat gesagt, du warst immer nur arrogant und sauertöpfisch …«

»Wer ist Joshua?«

»Das alte Onkelchen. Der Nachbar in Moonbay.«

»Woher kennt der mich?«

»Er kennt dich nicht wirklich, aber er hat dich hier und da mal gesehen.«

»Ich ihn nicht.«

»Du fällst eben mehr auf als er. Pattie meint auch, du warst dein Leben lang verbiestert und grimmig. Und seit du mich kennst, seist du das reinste Sonnenscheinchen.«

Roy lachte. »Das sagt sie, die alte Hexe?«

»Das hat sie sogar gesagt, nachdem du sie bei der Kehle gepackt hast …«

Draußen klappten Autotüren. Wir fuhren beide auf. Einige Pferde in den Nebenboxen wieherten. Das nagelneue Fohlen reckte den Kopf und stieß ebenfalls ein quietschendes kleines Gewieher aus. Roy half mir auf die Beine. Mr. Haley und Marv kamen in den Stall, über den Regen fluchend. »Hier, Roy, so schnell wie möglich und noch ganz heiß!«, rief Marv und schwenkte ein Paket, aus dem es duftete. Dann bemerkten sie mich. Mr. Haley grüßte kurz und ausdruckslos, brummelte etwas wie: »Bis gleich!«, und verließ den Stall durch die Hintertür, die zum Wohn- und Bürohaus führte. Marv stierte mich an, dann Roy und dann wieder mich, und nun schien er zu begreifen. Er verzog den Mund zu einem unsicheren kleinen Lächeln. »Pa hat gesagt, ich soll dich kurz ablösen, damit du essen kannst und duschen und was anderes anziehen, bis Ma deine Sachen in die Waschmaschine getan und getrocknet hat. Meine Sporthose passt dir sicher, und 'n Hemd von mir auch«, redete er verlegen drauflos.

Roy nickte und untersuchte die Hamburger im Paket. »Okay, Marv. Ich komm gleich«, antwortete er freundlich. Und als der Junge stehen blieb, fügte er energischer hinzu: »Bis gleich!«

Marv sah mich unglücklich an und schob den Gang hinunter davon. Mir kam es so vor, als hätte er Roy bisher bewundert und für perfekt gehalten, perfekt in vielen Beziehungen. Wie zum Beispiel, dass er Sonntag nachmittags ›immer bei seiner Familie‹ war. Und nun so was wie ich, die ihm ihre Telefonnummer zuschusterte und ihn mitten in der Nacht, bei dickstem Unwetter, im Stall besuchte!

»Du solltest essen, bevor es kalt wird!«, sagte ich. »Also Freitagabend um sieben im Cottage, ja?«

»Dann kann ich bis Sonntag bleiben«, versprach Roy.

Ich unterdrückte die Bemerkung, dass der Sonntagnachmittag natürlich der Familie gehörte. Warum sollte ich ihn mit weiteren Geschmacklosigkeiten ärgern? Wer sagte, dass ich nicht am Samstag bereits genug von ihm hatte?

Ich lächelte verabschiedend und bewegte mich auf den Stallausgang zu. Weil ich hinter mir so gar nichts hörte – hätte er nicht mit dem Hamburgerpaket in Richtung Hinterausgang gehen müssen? –, drehte ich mich dann noch einmal um.

Er stand neben Trixis Box und blickte mir hinterher, seitlich sanft beleuchtet durch die altmodische kleine Lampe. Sein schönes dunkles Gesicht war ein bisschen sehnsuchtsvoll

und besorgt und etwas ängstlich, ein Ausdruck, der mich über alle Maßen rührte.
Ich rannte auf ihn zu, er rannte ebenso die paar Schritte, und wir knallten ein weiteres Mal mit Volldampf zusammen – wie schon auf dem Waldweg –, umklammerten uns krampfhaft und knutschten uns gegenseitig überall ab, wo wir hintreffen konnten. Ich glaube, ich küsste sogar sein bedrecktes Hemd.
Solche Sachen hatte ich bisher immer nur im Kino gesehen.
Dann verließ ich fluchtartig das Stallgebäude, stürzte mich durch den Regenvorhang in meinen Wagen und fuhr zurück zum Cottage. Die paar Meter freier Lauf hatten mich durchweicht, es triefte aus meinen Haaren in meine Augen, deshalb fiel mir relativ spät auf, dass ich schon wieder weinte.
Weshalb?, fragte ich mich selbst erstaunt. Was ist traurig? Was ist schrecklich? Die einzig schlüssige Antwort schien zu sein: Ich weinte aus lauter Leidenschaft.
Roy besaß schöne, starke Arme, und immer, wenn er mich umklammerte, merkte ich es am nächsten Tag noch. Bei diesem Anfall im Stallgang hatte er regelrecht versucht, meinen Körper durch seinen zu schrubben wie einen Apfel durch ein Reibeisen. Ich konnte es während der Fahrt schon riechen und ich sah es erschüttert im Badezimmerspiegel im Cottage – seine Klamotten mussten nach unserer Umarmung auf der Vorderseite entschieden sauberer sein als hinten.
Ich schaltete die arme kleine Heizung aus und fuhr gleich weiter nach Moonbay, um mich hier zu säubern und meinen neuen grünen Pullover zu waschen. Gut, dass ich auf Reisen immer eine Tube Feinwaschmittel dabei hatte. Tante Svea schien keins zu besitzen.

Im Morgengrauen träumte ich: Eine schlanke junge Frau wanderte zwischen Blumen, Sträuchern und Bäumen umher (es sah ein wenig aus wie Joshuas Garten und doch wieder anders) und sang mit zittriger, verwehter Stimme vor sich hin:

»Lavender is blue,
Silly, Silly,
Lavender is green.
If you are king,
Silly, Silly,
I'll be your queen.«

Außerdem schien Josh in seinem Haus auf dem Spinett zu spielen, die Klänge unterstützten das Lied. Alles klang sehr, sehr alt und furchtbar schwermütig.
Ich wachte auf und konnte es noch ganz deutlich hören. Hätte ich's nicht besser gewusst, wäre ich überzeugt davon gewesen, bei Mary handelte es sich um ein Gespenst aus dem 18. Jahrhundert.
Es regnete nicht mehr, stattdessen trieben Nebelschwaden im Garten herum. Am Ahornbaum sah ich zwei weitere rötliche Blätter.
Ich fror, als ich zu Miss Dottie hinüberging. Natürlich war mein grüner Pullover noch feucht – ich sah ein, dass ich mir, falls ich noch eine Weile in Kanada blieb, weitere warme Sachen kaufen musste.
Miss Dotties Gebiss funkelte mir herzlich entgegen, als ich eintrat. Es duftete nach dem frisch gebackenen Kürbiskuchen und nach Kaffee, und in ihrem Haus war es fast zu warm. Alles schien Pfirsich- und Aprikosentöne zu haben, die Sofas und Sofakissen, die Teppiche und die Vorhänge.

»Setz dich, Kind! Nun, und hast du schon mit diesem Mann gesündigt, hä?«
»An mir lag es nicht. Ich wollte, aber er war verhindert. Heute geht es auch nicht, seine Tochter hat Geburtstag. Wir sind für morgen verabredet. Für zwei Nächte, wenn ich's richtig verstanden habe – er hat gesagt, er bleibt von Freitagabend bis Sonntag.«
»Wunderbar. Vergiss den Champagner nicht«, riet Miss Dottie und schnitt mir ein Stück aus dem Kuchen, das ein Viertel ausmachte.
»Denn Frauen wie wir«, erklärte sie und nahm sich selbst genau so ein Stück, »brauchen nicht auf die Figur zu achten. Wir bleiben schlank.« Worauf sie halb geschlagene Sahne auf unsere Kuchen löffelte.
»Ich sage immer«, fuhr sie mit vollem Mund fort, »wer empfindsam ist, bei wem die Nerven dicht unter der Haut liegen, wer alles wahrnimmt, was geschieht, der verbraucht viel mehr Energie, um über alles nachzudenken und mit allem fertig zu werden. Wer dickfellig ist und wenig mitbekommt – freundlich ausgedrückt kannst du sagen: naive oder gemütsruhige Menschen –, der setzt Speck an. Tragischerweise sitzt oft unter dem Speck und dem dicken Fell ein zartes, empfindliches Gemüt, das Angst vor dem Schmerz hat und sich deswegen zufuttert.«
Auf jeden Fall schmeckte mir der Kürbiskuchen sehr gut. Ich aß noch ein weiteres Viertel mit Sahne, indem ich mir sagte, dass meine aufgedrehten Nerven bestimmt spielend mit den Kalorien fertig wurden.
Dabei fiel mir ein: »Eigentlich bin ich nach Kanada gekommen, um mich ein bisschen zu beruhigen. Aber dann war es eigentlich immer nur aufregend.«
»Na, beruhigen kannst du dich, wenn du tot bist«, meinte

Miss Dottie vehement. »Solange du lebst, lass es doch aufregend sein!«
Ich fragte mich, ob das nicht speziell eine Devise sein mochte für Leute, die lediglich am dritten Juli 1958 gelebt hatten.
»Ich wollte Sie für heute Abend zu mir zum Essen einladen, Miss Dottie!«, sagte ich dann. Mir lag schon seit einiger Zeit auf der Seele, dass ich zwar ständig eingeladen wurde, mich jedoch noch nie revanchiert hatte: weder bei Joshua für all seine leckeren Gerichte noch bei Miss Dottie für den wunderbaren Apfelkuchen. Einzig Pattie hatte ein paar (übrig gebliebene) Würstchen erhalten als Ausgleich für Salat und Schweinerippchen – auch kein guter Austausch. Dabei bewirtete ich gern und hatte Spaß am Kochen.
Ich hatte kurz überlegt, ob ich Josh, Miss Dottie und Pattie gemeinsam einladen sollte, wurde jedoch das Gefühl nicht los, das sei keine erfolgversprechende Gruppierung, vor allem, wenn Pattie wieder nach Feuerwasser verlangte und lustig wurde.
Joshua und Dottie hingegen kannten sich seit grauer Vorzeit und würden sicher ein erfreuliches Gästeteam bilden. Ich dachte über Gerichte nach, die sich leicht kauen ließen. Pattie würde ich ein anderes Mal einladen. Ganz bestimmt.
Miss Dottie nahm meine Einladung sofort und ohne große Ziererei an. Sieben Uhr? Gern! Nach dem Frühstück zündete sie sich eine plattgequetschte, parfümierte orientalische Filterzigarette an und rauchte mit viel Genuss. Hinterher schob sie ihre Wohnzimmerfenster hoch, damit der Rauch hinaus konnte.
Ganz leise zirpte aus der Ferne Joshuas Spinett zu uns hinüber. Spielte er das Lied, von dem ich geträumt hatte? Und hatte ich es deshalb geträumt?

»Kannten Sie eigentlich Joshuas Mary, Miss Dottie?«
Das große Gebiss grinste sardonisch. »›Joshuas‹ Mary? Auf mein Wort, das klingt ja, als hätte sie sein Brandzeichen auf dem Hinterteil. Hat er dir von ihr erzählt, hä? Na! Da würde ich gern mal zuhören, wenn der verrückte Josh einem jungen Mädchen was von Mary erzählt. Und Mary würde vielleicht auch gern mal zuhören. Ach, nein, nein, das interessiert sie heute alles nicht mehr, da, wo sie jetzt ist.«
Miss Dottie rammte die Fenster wieder zu. »Verrückt ist der Kerl und verrückt war er immer. Oh, er ist ein guter Nachbar. Er nimmt mich sonntags mit in die Kirche oder sonst mal zum Einkaufen, wenn er nichts Besseres zu tun hat. Deshalb ist er immer noch verrückt. Mary war seine große Liebe, keine Frage. Hat er sie festgehalten, als es die Chance dazu gab? Nein, er muss ja genau dann mit Amy Weathers herumscharwenzeln, sodass Ruff Quinn es sehen kann. Das ist schon keine Dummheit mehr, das ist Selbstzerstörung. Gott ist mein Zeuge, ich dachte, er dreht durch, als Mary die Konsequenzen gezogen hat. Wochenlang, ach, monatelang hatte er Triefaugen und eine rote Nase. Diese lächerliche, winzige Nase, die der Mann hat, und dann immer rot! Ich hab ihn früher gesittet, weißt du, hab mir Taschengeld verdient, indem ich Baby Josh beaufsichtigt hab, wenn Hendersons weg waren. Und ich sage dir: Joshua war schon als Säugling verrückt. Hat zum Beispiel Laufen gelernt, bevor er krabbeln konnte. Ja, wer weiß – vielleicht hätte er gut mit Mary leben können. Das war's, was er gebraucht hätte: eine Frau mit Vernunft für zwei.« Miss Dottie schüttelte missbilligend den Kopf. »Möchtest du noch Kaffee, mein Liebes? Nein? Immer wenn ich Josh und Mary zusammen sah, wirkten sie so glücklich. Sie haben zusammen seine verdammte Veranda lackiert, schön ist das geworden. Mary hat auch sei-

nen ganzen Garten angelegt, vorher war das ja eine Wüste, und alles voller Ungeziefer, eine Pest für die Nachbargärten. Mary hat die Lavendelstauden angeschleppt, die haben alle Käfer vertrieben. Ich habe die beiden oft lachen hören zusammen, Joshua Henderson und Mary.«

Miss Dottie entkorkte eine reizende kleine Glaskaraffe: »Nimm einen Schluck Moccalikör, ist sehr gut. Ja, gelacht haben sie oft, alle beide …«, fuhr sie fort, ihr Gläschen Likör in der Hand. Ihre Augen blickten starr an mir vorbei. »Manchmal hat's mich schon unangenehm berührt, weißt du?«

»Warum?«

»Nun, weil sie doch eigentlich mit Ruff Quinn zusammen gewesen war. Die beiden wollten heiraten. Ruff hatte mit ihrem Papa gesprochen und die Erlaubnis bekommen. Kurz und gut, er bringt sie mit nach Moonbay und stellt sie seinem alten Freund Josh vor, ganz stolz auf seine Braut.«

»Ruff Quinn war ein Freund von Joshua? Ich hab es so verstanden, dass sie sich kaum kannten. Josh meinte, Ruff sei ein großer Dummkopf …«

»Das war er wohl. Anständig bis zur Blödheit. Freunde waren die beiden seit der Sandkiste. Waren zusammen bei den Pfadfindern und auf der Universität. Joshua ging immer mit vielen Mädchen aus, entweder mit einer nach der anderen oder sogar mit zweien auf einmal. Die Eltern der Mädchen fanden das nicht komisch! So mickrig wie er war, sein verdammter Charme hat sie alle eingewickelt. Ja, nun kam also Ruff mit seiner Mary. Und was tut Josh? Er funkelt und brilliert, stellt Parodien auf irgendwelche Leute dar und macht den Clown. Und Mary lacht. Ruff war ein lieber, netter Junge, ernst und etwas schwerfällig, mit einer großen Nase. Dann kommt Josh mit seiner klitzekleinen Nase und rümpft die auch noch so putzig. Frech war er, sehr erfrischend. Und Mary lacht.«

»Sie haben sich also ineinander verliebt?«

»War Mary verliebt? Oder war sie zu klug dazu? Vielleicht hat sie gern gelacht. Josh hatte immer so verrückte Ideen. Die hat er noch. Hast du das gesehen, vor ein paar Tagen hat er der Gemeindeschwester das Haar verwuschelt und sogar versucht, es abzuschneiden! Sie kam schreiend aus seinem Haus. – Nein, da bist du am Strand gewesen, mein Liebes … Nun, Josh war auf jeden Fall über alle Maßen verliebt in Mary. Dann fing es an, dass sie so viel Zeit miteinander verbracht haben. Sie sind baden gegangen und haben Picknicks gemacht, er hat auf seinem alten Drahtkasten gespielt und sie hat gesungen. Ich weiß nicht, ob sie je gesündigt haben. Damals tat man das nicht eben mal so. Soviel ich weiß, ist sie nie über Nacht geblieben.«

»Moment mal, Miss Dottie, Sie meinen, das war … eine platonische Beziehung zwischen Joshua und seiner Mary?«

»›Seine‹ Mary, ha! Ja, könnte sein, sie hat es ihm nie erlaubt. Sie war nicht die Spur ordinär, das Mädchen. Gesungen hat sie, so zart und fein wie eine Erinnerung, wie ein Schatten. War ja überhaupt nicht viel dran an ihr. Auch so eine Frau, an der das Fett nicht sitzen bleibt. Ja, gesungen hat sie im Garten …« Miss Dottie blickte nachdenklich aus dem Fenster.

»Das habe ich heute Morgen gehört. Oder geträumt, ich weiß nicht genau«, sagte ich. »Ehrlich gesagt: ich hab sie ein paar Mal gesehen. In Joshuas Haus und im Garten. Sogar in dem Cottage von Tante Svea, als er über Nacht dort war.«

Miss Dottie glubschte mich aus ihren scharfen Vogelaugen an. »Was hast du? Mary gesehen?! Willst du sagen, sie treffen sich noch, sie und Josh? Sie besucht ihn, hä?!«

»Ich denke … ich fürchte … ich habe ihren Geist gesehen …«, flüsterte ich. Ich wünschte, ich hätte nicht davon angefangen. Manche Leute glauben nun mal nicht an so etwas.

»Ihren Geist? Mein Liebes, ich verstehe nicht viel vom Spuken, aber ich bin der Ansicht, um als Gespenst herumzuschweben, muss man mindestens zuerst mal sterben, nicht wahr? Und was Mary Quinn angeht, die lebt. In unserem Nachbarort, in Penetanguishene. Hat zwei Kinder und mehrere Enkel. Ich hab sie vor ungefähr drei Wochen getroffen, da war sie bei bester Gesundheit, von ein bisschen Arthritis in den Knien abgesehen …«

Im 18. Kapitel
wird das Problem mit der Wurzel ausgerissen

Mein Gesicht sah bestimmt sehr komisch aus, denn Miss Dotties Gebiss lachte herzlich über mich. »Er hat dir doch nicht weisgemacht, sie ist tot, der alte Narr?«

»Ich habe ihn so verstanden, dass sie Selbstmord beging, nachdem dieser Ruff Quinn ihr weitergeklatscht hat, dass Josh mit einer anderen Frau zusammen war …«

»Selbstmord? Mary? Was für ein Blödsinn. Das könnte Josh so passen. Nun, wahrscheinlich wird er so besser damit fertig. Sie hat ihn also nicht verlassen, sondern sich selbst entleibt, hä? Jesus Christus, hört euch das an. Wie kann er dir so was erzählen? Ja, glaubt er das selbst?«

Ich wusste nicht, was ich denken sollte. Miss Dottie war schon so alt. Vielleicht waren ihre Erinnerungen nicht zuverlässig. Mary musste tot sein. Wie hätte ich denn sonst ihren Geist sehen können?

»Du glaubst mir nicht, hä? Ich seh's dir an. Na, das ist eine Geschichte! Ich bin zwar alt und hässlich, aber ich bin nicht blöd. Iris, meine Schwester, lebt in Penetang, seit sie Witwe ist. Wenn ich sie besuche, hab ich auch oft Mary Quinn gesehen. Sie sammelt immer Wolle für mich, ich stricke so gern. Und ich sammle Stoffreste für sie, sie macht nette Patchworkdecken. Letztes Mal hab ich vergessen, ihr die mitzunehmen. Willst du sie ihr bringen – mit einem Gruß von mir?« Miss Dotties Gebiss funkelte boshaft.

Penetanguishene hockt beinah so dicht neben Moonbay wie Booksteed neben Pottschrapels. Es ähnelt seiner großen Schwester sehr mit den idyllischen Veranda-Häuschen, ist etwas kleiner und besitzt dafür den größeren Hafen und eine Irrenanstalt. Ich hatte die Einwohner von Moonbay häufig von der Nachbargemeinde reden hören, und nur selten wurde der komplizierte Name ganz ausgesprochen. ›Ich fahre heut Nachmittag nach Penetang!‹, hieß es, die letzte Silbe etwas verlängert und genäselt.

Miss Dottie hatte mir die Adresse von Mary Quinn aufgeschrieben und mir einen Stoffbeutel mit bunten Lumpen mitgegeben.

Ich konnte immer noch nicht recht glauben, dass Mary – Joshuas Mary! – noch am Leben sein und eine ganz triviale, gealterte Existenz im Nachbarort führen sollte, mit Enkeln und Patchworkdecken und Arthritis in den Knien.

Weil es mir absolut nicht möglich war, Joshua gegenüberzutreten, bevor ich diesen Punkt geklärt hatte, steckte ich ihm nur ein Briefchen mit der Einladung für den Abend unter die Tür.

Dies war die Zeit, in der eine Hausfrau das kleine Mittagessen, genannt Lunch, bereitete, und ich witterte Beefsteak und Zwiebeln um mich herum, als ich aus dem Auto stieg. Gute Idee, dachte ich, damit werde ich Roy morgen Abend kommen. Steaks mögen Männer normalerweise immer, und wenn sie noch so kompliziert sind.

Das Häuschen lag in einer ruhigen Seitenstraße. Spitzengardinen und Rosenrabatten und ein Messingschild mit der Aufschrift: Rufus Quinn. Doch, auch hier umrahmte Lavendel die Rosenbeete. Natürlich gab es keinen Zaun. Kanadier zäunen nichts ein.

Ich klingelte und wartete.

Mary öffnete mir selbst.
Einen ganz, ganz kurzen Augenblick dachte ich, meiner Mutter gegenüberzustehen, und sofort stiegen mir die Tränen in den Hals. Sie war genauso schlank, genauso groß. Nicht ganz so elegant, etwas kleinstädtischer.
»Guten Tag, entschuldigen Sie bitte die Störung, einen schönen Gruß von Miss Dottie …«, sagte ich etwas undeutlich und hielt der Frau den Lumpenbeutel hin.
Daraufhin wurde ich sofort zum Essen eingeladen.
Wenn jemand an meiner Haustür in Pottschrapels klingeln sollte, der mir mit Grüßen etwas von jemandem überbringt – würde ich dann ›Vielen Dank auch‹ sagen, ihm das Etwas abnehmen und die Tür vor seiner Nase zumachen? Nicht unbedingt; käme darauf an, um was es sich handelt und von wem er grüßt. Vielleicht würde ich ihn hineinbitten. Vielleicht würde ich ihm etwas zu trinken anbieten. Aber würde ich ihn einladen, am Mittagessen teilzunehmen? Bestimmt nicht.
Die Gastfreundschaft der Kanadier ist die eines kleinen Volkes in einem riesengroßen Land, in dem die Menschen sich verlieren. In dem man vor Freude und Rührung ganz außer sich ist, wenn einem endlich mal ein menschliches Wesen begegnet. Bei uns zu Hause ist die Stimmung anders; wir drängeln uns in einem relativ kleinen Land umeinander, so gut es geht, immer den Ellbogen und das Kinn vom Nachbarn in den Rippen. Kein Wunder, dass wir ingrimmig Zäune errichten und dass unsere Gastfreundschaft sich in Grenzen hält. Das erklärte übrigens auch, weshalb bei uns so wenig gelächelt wird: Ein Lächeln hat immer etwas Einladendes.
Mary Quinn lächelte mich herzlich an und freute sich, dass ich sie mitten in der Lunch-Zubereitung belästigte. Eine gut

aussehende Frau für Anfang sechzig. Dies war das Mädchen auf Joshuas Fotos gewesen. Dies war nicht der Geist, den ich gesehen hatte. Der war schöner.
Ruff Quinn, ›der Dummkopf‹, erschien auch noch in der Tür, in einer Jacke mit Lederflicken auf den Ärmeln. Tatsächlich, er besaß eine große Nase und er wirkte ein wenig unbeholfen. Auch er lud mich zum Essen ein. Ich hatte das sonderbare Gefühl, Personen aus einem Roman, den ich gelesen hatte, plötzlich leibhaftig gegenüberzustehen. Ich lehnte so höflich und herzlich wie möglich ab: Ein andermal gern, doch ich müsse sofort wieder los, weil ich verabredet sei …
Mary Quinn bat mich, immerhin kurz zu warten und brachte mir Äpfel aus ihrem Garten mit und mehrere Docken pfirsichfarbene Wolle für Miss Dottie.
Wir hatten uns vor vier Minuten kennen gelernt und umarmten uns zum Abschied. Inzwischen kam mir das ständige Umarmen beinah normal vor. Ja, ich fing an es zu mögen.

Während ich zurückfuhr von Penetanguishene nach Moonbay, machte ich mir klar, dass ich gerade mit einer Selbstmörderin geplaudert hatte, die überhaupt nicht tot war; die jedoch von meinem Freund Joshua als Leiche betrauert wurde – und ich entwickelte eine heilige Wut auf alle lügenden Männer, von Joachim bis Roy Sneaky Bear. Josh hatte mir ja ganz offen erklärt, die Wahrheit wäre etwas völlig Subjektives – aber ich fand, dies hier ging zu weit!
Zwar sagte ich mir, es sei ungerecht, nur auf die lügenden Männer böse zu sein, da Frauen schließlich genauso lügen, Verena an der Spitze. Ich selbst hatte Roy weisgemacht, meine Familie sei pleite und meine Tante hätte mir diesen Urlaub spendiert.

Das kümmerte meine Wut überhaupt nicht. Ich konnte nur hoffen, dass sie sich bis zum Abend legte, damit ich Josh nicht ein bisschen Strichnin in die Suppe rührte.

Er kam mit Blumen aus seinem Garten und in einem schnuckeligen Anzug mit Weste, und er kräuselte seine kleine Nase und war so nett und so putzig, dass mein Zorn sich beruhigte.

Als er sah, dass für drei gedeckt war, fragte er: »Kommt dein großer Indianer?«

»Nein, Josh, ich hab Miss Dottie auch eingeladen. Meinst du, wir müssen sie holen? Sie ist nicht so gut zu Fuß.«

Wir guckten beide aus dem Küchenfenster und erblickten die alte Dame, wie sie an einem schwarzen Spazierstock mit Silberknauf über den Gartenweg auf uns zu wackelte.

»Das ist ihr Kirchgangs-Stock, du solltest dich geehrt fühlen«, riet mir Joshua.

Ich hatte Zucchinicremesuppe gemacht und gedämpften Lachs mit Kartoffelpüree und Erbsen und zum Schluss Teecreme. Meine Gäste waren ganz entzückt und leckten sich demonstrativ die Finger ab – was sie sicher auch getan hätten, wenn's grässlich gewesen wäre.

»Wie lange bleibst noch noch bei uns?«, fragte Joshua.

»Noch zwei Wochen. Morgen bin ich seit genau zwei Wochen hier.«

»Aber du wirst hoffentlich wiederkommen – nächstes oder übernächstes Jahr«, forderte Miss Dottie. Es klang so, als hätte sie in aller Ruhe die Absicht, sehr alt zu werden, und das gefiel mir.

Ich fürchtete die ganze Zeit, sie würde von Mary Quinn anfangen, doch sie begnügte sich mit anderen Sticheleien auf Joshuas Kosten, die er liebenswürdig parierte.

Wir tranken Kaffee nach dem Essen und ›ein Likörchen‹, dann meinte Miss Dottie, sie müsse nun ins Bett. Ich sprang auf, um sie zu ihrem Haus zu bringen, Joshua erhob sich ebenfalls voll Galanterie, öffnete uns die Glastür der Küchenveranda und wünschte der alten Dame eine Gute Nacht. Da blieb sie plötzlich auf der Veranda stehen und fragte mich in voller Lautstärke: »Kind, hat Mary Quinn dir zufällig Wolle für mich mitgegeben?«
Daraufhin fiel Josh die Verandatür aus der Hand und knallte zu; ich musste sie erst wieder aufreißen, an ihm vorbeihasten (ohne ihn anzusehen), das Wollpaket aus der Garderobe holen und erneut auf die Veranda laufen.
»Oh, wie schön! Ich liebe diese Farbe!«, sagte Miss Dottie, unschuldsvoll strahlend.
Wir wanderten miteinander den Gartenweg hinunter, es dämmerte schon. Das große Gebiss lächelte versonnen vor sich hin und klickerte manchmal leise.
Ich brachte sie bis zu ihrer Haustür und fragte: »War das nun nötig, Miss Dottie?«
»Doch, ja. Mir war es irgendwie ein Bedürfnis«, erwiderte sie unbefangen und offenbar ganz mit sich im Reinen. »Gute Nacht, mein Liebes!«

Ich rannte zurück in Tante Sveas Küche. Joshua war nicht mehr da.
Ich brachte die Reste in den Kühlschrank, räumte das Geschirr weg, band mir die Schürze ab und lief hinüber zu Joshs Haus. Inzwischen war es ziemlich dunkel. Ich sah ihn, von seiner Verandatreppe aus, in dem roten Korbsessel in seiner Küche sitzen. Sehr klein und elend sah er aus.
Ich klopfte an die Tür. Sonst tänzelte Josh immer gleich herbei, während er gleichzeitig rief, er käme ja schon. Dies-

mal blieb es ganz still. Ich klopfte erneut – und trat dann einfach ein.
»Joshua? Du bist so plötzlich gegangen …«
Er blickte auf. Seine großen braunen Augen kamen mir direkt tropfenförmig vor, so traurig guckten sie.
»Es ging mir plötzlich nicht gut«, sagte er mit unsicherer Stimme. »Vielleicht das Herz …«
Ich ging zu ihm, kniete neben dem Sessel und legte die Arme um seinen Hals. Joshua drückte seine kleine Nase an mein Gesicht und fing an zu weinen. Ich weinte sofort mit. Ich ließ ungern eine Gelegenheit aus.
Als wir uns etwas beruhigt hatten, sagte Josh, genau wie Roy am Lagerfeuer: »Du hast es gewusst?«
»Miss Dottie hat mich heute Morgen gebeten, Mary Quinn Stoffreste für ihre Patchworkdecken zu bringen«, umschrieb ich taktvoll die Tatbestände. »Da hab ich mir schon gedacht, dass sie es ist. Und als ich sie sah, hab ich sie wieder erkannt.«
»Sie ist wunderschön, nicht?«
»Naja. Sie sieht recht gut aus, schon … Eigentlich war sie gar nicht so unfotogen.«
Er sah mich ganz entsetzt an: »Du findest nicht, dass sie märchenhaft schön ist?«
»So sieht sie wohl in deiner Erinnerung aus, Josh.«
Er schüttelte mit überlegenem Lächeln den Kopf: »So sieht sie in meiner Welt aus!«, korrigierte er.
»In deiner Welt hat sie Selbstmord begangen. Das ist doch traurig! Warum hast du dir das so zusammenphantasiert?«
Mir wurde es unbequem auf dem Boden, deshalb setzte ich mich auf einen der Küchenstühle.
»Es ist viel weniger traurig als die so genannten Tatsachen. Wenn ich daran denken würde, dass sie mit Ruff zusammen ist …« Er schüttelte den Kopf. Dann schaute er mich listig

an: »Ruffs Mary ist also nicht sehr hübsch? Kann ich mir vorstellen. Und sicher auch ziemlich alt.«
»Sie ist immer noch zehn Jahre jünger als du!«, bemerkte ich ärgerlich.
»In meiner Welt ist sie mehr als vierzig Jahre jünger. Ihre Haut ist weich und glatt. Und sie liebt mich trotzdem.«
»Josh, du bist verrückt.«
Er fauchte amüsiert. »Das sagen alle. Na und? Wenn ich glücklich bin damit?« Er stand sehr langsam auf, es schien ihm wirklich nicht gut zu gehen an diesem Abend. Er holte sich seine Pfeife und den Tabak aus der Tischschublade, setzte sich wieder in den roten Korbstuhl und begann, den Pfeifenkopf zu stopfen.
»Wie unglücklich müsste ich sein, wenn ich mir sagen würde: Die ganz große Liebe meines Lebens, die einzige, ist bei einem anderen Mann. Ich konnte sie nicht halten. Ich hab's versucht, Kirstin. Ich hab mich so bemüht, sie zu halten. Ich hab mal einen Film gesehen, da hält ein junger Mann sein Mädchen an einer Hand fest über dem Abgrund und versucht, sie zu sich hochzuziehen, aber er schafft es nicht, ihre Hände rutschen auseinander … Mary gehörte zu Ruff, als ich sie kennen lernte, so fing es schon mal an. Es war unanständig, dass ich versucht habe, sie meinerseits zu erobern. Ich konnte nicht anders. Ich dachte: Mit dieser Frau an meiner Seite schaffe ich alles. Sie war interessiert. Sie hatte mich gern. Sie war unschlüssig. Sie hatte Streit mit Ruff. Und wir wurden Freunde. Nur Freunde. Sie war nie meine Geliebte, weißt du. Manchmal waren wir dicht davor – und dann kam immer irgendwas dazwischen. Als ob das Schicksal es verhindern wollte.«
Josh hängte sich die kalte Pfeife in einen Mundwinkel und saugte ein bisschen daran.

»Naja, und dann tauchte diese Amy wieder mal auf. Die war schon immer hinter mir her gewesen. Da dachte ich eines Tages: Es wird mich erleichtern. Es wird mich bestätigen. Mary wird es ja nie erfahren. Weißt du, ich habe schließlich fast zwei Jahre wie ein Mönch gelebt, immer Mary vor Augen und immer treu. Und natürlich sieht mich Ruff, als ich morgens aus Amys Haus komme. Und natürlich ruft er Mary an und sagt es ihr. Und weg ist sie …«
»Das verstehe ich nicht. Wenn sie nicht deine Geliebte war – wie konnte sie dir das verübeln?«
Josh schob die Pfeife in den anderen Mundwinkel. »Frauen können so was. Aber das ist ja auch egal. In meiner Welt war sie meine Geliebte und sie ist es noch, und Amy oder Ruff hat es nie gegeben.«
»Ich denke, in deiner Welt hat Mary sich Amys wegen umgebracht, weil Ruff ihr das geklatscht hat?«
Josh runzelte die Stirn und zauste eins seiner Seitenbüschel. »Seit sie tot ist, hab ich sie immer bei mir. Du hast sie doch sogar selbst gesehen!« Er sah mich sehr schelmisch an und ich musste wirklich lachen.
»Was hast du dir bloß gedacht, als ich dir erzählt habe, dass ich Marys Geist sehe? Was hab ich da nur wahrgenommen, Josh? Wahrscheinlich bin ich genauso verrückt wie du …«
»Du warst mit mir in meiner Welt.«
»Ich kann das einfach nicht glauben. Hast du mich hypnotisiert oder so was? Bin ich so labil, dass ich aus purer Sympathie Dinge sehe, die es nicht gibt?« Ich wühlte ratlos in meinen Locken herum.
»Erstens«, fing Josh an, wobei er diesmal sitzen blieb, »erstens gibt es Gespenster sowieso nicht, sie sind nicht real. Also ist es eigentlich nicht wichtig, ob du ein wirkliches oder ein unwirkliches Gespenst gesehen hast. Und zweitens, denk

mal daran, was die kleine Trisha Kirby gesagt hat, die Sache vom Elemental. Wenn ich es richtig verstanden hab, dann besteht so ein Elemental aus Gedanken und Emotionen, und je mehr es von beidem bekommt, desto mehr verfestigt es sich. Wenn ich mir seit über vierzig Jahren einbilde, Mary ist bei mir – wenn ich mit ihr rede und ihr vorspiele und sie singt für mich –, dann ist es kein Wunder, wenn jemand anders sie auch mal sieht. Sie ist doch schon fast wirklich. Auf jeden Fall«, fügte er ein wenig boshaft hinzu, »ist sie schöner als die wirkliche Mary.«

Ich stand auf, ging noch einmal zu ihm hin und gab ihm einen Kuss auf seine winzigkleine Nase. »Ich geh jetzt ins Bett. Gute Nacht, Josh. Bleib bitte sitzen. Gute Nacht, Mary …«, sprach ich in die Küche hinein.

Als ich über die Veranda ging, sah ich bewusst nicht mehr durch das Küchenfenster. Nur aus den Augenwinkeln nahm ich Josh wahr, der in seinem roten Korbsessel hockte und an der trockenen Pfeife nuckelte. Natürlich war da etwas neben ihm. Er brauchte schließlich gerade jetzt ganz besonderen Trost.

Auf der Verandatreppe von Tante Svea, dicht neben dem Mülleimer, saßen drei kleine Gäste nebeneinander und wandten mir ruhig ihre niedlichen Gesichter mit den dunklen Motorradbrillen zu.

»Oh, Rocky!«, sagte ich, »und dies hier sind natürlich Dannyboy und Magill, richtig? Moment, es wird gleich serviert!«

Ich stellte den Waschbären zwei Schüsseln mit Wasser hin und mehrere trockene Brötchen und Brotkanten. Hoffentlich verfluchte mich Tante Svea nicht eines Tages, wenn die drei regelmäßig den Rest ihrer Familien mitbrachten und nachts auf Fütterung bestanden …

Am nächsten Morgen stolperte ich über einen Umschlag, der auf dem Teppich vor der Eingangstür lag. Jemand musste ihn durch den Posteinwurfschlitz in der Tür gesteckt haben.

Mein Name war daraufgekritzelt, in Grün. In dem Umschlag steckten zwei Fotos, doppelte Postkartengröße. Beide zeigten mich im Abendsonnenschein. Auf einem saß ich in dem Baumthron – das war ein wunderschönes Bild. Ich sah wirklich aus wie eine Prinzessin, sehr kühl und sehr perfekt. (Nicht wie jemand, der sich kurz vorher schlappgeheult hat.) Auf dem anderen trug ich die Federn und Muscheln im Haar und guckte gritzig. Wie jemand, der kurz vorher etwas Gemeines erfahren hat.

Ich dachte: Wie lieb von Roy! Er hätte sie mir heute Abend mitbringen können, aber er wollte mir jetzt schon die Freude machen. Es ist ein ziemlich großer Umweg, wenn man von Tinyvale zum Reitstall will und fährt über Moonbay.

Das brachte mich in sehr gute Laune – was es vielleicht auch bezwecken sollte. Ich fuhr einkaufen; zuerst Kaminholz, und mit dem fuhr ich weiter zum Cottage und stapelte es neben dem kleinen Kaminofen. Ich räumte gleich auf und machte etwas sauber und ich lüftete, obwohl es draußen, trotz der Sonne, recht kalt war. Wir würden abends heizen, und überhaupt: Wenn uns heute Abend nicht warm wurde, machten wir was falsch!

Ich ging zum Friseur und ließ mir aus den wilden Locken eine glatte Frisur stecken, Hals und Ohren frei, sehr ladylike. Dazu trug ich meine kleinen Perlohrringe mit der Brillantenmanschette. Ich gefiel mir recht gut im Friseurspiegel, und während der Mann an meinem Haar herumarbeitete, träumte ich ein bisschen. Wie mochte es sein – mal angenommen, es käme wirklich dahin –, in einem Apartment

in Toronto zu wohnen? Wie mochte es sein, mit einem Mann wie Roy zu leben?
Später besorgte ich alles für ein schönes Essen, und, Miss Dotties Rat folgend, im Liquor-Store Champagner. Außerdem ein neues Parfum und einen neuen Pullover in Rot, genau der Farbton meiner Cowboystiefel.
Nachmittags setzte ich mich in die große Imbiss-Mittelhalle der Mall, trank Kaffee, aß einen frischen Schokoladenplätzchen-Muffin, freute mich über meine Einkäufe und lauschte amüsiert den Gesprächen ringsum. Es war kurz nach zwei, viele Leute aßen jetzt eine Kleinigkeit, ihre Einkaufstüten zu Füßen, so wie ich.
Vor mir saßen zwei halbwüchsige Schulmädchen und sprachen über ›Glenny‹ und seine blauen Augen. Sie waren offenbar einmütig in ihn verliebt, obwohl er mit einer ›Debbie‹ ging, die leider überhaupt nicht zu ihm passte.
Neben mir unterhielten sich zwei ältere Herren über Grundstückspreise, Grundstücksverkäufe, unterkellerte und nicht unterkellerte Häuser, wobei der eine vor lauter Raucherhusten kaum ein deutliches Wort herausbekam.
Hinter mir hörte ich zwei Frauenstimmen, eine eintönige, schläfrige: »Du wirst darüber wegkommen!«, und eine dünne, weiche: »Nein, werde ich nicht. Es zerreißt mir das Herz!«
»So musst du nicht reden. Sicher liebt er dich und kann das nur nicht so zeigen.«
»O nein, er liebt mich nicht. Das weiß ich.«
»Männer können das nicht so zeigen. Sicher liebt er dich.«
»O nein. Er liebt irgendwen, aber nicht mich.«
»Wen?«
»Weiß ich nicht. Irgendwen.«
»Wie kommst du darauf?«
»Er singt im Bad. Ich warte immer darauf, dass er es mir

sagt. Er wird sagen, dass er mich verlässt. Dass es eine andere Frau gibt. Und dann zerreißt es mir mein Herz.«

»Weil er im Bad singt? Vielleicht ist er einfach fröhlich.«

»Er ist nicht einfach fröhlich. Es gibt eine andere Frau.«

»Frag ihn!«

»Er wird nicht antworten. Er redet nicht mit mir.«

»Er redet nicht mit dir? Nie? Nichts?«

»Doch. Ob sein Hemd sauber ist. Ob ich Brot gekauft habe. Dass er abends nicht nach Hause kommen wird.«

»Nicht nach Hause? Warum nicht?«

»Warum nicht, sagt er wieder nicht.«

»Er war doch gestern zu Hause! Das hab ich gesehen. Er hat mit den Kindern gespielt.«

»Gestern war er da, weil Winona ihm wichtig ist«, sagte die dünne, weiche Stimme. Ich setzte mich ein wenig seitlicher, um eins der Schaufenster halb hinter mir anschauen zu können. Und um die beiden Frauen zu sehen. Beide waren schwarzhaarig, die Dicke trug eine Brille. Die Zierliche hatte ein süßes, herzförmiges Gesicht und über der Stirn einen Wirbel, der ihren Haaransatz reizvoll als kleinen Wuschel in die Höhe stehen ließ. Sie war sehr jung und viel hübscher, als ich mir Rita Sapawe vorgestellt hatte, so bekümmert sie auch aussah.

»Aber eins weiß ich«, fügte sie hinzu, indem sie ihre leere Tasse hinstellte, »auch wenn er uns verlässt – ein Teil von ihm wird immer bei uns sein. Er liebt Winona, und Winona ist zur Hälfte er und zur Hälfte ich. Das wird immer so bleiben. Dagegen kann keine andere Frau etwas tun. Sie kann mich beiseite schieben und über mich wegtrampeln, aber sie kann nicht über Winona wegtrampeln …« Bei den letzten Worten kippte ihre Stimme und ihre Augen schwammen. Die meisten Frauen, hatte Roy gesagt, weinen viel zu viel.

Rita trat aus Versehen mit ihren billigen pinkfarbenen Plastiksandalen auf eine meiner Tüten und entschuldigte sich. Ich lächelte und versicherte, es mache nichts aus.
Dann kamen zwei weitere Indianerinnen aus dem Warenhaus, umhüpft von vier oder fünf dunkelhäutigen, schwarzhaarigen Kindern. Welches mochte Roys Tochter sein? Alle winkten und riefen. Rita Sapawe und ihre Freundin standen auf, gesellten sich zu den anderen und verließen gemeinsam die Mall.
Ich blieb lange dort sitzen, vor meiner halb leeren Tasse mit kaltem Kaffee. Schick sah ich aus, in teure Stoffe und Designerkleidung gestopft, mit meinen italienischen Schuhen und der eleganten Frisur. Ich kam mir noch viel dreckiger vor als am Mittwochabend, nachdem Roy seine Vorderseite an mir gereinigt hatte.

Irgendwann später stand ich auf, sammelte meine Einkaufstüten und ging zum Parkplatz. Ich stieg in den Wagen und fuhr das kleine Stück nach Moonbay. Dann drehte ich mitten auf der Hauptstraße um und fuhr zurück zur Mall. Auf dem Parkplatz weinte ich mich erst mal etwas aus.
Pattie saß in ihrem Shop und blickte mich schwermütig an, als ich hereinkam. Ich ging zu ihr hin, bevor sie richtig aufgestanden war, und umarmte sie sehr fest.
»Dies ist ein Abschied, nicht wahr?«, flüsterte sie an meiner Schulter. »Ich hab geträumt, die Möwe fliegt zurück, weißt du. Du wolltest doch noch länger bleiben?«
»Ich brauche Geschenke für meine Leute zu Hause und für meine Freunde hier, Pattie.«
»Oh-oh! Was ist denn bloß passiert?«
Während ich durch ihr Geschäft ging und Sachen einsammelte – einen Lederhut für Lars, einen Traumfänger für Alma,

hellbraune Mokassins in Bertils Größe, verschiedene Kästchen aus Baumrinde und Sweetgrass für Freundinnen in Hamburg und Pottschrapels –, erzählte ich, was passiert war.
»Shit«, urteilte Pattie.
»Die Geschenke für meine Nachbarn hier in Moonbay kaufe ich nicht bei dir. Gibt es in deinem Geschäft irgendetwas, das ich meiner Freundin Pattie schenken könnte? Oder wünschst du dir etwas anderes? Ich wollte dich so gern noch zum Essen einladen. Ich wollte so viel …« Ich umarmte sie schon wieder und ich weinte auch schon wieder.
»Warum musst du eigentlich unbedingt *abreisen*?«
»Wenn ich's jetzt nicht sofort tu, überredet er mich vielleicht noch mal. Wir sind heute Abend verabredet. Eigentlich von heute Abend bis Sonntag früh.« Ich stolperte über eine gewebte Decke, weil ich vor Tränen kaum etwas sah. Pattie rupfte etliche Kleenex-Tücher aus einem Karton und reichte sie mir.
Nachdem wir lange hin und her geredet hatten, kaufte und schenkte ich Pattie einen graubraunen, schön gewebten Poncho, den sowieso nie jemand haben wollte (er war recht kostspielig) und den sie schon immer so gern mochte.
Wir umarmten uns wiederholt und versicherten uns, dass wir uns schreiben würden. »Dabei werde ich es bestimmt nicht tun, weißt du. Ich bin viel zu faul dafür …«, prophezeite Pattie schmollend.
Als ich mit allen (neuen) Tüten schon draußen war, kam ich noch mal zurückgehetzt, um sie ein letztes Mal zu umarmen. Jetzt heulte sie endlich auch.
Für Josh kaufte ich eine neue, sehr edle Pfeife und ein Paket von dem Tabak, der nach Honig roch. Für Miss Dottie ein großes, quadratisches Tuch aus reiner Seide in Pfirsichtönen.

Für Tante Svea besorgte ich einen schönen neuen Mülleimer mit verschließbarem Deckel – sie würde es vielleicht im ersten Moment nicht verstehen, aber mir später sehr dankbar sein – sowie zwei besonders dicke bunte Badelaken.
Ich fuhr zum Cottage, inzwischen war es vier Uhr. Die Sonne glitzerte auf dem leichtbewegten See, die Wasserreflexe kringelten an der Decke im großen Mittelzimmer.
Ich ging kurz zum Strand hinunter, um mich vom See zu verabschieden. Dunkelblau war er an diesem Tag und er duftete frisch und süß. Kein einziger Schmetterling war mehr zu sehn.
Das Feuerholz ließ ich neben dem Kaminofen – das war nun ein weiteres Geschenk für meine Tante. Ich fand nichts mehr aufzuräumen, nur die Federn und Muscheln, die Roy mir ins Haar gebunden hatte, lagen noch im Badezimmer auf der Glasplatte über dem Waschbecken. Ich packte sie auf die hintere Veranda, beschwert mit einigen Steinen. Hier würde Roy sie sicher finden, wenn er um sieben Uhr kam und alle Türen verschlossen fand.
Dann packte ich sämtliche verderblichen Lebensmittel in Tüten – Tante Svea wollte ja erst im Oktober zurück sein –, schloss das Cottage ab und fuhr zum Haus in Moonbay. Ich räumte nicht nur auf, ich wusch auch ab, bezog das Bett neu, saugte Staub, stellte den neuen Mülleimer vor die Veranda und war kurz davor, die kleinen Schiebefenster zu putzen. Dazu hätte ich aber die Fliegengitter entfernen müssen, und so viel Zeit hatte ich nicht mehr.
Dann überlegte ich, was ich auf der Reise anziehen würde. Inzwischen, bei all dem Rumrennen, Weinen und Umarmen, hatte sich meine ladylike Frisur aufgelöst, überall hingen wilde Locken raus. Ich zog den Rest der Nadeln aus dem

wackeligen Gebäude und bürstete mein Haar, bis es wie ein Busch um meinen Kopf stand. Dazu passten die Perlohrringe nicht, deshalb befestigte ich die goldenen Kreolen in meinen Ohren. Ich zog mein schwarzes Baumwollkleid an, darüber den neuen roten Pullover und darunter die roten Cowboystiefel. Jetzt ging es ja nicht mehr darum, Roy zu gefallen.

Den Rest meiner Sachen, auch die Geschenke für zu Hause, presste ich mit brutaler Gewalt in meinen Koffer. Das Kästchen mit dem schleichenden Bären, das mir Granpa gegeben hatte, stopfte ich vorsichtig in ein Seitenfach. Es duftete immer noch nach Sweetgrass. Aber das würde es ja, wenn Pattie die Wahrheit gesagt hatte, bis in alle Ewigkeit tun …

Um Viertel nach sechs war ich fertig. Ich schrieb schnell ein paar Zeilen und legte sie auf den Küchentisch:

Liebe Tante Svea,
ich reise aus verschiedenen privaten
Gründen heute (15 .9.) schon wieder ab.
Es war wunderschön hier und ich danke Dir so sehr,
dass ich Deine Häuser bewohnen durfte!
Ich rufe Dich Anfang Oktober an.
Danke noch mal, dass Du mir gesagt hast,
wie meine Eltern gestorben sind.
Alles Liebe für Dich und
herzliche Grüße!

Deine Kerstin

Ich puderte mir die Nase, nahm alle Haustürschlüssel, die Tüten mit den Lebensmitteln (und natürlich den Champagner) und ging zuerst zu Josh, um mich zu verabschieden.

Er war nicht zu Hause. Weil er, wie ich einige Minuten später erkannte, bei Miss Dottie saß und Kaffee trank.

»Wir haben eben alles geklärt«, ließ er mich wissen. »Miss Dottie hat doch wahrhaftig gedacht, ich bilde mir ein, dass Mary tot ist – oder ich erzähle das anderen Leuten. Du musst zugeben, Kleine, dass ich so was nie zu dir gesagt habe!«

»Ich gebe zu, dass du es nie wörtlich gesagt hast, Josh. Ich habe es so aufgefasst, als hätte sie deinetwegen Selbstmord begangen.«

»Du hast das falsch verstanden«, meinte Josh und nickte überzeugt.

Miss Dottie nickte auch überzeugt. Glaubte sie wirklich, was Joshua ihr erzählte, oder wollte sie einfach ihren Frieden mit ihm haben? »Es war ein verdammtes Missverständnis, mein Liebes. Was hast du denn da für Tüten?«

»Oh, ja … Ich muss sofort abreisen, leider. Dies hier sind die verderblichen Sachen – ich wäre froh, wenn ihr sie mir abnehmen würdet …«

»Nun, du willst gewiss nicht behaupten, Champagner ist neuerdings verderblich?« Miss Dottie zeigte auf den Hals der Flasche, die oben aus einer Tüte guckte.

Josh untersuchte den Rest: »Miss Dottie, wir machen uns einen schönen Abend mit Steak und Krebsfleisch … Wo musst du denn hin, Kirstin, und wann kommst du wieder?«

»Nimmt er dich irgendwohin mit, der Mann zum Sündigen?«, fragte die alte Frau interessiert.

»Ich muss nach Hause. Nach Deutschland.«

Nun rissen sie beide die Augen auf.

»Jetzt schon? Gestern hast du doch gesagt, du bleibst noch zwei Wochen?«

»Ja … mein Bruder braucht mich in einer dringenden Angelegenheit …«

»Oh, nein! Du gehst schon? Jetzt gleich? Kirstin will abreisen! Jetzt gleich!«, teilte Joshua Miss Dottie mit.
»Ich mag alt und hässlich sein, aber ich bin weder taub noch blöde. Ich habe sehr wohl verstanden, dass sie gleich abreist. Aber warum?«
»Mein Bruder in Deutschland …«
»Habt ihr Streit gehabt?«
»Mein Bruder und ich?«
»Unsinn! Der Mann und du! Du weißt schon …«
»Sie meint, ob es Unstimmigkeiten gegeben hat mit dem Riesenindianer?«, assistierte Josh. Und sie: »Joshua Henderson, ich bin nicht sprechbehindert, wenn mir auch manchmal das Gebiss runterfällt. Ich kann mich selbst artikulieren. Läufst du vor ihm davon, mein Liebes?«
»Das könnte sein! Manchmal tut sie das. Sie ist auch vor dem Absurder weggelaufen. Warum bist du eigentlich vor dem Absurder weggelaufen, Kirstin? Das hast du mir nie erzählt …«
»Was ist ein Absurder, hä? Hört auf, in verdammten Rätseln zu reden!«
»Seid nicht böse, ich muss auf der Stelle losfahren, sonst verpasse ich mein Flugzeug«, behauptete ich, umarmte Miss Dottie zum Abschied und drückte ihr das Seidentuch in die Hand.
Josh begleitete mich zum Auto. »Du warst nur kurz in meiner Welt, Kleine. Aber es war nett, dir zu begegnen. Kannst du jetzt wieder deine Grenzen erkennen?«
»Ich glaube. Ich hoffe.«
»Du hast dich also gegen ihn entschieden. Das ist zu Ende?«
»Das ist zu Ende.«
»Dann beginnt genau jetzt etwas Neues.«

»Hilfe! Muss denn dauernd etwas Neues passieren?«

Joshua lachte. »Vielleicht ist das, was jetzt kommt, einfach toll. Und du hättest es nie erlebt, wenn du dich an dieser Stelle nicht umentschieden hättest.«

»Josh – wie mache ich es, dass ich in eine angenehme Welt gerate?«

»Erwarte das Angenehme. Lass es zu. Trau es anderen zu. Verhalte dich selbst so, dass du stolz auf dich sein kannst, dann hebst du das allgemeine Niveau. Dann kannst du nicht nur die Gegenwart und die Zukunft verändern, sondern sogar die Vergangenheit. Notfalls lüge dir alles hübsch. Du weißt doch: Es lebe die Lüge!«

»Ich bin eigentlich sehr für die Wahrheit, Josh. Ich weiß, du meinst, die gibt's gar nicht …«

»Es gibt viele Wahrheiten. Es erfordert Weisheit und Fingerspitzengefühl, immer die richtige herauszufinden. Aber ohne Lüge leben? Das zu verlangen ist Heuchelei. Und es bedeutet nichts anderes, als dass jemand seine eigene, subjektive Wahrheit hervorholt und damit andere belästigt.«

»Wenn man nun mal schlechte Erfahrungen gemacht hat – wie soll man dann für die Zukunft was Besseres erwarten?«

»Gerade, wenn du schlechte Erfahrungen gemacht hast, musst du etwas Besseres erwarten. Sonst bestätigst du nur die Vergangenheit. Und das ist schlappschwänzig. Sei einfach heiter und liebevoll und geduldig. So wie du zu mir immer gewesen bist!« Joshua gab mir einen ›dicken Knuddler‹. Ich gab ihm Pfeife und Tabak und holte die lavendelfarbene Indianerkette, die Pattie mir am Anfang geschenkt hatte, aus meiner Tasche: »Hier, Josh. Die ist für deine Mary. Und grüß sie schön von mir …«

»Genau ihre Farbe! Darüber wird sie sich freuen!« Er steckte sie ein und winkte mir hinterher, als ich abfuhr. Ich sah ihn im Rückspiegel, winkend, immer kleiner werden: das liebe Lächeln, die weißen Seitenbüschel, die ausgeleierte Strickjacke, gelbe Bermudas, die ihm bis zu den dünnen, gebräunten Waden reichten, und blau geringelte Socken in den Sandalen. Ich hatte ihn sehr lieb.

Kurz nach halb sieben fuhr ich die Hauptstraße hinunter Richtung Süden, vorbei am Ortsschild Tinyvale. Hier rechts bog der Weg ab zum Reitstall …
Etwa eine Stunde später kam ich durch Barrie, die funkelnde Tankstellen- und Hamburger-Stadt. Ich hatte Hunger und klemmte mich hinter einen Tresen, um ein bisschen Junk-Food zu mir zu nehmen.
Danach ließ ich mir von der Serviererin das Telefon an der Wand vor den Toiletten erklären und holte die Nummer vom Reitstall aus meinem kleinen Taschenkalender. Ich war einfach nicht so erzogen, dass ich eine Verabredung platzen ließ, ohne zumindest kurz zu erklären, weshalb.
Noch bevor das Telefon zum ersten Mal richtig gesirrt hatte, wurde der Hörer mit Gepolter heruntergeworfen. Na, kein Wunder, dachte ich, ein Telefon im Stall, natürlich treten die Pferde dagegen. Es war aber wohl Roy, der so unbeherrscht danach gegriffen hatte. Er meldete sich gleich darauf ohne die geringste Höflichkeit: »Ja?!!«
»Hallo«, sagte ich sanft.
»Wo zur Hölle bist du?«, schnauzte er.
»In Barrie.«
»Was machst du in Barrie?!«
»Ich bin auf dem Weg nach Toronto, zum Flughafen. Ich fliege nach Hause.«
Es war ganz still im Hörer. Im Hintergrund schnaubte ein Pferd, daran merkte ich, dass die Verbindung noch bestand.

»Roy, bist du noch da?«
»Ja. Ich bin noch da«, antwortete er grimmig. »Hab ich dich eventuell falsch verstanden? Mir kam es so vor, als wären wir heute verabredet?«
»Ja. Waren wir. Aber ich bin nachmittags Rita und Winona begegnet, in der Mall bei Moonbay …«
»Was? Unsinn. Wie sollen die denn da hinkommen? Rita hat kein Auto.«
»Eine Freundin hat sie mitgenommen, glaube ich.«
»Hast du mit ihr gesprochen?«
»Nein. Ich habe nur zugehört, als sie ihrer Freundin erzählt hat, wie unglücklich sie ist.«
»Was heißt das, du hast zugehört? Woher wusstest du überhaupt, dass sie das ist? Hat sie ihren Namen gesagt?«
»Nein. Nur den Namen ihrer Tochter.«
»Winona heißen viele Kinder. Der Name ist zurzeit Mode in unserer Gegend. Ich denke, das war nicht Rita. Ich glaube nicht an solche Zufälle.«
Sollte ich ihren Stirnwirbel erwähnen? Aber vielleicht hatte ihr Mann den noch nie bemerkt. Vielleicht sah er sie nicht an, wenn er fragte, ob sein Hemd sauber sei oder ob sie Brot gekauft hätte.
»Naja, das Dumme ist: Ich glaube daran. Selbst, wenn sie's nicht war, ist mir durch diesen Zufall plötzlich klar geworden, dass ich mich nicht dazu eigne, einer anderen Frau den Mann wegzunehmen. Oder auch nur eine andere Frau zu betrügen. Ich bin einfach kein Beta-Weibchen, Roy.«
Wieder eine lange Pause. Dann sagte er: »Kommst du vielleicht eines Tages wieder?«
»Wenn ich vielleicht eines Tages wiederkäme, bräuchte ich jetzt nicht zu verschwinden.«
»Du wirst es bereuen.«

»Ganz bestimmt. Ich bereue es jetzt schon. Ich werde es immer bereuen. Aber ich werde trotzdem nicht eines Tages wiederkommen. Du schaffst es auch ohne mich, Roy. Du wirst ein sehr erfolgreicher Kameramann sein!«

»Das werde ich. Okay. Guten Flug«, sagte er leise. Ich wartete, dass er auflegte, weil ich das seinem Stolz gönnte. Das tat er jedoch nicht. Ich hörte immer noch im Hintergrund die Pferde purren oder mit dem Huf aufstampfen. Schließlich legte ich den Hörer sehr behutsam und rücksichtsvoll auf die Gabel.

Es ist angenehm, weinen zu können, wenn das Herz überfließt. Es ist hinderlich, ständig überquellende Augen zu haben, wenn man im Dunkeln Auto fährt.

Ich bemühte mich, möglichst rational meine Gedanken zu sortieren. Ich machte sozusagen eine innere Liste.

War das, was ich hier tat, goldrichtig oder grundfalsch?

Dazu gab es offenbar die unterschiedlichsten Meinungen.

Von Beginn dieser Reise an war mir vermittelt worden, ich müsste die krampfhafte Kontrolle abgeben, meine Grenzen durchbrechen, meine Zäune niederreißen, meine Panzer aufweichen, es lernen, mich hinzugeben.

Gehörte dazu auch, dass ich mit Roy hätte ehebrechen müssen?

Kerstin nimmt Anlauf, aber sie springt nicht …

Nun bereute ich also, was ich nicht getan hatte. Ohne den Bauch voller Torte und den Mund voller Krümel zu haben. Doch eigentlich bereute ich diese Entscheidung ja gar nicht. Ich war nur traurig darüber.

Sobald ich an die verzweifelte Indianerfrau in der Mall dachte – egal, ob das nun wirklich Roys Frau gewesen war oder nicht –, bekam ich wieder das Gefühl, es sei ganz in Ordnung, jetzt nach Hause zu fliegen.

Letztendlich war ich der Einzige, der in meiner Welt zu entscheiden hatte. Ich würde in Zukunft sehr vorsichtig damit sein, Ehebruch oder Betrug bei anderen Leuten zu beurteilen. Hochmut, da hatte Pattie sicher Recht, war hässlich.

Doch deshalb musste ich ja nicht, aus purer Konsequenz, jemand anderen unglücklich machen.

Das 19. Kapitel
bringt uns zurück in die Alte Welt

Ich kam kurz nach halb neun im Flughafen an und stürzte als Erstes zum Schalter, um möglichst noch an diesem Abend einen Rückflug zu ergattern.
Zufällig gab's keinen einzigen Platz mehr in der ersten oder in der Business Class, während die Economy noch Plätze frei hatte. Die Dame am Counter vertraute mir an, so was käme ganz selten vor. Ich buchte trotzdem. Dann brachte ich meinen Leihwagen zurück. Mitten in der Flughalle fiel mir der gelbe Tiefkühltütenverschluss ein. Ich bosselte ihn von meinem Finger und warf ihn in einen Mülleimer. Das war nun schon meine zweite geplatzte Verlobung in diesem Herbst!
In diesem Moment schnappte jemand nach mir und hielt mein Handgelenk fest.
Mein allererster Gedanke war: Ich hätte ihn nicht anrufen sollen …
Dann blickte ich hoch und – enttäuscht und erleichtert – in auffallend helle Augen, die mich sehr erstaunt ansahen: »Das verstehe ich nicht! Sie hatten mir doch gesagt, Sie bleiben genau einen Monat in Kanada?«
Nachdem ich ein paar Mal geblinzelt und konzentriert nachgedacht hatte, fiel mir ein, wer das war. »Herr Marquart! Ich hab Sie kaum wiedererkannt ohne grauen Anzug und ohne Schnupfen …« Er trug ein blaukariertes Hemd und Jeans unter einer Windjacke und sah viel frischer und gesünder aus als vor zwei Wochen, auch leicht gebräunt.

»Sie haben es vielleicht nötig! Ich hab Sie überhaupt nur an den Bewegungen erkannt, und sogar die sind anders. Wo ist denn Ihre silberne Zahnspange geblieben?«
»Meine was – ?«
»Ich weiß nicht, wie ich das sonst ausdrücken soll. Sie hatten so was Gebändigtes, Geordnetes. Augenblicklich sehen Sie aus wie Carmen oder Esmeralda, die Zigeunerin, wild und leidenschaftlich und unberechenbar. Sehr sexy. Was ist passiert?«
»Eine Menge! Ich habe viele Zäune und Grenzen flachgelegt. Ich wäre beinah mit einem schönen großen Indianer durchgebrannt. Und ich habe wieder weinen gelernt.«
»Ausgezeichnet. Es steht Ihnen. Und wie schön, dass Sie nur beinah durchgebrannt sind. Ich hab mich inzwischen auch damit beschäftigt, alles niederzumetzeln, was mich einengte. Ich hatte einen erbaulichen Streit mit meinem Chef am Telefon. Ich habe ›Giftzwerg‹ zu ihm gesagt. Er hat mich ›Anarchist‹ genannt. Ich bin ab nächsten Monat freiberuflich tätig. Wie finden Sie das?«
Ich entrang ihm nun doch mein Handgelenk. Er hatte ganz vergessen, mich loszulassen. »Gut, wenn's Ihnen gefällt. Und Sie wirken erleichtert. Was werden Sie jetzt tun?«
»Ich fliege gerade nach New York, um Verschiedenes zu regeln, was ich meiner Firma schuldig bin. Wir haben uns schließlich doch noch geeinigt. Ich habe gesagt, mein Chef sei letztendlich ein feiner Kerl. Er hat betont, ich war immer einer seiner besten Mitarbeiter. Dann fliege ich nach Frankfurt und löse da alles auf. Ich hab keinen Grund mehr, dort zu wohnen. Im Oktober such ich mir in Hamburg ein Haus, das mir gefällt. Was für ein grandioser Zufall, dass wir uns hier über den Weg laufen! Übrigens glaube ich nicht an Zufälle. Da hat irgendjemand dran gedreht.«

(Vielleicht, hatte Joshua gesagt, ist das, was jetzt kommt, einfach toll. Und du hättest es nie erlebt, wenn du dich an dieser Stelle nicht entschieden hättest, sofort abzureisen.)
»Hat Ihnen die Stewardess meine Karte gegeben?«
»Ja.«
»Hätten Sie mich angerufen?«
Ich zögerte.
»Dachte ich mir. Geben Sie mir Ihre?«
Meine Karten waren in einem kleinen Extrafach in meinem verschollenen Adressbüchlein gewesen. Ich musste mir zu Hause neue machen lassen.
»Haben Sie einen Kugelschreiber?«
Er reichte mir einen silbernen Tintenstift. Ich schrieb ihm meine Telefonnummer in Pottschrapels auf den Handrücken. (Er hätte es sicher wunderbar absurd gefunden, wenn ich sein kariertes Hemd hochgerollt und sie ihm quer über den Bauch gekritzelt hätte.)
»Ich werde Sie ab Oktober anrufen. Brennen Sie bis dahin möglichst mit niemandem durch. Ich muss jetzt los, sonst fliegen die ohne mich nach New York ...«
Wir umarmten uns ohne weiteres. Ich gab ihm spontan einen Kuss auf die linke Wange. Er gab mir auch einen Kuss auf meine linke Wange. Vielleicht liegt es am Erdboden oder der Atmosphäre in Kanada. Ein zärtliches Land.
Jürgen Marquart glaubte also nicht an Zufälle. Roy auch nicht. Aber beide meinten das ganz unterschiedlich.

Es gab keinen Champagner vor dem Start – ich dachte daran, dass Josh und Miss Dottie jetzt vielleicht miteinander anstießen – und die Sitze waren schmaler. Einen Fensterplatz hatte ich schon gar nicht, ich saß irgendwo in der Mitte eingekeilt. Die Mehrheit der Passagiere bestand aus Deut-

schen. Sie lächelten nicht, wenn ich, mich entschuldigend, herumturnte, um zum Klo zu kommen. Sie blickten vielmehr pikiert und beleidigt an mir vorbei.
Ich machte es mir so bequem wie möglich, indem ich die Beine auf meinen schmalen Sitz hochzog. Dann schloss ich die Augen und dachte an Roy.
Was er jetzt wohl tat? Ob seine Frau irgendetwas davon hatte, dass ich abgehauen war? War er liebevoller zu ihr? Oder hatte er einfach wieder miese Laune und sang nicht mehr im Bad? Und freute sie sich darüber? Wie wäre es wohl mit uns weitergegangen, wenn ich mich anders entschieden hätte? Wären Roy und ich glücklich geworden oder unglücklich? Natürlich hatte es nicht den geringsten Sinn, darüber nachzudenken. Am besten war ich einfach dankbar, dass wir zeitweilig recht glücklich miteinander gewesen waren. Und dass wir keine Zeit gehabt hatten, uns wirklich unglücklich zu machen.
Ich klappte die Augen wieder auf.
Ein weiblicher Passagier in einem rosa Kostüm, eine angenehm aussehende Blondine, saß schräg vor mir. Je mehr ich ihr Profil anguckte, desto bekannter kam sie mir vor. Ich tippte ihr von hinten auf die Schulter: »Entschuldigung, sind Sie – bist du Sybille Seidler? Ich bin Kerstin aus Hamburg …«
Sie freute sich außerordentlich. Alle Passagiere neben mir freuten sich überhaupt nicht und gaben das durch ihre Mimik zu verstehen, als ich aus meiner Reihe kletterte, um mich neben Sybille zu setzen, denn neben ihr war ein Platz frei.
Sybille, nicht mehr Seidler, sondern Meyer-Wahlberg, zierlich, mit braunen Rehaugen, konnte sich über diesen Zufall gar nicht beruhigen. Dass wir uns hier im Flieger begegne-

ten! Meine eigene Erschütterung hielt sich in Grenzen. Ich war inzwischen, was Zufälle anging, ein bisschen verwöhnt. Wir waren zwei Jahre lang in dieselbe Klasse gegangen, Sybille und ich, bis das Schweizer Internat geschlossen wurde. Auf dem Rückflug schlief ich also wieder nicht, denn natürlich mussten wir uns erzählen, was inzwischen passiert war. Sybille war geschieden, weil ihr Mann sich in eine Zwanzigjährige verliebt hatte. Sie hatte keine Kinder und wollte gerade anfangen, bei einer Bank zu arbeiten, als sie krank wurde. Kein Arzt konnte herausfinden, was es sein mochte – jedenfalls etwas Schreckliches! Nun war sie zu einem Spezialisten in Toronto geflogen, obwohl sie das Geld dafür eigentlich nicht hatte. Was sagte der Spezialist? Er wusste nicht recht. Sybille hatte ihn so verstanden, dass sie auf jeden Fall etwas Furchtbares hatte, was immer es war.
»Wo tut es denn weh?«, fragte ich.
»Ich habe manchmal farbige, bewegliche Schlieren vor den Augen. Ich rege mich dabei jedes Mal so auf, dass ich Herzrhythmusstörungen bekomme. Schrecklich! Manchmal wird mir auch übel oder ich bekomme anschließend Migräne. Natürlich ist es irgendein Gewächs in meinem Kopf oder in den Augen. Sie finden es bloß nicht. Ich bin jetzt so oft geröntgt und kernspintomographiert worden, dass ich einen Geigerzähler zum Ticken bringen würde!«, berichtete Sybille.
»Vielleicht will dir dein Körper mit den bunten Zappelbildern etwas sagen?«, schlug ich vor.
Sybille suchte in ihrer Tasche nach Reisekaugummi, weil ihr schlecht wurde. »Ja. Irgendein Gewächs. Nicht zu glauben, dass sie's nicht finden. Schrecklich! Aber ich gebe nicht auf. Ich werde kämpfen. Ich lasse es rausoperieren.«
»Manchmal verschwindet so etwas genauso plötzlich, wie es gekommen ist …«, deutete ich an.

Sybille kaute heftig auf ihrem Reisekaugummi. »Ich hab irgendwie schon erwartet, dass mir so was passiert. Hab richtig drauf gewartet! Der Job bei der Bank, in meinem Alter – das war ja zu schön, um wahr zu sein …« Sie nickte trübsinnig vor sich hin und wechselte dann das Thema: »Du bist also auch geschieden? Auch wegen einer jüngeren Frau, was?«
»Nein. Warum auch? Bei der Scheidung war ich eben siebenundzwanzig.«
»Ach so. Aber weshalb –?«
»Wir haben einfach nicht gut zusammengepasst.«
Wir bekamen das Essen serviert. Nicht unbedingt mit dem in der ersten Klasse zu vergleichen, trotzdem lecker. Sybille hatte keinen Appetit, trotz Reisekaugummi – oder eben deswegen. Dann wurde ein Spielfilm gezeigt. Den Ton hätten wir über unsere Kopfhörer empfangen können. Wir zogen es vor, uns weiter zu unterhalten.
»Siebenundzwanzig … Da hat man ja eigentlich eine ganz gute Chance, noch mal einen Mann zu finden? So unter dreißig ist das doch nicht ganz unmöglich«, überlegte Sybille.
»Ach, das ist doch auch noch viel später möglich! Ich hätte beinah diesen November geheiratet. Leider hab ich entdeckt, dass er mich betrogen hat.«
»Ah! Mit einer Jüngeren!«
»Nein. Sie ist etwas älter als ich. Ich bin ihr inzwischen richtig dankbar. Ich hab in diesem Urlaub derart interessante Männer kennen gelernt …«
Sybille guckte zweifelnd. »Natürlich gibt es interessante Männer. Die interessieren sich nur nicht mehr für unsereinen.«
»Doch, doch, doch! Für mich haben sich in den letzten Wochen gleich zwei interessiert. Der eine war leider verheiratet, deshalb hab ich die Sache doch lieber abgebrochen …«

Sybille nickte: »So alte Männer sind auch oft schwierig«, meinte sie.
»Alte Männer?«
»Ja. Wie dieser – der Verheiratete, von dem du gerade erzählt hast.«
»Wie kommst du darauf, dass der alt ist?«
»Ja, wenn er seine Frau mit dir betrügen will … Du bist doch auch schon vierzig, nicht? War er sechzig oder siebzig oder so?«
»Zweiunddreißig. Und wirklich knackig.« (Ich hatte ihn schließlich aus dem See kommen sehen.)
Wir flogen durch ein paar Turbulenzen, aber Sybille merkte nichts davon. Sie sah ganz verstört aus: »Zweiunddreißig?! Da ist er ja acht Jahre jünger als du!«
»Das hab ich mir auch ausgerechnet.«
»Aber Kerstin, bist du dir bewusst, dass so was ganz unmöglich ist? Senta Berger sagt das auch. Die großartige Schauspielerin, weißt du?«
»Hast du mit ihr gesprochen?«
»Nein, sie hat das in einem Interview gesagt. Wenn man mit einem jüngeren Mann zusammen ist, sagt sie, dann merkt er eines Tages, dass man alt ist.«
»Spricht sie aus Erfahrung?«
»Natürlich nicht! So eine Klassefrau wie Senta Berger ist doch nicht mit einem jüngeren Mann zusammen. Guck mal, Kerstin, wenn du sechzig bist, ist er erst zweiundfünfzig. Das ist für eine Frau sehr alt und für einen Mann noch sehr jung. Schrecklich!«
Ich wollte ein bisschen absurden und erklären, das sei noch gar nichts, wenn ich neunzig wäre, dann wäre er erst zweiundachtzig, aber ich ließ es bleiben.
»Wenn du meinst, ältere Männer sind schwierig, jüngere un-

möglich und gleichaltrige sowieso nur von jüngeren Frauen gefesselt – was bleibt denn dann übrig?«, fragte ich stattdessen.
»Das ist doch das Schreckliche. Eigentlich bleibt für Frauen in unserem Alter überhaupt nichts übrig als Alleinsein …«, antwortete sie wehmütig.
Nachdem der Film zuende war, wurden allgemein die Fensterblenden wieder aufgeschoben. Eine sehr kurze Nacht war bereits vorbei. Wir flogen der Zeit voraus.
»Freust du dich auf zu Hause?«, fragte mich Sybille.
Ich vermied es nach Möglichkeit, daran zu denken. Lebten meine Fische noch? Wohin mit Alma? Wie würde mein Prozess betreffs brutalen Wimpernabschneidens laufen? Und was sollte ich mit der dringenden Rückrufbitte von Dr. Hansen anfangen, nach zweieinhalb Wochen? Zurückrufen und mir eventuell beweisen lassen, dass ich doch etwas Schreckliches in meinem Kopf hatte? Oder mich nie wieder melden und mir einen anderen Arzt suchen?
Ich beschloss, mir auf der Stelle die Zukunft nettzulügen. Alles würde bestens sein. Allen würde es gut gehen. Auf mich würden nur gute Nachrichten warten …
»Und wie ich mich freue!«, sagte ich strahlend.
Sybille lächelte schmerzlich. Seit die Sache mit dem jüngeren Mann rausgekommen war, nahm sie mich nicht mehr ganz für voll.

Um kurz nach elf vormittags landeten wir in Frankfurt. Jetzt war es fünf Uhr morgens in der Georgian Bay. Und übrigens auch in New York. Sybille und ich verabschiedeten uns sehr herzlich und tauschten unsere Telefonnummern aus. Dann rief ich meinen Bruder an und fragte, ob er mich kurz nach eins in Hamburg vom Flughafen abholen könnte.

Er machte mich darauf aufmerksam, dass ich zwei Wochen zu früh dran war. »Trotzdem hol ich dich ab. Ich hab bloß nicht viel Zeit, ich muss nach Itzehoe, bin da zum Essen eingeladen. Ich kann dich nur kurz vor deiner Haustür abwerfen …«

Richtig, heute war Samstag. Deshalb war das Telefon vom Geschäft in Bertils Wohnung umgestellt. Ich war ein bisschen aus der Zeit gekippt.

Als ich mit dem Schwall der anderen Passagiere in die große Halle strömte, guckte mein Bruder an mir vorbei. Suchend. Ich ging auf ihn zu und schaute ihn mit schiefem Kopf an. Er zuckte richtig zurück. »Du lieber Biber! Kerstin – was ist denn mit dir passiert?!«

»Ich hatte Urlaub.«

»Aber doch nur vierzehn Tage!«

»Dann stell dir mal vor, wie ich nach einem Monat ausgesehen hätte …«

Bertil schüttelte dauernd den Kopf. »Diese Stiefel! Und alles knallrot. Und diese Locken. Und braun bist du wie von Teneriffa. War noch so viel Sonne? Und was hast du denn da in den Ohren?«

»Kreolen. Neunundvierzig Dollar fünfzig.«

»Mach die Dinger ab! Wenn uns jemand sieht!«

»Ach, Bertilchen. Nimm mal den Koffer und komm. Wo steht dein Auto?«

Jetzt rannte er drauflos, vor mir her, immer in Angst, jemand könnte den Tinnef in meinen Ohren entdecken.

»Erzähl mal, wie war's?«, fragte er, sobald wir losfuhren.

»Falls du wissen willst, was mit Verena passiert ist: Sie hat diesen jungen Dingsbums, zu dem sie gezogen war, schon wieder verlassen und ist mit einem Mann aus Texas auf und davon.«

»Wo hat sie den denn so schnell herbekommen?«
»Das kann ich dir sogar auch sagen. Sie hat ihm in der Lebensmittelabteilung vom Alsterhaus geholfen zu dolmetschen, als er Antipasti kaufen wollte. Und ich denke mir so, sie hat von deiner Putztante, dieser Selma …«
»Alma.«
» …von deiner Alma gehört, dass du in Kanada bist, da muss sie dann ihren eigenen Amerikaner haben. So funktioniert das bei Verena.«
»Und die Kinder?«
»Von dem Kleinen weiß ich nichts. Nicole ist in einer Schule im Schwarzwald. Wird sich noch herausstellen, wie sie sich da macht. Falls es danebengeht, werden sie wohl mich zur Verantwortung ziehen, ehe sie sich nach Texas wenden. Verena hat nur kurz bei mir angerufen und sich verabschiedet, bevor sie abgeflogen ist. Deshalb war ich vorhin auch ganz verschreckt, als du von Frankfurt aus anriefst, und ich hörte die Flughafengeräusche im Hintergrund. Ich dachte schon, das ist Verena, von ihrem Texaner rausgeschmissen und zurück und will wieder irgendwas. Schwanger ist sie auch bereits wieder. Da freut sich der Cowboy.«
»Nanu? Vor drei Wochen wollte sie doch noch ihren Robert damit festmachen?«
»Der ist zurzeit aber arbeitslos. Der Mann aus Texas hat die Mäuse. Vielleicht haben wir ja Glück und sind sie jetzt ein für alle Mal los. Dafür berappe ich gern dies und das für Nicole, bevor sie sich selbstständig macht und anfängt, schwanger zu werden.«
Wir fuhren, kurz vor der Wohnmeile Halstenbek, an dem silbernen Silo vorbei, um dessen Stirn geschrieben steht: ALSTERBETON. Beton aus der Alster? Beton, mit Alsterwasser angerührt? Jedenfalls wurde mir klar, dass ich ein-

fach, weil der Siloturm rund ist, das A und das L nicht gesehen hatte, als ich vor drei Wochen daran vorbeigefahren war und STERBE TON las. Da hatte ich ja auch in einer sehr verzweifelten Welt gesteckt.
Bertil erzählte inzwischen, dass er mit Hühnchen fertig war. Alles durfte man sich nun auch nicht bieten lassen. Außerdem war er einer hinreißenden Frau begegnet. »Ich mag's kaum sagen, aber Sylvie ist nicht mehr ganz neu: wird sechsundvierzig! Behalt das für dich, ja? Man sieht es ihr weiß Gott nicht an. Sie geht jederzeit für Mitte dreißig durch. Wohnt, wie gesagt, in Itzehoe. Sie arbeitet als Schmuckdesignerin, hatte ich das schon erzählt? Ganz tolle Einzelstücke, vor allem die Armbänder. Ansonsten hat sie Stil, ist wahnsinnig charmant, sehr verständnisvoll und unglaublich heißblütig. Davon könnte Hühnchen sich vielleicht dicke Scheiben abschneiden! Wir sind gerade noch so in der Anfangsphase, alles sehr kribbelig.« Und er lächelte strahlend.
Da ich Hühnchen nie persönlich kennen gelernt hatte, traf mich kein Verlustgefühl. Ich konnte mich einfach mit ihm freuen.
Als wir von der Autobahn abbogen, vertraute ich ihm an: »Übrigens habe ich wieder gelernt zu weinen, Bertil.«
»Da wir gerade von Weinen reden: Wen, glaubst du, treffe ich bei der Weinprobe im Atlantic? Joachim Wendt! Guckt mühsam an mir vorbei die ganze Zeit. Vielleicht heitert es dich auf, wenn ich dir sage: Er sah saumäßig aus. Schlicht saumäßig. Zum Schluss kommt er kurz zu mir und spricht mir so über die Schulter: ›Scheint sich ja schnell wieder erledigt zu haben mit deinen momentanen finanziellen Problemen?‹ – und ich hab ihm ins Gesicht gelacht und gesagt: ›Ja, danke!‹ Also, den Kerl kannst du wirklich einfach vergessen. Wie war's denn so in Kanada? Erzähl doch mal!«

»Aufregend. Ich hab ziemlich viel gelernt. Besonders von den Indianern ...«
»Von den Indianern da? Ach. Die kamen mir immer so'n bisschen primitiv vor, so verpennt irgendwie. Bin allerdings auch nicht näher mit denen in Kontakt gekommen.«
»Bertil – wo liegen eigentlich Mama und Papa?«
Eben hatte er sich noch geärgert, dass wir hinter einem Traktor herfuhren. Jetzt drehte er mir sein Gesicht mit aufgerissenen Augen zu. »Äh – na, in Ottensen natürlich. Wie Urgroßvater und die Großeltern. Sag mal ...«
»Wann warst du zuletzt an ihrem Grab?«
»Am vierundzwanzigsten August. Wie jedes Jahr!«, sagte er etwas beleidigt, überholte den Traktor und gab Gas. »Ich denke, über so was darf man mit dir auf keinen Fall reden?«
»Jetzt darf man. Ich sag dir doch, ich hab eine Menge gelernt. Fährst du bitte demnächst mal mit mir hin und zeigst mir das Grab?«
Bertil schwieg eine Weile. Dann nahm er meine Hand und drückte sie ein bisschen, bevor er wieder schaltete: »Klar. Machen wir. Du kommst einfach an Papas Geburtstag im Oktober mit, ja?«
»Gerne. Danke. Sag mal, deine Sylvie ist also Schmuckdesignerin? Ich hab mir so was ausgedacht ... Meinst du, ich könnte noch eine Goldschmiede-Ausbildung machen?«
»Im Prinzip natürlich, klar. Da seh ich mehrere Möglichkeiten. Aber wozu? Deine Entwürfe waren auch so immer sehr schön und machbar.«
»Mhm. Nett, dass du das sagst. Bloß – ich hätte auf meine alten Tage gern einen richtigen Beruf. So wie ein normaler erwachsener Mensch, verstehst du?«
Bertil grinste plötzlich über das Steuer vor sich hin und schüttelte leicht den Kopf. »Diese Kanada-Tour scheint ja

sehr bedeutungsvoll für dich gewesen zu sein. Erzähl doch mal! Was hast du alles erlebt? Die Landschaft da ist ein Traum, was?«

»O ja. Wunderschön.«

Obwohl natürlich nicht zu vergleichen mit der Landschaft rund um Pottschrapels und Booksteed. Auch hier begann sich das Laub sachte bunt zu färben. Wir fuhren an Krögers Gasthof vorbei, an Susy's Ponystall, an grünen Kuh- und Pferdeweiden und an dem Schild, das seit urdenklichen Zeiten verspricht: ›Meerschweinchen zu verkaufen‹.

Blau war der Himmel, mit einigen treuherzigen Schönwetterwölkchen dekoriert. Meine Stimmung stieg und schwebte auch dort oben. Ich nahm mir vor, am Montag einen Kürbis zu kaufen – oder spätestens am Freitag, auf dem Markt – und Miss Dotties Pumpkin-Pie nachzubacken. Das würde Alma gefallen. Vielleicht war es viel netter, als ich dachte, sie dazubehalten. Vielleicht würde ich mich einsam fühlen, wenn ich ganz allein im Haus war …

Im 20. Kapitel
wird eine Illusion Wirklichkeit

Bertil ließ mir gerade noch Zeit, die Mokassins für ihn aus meinem Koffer zu holen und ihm zu überreichen, dann fuhr er auch schon weiter zu seiner Sylvie in Itzehoe. Hühnchen hatte mich nie besonders interessiert. Diese Sylvie wollte ich gern kennen lernen. Ich würde sie mit Bertil demnächst mal zum Tee einladen. Zu Kürbiskuchen? Wie praktisch, dass mein Haus jetzt völlig verenafrei war.
Mein Vorgarten sah schon mal prima aus. Keine Maulwurfshügel. Und irgendjemand schien zuverlässig gegossen zu haben.

Bevor ich den Schlüssel ganz und gar aus der Manteltasche gefummelt hatte, ging die Tür auf: »Mamichen? Ach, das ist ja super, bist du schon zurück?« Da stand Lars, mein Söhnchen, in ganzer Größe. Zuerst nahm er mir den Koffer weg. Als Nächstes umarmte er mich. »Du siehst ja wundervoll aus! Was für 'ne tolle Frisur. Und braun und sehr erholt. Müsstest du nicht hundekaputt sein nach der Reise?«
»Eigentlich ja. Ich weiß auch nicht, wieso ich noch nicht müde bin. Vielleicht falle ich gleich ganz plötzlich um. Bleibst du zum Essen? Wo ist denn Alma?«
»Ja, also Alma ist nicht da …«
Was war ihr passiert? War sie tot? Hatten die Behörden sie geschnappt? Hatte ich das irgendwie angerichtet, weil ich sie im Grunde gern los sein wollte? Ich bekam Angst, es zu

erfahren. Im Moment erwartete ich etwas Schlimmes, und das war falsch. Ich musste dem Schicksal unbedingt das Gute zutrauen!

Ich ging erst mal ins Wohnzimmer und zum Aquarium. Die kleinen Schwarzgoldenen, die zu meinem Geburtstag gekommen waren, schwammen außerhalb des Kinderzimmers durch die Gegend, sahen sehr wohl aus und hatten dicke Bäuchlein. Günther segelte mit seinen kleinen Kolibriflossen vorüber und gab mir einen besinnlichen Blick aus seinen großen Augen. Mir fiel auf, dass er Joshua ein wenig ähnelte mit dem großen runden Kopf und dem erstaunten Mündchen. Im Kinderzimmer saß eine neue Ladung Babys: winzig kleine Guppys, durchsichtig wie Gurkenkerne.

Lars guckte mit. »Die hab ich heute Vormittag entdeckt und gleich eingesammelt. Siebzehn Stück, alle wohlauf. Deine Putzfrau und Alma haben, glaube ich, öfter Lebendfutter gegeben als du. Ich finde, dabei sind die Fische alle sehr muskulös und rotbackig geworden, nicht?«

»Sie sehen phantastisch aus. Wer ist denn das da, der Kleine mit den roten Punkten?«

»Oh, ich denke, den haben sie als Rabatt gekriegt, weil sie so viel Mückenlarven gekauft haben …«

»Und ich dachte, ich muss mich auf Trauerfälle gefasst machen!«

Jetzt kam Elvis aus dem Gebüsch angewuselt und freute sich.

»Ja, da bist du ja, mein Schöner, mein großer Häuptling – bist du denn ein feines Fischi?«

Elvis stellte sich entzückt senkrecht und flosselte langsam nach oben, immer in Gefahr, hintenüberzukippen.

Ich guckte schnell den Stapel Post durch, der auf dem Wohnzimmertisch lag. Zuoberst meine bunte Ansichtskarte aus Kanada – die hatte Alma also wohl nicht mehr erhalten … Ein Brief von der Polizei Pinneberg:

Sehr geehrte Frau Thiele,
wir möchten Ihnen mitteilen,
dass die Anzeige wegen Körperverletzung
gegen Sie zurückgenommen wurde.
Mit freundlichem Gruß!

Das war erleichternd. Eine Menge Werbung, die Telefonrechnung, zwei Briefe für Verena – hoffentlich hatte Bertil ihre Adresse in Texas – und ein flaches Päckchen von der Praxis Dr. Hansen in Hamburg. Um Gottes willen – was schickten die mir?
Ich fetzte es mit nervösen Händen auf. Mein kleines Adressbuch lag darin. Und ein Brief von Dr. Hansen:

Liebe Frau Thiele,
das hatten Sie bei der letzten Routineuntersuchung bei uns liegen gelassen. Verschiedentlich hatten wir versucht, bei Ihnen anzurufen, und dann Ihre Haushälterin erreicht, die uns mitteilte, dass Sie in Urlaub sind. Da unsere Untersuchungsergebnisse – neben, wie immer, tadelloser Gesundheit – eine gewisse Erschöpfung feststellten, freuen wir uns, dass Sie sich jetzt hoffentlich gut erholen.
Herzliche Grüße, Ihre Praxis
Dr. K. L. Hansen

Das hatten die also von mir gewollt! Oder hatten sie vor einigen Wochen etwas ganz anderes gewollt, als ich mich noch in dieser dunklen, unangenehmen Welt befand?

Eine Karte von Pascal:

hallo Kerstin
wie geht es dir. Ich hate ein
Schplider in Mein Daum, aber
jezt ist es wider gut. Wir haben
Zwei Skallare und du mus mal
kucken komm!
ein Kuss von dein Pascal

Dabei wurde mir plötzlich klar, dass seine Mutter in Texas ganz schön weit weg war, und dass ich mich mit Kerli, seinem Vater, immer recht gut verstanden hatte. Der ließ bestimmt zu, dass ich mit Pascal mal Ausflüge machte oder Einkaufsbummel. Möglicherweise konnte man sie sogar Weihnachten einladen – sie und vielleicht Bertil mit seiner Sylvia, die bestimmt furchtbar nett war, so wie er sie beschrieb. Und Lars natürlich – ja, und wer weiß? Eventuell Jürgen Marquart. Man könnte ihm beispielsweise zu Weihnachten einen kleinen Kater schenken …

Eigentlich sah die Zukunft ausgesprochen rosig aus.

Jetzt traute ich mich zu fragen: »Wieso ist Alma nicht da?«

»Das ist eine erstaunliche Geschichte, Mamichen. Du, ich finde, wir gehen jetzt in die Küche. Ich hab nämlich Hunger und wollte mir selbst gerade was machen. Eingekauft hat sie noch, bevor sie weg ist.«

»Wohin denn bloß?«

»Das weiß ich auch nicht. Aber sie will sich mal melden und sagen, wo sie ist. Natürlich soll ich dich grüßen. Ich erzähl's dir gleich. Kochen wir uns Nudeln? Machst du die Sauce? Soll ich die Zwiebelchen schneiden?«

»Ja, bitte.«

»Warum biete ich Idiot das auch an? Aber gib mir ein scharfes Messer, ja? Also, ich hab so alle drei, vier Tage hier angerufen und 'n bisschen mit Alma geplaudert, wie alles so läuft und so. Manchmal auch mit deiner Putze, wie heißt sie – Nothnagel? –, klang immer alles ganz gut. Und gestern Abend war ich in Elmshorn beim Schach – hey, ich bin Blitzmeister geworden! – und dachte, ich übernachte einfach hier in deinem Haus, wie früher immer. Bin mit meinem Schlüssel leise rein und sehr vorsichtig ins Gästezimmer unten. Lag keine Alma im Bett, hab ich mich also reingelegt … Das war natürlich schon spät, so gegen zwei. Und ich liege gerade und bin am Einratzen –, da klingelt es an der Tür!«

»Die Behörden!«

»Was für Behörden? Ich bin erst beim dritten Klingeln hin, da stand Alma schon hinter mir auf der Treppe, die war von oben gekommen und in Verenas altem weißen Bademantel über einem von meinen Goofy-T-Shirts. Als sie mich sieht, sagt sie: ›Nanu? Wohn Sie hier, junger Mann? Ach, das's der Sohn von Kerstin, nich?‹ Na, es klingelt zum vierten Mal, ich mach die Tür auf – da steht da was vor mir …« Lars schob das Zwiebelbrett von sich und sah mich mit funkelnden Augen an, »so 'ne Figur, die aussieht wie Hans Albers als Hundertjähriger, mit Tränensäcken bis zum Gürtel und langen, flatterigen, dünnen blonden Haaren, aber voll Feuer, sage ich dir! Der rollt mich mit den Augen an und sagt: ›Wo ist mein Mädchen?‹ – guckt hoch zu Alma, die stolpert die Treppe runter auf ihn zu, strahlend, weinend, er fängt sie auf, hebt sie hoch, schleudert die alte Dame um sich rum, dass ich mich in Sicherheit bringen muss, um nicht von ihren Beinen niedergemäht zu werden, und röhrt ganz laut: ›Mein Alma! Nu bleib ich bei dir!‹ – exakt wie Hans Albers, ich sag's dir! Dann haben sie ihren Kram zusammengepackt – in Plastiktüten – sie hat sich immer wieder die Nase geputzt und mir immer wieder aufgetragen, dich zu grüßen. Schließlich sind sie in ein Taxi gestiegen, das vor unserer Tür stand, er am Steuer – sonst kein Fahrer – und sind abgebraust. So gegen drei Uhr etwa. Mach den Mund zu, Mamichen.«

»Aber – wieso??! Woher kam denn Krischan? Warum in einem eigenen Taxi? Ich denke immer, er war auf See? Woher wusste er, dass sie in Pottschrapels ist, wenn er nach vierzig Jahren aus Bombay oder so auftaucht?«

»Das zumindest weiß ich!« Lars kippte die kleingeschnittenen Zwiebeln in die Pfanne und goss etwas Olivenöl dazu. »Sie hat's mir erklärt. Ich hab nämlich auch gefragt. Anscheinend hat Alma stets und ständig, in jeder Lebenslage, damit gerechnet, dass dieser Krischan aufkreuzt. Also hat sie immer und ewig, wo sie auch war, hinterlassen: Wenn so'n großer, blonder, bildschöner Mann plötzlich auftaucht und nach mir fragt – dann gebt ihm bitte diese und jene Adresse hier, da findet er mich. In diesem Fall hat sie das einer Nachbarin gesagt.«

»Und die Nachbarin hat es dann wirklich nur an den blonden Bildschönen weitergegeben und nicht an die Behörden«, murmelte ich bewundernd. »Hier, pul mal die Knoblauchzehe ab. Weißt du, was das ist, Söhnchen?«

»Knoblauch.«

»Nein, das mit Alma. Das ist ein absoluter Triumph der Hoffnung! Sie hat's ihm die ganze Zeit unverdrossen zugetraut, deshalb hat es funktioniert.«

»Nebenbei bemerkt ist sie im Goofy-T-Shirt und dem weißen Bademantel los. Sie hat sich beileibe nicht umgezogen.«

»So ist das eben, wenn endlich der Märchenprinz kommt, auf seinem weißen Pferd …«

»… in seinem weißen Taxi …«

»… und einen mit auf sein Schloss nimmt, da zieht man sich nicht erst groß um.«

»Ich fand's ja auch rührend. Bloß – Mami – wenn du den gesehen hättest! Ich hab in der gesamten Pennerszene Hamburgs noch nie ein derartiges Wrack gesehen.«

»Das glaube ich dir. Aber weißt du was? In Almas Welt sieht er umwerfend aus …«

Maeve Binchy

Das Herz von Dublin

Neue Geschichten aus Irland

Liebenswerte Szenen aus dem südlichen Teil Dublins, einem eher eleganten Viertel der irischen Hauptstadt, spiegeln den »ganz normalen Wahnsinn« seiner Bewohner wider. Ein Mädchen vom Land lernt die Freuden des Stadtlebens kennen, eine Studentin schlägt sich mit den Folgen einer ungewollten Schwangerschaft herum und ein alkoholabhängiger Fotograf versucht einen beruflichen Neuanfang … Ihre einzigartige Darstellung menschlicher Gefühle und ihr unglaubliches Gespür für Dialoge machen Maeve Binchys Geschichten konkurrenzlos gut und ihre Figuren immer wieder unvergesslich.

Knaur Taschenbuch Verlag

Lebensnah und voller menschlicher Wärme,
einfühlsam und fesselnd wie das Leben selbst

Sabine Kornbichler bei Knaur:

Klaras Haus

Reif für die Insel

Ein Zufluchtsort für schwierige Zeiten – das soll laut Klaras Testament ihr Haus auf der Nordseeinsel Pellworm werden. Was man zunächst für eine Schrulle der Verstorbenen hält, wird schneller genutzt, als alle gedacht hätten: Für Nina Tilden, eine der Erbinnen, wird Klaras Haus zur rettenden Fluchtburg. Und sie bleibt dort nicht lange allein, die schützenden vier Wände öffnen sich auch für Charlotte Munzinger, die Frau ihres Cousins Johannes. Beide Frauen tasten sich vorsichtig aneinander heran und stützen sich gegenseitig in der Verzweiflung, die sie in Klaras Haus geführt hat …

Außerdem von Sabine Kornbichler bei Knaur erschienen:
Majas Buch
Roman
Steine und Rosen
Roman
Vergleichsweise wundervoll

Knaur Taschenbuch Verlag